臺灣百年新詩

下卷

精神標竿與
文化圖像

黃粱 著

目次
Contents

第八章
直面死亡恫嚇的艋舺少年
黃荷生

前言

　　黃荷生（本名黃根福），1938 年出生於臺北舊城區艋舺。一本薄薄的詩集《觸覺生活》出版於 1956 年，當時他就讀成功中學高二上學期，二十四首短詩寫作於高一下學期。在 1950 年代物資貧乏心靈困頓的戒嚴時期，出版詩集談何容易？況且一個名不見經傳的少年。《觸覺生活》之前，黃荷生寫了不少作品皆未收入詩集，高一下學期突發的這批作品，僅有〈未來和我〉發表於《南北笛》，旋即整編出版，印刷五百冊分贈親友。黃荷生的《觸覺生活》猶如橫空出世，以獨特的「現代性」贏得林亨泰一篇鄭重的評論〈黃荷生和他的詩集觸覺生活〉刊登於《現代詩》二十一期（1958 年 3 月），並預言「他的『新詩』即是中國詩壇的『新希望』」（「中國現代詩／中國新詩」是歷史條件下當時臺灣詩壇的習慣說法）。然而黃荷生的詩生活隨高中畢業神祕地結束了，《觸覺生活》沉寂於臺灣詩界。

　　1982 年 6 月《現代詩》復刊，1983 年 1 月「現代詩社」舉辦了一次黃荷生作品討論會，梅新（本名章益新，1937-1997）

邀請林亨泰、瘂弦、林煥彰、季紅、商禽、向明、羊令野、張拓蕪、羅行等人進行《觸覺生活》公開評論。黃荷生從家中翻箱倒櫃找出二件倖存本,「這些老掉了牙的『舊』詩,經得起大家的仔細端詳嗎?」1993 年《觸覺生活》由現代詩季刊社再版,增補 1957-1958 年未曾發表詩章三十首,阿翁(翁文嫻,1952-)寫了一篇評論〈傾斜的少年〉,並經常於大學課堂上介紹《觸覺生活》,新生代對黃荷生稍有認識。但《觸覺生活》確實被理解了嗎?一樣的艋舺少年黃粱(1958-),尋踏黃荷生的步履,嘗試追隨敏感而酷愛胡思的少年走進歷史。

一、心靈空間的發現

　　《觸覺生活》的風格新銳而獨創,放諸 1950 年代這一特點更顯得突出;它的內面空間式書寫,今天看來依然晦澀難解。前半部二十四首相對單純,但常為評論者提起不過五至六首;後半部(外輯)詩的意念更形深邃,〈貧血〉之外幾乎不曾有人觸及。前半部三輯,前兩輯十四首分作五個子題:門的觸覺、未來和我、復活、位置問題、季節的末了,母題是「發現心靈」。發現心靈就是發現一個更內在的「我」,通達人性根本更接近生命本源的「我」。

　　1950 年代的臺灣,中國國民黨黨營媒體《中央日報》發行最廣泛,「中央日報副刊」是愛好文學的青年比較容易接觸的文藝資源,但內容保守了無新意。比較前衛的《文學雜誌》創辦於 1956 年 9 月,《文星》雜誌創刊於 1957 年 11 月,《現代文學》出現於 1960 年 3 月,都後於《觸覺生活》初版的時間;更遑論 1960 年代末期才上市,提供眾多西洋文藝名著、哲學新知的新潮

文庫（志文出版社）。但黃荷生或許天賦異稟，或許因為家中開設印刷廠接觸了更多書籍雜誌，或許他的高中美術老師就是詩人紀弦（1913-2013），他找到「詩」這個尖銳的利器，以自由心靈突破 1950 年代白色恐怖的禁制氛圍。

〈門的觸覺（一）〉

門被開啟——被無所為的偶然
吹來了終要吹去的風；被那些遠赴
交點的線條，被那些肯定地
下降過斜度的梯，而沒有表示出
休止與終點的，沒有引力沒有方向的
那些問句，那些包含著否定的片語
那些久久而不得成熟的猶豫
久久的孕育，久久存在的奇蹟

或許門將被開啟，再一度
被緊緊地關閉，被密密地鎖住
它的聲音；眼相對的位置，被鎖住
它蒼白的心跳，和褪除了黃色的手
它的據點，它的軸，它未知的弧度
弧度——與弧度的容量；不再有
外切的弦，不再有直線，不再有
象徵著無窮的角，不再相交

〈門的觸覺（一）〉是《觸覺生活》開篇之作，心靈之門莊

重地開啟了，純屬偶然（無端倪的神祕），像那些沒有引力沒有方向的風，詩歌空間敞開了它的奧祕，意念自由自在，未知的弧度無窮的角，無休止地延伸，一場沒有終點的孤獨漫遊。或許，是僅此一次的奇蹟，心靈之門隨即關閉，聲音被鎖在固定頻道上，世界再一次凝固如硬冷的水泥，它失去了據點與翻轉的軸，不再有未知與無窮向你顯現，生命停止了自身的孕育，甚至喪失存在感不再發問與拒絕，視覺焦點模糊，不再理會生存位置的上升或者下降，「那些遠赴交點的線條」所草繪的未來，不再出現。少年黃荷生肯定觸摸過那個門，呼吸了心靈空間自由的氣息，走進偶然開啟的新天地；少年黃荷生觸及創造的契機，他無法抑止地被吸引傾身向前。詩集的〈初版後記〉作者曾經自我提點：「我將時刻的警惕自己，我的道路應該是異於往昔的一切的。」一個新世界向少年敞開了。

〈門的觸覺（一）〉以連續的跨行懸念句，牽動意念飄蕩綿延，展現心靈開敞之美；又用連續三個「不再」終結旅程，將奧祕緊緊關閉。一個句子觸動另一個句子，一個動作啟發另一個動作；從開到關僅僅一剎那，但心靈的永恆印記在字行之間存留。

〈未來和我（一）〉

　　我曾想像過的，少女的猶豫一樣地
　　偷偷地分化，悄悄地流動
　　——我們說它是溫暖
　　像聲音，錯誤地從心底溢出
　　又錯誤地，把不知道的一切

緊緊圍住——

而我們說它是溫暖

且帶著一個弟弟，在街頭
在昨日逃逸的一陣沙塵之後
他告訴我，淳樸如何鍊得。我
指給他，比例和比例的，宇宙的新擴拓

　　相對於一切的意識形態正確（政治正確、道德正確）而言，
「錯誤」是遠離中心打破框限；相對於與個人疏離的冰冷社會而
言，「溫暖」形容「心靈自我」的親切感。黃荷生創造了一個「弟
弟」，一個淳樸的心靈原型，兄（現實自我）與弟（心靈自我）
攜手浪跡天涯；於是才有「未來」，不是塞進管子直通名位密室、
金錢保險箱的主流價值期許，而是滿面沙塵，從不斷逃逸中尋索
宇宙的新尺度新憲章。一個十七歲的少年忽然頓悟：精神的渴望，
生命的意義，因緣於他發現了心靈，發現了詩。
　　對於這樣珍貴而離奇的發現，詩與思想蘊蓄其中的發現，未
來充滿無限可能，心靈將是何等喜悅！但時代閉塞的環境絕不允
許生命在野地自由瘋長，他們隨時隨地要把你塞進盆栽裡彎條縛
枝進行塑型。於是有了孤獨者，被打斷幾根骨頭終究還倖存了幾
根，周遭是嚴厲的戒律與諄諄善誘的道德勸說，日夜呼喚「浪子
回家」；但你對貧瘠衰朽獲得了免疫基因，你已得到「新的生命」，
這是〈復活〉的主題：

〈復活（二）〉

居然說我是
寂寞的。

啊，突然記起
病了的土
久久餓慣了的大地
以及赤貧的孤獨
以及倖存的
幾根骨頭，居然說我是
善變的
若是我也消失
若是我一無所有
啊，突然記起
復活的問題
浪子回家的問題
以及自然的理由
以及榮耀。我當然是
驕傲的

「若是我也消失」和「若是我一無所有」是生命的兩種不同選擇，
選擇「消失」就是任由心靈死亡，放棄精神堅持；回歸牢籠，放
棄善變的自由。選擇「一無所有」就是相信心靈之美善必有它「自
然的理由」，不以現實功利為生命目標，堅守「赤貧的孤獨」；
而心靈真實是生命存在的根基——這是對生命的最高讚美，此之

謂「榮耀」；心靈長青，生命因而復活。

　　沒有人知道少年黃荷生為什麼懂得心靈的真理？只能是一個詩的奇蹟，生命顯現了它的本來面目。黃荷生接下來將要觸及「神」的命題、終極觀照命題，一條詩的大道直通「生命」：

　　〈位置問題（二）〉

　　未開，唔，悲傷的
　　眼
　　未開

　　罪惡所在的地方
　　祈禱是可愛的
　　以及祈禱的長頸
　　以及斜向的心
　　祇是，那裡沒有語言
　　沒有眼睛
　　沒有你
　　倘若我們想及你
　　倘若我們
　　遇到神

　　要是有個孤獨為鄰
　　愛亦是多餘的
　　要是有我
　　這世界
　　將屬於你們

心眼未開者不懂得悲傷，罪人需要救贖又找不到語言；「位置問題」是生命的核心命題，而位置是自我與世界的相對性關係。「要是有我／這世界／將屬於你們」，我只願與「孤獨」為鄰，「我」與「你們」不屬於同一國度。「神」的位置在哪裡？「愛」的位置又在哪裡？如果眾生瞎眼需要愛的開啟，那是神的責任；如果你們「悲傷的眼未開」，而我獨自悲泣，我願意把世界還給你們，愛純屬多餘。然而，我愈孤獨我的世界愈廣博愈強大，因為我心眼已開，我的「位置」確定而你們將持續飄泊。黃荷生將在世存有與生命主體的複雜關係化約為「位置問題」，顯示他的抽象思維能力卓越，又能將之轉化為詩的語言。

黃荷生的詩滿盈哲思，不是辯證性思維而是直覺性撫觸，辯證需要一個時間過程；但黃荷生的詩彷彿當下立斷，一刀劈開洪蒙，「觸覺生活」即生活在觸覺中。「為什麼叫觸覺生活，這也許和我寫詩的方法有關，和我思索的歷程有關，更和我的整個生命有關」（黃荷生〈初版後記〉），是個人的身體性經驗啟動了純粹心靈，生命的本來面目如如現前。在心靈渾然一體的無差別世界中，在詩歌空間對存有整體性價值的撫觸裡，沒有剎那與永恆的斷想，沒有多與少的區別，沒有二元對立的我與世界的劃分；在〈位置問題（一）〉詩人發問：什麼是「絕對的……完整的呼聲」？唯有「詩」。

少年黃荷生接受了詩的召喚，發現心靈的奧祕，其中包含五項內涵：（一）心靈之門開啟與關閉的神祕性。（二）心靈空間的開放性：瞻望未來。（三）詩的創造賦予生命復活感。（四）發現生命主體的位置。（五）拒絕規範，渴望自由。黃荷生的詩思秩序井然，不是邏輯性的嚴整秩序而是詩的微妙秩序，以致超過半世紀而難以被理解。詩的秩序如風吹拂，「偷偷地分化，悄

悄地流動」,「我的聲音正瀟脫地伸出／正沿拋線的弧度伸出」,
詩的語言以優美的曲線延展心靈的藝術。

二、紀弦的「現代派」與黃荷生的〈現代〉

　　《觸覺生活》一二輯的主要內容也是唯一內容,誠乃「心靈
空間的發現」。第三輯處理兩個命題:一個是「現代」一個是「欲
望」。黃荷生為什麼書寫〈現代〉這首詩?必須回到時代背景來
考察。紀弦 1948 年從大陸渡海來臺,1949 年進入臺北成功中學
任教,1953 年獨資創辦《現代詩》季刊(出版四十五期,1964
年停刊)。他住在學校簡陋的宿舍,領著微薄薪資養活一家人,
經常需要典當家私來扶養這個額外的孩子。不像《創世紀》的洛
夫、張默、瘂弦與《藍星》的覃子豪、鍾鼎文、向明,他們不是
國軍軍官就是國民黨黨工;紀弦是流亡臺灣的自由派個體戶,一
個既不屑共產黨也不攀附國民黨的獨立文人,《現代詩》經營之
辛苦可想而知。1956 年元月 15 日,紀弦在臺北發起「現代派」,
第一次加盟者八十三人,後陸續增加到一百一十五人。〈現代派
信條釋義〉談到:「為了達成新詩近代化的目的,完成新詩的再
革命的任務」之宗旨,提出六大信條;其中第一條與第二條最引
人矚目:「一、我們是有所揚棄並發揮光大地包含了自波特萊爾
以降一切新興詩派、精神與要素的現代派之一群。二、我們認為
新詩乃橫的移植,而非縱的繼承。這是一個總的看法,一個基本
的出發點,無論是理論的建立或創作的實踐。」紀弦的思想表面
上看是「全盤西化論」,回到戒嚴統治的時代環境,可以解釋為
對國民黨壟斷政統挾持道統的文藝手段式抵抗,以橫的移植排拒
縱的繼承,以便施行「詩的新大陸的探險、詩的處女地之開拓、

新的內容之表現、新的形式之創造、新的工具之發現、新的手法之發明。」（第三條）。在官方鼓吹「戰鬥文藝」，反共抗俄文學甚囂塵上的 1950 年代，紀弦對現代主義運動的領銜開路需要相當的勇氣與堅持；發佈宣言之前，他將宣言草案第六條原本的「無神論」及時修改為：「愛國反共，追求自由與民主」，掩人耳目，替自己的現代派運動護航。「無神論」隱含駁斥獨裁的思想，如被國民黨特工解讀為「反蔣」言論，詩人的腦袋恐將不保。無神論之說，來自林亨泰追憶紀弦在運動前寫給他的信中所載六大信條初稿。

　　黃荷生《觸覺生活》初版裡的詩篇正好寫於 1956 年上半年，推測其創造性爆發因素，除了個人資質，應該也包括 1956 年 1 月紀弦對現代主義的鼓動。〈現代〉這首詩的出現，也能依此找到適切的人文歷史背景：

〈現代〉

亦且剛剛浴罷。

思凡的尼姑般底
就這麼一種
裸體的悲哀
就這麼一種
傾斜的悲哀

又是太敏感
又是太焦急的

孕婦。被捨棄了的

孕婦。就這麼一種

潮溼的悲哀

這麼一種

乏力的悲哀

　　且是——剛剛浴罷

　　首句孤起，突兀而強大，「浴」是一個象徵性動作，洗淨過去的積塵，「思凡的尼姑」方逃離禁忌，以卸下層層包裹的裸體傾斜的身姿，惹人愛憐；擺脫了嚴酷規範的社會制度與傳統文化的強大制約，「現代」出場了。但在戒嚴統治的保守環境裡，她命中注定是邊緣的「被捨棄了的孕婦」，一個敏感的心靈期望著詩的突穿點。她流露出對抗父性霸權的歷史性悲哀，以一種乏力的、潮溼的陰柔力量，她出浴／出獄，「現代」獲得了獨立的主體性；「且是——剛剛浴罷」，多麼姿態撩人之美！

　　在一個還處於前現代以農業為主體的 1950 年代臺灣社會，現實生活中的「現代性」連個影子也摸不到（三輪車與腳踏車穿梭的臺北是臺灣最熱鬧的城鎮），且文壇上的文藝語言普遍受制於保守的意識形態框限。瘂弦的〈深淵〉完成於 1959 年 5 月，洛夫〈石室之死亡〉、商禽〈逃亡的天空〉都出現在 1960 年代。1956 年，黃荷生一出手就完全擺脫了浪漫主義，寫出語言清新但思想晦澀，具有奇特張力的個人化詩歌，確實不可思議。〈現代〉這首詩即使往後拉上一甲子，它依然光彩煥發毫無褪色之感。如果要問 1956 年紀弦發起「現代派」有什麼成就？首先的功勞就是孕生了黃荷生的〈現代〉。

三、艋舺少年郎與欲望之街

　　《觸覺生活》第三輯另一個主題是「欲望」，它是創造力主要的引擎，血氣方剛的青春年少豈能在欲望場域中缺席，更別忘了黃荷生來自艋舺。艋舺也是我的故鄉，我來略數一二。俗話說艋舺有三多：廟多、流氓多、妓女多，這是實情。農曆 10 月 22 日的青山宮靈安尊王聖誕出巡，是主神到大艋舺各地角頭廟進行年度的例行性拜會。艋舺乃大臺北地區開發起點，地盤是打出來的，從泉彰械鬥打到頂下郊拚；龍山寺甚至行過廟印，主動集結市民出兵淡水協助打退法國攻臺軍隊。拓荒時期的商會豈能沒有武力，兄弟保鏢也是理所當然的配備。欲望熾盛在所難免，性的需求應運而生了寶斗里娼戶，華西街花名遠播全臺皆知。這條欲望之街在黃荷生的少年詩學中佔有一席之地，不信你來瞧瞧〈花與瓶〉：「搖擺著，古銅色的／飢餓的旗／亦揮舞著薄黑／薄黑的眼色／亦張放了／愚昧的耳朵／亦隨時發出／鼠灰色的顫抖／／唔，甚至年紀夠大了的／瓶子們／也愛好修飾／也崇尚風流／也有個紅潤的食慾」。「古銅色的饑餓的旗」多麼富有戰鬥力！「薄黑」，欲望下沉的眼色，「鼠灰色的顫抖」不甘心躲藏在鼠蹊部。「年紀夠大了的瓶子們」描寫那些年紀稍大的街頭流鶯（俗稱站壁的），她們必須濃妝豔抹更加賣弄風情才能招到客人，沒錯！她們的食慾必須紅潤才能咬住你的錢，才能回去養家活口。「花與瓶」的關係就是如此，欲望的本質如此；黃荷生如果不是艋舺少年郎不能寫得這麼道地。

　　《觸覺生活》初版裡的終篇就是〈欲望〉，這次不再是客觀描寫，而是第一人稱敘述的主觀體驗，一張欲望的自畫像：

甚至寧靜亦被吞取。／亦久久地──／想歸去

在每一燈前／愛與死的欲望

甚至神／依然清醒／在感恩／在祈禱之後

來，又去／由白色的我／有所遺忘地／由白色的我

來，又去／由貓般的我／有所疑惑地／由貓般的我／怎麼
的一種傾向啊／甚至紙灰／我都想咀嚼

在每一港口／出海的欲望

如果街道上可以免費觀摩武士刀砍人的追殺場面，如果街頭巷尾
春色無邊，就用不著警匪片與色情片了；如果欲望如此赤裸而猖
狂，欲望之火把腦子都燒壞掉，你還能幹什麼正經事？「甚至寧
靜亦被吞取」，心靈苦悶還能忍受身體苦惱就不行了！「在每一
燈前／愛與死的欲望」，「燈」象徵照明，借喻引伸為自我審判
場所，愛？或者死？斬截的選擇沒有模糊地帶。「貓」敏感而迅
捷，隱喻生之欲。欲望對道德裁判無動於衷，祈禱救不了你，自
慰也滿足不了你，「甚至紙灰／我都想咀嚼」。欲望，這個無所
畏懼的傢伙，我該拿你怎麼辦才好？「在每一港口／出海的欲
望」，一語道破：欲望的航向無邊無際，那是它的本然歸宿。感
官知覺早熟敏捷的少年郎，來自生猛的欲望之鄉，艋舺詩人黃
荷生。

四、天才詩人為什麼停筆？

　　黃荷生的詩讓人驚豔處有二，它是原生性與原創性兼具的詩章，純粹內面空間的詩章。原生性是一股從生命底層心靈深淵翻湧而出的激泉，來自生命自我啟蒙的內在需求，原創性是指詩的風格沒有別人的影子。「倘若我所把握的頃刻讓我接近神，那麼我所發現的可能是熱誠，以及生命，以及純粹的原始的愛。」（黃荷生〈初版後記〉），黃荷生這段話顯示他的創作自覺相當清晰，雖然它們是偶發的詩的經驗；這些詩不指向現實雕塑而導向心靈挖掘，發現生命（內面空間）未知的廣大領域。未知，沒有學習借鑑的對象，只能是原生性／原創性產物，不管從形式面或內涵面來考察都是如此。

　　就形式而言，他擅長運用抽象的概念語詞，以一連串動詞片語將意念延展成連綿的波流，這些意念在流動過程中不斷分化變形，瀰漫成微妙多層次的氛圍，彷彿夢幻花園般心靈花朵隨意開放。「門被開啟……遠赴……下降……表示出……包含著……久久的孕育，久久存在的奇蹟」，〈門的觸覺（一）〉前八行等於一句，以行雲流水般的韻律令人滋生恍惚之感；詩的聲音藉由句法反覆、語詞反覆，達致前後呼應氣韻連貫的美學效應。形象語詞的運用往往節制而準確，如「門被開啟」、「象徵著無窮的角」、「少女的猶豫」、「帶著一個弟弟」、「思凡的尼姑」、「剛剛浴罷」、「花與瓶」、「港口與出海」。黃荷生的語言模拙，沒有太多的修辭花樣；抒情主體安靜內斂，「甚至紙灰／我都想咀嚼」，情感多麼激烈但語調平緩。

　　就內涵而言，「心靈」與「欲望」雖然是文學的永恆主題，

但黃荷生的語法經常使用懸念結構，造了一連串的待完成句，營建出自由流動的詩歌空間，觀念與想像以未定向未定形即興開落，內涵的生發與展延別具創意。

黃荷生或許曾經受過法國作家安德烈・紀德（André Gide，1869-1951）的啟迪，紀德面向心靈且帶有自傳性質的文字，反映了關於如何成為完全的自己的思索，企圖在狹隘的社會道德環境中突圍，自由的鼓動貫串了他的書寫。黃荷生〈初版後記〉引了紀德兩句話：「不管去哪兒，你所能遇到的只是神」、「我把一切我所愛的都叫做神」，這個「神」作何解釋？我的理解：神是超乎宗教的神，愛是超乎宗教的愛；也就是黃荷生〈初版後記〉自我解釋的：「熱誠」（心靈的虔誠書寫），「生命」（內蘊神聖性的萬有），「純粹的原始的愛」（創造的衝動），三者之統合。

黃荷生的詩還有一個很重要的文化意義，他雕塑出一個羞澀敏感的少年心靈，與座落在苦悶時代中蒼白多觸鬚的生命孤獨感；一個剛剛發現心靈雛形與欲望潛能的少年，在原生的詩之酒液中，獨自斟酌著創造之美並偷得短暫自由。「心靈與欲望」是超越年代超越個體的原初渴望，這些生命深層的渴望，往往在社會規範與教育體制中被壓抑、扭曲以致消隱或變形。《觸覺生活》前半部提供了一個珍貴的心靈與欲望原型猛然誕生的詩意展示；《觸覺生活》後半部（外輯），更進一步顯現少年心靈與社會環境的劇烈衝突，更詭譎的人世風雲與更複雜的生命哲思即將上場演練。

《觸覺生活》前半部二十四首寫作時間依詩人自述只有六至七個月（高一下學期，1956 年 1-6 月），後半部三十首花費一至二年（高二至高三，1956 年 7 月至 1958 年 6 月）。黃荷生「因

為自己夢想要做個報業大王，糊里糊塗的就離開了詩的王國。」（作品討論會黃荷生發言），詩人如願考上了政大新聞系，他的詩人生涯也報銷了。果真如此？

1983 年的作品討論會上，瘂弦、商禽、林亨泰、梅新都對黃荷生的詩推崇備至。瘂弦說：「他是真有成為大師的條件的……」，商禽說：「黃荷生的作品……實在可以說是他獨創的。」，林亨泰說：「他的詩是精神純粹狀態的表現」、「他這本《觸覺生活》……如果在當時能廣泛發行，我想這是我們現代詩史上很重要的一個起點。」梅新也提到：「很可惜的是，這本書發行面不夠廣；更可惜的是，這種風格，這種實驗的精神未能繼續發展，要是能再有一二年，十年八年的發揮，這是可以改寫歷史的。」依上述言論，說黃荷生是天才詩人也不為過。但 1993 年增訂版《觸覺生活》再度現身臺灣詩壇，黃荷生的詩得到應有的重視了嗎？

少年黃荷生真的是因為當時缺乏激賞者與鼓勵者而停筆？梅新就持這樣的觀點。黃荷生 1982 年答覆《笠》詩刊的訪談時也說：「寫詩如果是一場演講，眼看四周聽眾就那麼三、兩個人（也許其中還有一個聾子），你怎麼還有舉著麥克風不放的力氣？」（《笠》一一二期）。我仔細閱讀《觸覺生活》的外輯作品之後，找到其他的解釋。先看第一首〈秩序〉顯示了什麼新的徵兆？

呻吟的秩序／病的秩序／如果是悲哀與悲哀競爭／貧窮的秩序，唉／惶惶恐恐，像墮胎的少婦一般／殘忍的秩序

——討論死亡／在果子們久久荒廢的刑場上／在膽怯的正午，無辜的正午／誘惑他們／遺棄他們，啊／垂裂的秩序

／搖搖欲墜的秩序／貓也會祈禱／如同你的是一隻貓／貓
也將祈禱

「秩序」指涉有形無形的規範，法律規範、社會規範、道德
規範，目的都在框限人類行為達成規範要求。〈秩序〉這首詩分
做三部分，第一部分陳述規範的秩序類型：1950 年代的臺灣社會
觸目皆是人民的呻吟與病苦，悲哀氾濫到彼此競逐的地步，無論
物質面或精神面都只能是「貧窮」。

詩中的「唉」是語氣詞形成前後分界，「唉」之前敘述環境
的貧窮，「唉」之後表述生命秩序逐步傾斜崩解。「墮胎的少婦」
形容社會邊緣人／叛逆份子，他們流離不安無路可逃，最終只能
接受殘忍的規範，即「死亡」。

「──討論死亡」開始了社會現象陳述，「久久荒廢的刑場」
比熱鬧非凡的刑場更恐怖更淒涼，這是一個精彩的荒謬鏡像運
用，它映照出眾多死者（果子們）的無聲哀嚎。膽怯的（令人喪
膽的）正午時分，無辜的人們被推上位處艋舺外緣的馬場町河堤
刑場槍決，生命剎時「垂裂」而「搖搖欲墜」。

最後出現一個畫面：「貓祈禱」，貓要祈禱什麼？祈禱不要
被用刑，不要被吊上樹頭。臺灣諺語「死貓吊樹頭，死狗放水
流」，「貓也將祈禱」借用了這句俗諺，將國民黨軍政集團的戒
嚴統治對臺灣人民形成的心理恫嚇效應，做出了內涵悲哀形象晦
澀的陳情。《觸覺生活》外輯以如是一首詩掀開序幕，接下來讀
者要有心理準備了，〈風與咽喉〉如是說：

那是風／風也有咽喉／風撕破它的咽喉／應該是危險的／
風伸出它那白白的手

好像是染色的胚胎似的／那是風／風也給穿上溫暖／也給穿上最嫩最軟的衣服

應該是誠實／也應該是虔敬的／倘若是風／是從監獄裡出來的風／是從水鍋上吹過的風／它們該有紅腫的咽喉

這首詩也劃分做三部分，第一部分安排一個激烈的動作，「風撕破它的咽喉」，這是一個瘋狂而危險動作，它暗示接下來的一連串動作將更危險──撕破別人的咽喉，「風伸出它那白白的手」，白色恐怖氛圍慢慢顯露頭緒。第二部分的風不再使用暴力，但更恐怖，風也能將胚胎染色，心理性傷害深入你的意識底層甚至滲入基因，情治單位以溫暖安逸的生活條件作交換馴服你的靈魂。第三部分，以水鍋上的熱蒸汽形容「從監獄裡出來的風」，它們彷彿受刑人無聲的控訴，煎熬過後紅腫沙啞的呻吟。「應該是誠實／也應該是虔敬的」是兩段之間的銜接與轉折，「誠實」比喻向時勢低頭，「虔敬」形容對理想的堅持；而其後果就是被高溫與高壓折磨過的「紅腫的咽喉」。

〈風與咽喉〉對 1950 年代臺灣民眾遭受的白色恐怖迫害做出深刻的詩意敘述，它寫得極為節制極為壓抑，走到點破的關口就猛然回頭，彷彿時代殘酷之眼時時在旁窺視著。難怪這些外輯詩作，有些投到香港的《文藝新潮》發表，不敢在臺灣現身。黃荷生停筆最主要的原因，我想，不是詩作得不到時代重視，恰恰相反，如果得到重視反倒會引來殺身之禍；黃荷生有自知之明，不到二十歲戛然封筆。

五、疾病陰影與死亡恫嚇

　　黃荷生的詩受惠於時代也受害於時代，如果不是因戒嚴統治無所出路的苦悶，黃荷生寫不出這麼深邃的詩；如果不是言論禁制的緣故，黃荷生不會寫成抽象簡潔又曲折晦澀。但也因此，黃荷生的詩埋沒大半個世紀，令人扼腕嘆息。外輯三十首遍佈著疾病陰影與死亡恫嚇，跟時代環境有絕對的關聯，跟敘述者的生命經驗也息息相關。「光與影子緩緩下降……／現在，貧困的光與／睡醒的影子／蠕蠕爬行／在死亡的疤痕上」（〈心的病室〉），「你是死亡？──像一隻／貓／像是被吹下來被燒焚的悲哀／像是被窒息被塗抹的影子／以及受傷的光／以及被割裂的希望／躺在可怕的靜默之上」（〈貓或死亡〉）。這些充滿身體性經驗的文字豈是文學修辭能模擬的境地？「死亡」是無法設想的，你只能親近與經歷。

　　少年黃荷生是否因為時代、社會之諸種張力，激發出無與倫比的精神意志與詩的聲音；又因為病苦摧傷與死亡侵凌而倏忽停筆──我正如是揣想，死亡緊接著降臨……

　　〈將被吹起〉

　　消息
　　疾疾地冷下來的
　　猛然地回頭的消息
　　躺在那裡
　　在死亡的一頭

像是灰燼
像是烘乾的粉末
也許將被
吹起

將被吹起的
已經給烘乾的粉末
它們祇能躲在
風裡。躲在火上。而有一張
白熱的臉
有一雙烤焦的手
在它們屏住呼吸的時候

「消息」來自生命，「猛然回頭的消息」來自死亡；屍體躺在那裡，誰也無法挽回了，它即將被烈火焚燒烘乾成骨灰。「將被吹起」的是物質的粉末嗎？不，不是，經過風火烘烤過的精魂，在出神的瞬間與身體脫離，這其中隱藏著什麼故事？黃荷生面對死亡經歷得到了什麼啟蒙？

〈無名的曲子〉

薄薄的陰影在牆上吻過，三月的
某一黃昏，以一種貓的猶豫的筆觸
以一種無知——悄悄送風遠行

而灑落了滿地的初春的飾物
和那無法完成的一組憂鬱
和那沒有結局的悲愁的一頁舊書
傲慢地逃亡了的暮冬留下的足音；
當某一個三月的黃昏
載乘著深遠的寂寞來臨
當串演完了的幾齣悲劇
在收場後圍成一個褪了色的古城
而痛苦睜大了它母性的雙眼——
像一團尚未抽芽的根
它那微弱的觸角，探索於封凍的河旁
像一簇方才消逝的影子
它那狹窄的耳道
正通入於莫名的幽暗……

〈無名的曲子〉提供了一個忽隱忽現的故事雛形：「某一個三月的黃昏……幾齣悲劇」。「悲劇」這不祥的字眼曾經出現於〈哭聲〉裡：「某些醜陋的悲劇／好似悲劇莫大的影子／／那是美麗的罪惡／那是秩序的灰／未能揚起／／我們不是天真的人」，一刀直入的文字，對複雜人世少年黃荷生提供了他的詩意解剖。〈無名的曲子〉是《觸覺生活》的終曲，詩人為未來的讀者展現一個漫天大霧過後的事件遺址，幾段痛苦的殘骸還在陰影裡蠕動著。「痛苦睜大了它母性的雙眼」，那是廣浩如大地的痛苦，那是時代之痛而非個人之痛，是連綿的悲劇而非單一悲劇。「一團尚未抽芽的根」，痛苦的根系深入地層底下，「莫名的幽暗」包圍著它，隨時傾聽等待時機。什麼時候，匿藏的根芽才會

苗長竄出地面，形成燃遍大地的野火？「封凍的河道」形容戒嚴時期對集會、結社、言論、思想的全面封鎖，意象冷冽而傳神。「它那狹窄的耳道／正通入於莫名的幽暗……」，塑造出一個神祕而悲愴的生命情境，憂鬱、隱遁、沉默、黑暗，一切的心靈活動只能向內斂藏而蟄伏。

「某一個三月的黃昏」令我想起 1947 年 3 月 8 日黃昏，蔣介石調派的運兵艦駛入基隆港，船上架設的機關槍向碼頭無辜的民眾掃射，並隨即登陸展開全臺大屠殺。〈無名的曲子〉對經歷了「二二八事件」與隨之而來的清鄉與戒嚴的臺灣社會，表達出深邃感思與浩大悲懷。「灑落了滿地的初春的飾物」，以滿地初春的落花隱喻犧牲的民眾，構思大膽反差強烈，於今讀來仍有颯颯風聲。

六、〈貧血〉，一滴鮮紅的血

當我們深入撫觸了黃荷生外輯的幾首詩，再回頭看〈貧血〉應該會有全新的認識：

> 你應該貧血的
> 倘若是——小小的第一朵花
> 沒有親戚沒有家的花
> 疲倦押韻的花
> 他們都已老去，甚至
> 啞然閉口
> 你的饑餓應該成熟

唉，要是問起他們的名字
想像他們將給出的
潮溼的語氣
以及檸檬一般的問安
微微發黃的問安
他們都將老去
要是寫一封信給他們
而不知道地址，而不知道名字的話
你應該哭
你應該貧血的

「你應該貧血的」，黃荷生擅長運用突兀孤起的句子，有無端起興之感，全詩結束於「你應該貧血的」，首尾通貫。「小小的第一朵花」，沒有親戚沒有家，疲倦於押韻，這朵花當然是《觸覺生活》，語言創新，思想突破框架。「他們都已老去，甚至／啞然閉口」，這兩行是插入句，要理解這兩行必須與後段的「要是寫一封信給他們／而不知道地址，而不知道名字的話」共同聯想才能了然。不知道地址與名字的這些人是誰？唯有二二八事件與白色恐怖的受難者與失蹤者，他們不是孤獨老去就是早已被槍決，「啞然閉口」。

「唉，要是問起他們的名字／想像他們將給出的」，前一行的「他們」指受難者，後一行的「他們」指加害者，劊子手們以令人不舒服的（潮溼的）語氣，酸澀地挖苦你（檸檬一般的問安），答覆受害者親人的悲哀詢問；這是事件倖存者及其家屬的輕度遭遇。重度傷害是倖存者長期受到情治人員騷擾，無法正常生活與就業，更嚴重者只好潛逃海外。嘉義陳澄波家族的經歷即

典型案例，陳澄波（1895-1947）在 1947 年「二二八事件」被槍決後，警察經常三更半夜去陳家查戶口，挨床掀棉被檢查有無匿藏人犯，騷擾一直到 1987 年解嚴才終止。花蓮二二八的受難者張七郎（1888-1947）家族慘死三人，倖存者張依仁被軍警關押多日釋回後，從鳳林連夜遷移北上隱居淡水，仍然被情治單位持續要脅多年，長期生活在精神恐懼中，最後只好經由日本流亡巴西。

回到第一節最後一行，「你的饑餓應該成熟」，黃荷生詢問自己，你為什麼寫詩？「他們都已老去，甚至／啞然閉口」，你如何能夠保持沉默？你應該將你的感覺與思想像餓壞了般傾吐出來。當這些受難者與失蹤者，長期失落於整體社會之外，沒有人對他們的生死敢於關懷與聞問，「你應該哭／你應該貧血的」，照照鏡子吧！那張因沉默而臉色蒼白的臉。黃荷生的〈貧血〉是那個蒼白虛無的時代，一滴鮮紅的血。

七、我們不是天真的人

確實，黃荷生的詩不容易親近。商禽曾經提過：「黃荷生的詩集《觸覺生活》出版後不久，我曾經和白萩在通信中有一次辯論，我們都同時重視黃荷生的詩的原創性，不過彼此的觀點顯然不同，白萩說他將使用分析的方法來談荷生的作品，我好像並未提出什麼具體的方法，祇是說，不贊成用分析，因為分析的結果，會和林亨泰在當時曾經舉過的、莊子關於『渾沌』的預言一樣——死去。」。好不好懂的問題毫無意義，卻莫名其妙困擾著臺灣詩壇，能不能分析的問題也同樣無聊。1983 年的作品討論會，黃荷生當時就解釋得很清楚：「詩的好壞，不應該只用是否易懂這個尺度來衡量。更何況，難不難懂也只是根據習慣和比較而來

的。……詩當然要有通道迎接讀者，但讀者若想登堂入室，也可以自尋路徑。你若肯勤於思考和挖掘，還真有難懂的詩嗎？」

〈門的觸覺（四）〉：「這一切都已經洞然／怎麼我也會站在門口／也有次不可預知的回頭／怎麼門都先是關著／我們再含糊地／推開」，恰當形容「心靈發現」之偶然與必然的相互關係，也闡釋了「觸覺」所隱含的探索意義，直覺敏銳思想深刻。詩人關注知覺感應與心靈想像，感應與想像即觸覺生活的基礎。「心靈之門」並不存在於現實中，「白色的風」之無形與恐怖，眼睛也無法辨識；黃荷生以詩直覺對自我與社會做出跳脫框限的詩意探索，用獨特的語言建構出一個隱匿於內面的詩歌空間。

《觸覺生活》用單純的字彙挑戰深沉的命題，組裝概念語詞，結合形象語詞，創造出：「小小的第一朵花／沒有親戚沒有家的花／疲倦押韻的花」，層次細膩秩序井然，捕捉住新穎而抽象的詩意。「有神／有被抓住被玩弄的神／在貧血的手術床上」，字彙語法都極單純，但感覺深邃而強烈；他不言生命的神聖性被迫害，直接讓神躺臥在手術床上，情感轉趨複雜且富有象徵意味。

〈哭聲〉

有嗚咽
是徘徊著的
在惶惶不安的酒上
在旋轉的傷心印下的腳跡上
有純粹的嗚咽
有無名的病了的嗚咽

好似某些影子
某些痛苦一般原始的影子
某些醜陋的悲劇
好似悲劇莫大的影子

那是美麗的罪惡
那是秩序的灰
未能揚起

我們不是天真的人

　　我們不是天真的人，但假裝天真什麼也不知其情；臺灣人生活在被殖民與再殖民的悲劇陰影底下太久，以致於痛苦的影子也模糊不清，只剩下「傷心酒店」來揮灑時代悲情。這是臺灣人的宿命嗎？那些徘徊不去的哭聲那些病了的嗚咽還要持續多久？一個青澀少年在 1957-1958 年間提出的詩意天問，經過半世紀的艱難奮鬥之後，臺灣人終於想方設法逐漸找到有力量的答覆。

　　黃荷生以他獨特的思考與知覺模式，對世界與自我進行撫摩與解剖，以抽象式抒情／抒情式抽象對心靈與欲望進行了原生性考掘，洞察社會現實之不義與殘忍，為逐漸湮滅的歷史真相留下深刻證詞。艋舺少年黃荷生，寫下這些外表冷靜但內心莽撞的詩，長期不為人所理解的風格獨特的詩；它們彷彿游離在時代環境之外的孤兒，傳達出人心不死的精神堅持，為心靈發現和語言發明，開拓一片豐美天地，為臺灣的歷史復原與文化建構砌下一塊堅硬礎石。

黃荷生在政治蕭殺的 1950 年代，在不當言論隨時罹禍的報禁年代，居然妄想當一個報業大王，「唸大學，夢想做『普立茲』第二」（黃荷生〈黃荷生作品討論會〉）。我為他的勇氣捏一把冷汗，為他的志氣鼓掌，更為他走向現實有所為的目標，放棄心靈無目的式的自由，感到糊塗與不捨。心靈，「有個不定的沒有腳的軌跡／有個時時的分離——／就像我們形容的古道，茫然地／被沒有引力的遠方接了去……」（〈門的觸覺（三）〉）；而現實，往往反其道而行，軌道固定目標堂皇，將人生綁架，人從此再也無法詩意地棲居。但報業大王的少年夢想，其實深藏著黃荷生渴望突破社會結構性禁忌的宏大理想。

　　本文第一稿〈我們不是天真的人——艋舺少年黃荷生〉首刊於 2017 年 3 月出版的《致命的列寧》（孟浪主編，香港：溯源書社），2017 年 7 月 15 日網路媒體《報導者》隨即對黃荷生與黃文雄（1937-，「四二四刺蔣案」主角）進行了「戒嚴生活記憶」訪談：口述者黃荷生、黃文雄，整理者莊瑞琳（當時衛城出版社總編輯）。口述內容開端即披露：「很少人知道詩人黃荷生與刺蔣事件的黃文雄（Peter）是政大新聞系同學，甚至連國民黨都沒掌握到。1970 年刺蔣案在紐約發生後，Peter 說，跟他有關的人幾乎都被問了一輪，但黃荷生竟然被漏掉了，看來國民黨也沒多厲害！這天 6 月的炎熱午後，兩位八旬的同窗選了騎樓下有座位的咖啡店，一邊噴煙，一邊受訪。」耐人尋味的歷史記憶！

【參考文獻】

黃荷生，《觸覺生活》（臺北：現代詩季刊社，1993 年）
黃荷生，〈「現代詩」及其他〉《笠》詩刊 112 期（臺北：笠詩社，1982 年）

孟浪主編，《致命的列寧》（香港：溯源書社，2017 年 3 月）

莊瑞琳整理；黃荷生、黃文雄口述，〈戒嚴時代的觸覺生活〉（來源：https://www.twreporter.org/a/memory-of-the-martial-law-period-chuang-jui-lin，《報導者》網刊，2017 年 7 月）

黃粱，〈艋舺少年郎黃荷生〉《百年新詩 1917-2017》（花蓮：青銅社，2020 年）

第九章
楊牧詩的風格特徵與審美精神

前言

　　楊牧（1940-2020），本名王靖獻，出生於花蓮，美國柏克萊加州大學比較文學博士。曾任東華大學人文社會科學院首任院長（1996-2001），中央研究院中國文哲研究所首任所長（2002-2004）。楊牧就讀花蓮中學時開始寫詩，最初筆名王萍後易名葉珊，1972 年改為楊牧；出版過無數詩集，總匯為《楊牧詩集》三卷，2014 年《楊牧詩選 1956~2013》乃代表作精選，《長短歌行》為最後作品輯佳作薈萃。本章探討楊牧詩風格特徵與審美精神。

一、多重聲音交響

　　楊牧詩擅長建構多重聲音交響的詩歌空間，在〈熱蘭遮城〉與〈禁忌的遊戲〉有精彩演繹，兩首詩皆採用互文書寫模式。「熱蘭遮城」是 1624-1634 年荷蘭人在臺南安平區建築的一座要塞型城堡，是荷蘭人統治臺灣的政經中樞，也是「殖民」的時代象徵。1662 年鄭成功大軍圍困此城，與荷蘭派駐大員（臺灣）的長官揆一（Frederick Coyett，1615-1687）簽訂條約，荷蘭人退出臺灣。

詩中的主要場景設定於熱蘭遮城攻防戰，借助性意象描述反殖民的階段性勝利。〈禁忌的遊戲〉是一首著名的西班牙吉他曲，原名〈愛的羅曼史〉，原始曲調出現於十九世紀，作者無名氏。楊牧詩中仆倒在地的西班牙詩人羅爾卡（Federico García Lorca，1898-1936）是法西斯強權的反抗者，遭佛朗哥軍隊殘忍殺害。「仆倒的羅爾卡」是反獨裁統治者的犧牲象徵。

〈熱蘭遮城〉採四段格式，第一段的敘述態讓人耳目一新，它在現在時的參觀者感思與過去時的攻防場景兩地自由穿梭。

　　對方已經進入燠熱的蟬聲
　　自石級下仰視，危危闊葉樹
　　張開便是風的床褥──
　　巨礮生鏽。而我不知如何於
　　硝煙疾走的歷史中冷靜蹂躪
　　她那一襲藍花的新衣服

　　有一份燦然極令我欣喜
　　若歐洲的長劍斗膽挑破
　　巔倒的胸襟。我們拾級而上
　　鼓在軍中響，而當我
　　解開她那一排十二隻紐扣時
　　我發覺迎人的仍是熟悉
　　涼爽的乳房印證一顆痣
　　敵船在海面整隊
　　我們流汗避雨

「巨碇生銹」對比「鼓在軍中響」,「敵船在海面整隊」呼應「我們流汗避雨」;「硝煙疾走的歷史中冷靜蹂躪」胸府深沉,「涼爽的乳房印證一顆痣」劍走偏鋒。〈熱蘭遮城〉的修辭模式相當另類,能指往往出人意料地歧出想當然耳的所指,由此產生景觀渾沌的美學鏡像。攻防戰中的熱蘭遮城似一異國女子,「你本是來自他鄉的水獸/如此光滑如此潔淨/你的四肢比我們修長」,城堡被來自海上的船隊礮擊,「你的口音彷彿也是清脆的/是女牆崩落時求救的呼喊」,蹂躪之意顯現。但蹂躪來自反蹂躪,歷史的迴聲總是如此肆虐著人們,隱約烘托出「殖民/反殖民」之詩旨。

第三段多重聲音交響再度釋放出語言魔魅之力:

> 巨碇生銹,硝煙在
> 歷史的斷簡裡飛逝
> 而我撫弄你的腰身苦惱
> 這一排綠油油的闊葉樹又在
> 等候我躺下慢慢命名
>
> 自塔樓的位置視之
> 那是你傾斜的項鍊一串
> 每一顆珍珠是一次戰鬥
> 樹上佈滿火抃的槍眼
>
> 動人的荷蘭在我硝煙的
> 懷抱裡滾動如風車

熱蘭遮城如今早已變身為安平古堡，斷垣殘壁上老樹藤蔓糾纏，「硝煙」還在歷史斷簡裡浮沉。詩人閒步參訪一時心頭湧動，命名的想像將文本賦與婀娜動人的體態。第四段開端：「默默數著慢慢解開／那一襲新衣的十二隻紐扣」，暗示城門洞開鄭成功大軍湧進，熱蘭遮城解放在即。「我想發現的是一組香料群島啊，誰知／迎面升起的仍然只是嗜血的有著／一種薄荷氣味的乳房。伊拉／福爾摩莎，我來了仰臥在／你涼快的風的床褥上。伊拉／福爾摩莎，我自遠方來殖民／但我已屈服。伊拉／福爾摩莎。伊拉／福爾摩莎」，福爾摩莎，反覆歌詠，暗示臺灣歷史命運之坎坷。楊牧書寫此詩的 1975 年，白色恐怖仍然重重壓制著臺灣島，殖民／反殖民／再殖民／反殖民，嗜血的床蓆上，反抗者的血跡模糊昏黯但還隱約躍動著。

〈禁忌的遊戲〉採四首連作的格式，自我情事與他者傳記是忽而平行忽而交錯的二重旋律，人生命題與歷史命題錯綜交響。以第 1 首最為突出：

〈禁忌的遊戲1〉節選

她終於學會了G弦，甚至
能夠控制那種美好的音色了

我聽到，於是我聽到苦楝一邊生長
一邊拋落果子的聲音：起初
那辭枝和觸地的時間是短促的
七年後，十二年後那距離越拉越長
（我們用春天的雨絲度量，而我

幾乎無法忍耐那一段分割的時間）
苦楝垂直穿過五線譜的剎那
和剎那，點點的低低的苦苦的
一點比一點低，一點比
一點苦的聲音

而終於跌落在地上了。她抬頭
看我憂鬱地聽著聽不見的樹葉
在紗窗外輕輕地輕輕地搖──午間
一隻白貓在陽臺上瞌睡
去年冬天的枯葉擁在階前
很多年以前的枯葉堆在心裡
「終於學會了G弦」她說：「這樣子──」
微笑用無名指輕易地，草原地
壓著格拉拿達的風……
詩人開門走到街心，靜止的午間
忽然爆開一排槍聲，羅爾卡
無話可說了，如是仆倒

點滴之苦的疊字修辭，讓人聯想起宋代詞人李清照（1084-1155）
的〈聲聲慢〉，「梧桐更兼細雨，到黃昏，點點滴滴。這次第，
怎一個愁字了得！」很能說明詩人的歷史性悲愁。在這異國音樂
與歷史場景的背面，隱藏著本地歷史的悲劇脈絡，「忽然爆開一
排槍聲」，如是仆倒的受難者在臺灣現當代史中不絕如縷。〈禁
忌的遊戲〉完成於 1976 年，在嚴峻的戒嚴時期，文本的晦澀與
敘述之曲折是不得不然的語言策略；「禁忌的遊戲」之命名也恰

當說明詩人的書寫心情。「我聽到苦楝一邊生長／一邊拋落果子的聲音」,「很多年以前的枯葉堆在心裡」,「苦楝」喻擬「苦之鏈條」,剪不斷化不開的不是生活閒愁,而是廣大真實的苦難鬱積在人心底層。〈禁忌的遊戲4〉如此結束:

> 有人拾起屋角的那支吉他
> 重覆著遙遠遙遠的大羅曼史
> 我喜悅地走向鴿子啄食的地方
> 那名趕毛驢的男子(他昨夜
> 已經散布了六個關於我的謠言)
> 回頭對我招呼,惺忪地——
> 吉他聲忽然中斷
> 一排槍聲……

西班牙的「大羅曼史」不是私我之愛而是大我之愛,普世價值並不遙遠,背叛與殺戮也是;臺灣白色恐怖時代「一排槍聲」的主旋律再度響起,蓋過了吉他的輪指撥弦與鴿子啄食聲。

楊牧多重聲音交響的詩意書寫,產生迷離氛圍與渾沌情境,耐人尋味;書寫於 1990 年 4 月的〈復活節次日〉也呈現如此的審美興味。這首詩有三個關鍵詞:復活節、百合花、無神論。「復活節」又稱主復活日,是紀念耶穌基督被釘死後第三天復活的事跡,是基督信仰的高峰,象徵希望與重生。復活節日期依年度與教派略有差異,約在每年 3 至 4 月間,符合本詩的書寫月份。「百合花」暗指臺灣的「野百合學運」,事件發生於 1990 年 3 月 16 日至 3 月 22 日,將近六千名來自臺灣各地的大學生,集結在臺北的中正紀念堂廣場靜坐,提出「解散國民大會」、「廢除臨時

條款」、「召開國是會議」、「政經改革時間表」四大訴求。這是 1945 年國民黨軍政集團控制臺灣以來首次大規模的學生抗議行動，敦促李登輝總統進行政治改革，進而推動臺灣的民主化進入新階段。此學運地點「中正紀念堂」供奉著獨裁者蔣介石的巨大塑像，依此我聯想起「造神」與「無神論」的隱密聯繫：

> 復活節次日
> 我強烈地想念他和他的無神論
> 鴿子三兩飛過鐵窗外的天空
> 樓下一聲緊似一聲，是牧師的
> 獨生女在聚眾喧嘩即將出發
> 步行去廣場
> 我桌上矜持的百合花
> 和傳說
> 裡那些天鵝，南瓜，國王的鹿
> 一樣教人心碎的是我的百合花昨夜
> 當我攜它走到巷口，那團契查經班
> 還在唱歌，燈和音樂一樣堅貞勇敢
> 宣告古昔在一隱晦的時刻啊
> 如何人子便甦醒，復活，升天了
> 而這已經是復活節次日
> 然則我竟如何絕望地這樣
> 強烈地想念
> 著他的無神論
> 和他

我將復活節、百合花、無神論視為轉化修辭運用，楊牧藉這些同時湧現的符號，對時代變局與威權歷史進行詩意反諷。「野百合學運」是臺灣歷史轉型的關鍵事件，中正廟廣場上的學生對國民黨軍政集團之絕對威權進行一次成功的解構，四大訴求後來陸續實現，首任臺灣籍總統藉此時機解構了外來政權長期壟斷的權力與組織，臺灣首度「復活」。我將「我強烈地想念他和他的無神論／鴿子三兩飛過鐵窗外的天空」視為反諷修辭，「無神論」是對自我宣稱為宗教信徒的獨裁屠夫的諷諭。「鐵窗／鴿子」明顯有著禁制／自由的對比，「聚眾喧嘩／廣場」具體烘托了學生運動的歷史情境。「教人心碎」與「我竟如何絕望」之共鳴形成陰柔子旋律，與「即將出發步行去廣場」之陽剛主旋律唱和，多重聲音交響模式再度發揮它的審美效應。

二、詩與現實的錯綜往來

　　楊牧詩學關注詩與現實的錯綜往來，現實經驗往往被視為相對元素而非絕對元素；詩的經驗焦注於凝神虛白，注重境界與情韻之孳息繁衍。例如〈松下〉，意念微波折轉處，詩的況味隱約而綿延：

　　松下飲茶
　　針薺的細葉
　　飄落白瓷盤上
　　有頃，組成一種圖案
　　繡在手帕邊緣的記號我早忘了
　　又縱橫浮起，現在
　　搖曳在水缸微涼的庭院裡

我俯身辨認
不知道它象徵什麼？
精緻，零亂，和諧──
或許是虛擬寂寞的星座
變形的爻卦，衣裳摺折的印子
手腕上依稀，婉約的皺紋
或許什麼都不是

　　適合松下飲茶之境，應屬花蓮松園別館最合宜，環境安寧廣
闊讓人心曠神怡。〈松下〉蘊蓄著歲月與人情之深邃，可說而不
可說；「我早忘了／又縱橫浮起」，顧左右而言他，乃閑言：「或
許什麼都不是」。手帕邊繡、衣摺痕印、手腕紋線，皆微觀之物，
詩人眼界崇尚邊緣而務虛。私我情事最難敘述，詞往往太過黏膩，
詩又抽象而疏離；〈松下〉承繼恍惚之境的美學，出神而忘我。
　　〈霧與另我〉的造型想像呈顯出陰性的「她」，霧在樹林裡
更衣；世情變幻人事錯迕之際，詩人欲窺視與追索什麼呢？唯有
「詩」。

霧在樹林裡更衣，背對我
與另我在迷路的春夜不期
而遇，摸索靠近且試探揶揄
枝葉交錯遮望眼不能目擊

那時，霧正在樹林裡更衣
鏡子將她優柔的側面旋轉

照見：月光下顯得蒼白無力
惟有裸裎的手臂示意平舉

「霧」隱含渾沌之義，「另我」是敘述者出神，故曰「迷路」；「裸裎的手臂示意平舉」，出神之我任由她來指點迷津。更衣、遮望眼、不期而遇、針黹、有頃、交卦、婉約，都是古典書面語；楊牧詩凝練典雅，和楊牧詩學注重格律，語言策略文白兼容有關。〈霧與另我〉為四行詩2節，2／3／4／5／7／8行押尾韻，一行五頓，合於矩度但並不呆板；節奏有序結構亦有序，然而意境縹緲意義虛靈，楊牧的脫序詩學恍惚映現。

〈故事〉

假如潮水不斷以記憶的速度
我以同樣的心，假如潮水曾經
曾經在我們分離的日與夜
將故事完完整整講過一遍了
迴旋的曲律，纏綿的
論述，生死俯仰
一種迢迢趕赴的姿勢

在持續轉涼的海面上
如白鳥飛越船行殘留的痕跡
深入季節微弱的氣息
假如潮水曾經
我以同樣的心

詩中的故事在哪裡呢？實體的故事內容潛伏在潮水之下，因情境氛圍與心理音色之波濤反復沖刷而更顯纏綿。「生死俯仰」與「迢迢趕赴」喻擬相聚與分離的心理性交纏，這份情意不會因現實距離而斷裂。「我們」也是一個虛指，可以代入任何元素，讓故事情境擁有普遍化義涵。〈故事〉的書寫模式隱約承襲唐代詩人李商隱（813-858）的「無題詩」，誠乃虛白美學的當代性演繹。相對於具體有序的現實描繪，凝神虛白的造境屬於脫序詩學範疇。

2009 年楊牧寫了〈脫序〉一詩，這首九行詩說了什麼又彷彿沒說什麼；詩以「然而」無端起興，收攝於「宇宙洪荒」幻現無盡藏之大美：

> 然而有些情節始終不可預測，日之
> 夕矣，並沒有神以超越的面貌參差
> 陰影裡提示她或她們的失落
> 沒有加強的號角以銅的決斷和空虛
> 及時伸縮，收放，使雲端產生
> 神聖與恐怖的氣息，或如魚類不得已
> 進化為爬蟲的過程被人的夢囈打斷
> 月蝕回明，所有戲劇因素都宣告脫序
> 只剩宇宙洪荒搖動在一隻椀裡

神學（超越的面貌）與心理學（人的夢囈）相續抖落之後，「月蝕回明」。「月蝕」之前節奏有序結構亦有序，框架有定數，觀念與想像亦有定數。「月蝕」發生，剎那間世界停頓；「月蝕」之後，有序與無序之間距被無限放大，脫序生成，這是「月蝕回

明」後的新發現：一隻椀，可大可小涵容一切，脫序詩學如是渾沌。

三、花蓮變奏曲

　　楊牧出生於崇山峻嶺藍天碧海的花蓮，浩瀚自然孕育他的胸襟；花蓮又位居臺灣邊緣，也激盪出他卓爾不群的風格。楊牧有著學院中人的嚴謹勤奮，詩裡常現書房沉思觀想之景；詩人長期任教於美國華盛頓大學，但臺灣對他而言意義重大，〈熱蘭遮城〉、〈禁忌的遊戲〉、〈復活節次日〉多少能表露其心跡。1996 年楊牧返臺擔任東華大學人文社會學院創院院長，也具現詩人的故鄉之愛。花蓮地誌書寫在他的詩歌生涯中舉足輕重，試舉二首評介。

　　〈仰望〉有一副題「木瓜山一九九五」。木瓜山位於花蓮鯉魚潭西側，海拔 2,427 公尺，山不算絕高然形勢奇峭，從花蓮平原向西仰首可觀。這首詩的關鍵詞是「少年氣象」，開端點明：「山勢犀利覆額，陡峭的／少年氣象不曾迷失過」，中間略加演繹與形容：「兩個鬢角齊線自重疊的林表／頡頏垂下，蔥蘢，茂盛」，「北逾奇萊／南止於能高山之東／衣領挑達飄揚／然則高處或許是多風，多情況的／縱使我猶豫畏懼，不能前往」，呼應仰望之因。詩人無意登高，但提出一個大膽假想：

> 少年氣象堅持廣大
> 比類，肖似，然後兩眼闔上……
> 縱使我躊躇不能前往
> 你何嘗，寧不肯來，準確的心跳

脈搏？

此刻我侷促於時間循環

今昔相對終於複沓上的一點

山勢縱橫不曾稍改，復以

偉大的靜止撩撥我悠悠

動盪的心，我聽到波浪一樣的

回聲，當我這樣靠著記憶深坐

無限安詳和等量的懊悔，仰首

看永恆，大寂之青靄次第漫衍

密密充塞於我們天與地之間——

我長年模仿的氣象不曾

稍改，正將美目清揚回望我

如何蕭然起立，無言，獨自

以倏忽蒲柳之姿

上述詩段包含三個文化典故：

「縱使我躊躇不能前往／你何嘗，寧不肯來」語出《詩經・
鄭風・子衿》：「青青子衿，悠悠我心。縱我不往，子寧不嗣
音？」

「美目清揚回望我」語出《詩經・齊風・猗嗟》：「猗
嗟昌兮，頎而長兮！抑若揚兮！美目揚兮！巧趨蹌兮！射則臧
兮！」

「蒲柳之姿」語出南朝宋・劉義慶《世說新語・言語》：「顧
悅與簡文同年，而髮蚤白。簡文曰：『卿何以先白？』對曰：『蒲
柳之姿，望秋而落；松柏之質，經霜彌茂。』」

第一個典故傳遞山勢崇高（你）與少年氣象（我）足以匹配

之義。第二個典故以「回望」之舉稱讚壯盛美善之儀容彼此相當。第三個典故是自我標舉，以蒲柳之姿反襯松柏之質。

文本中段突兀插進了兩句古詩原文：「髧彼兩髦，實維我特」（垂髮齊眉少年郎，是我傾心配偶），語出《詩經・鄘風・柏舟》：「汎彼柏舟，在彼河側。髧彼兩髦，實維我特。之死矢靡慝。母也天只！不諒人只！」楊牧詩：「而縱使我們的地殼於深邃的點線／曾經輪番崩潰，以某種效應／震撼久違的心──」，下接：「髧彼兩髦，實維我特」，上下文交纏形塑對話效應，衍義：無論人世如何震盪不能屈改我心，突出誓言之莊重與堅定，為「少年氣象」築造精神基石。

詩篇本文之前還有一段英文題辭，來自英國歷史學家愛德華・吉朋（Edward Gibbon，1737-1794）的一段話，粗略翻譯是：「我的驕傲混合了謙遜、嚴肅與憂鬱的成分，歷史學家的未來命運總歸是短暫與不確定的。」嵌入這段題辭，楊牧有意對詩之涵義提供補充解釋，以英文呈現比較不會那麼直白。〈仰望〉英文題辭與本文中插入文言古詩句，有文本自身的內在需要，但吊足了書袋；另一方面，也顯示楊牧將自我詩章放置在世界詩歌視野，來作自我定位的文化思維。換個角度考量，運用文化典故與艱澀語詞的書寫策略，增加了文本的折摺層，讓具體物象與主觀意識的輪廓模糊化，符合楊牧追尋的脫序詩學。

〈沙婆礑〉寫於 2003 年，書寫對象是花蓮沙婆礑溪上游自然景觀，當地人稱為水源地。「沙婆礑」原住民語本意是雨水多，沙婆礑溪夾在嵐山、加禮宛山、七腳川山三面陡峭包圍中，形成水流強勁溪巖層疊的山水祕境。就像木瓜山的書寫主題並非山體本身，而是借景抒懷；沙婆礑的書寫主題也不是山溪景觀，而是現實／夢，愛／孤獨，人世／大化之多重冥想的匯流。

詩分三章，採八行詩雙節格式，從章法佈置分析屬於疊加結構。第一章在波光水影與風之斷續裡，觸摸現實與夢境之錯綜往來；第二章於現實／夢境的背景之上游動著自由／束縛、愛／孤獨之二重奏，且向瀑布溯源；第三章以同心圓意象化解二元辯證的侷限，以瀑流之剎那分解又復合，頓悟自然奧義。

> 蜥蜴在星光下吐納
> 河水緩緩上升，即將
> 淹沒僵冷的前趾，後趾
> 在天狼星的餘溫裡
> 將尾巴浸溼，只剩
> 那定位的長舌尖端，如燐火
> 透過啟明的憂鬱輕輕抖動
> 在我們夢境裡發光
>
> 這樣計數著，時間
> 隨雲陣的反影移動
> 飄流。魚鰓的速度。或者
> 靜止不動，甚至也不再以口器
> 示警，風在山坳裡提早歇息
> ——曾經如此溫柔起意吹拂
> 過水薑葉上的露滴落豐滿的
> 河面讓一隻長腳蚊把自己喚醒的風

　　第一章創發了幾個獨特句子：「天狼星的餘溫」、「那定位的長舌尖端……在我們夢境裡發光」、「魚鰓的速度」、「讓一

隻長腳蚊把自己喚醒的風」，瞬間將讀者帶進了自然之神祕氛圍。本章語意的流動呈現非常規圖式，敘述的推理邏輯被不定向的詩意風光解構重新排列，當語序／句群經過詩化重組，有序向脫序完成美學轉型。

> 誰能將那雙重擁抱下
> 徹寒的圓心以一髮之刀
> 分割為二個別實體
> 如愛，在此後契闊的時光裡
> 分屬拂逆的男女？誰能自風的
> 猶疑解讀河流怎樣選擇方向
> 自稀薄的雲聽見海潮──
> 且允許那水勢自由行止
>
> 試探孤獨？現在
> 水聲漸小，或明顯隔離
> 落在樹藤隱遁的間際：
> 虛無的陳述在我們傾聽之際音貝
> 拔高，現在它喧譁齊下注入黑暗
> 女巫的懷抱。谷壑，飛鼠和山貓
> 猴薑的根莖，半醒的魂魄等它
> 幽幽然發芽或甚至也開花

　　第二章以設問句開端，為終章的形上思維留下伏筆。雙重擁抱與拂逆男女之間形塑出巨大張力。「怎樣選擇方向」同樣是天問，瀑布聲時隱時現像似答話，卻只是「虛無的陳述」。若「半

醒的魂魄」影射虛靈存有，黑暗女巫、谷壑、飛鼠、山貓、猴荳，自然萬象一體圓成，這是否能將歷史性存有被「一髮之刃」（象徵歷史動亂）劈裂的圓予以彌合？

> 幾乎對等的心跳隔著曉寒
> 和淡去的月暈，在薄荷色裡
> 無聲傳達：秋天的末尾
> 每年，當小紅果佈滿石礫灣以上
> 的丘陵地帶，早來的霜認識
> 這預言的水晶球正涓滴均勻佔據
> 它的一定半徑，循軌跡
> 發現虛線盡頭的同心圓
>
> 我們從高處看它，聽見烏鶩
> 驚呼水光溢上概念化的彼岸
> 此岸，幼稚的二分法在魚鱗
> 反射的強弱裡完成同步
> 回響，如泉水為了追逐
> 超前湧出或墜落之勢於剎那
> 完成的形狀，為了解體
> 為了與它同歸形上的漣漪

　　第三章，關鍵詞「同心圓」上場，「虛線盡頭的同心圓」是生命之根，幼稚的二分法被抖落，「魚鱗反射的強弱」是無可捉摸的光影魔術，是現實與夢相生相成之景；解體之水是一個動態象徵，似斷實連似連實斷；「漣漪」剎那生滅剎那圓成，謎題與

謎底同步顯現。

〈沙婆礑〉是楊牧詩的典範之作，它匯聚了幾個優質條件。首先，它將抽象性建立在具體物象之間，形上思維不會架空而虛無化；第二，它的人文覺察孳生於自然場所，不是書房空想的意念循環；第三，它的詩歌場蘊蓄自身體性經驗之煥發，不拘囿於概念性的推理演繹；第四，它的場所精神裡包含著鄉土情感，不只是普世價值之美學化追索。

四、風格特徵與審美精神

楊牧詩重視抒情聲音，造境服從於表情與命意，傾向於將「現實」視為一個暫時性憑藉，詩意書寫中諸多美學元素之一環。楊牧詩形象典雅聲響幽微，文字打磨得多彩魔魅，就語言藝術而言堪稱當代華文詩典範；痛苦與傷殘往往被抒情聲音與象徵框架莊重包裹，現實感斂藏而形上思維顯揚。

2013 年楊牧出版了《長短歌行》，它的壓軸詩篇即〈長短歌行〉。這部詩集收錄了幾首重要詩作：〈希臘〉、〈雲舟〉、〈脫序〉、〈獨鶴〉、〈與人論作詩〉、〈時運〉、〈形影神〉、〈琴操變奏九首〉、〈蕨歌〉、〈歲末觀但丁〉、〈長短歌行〉，從標題與內涵觀察，上述文本或多或少都觸及終極觀照命題。何謂「終極觀照」？

「夏天，台階上猶殘留
午前浸透的清水，鴿子神經質地
繞圈圈行走，對自己的影
示愛，咕嚕咕嚕看不見

樓頂旋轉的風信雞：

遠山餘雪一脈」

——〈長短歌行〉節選

相較於「對自己的影示愛」之自我執念，濁重糾纏的現實迴響；
「遠山餘雪一脈」即終極觀照，清揚潔淨的精神信念。終極觀照
來源於孤獨者之清澈心智與宏觀胸懷，其視域昭示了楊牧對於
「詩人」的人文定位：

〈雲舟〉

凡虛與實都已經試探過，在群星
後面我們心中雪亮勢必前往的
地方，搭乘潔白的風帆或
那邊一逕等候著的大天使的翅膀

早年是有預言這樣說，透過
孤寒的文本：屆時都將在歌聲裡
被接走，傍晚的天色穩定的氣流
微微震動的雲舟上一隻喜悅的靈魂

　　楊牧側重的終極觀照在於美學面相，「孤寒的文本」顯然位
居於天際，當詩篇乘雲舟翱翔之際，靈魂得到無邊靜穆與純粹喜
悅，此即詩人信仰的歸宿。〈雲舟〉用「雪亮」與「勢必」這般
具有絕對屬性的詞呈現敘述者篤定的心態，直面詩的核心。
　　楊牧詩具有古風這一點毫無疑義，從修辭層面從精神取向都

可見其跡象；它的古典歸宿超越文化界域，雙手操琴之時昂首希臘，觀但丁與會陶潛互不隔礙，主體精神融會了東西文化。曲、辭、歌、行是中國古樂府的類型詩體，是能與音樂配合的傳統歌詩；楊牧詩與詩集命名「長短歌行」意謂著回歸太古遺音，對詩人而言那是文化正脈：

> 「我深信你悠閒的行止最令人
> 心折。相對於衝刺，紊亂的
> 獸蹄或鳥跡，我寧取那雨中
> 完美的步調——不疾不徐」
>
> ——〈長短歌行〉節選

如果將衝刺視為「變」，紊亂視為「偏」，不疾不徐就是「正」，正、變、偏是傳統文化對價值的一種量尺與座標。「雨中完美的步調」是帶有潔癖傾向的精神堅持，這是處女座詩人的性格使然；楊牧的詩探索偏向形而上的細膩思辨，詩歌經驗模式往往將現實百態抽象化，率皆根源於此。

我將《長短歌行》視為楊牧詩學的文化標竿，理由來自這部詩集的文化溯源傾向與崇尚高古精神，呈現詩歌生涯追索的巔峰景觀。《長短歌行》分四輯，輯一以〈希臘〉開端，〈獨鶴〉結尾；兩詩都嚮往崇高精神。「諸神不再為爭坐位齟齬／群峰高處鑴琢的石磣上深刻／顯示一種介乎行草的字體」，希臘諸神與東方行草共榮，朗暢無礙的人文匯萃。

〈獨鶴〉

有一種姿勢眼看即將展開：
露水點滴蒸發，太陽淹遲淪陷為了
反覆重來。背對那個方向
鶴他預言地站立
或許將對我們宣告
有些啟示，一個物種界外彷彿
陌生的異類先行者以同樣的
冷眼回望那偶發的次情節
暴亂的訴求——
認知這時風中
和我一樣稀有的始終
是這種不可或忘的嶙峋之姿
或掀動兩翼於朝暉裡作有形與無之舞
以一聲長唳發自我們失落的九皋深處

　　本詩將「鶴鳴于九皋，聲聞于野。」（《詩經‧小雅‧鶴鳴》），結合「素處以默，妙機其微。飲之太和，獨鶴與飛。」（唐‧司空圖《二十四詩品‧沖淡》），古典精神的嶙峋之姿赫然在目。「稀有與失落」是傳統文化精神必須面對的當代命題，「獨鶴」在網際網路與手機稱霸的時代確實不易找到傳承者；誰在乎飽含天地元氣的契機？誰相信人與自然萬物能同化而默契？「鶴」是來自界外的預言與啟示，「詩」又何嘗不然？
　　輯三乃琴操變奏九首。《琴操》為古中國琴曲著作，相傳編撰者為東漢蔡邕（133-192）。琴操之意旨與精神命題相關，「憂

愁而作，命之曰『操』，言窮則獨善其身，而不失其操也。」
（《琴論》）。唐代韓愈（768-824）〈琴操十首〉，藉古題抒發
今聲；楊牧〈琴操變奏九首〉，再次進行現代性演繹。東漢桓譚
（前23-56年）《新論・琴道》載：「琴之言禁也，君子守以自
禁也。」古代「琴操」性情合暢的身體性命題如何在當代詩人／
詩篇中重現，真是文化難題；然而，詩人相信唯有再造「典範」，
文化傳承才能完備與接續：

〈琴操變奏其九〉

　　這一次預言成真，歌從霧中傳來
　　陌生而險峻，我看到或人模仿的手勢
　　戲劇地平舉為阻止情結向前
　　如寒泉解凍剎那有最後一點爐灰
　　及時照明，見證挫折和毀滅
　　將傳承的儀式與典範利刀切割
　　我聽到失憶的詠歎穿梭
　　於醒與睡之間，抒情，言志，敘事
　　完整的結構，和動作，和適度的
　　悲傷，在反身離去之前

　　輯四重心在〈蕨歌〉與〈長短歌行〉。〈蕨歌〉是一首生態
版的「論詩詩」，討論的不是自然生態而是詩學生態，結構思維
相當具有原創性。〈蕨歌〉由三段十行詩組織而成，每一段皆以
心靈狀態開端，為原初命名結尾；但一次比一次，詩學探索更加
深入，心靈空間更加純粹。

第一段自述楊牧早年的詩學歷程，渴望再生「失落的性靈」是推動寫作的原動力。第二段自述楊牧中年的詩學歷程，洪水消退（對應於臺灣解除戒嚴），「時間的壓迫感」崩解，歷史劫難暫告休止（但未終結），「留下涎抹和體液」，歷史悲劇殘存一絲絲考古遺跡。詩人此時期堅持不斷穿越自我錘鍊，「我穿行過連續不斷的藻菌和苔蘚／風聞一孤單的始祖鳥在藍天／最深處為復活的羊齒類歌唱／遂駐足傾聽並為它一一命名」。拈出「始祖鳥／羊齒類」，詩人確立了為高古精神歌詠的詩學志業。

> 終於有人在它索漠隱花，如此純粹
> 無雜質的狀態裡發現對數落鄂格之祕
> 或將無限加大N次回歸石炭紀。我
> 看到無私的複葉訴說著重疊綿密的
> 過去和未來以肯定現在；在簡單
> 無情的孢子囊各自淫邪的撩撥撞擊聲中
> 回想起，曾經，我無意間睜開眼睛
> 如失群的水族之一類順流而下，目睹
> 岸上競生著中空有節的巨木，確定
> 曾經以魚的敏感零乘冪為它命名

第三段陳述楊牧晚年的詩學歷程，「終於有人」發出生命慨歎之聲，「發現」誠乃創造之最高喜悅。發現什麼？抽象之美與尺度；「無限」即抽象化的目標，「無私」即普遍化的法則。「零乘冪」即「0的0次方」，乃無法定義之數。將自然萬象與人文歷史進行象徵性轉化，是楊牧採取的詩學方法；為無法定義者命名，是楊牧標舉的詩的理想境界。

〈長短歌行〉是壓軸詩章，抒情論理搭配得宜，置入（獨白體）與遠離（敘事體）交互照應，風吹草偃處有梳理人心之微妙感觸。〈長短歌行〉最後如是說：

　　那一次當春汛提早流滿
　　廣闊的水平，魚鱗閃閃發光
　　我們放棄所有神鬼假象
　　危險的思維，割裂，爆炸的
　　雷電。有一種膚色
　　比罌粟溫暖，及時盛開
　　我從困守的囚禁外望，親眼
　　看見有翅和無翅的昆蟲交叉歸類
　　角逐生長，暗中學習脫胎
　　蛻變，如何搶飛，求偶
　　和交配，而終於死亡。完整的
　　輪迴歷劫重來

　　「風在樓頂上找到它不確定的方向了
　　入秋以後遠山似乎又已經下過
　　一場新雪。鴿子還在微潮的台階附近
　　繞圓圈行走，打字機色帶
　　來回計量人間的死生契闊，噹——
　　我們所有的預言
　　和承諾」

「不確定的方向」乃脫序詩學的意念核心，「預言和承諾」即終極觀照的價值根本。

　　楊牧詩學，東／西、古／今、人文／自然交錯編織的手法，文化涵養貧乏的現代人很難現學現賣；華文詩界讚嘆、吹捧楊牧者不在少數，但往往止於表面斯文，誰肯下功夫向東西文化源頭考掘與借鑑？楊牧的詩歌生涯超過一甲子，考察其豐沛文本之演化史，歷歷可鑑詩人語言錘鍊與美學塑形的曲折歷程，體會詩歌寫作之快意昂揚與苦澀孤獨。

【參考文獻】

楊牧，《楊牧詩集 I 1956-1974》（臺北：洪範書店，1994 年）
楊牧，《楊牧詩集 II 1974-1985》（臺北：洪範書店，1995 年）
楊牧，《楊牧詩集 III 1986-2006》（臺北：洪範書店，2010 年）
楊牧，《楊牧詩選 1956-2013》（臺北：洪範書店，2014 年）
楊牧，《長短歌行》（臺北：洪範書店，2013 年）
黃粱，〈有序與脫序──楊牧詩學〉《百年新詩 1917-2017》（花蓮：青銅社，2020 年）

第十章
零雨的詩，
文化傳承與創世排練

前言

　　零雨（1952-）的詩，孤獨、挺拔、內斂、謹嚴，創世排練自導自演。零雨詩的美，是「心臟被挖空」的那種美，但不血腥，以盤上空無一物，邀請你擎起匕首，發現身體裡的那顆果凍，試著舀一舀。零雨不孤單，天地圓成枝繁葉茂，她發明：父親、火車、島、母親、大海、女兒、身體、語言、甲骨文、故鄉……，現代人濫棄之物遺忘之物，一一撿拾重新拼裝，像個拾荒老人。零雨的詩胸懷文化傳承，字字艱難苦澀，定靜航向太初與太古。本章試圖釐清零雨四十年詩歌歷程的主題關注與風格特徵。

一、主題關注

（一）語言／詩

　　「語言／詩」是零雨長期耕耘的主題，〈單字系列〉、〈語詞系列〉、〈詩篇〉、〈我和我的火車和你〉等都是。〈野地系列〉十四首是一組關於「詩」的詩。〈必須邪惡〉：「捕獸器架在深

山／眼睛裡出現一隻／屈服的小獸」,「你拔掉蕪草／誓不兩立。
祈雨／／如果上帝不來／就離開他」。捕獵野獸喻擬發現意象,
拔掉蕪草象徵語詞淬鍊。「你是邪惡／你必須如此」,選擇語詞
即選擇命運;如果將創造的本質稱名為「詩」,語言的目的就是
創造自己的神話。這是〈野地系列〉序詩,詩之視域廣闊高遠。

「野地打著呼嚕／／聲音有點豐富／眾多嬰兒誕生」(〈祭
典〉)。創作猶如春之祭,荒野在初春時節恣情任性展露生機。
野地裡眾多嬰兒誕生,每一首詩都是一個新生命;「野地」就是
那張稿紙,那顆無所拘束的心。「野地裡的花,掀動／／上帝流
下鮮豔的辭藻／／瓜被打開,深色的種籽／隨手撒進泥中／／他
吸吮那瓜」(〈豐年〉),詩人將語詞的花卉轉化為成熟的瓜果,
詩心在手,狩獵與耕耘映現了詩的跡痕,一種接近原始形態的人
類直面天地的誠懇勞動。

「法則存在火中／／紀律圍成一圈／／灑上鹽,灑上酒水／
說出最毒的咒語／／神遠道而來／動了感情／／都戴上面具／彼
此驚嚇」(〈逃跑〉),詩的空間是情感的紀律與心靈奉獻儀式,
人神共舞以迎天。而詩的時間如同飛鷹來去,無法預料目不暇接,
放開心靈跟隨它去吧!前往無端無盡藏的天地,鷹鷂穿越古今,
出入過去與未來無所窒礙——

　　鷹鷂來了。每一次
　　拜訪,都很激動

　　你攔截天空。攔截鷹鷂
　　攔截翅膀上暗色的羽毛

鷹鷂攫走。時間
　　雞雛啼叫

　　你放開。時間
　　看著他進入無限

──〈鷹鷂〉節選

　　老鷹俯衝捕捉農家雞雛，在過往的鄉間是令人激動的景觀；陸機（261-303）著名的《文賦》也曾以射鳥意象傳達詩人與語言的關係，技藝加上運氣的瞬間相遇，「浮藻聯篇，若翰鳥纓繳而墜曾（層）雲之峻」。

　　「我們爬到時間的頂端／發現另一個村莊／／住著年老的父祖們／⋯⋯／露出鄉村栽培的生澀笑容」（〈父祖們〉），「爬到時間的頂端」意味著溯源，跟隨樸素的容顏再度前進。葬儀隊的嗩吶聲尖銳地嘶叫，魂兮歸來！魂兮歸來！「嗩吶／在時間的細線裡／穿梭／⋯⋯／你將從黑暗來／攣著一根火鉗子／激切地叫喚／／好像我是那個仰著頭／卻喪失了耳朵的孩子」（〈嗩吶〉）。靈魂會疲老會遲鈍，衰朽的靈魂會因為巨靈的叫喚而甦醒嗎？穿越生／死、光明／黑暗的靈魂探索之旅正在眼前鋪展，一路逶迤而去。

　　以上的〈野地〉段落顯現零雨對鄉野生活的熟稔，能將生活經驗的肌理轉化為隱喻和象徵，賦予詩歌空間豐滿的情感。第十二首〈曬穀場〉觸入主題核心：將曬穀場的農家勞動轉喻為詩歌語言的精鍊過程：

　　你是必要的惡。語言
　　曬在地上

將有一人拿著耙子
必要的時候耙幾下

穀粒翻身。陽光
配合。到處白晃晃

翻身。又翻身。被炙過
狠狠炙過。語言。形成一種
堅硬的本質

進入鼓風爐。揚灰。脫殼
粗糠必要給歐留下。
糙米必要自己使用。
白米必要賣入市場。

那些早早被銜走的穀粒
將不被理解。必要落入
最初的田中。必要。必要
被神話的處女狠狠
踩過且祕密懷孕

詩的語言不只精心選擇，且被反覆炙曬磨礪，「語質」變得精純厚重；詩的語言必須保留天然形貌，又被奇蹟式的飛鳥（靈感）銜走，落到不知名的場域。「神話的處女」隱喻詩人，具備與天神交媾的能力；語詞在詩人的胸懷裡孕育，醞釀為詩篇中的點點滴滴。

野地系列第十三首〈一種存在逼近〉將詩歌空間的寂靜，比擬為「五斗櫃」的抽屜。五斗櫃帶有濃厚的生活情感，收藏歲月痕跡與身體印記，卻容易被人們忽略；它被遺忘在偏僻鄉間的廢屋子裡，那神祕氣息得小心翼翼地接近，以免驚動了「空無／卻長出青蔥」的寂靜。詩人以靜默觀照「詩」的存有，故詩題為「一種存在逼近」，人無法逼近詩，只能棲居在寂靜的心靈場所，等待「詩」倏忽現身。

野地系列最後一首〈與蛇相遇〉，詩人用手杖撥蛇，「手杖」代表語言，「蛇」像似那首詩。「語言／詩」乃相互依存的關係，手杖左右蛇的行進方向，「詩」反過頭來也和「語言」一路糾纏不休。「我們被逼。到小路盡頭／互相糾纏。使盡手臂。其他／肢體。以為宇宙就這麼大／／大到時常互相碰撞。以為／只活這一次。但我們還是／互相溜跑。跑過對方的／界線／／最後。宇宙翻覆／我溜進草叢。牠丟掉／手杖。最後。語言的問題。並不／存在」。用盡力氣相搏拚不足以形容纏鬥之激烈，直到最後以性命相許，界線被混淆被顛覆，形式就是內涵，內涵就是形式，語言的問題消失；宇宙翻覆之後，詩的誕生就是創世紀。〈野地系列〉是內涵豐富、主題焦聚而思想深入的一組詩篇。零雨運用她所擅長的組詩模式，從各個角度對詩之醞釀與誕生過程進行思想考掘，巧妙地連結經驗語詞和抽象語詞，完成對「語言／詩」精彩的詩性演繹。

（二）身體／心

如同語言與詩相互依存，身體與心的關係也是如此。〈特技家族〉藉著雜耍與魔術表演中的特技動作闡釋人類行為，賦予身體的各種扭曲、飛旋、劈磚、吞火、穿刺、綑綁等行為象徵意涵。

全詩分作九段，第一段凌空翻表演，是馬戲團表演通常的熱身小菜，無意義翻滾的人身（人生）最後只贏得：「被踩在腳下（只剩下眼睛）／（廣場以屁股遮天）」；第五段以吞吐火焰的動作：「每一個著火的人認出了／同路人」，衍生反諷義涵。第九段網綁脫逃術，表演者最初「鬆了綁／留下一根迅速癱瘓的繩子」，終場又「觸摸到一根黑暗中的繩索／緩緩綁自己」，反覆的「身體拘囚」，顯影現代人走不出無形牢籠的生存困境。〈特技家族〉的戲劇張力強烈而語調冰冷，以身體動作顯現的荒謬場景，隱含詩人對當代社會「心靈缺席」現象的批判。

〈有果實的客廳〉以比較感性的方式觸摸「身體／心」這個命題，正文之前引了一段題辭：「守著窗兒，獨自怎生得黑？」，宋代女詞人李清照（1084-1155）的〈聲聲慢〉。「守著窗兒」是身體孤寂，「獨自怎生得黑」是心理情境，看看零雨如何以新詩語言漫步其間——

1

蕭邦從早晨的鋼琴
揚起手臂，喬治桑端出
一杯溫熱的咖啡……
每一天的閱讀，由此開始
我們揣測，進入室內的光影
因為愛戀著蕭邦，從角落
靜靜踮起腳，蒙住我們的眼睛
留下耳朵，它們溫柔恫嚇著

蕭邦（Chopin，1810-1849）是波蘭作曲家與鋼琴家，喬治·

桑（Georges Sand，1804-1876）是法國小說家、劇作家，一度成為蕭邦的情侶。蕭邦的鋼琴聲陪伴著早晨的閱讀者，開啟了一天的生活，「溫柔恫嚇著」形容鋼琴聲溫馨與激情交織的旋律。假想喬治桑是我，蕭邦充滿愛意的琴聲伴我度過每一天的閱讀。「我們的眼睛」莫非有兩個人，不是的，那是比喻「詩人／我的身體」和「詩／我的心」，作者鋪設了一個咀嚼孤寂的詩歌空間。

2

我的胸前捧來一盤
豐盛的果實，你採擷了
當令的鮮紅櫻桃

在客廳，柔軟的躺椅
光線從右方斜映
我瘦長的枝幹與你
嶙峋的骨架，互相調侃
——於是，我的身上
長出你的枝椏，你的身上
也有了我的

果實是充盈芬芳汁液的身體，櫻桃是其中最鮮豔的心；我的身體長出了詩的枝椏，詩的枝頭也流淌著身體的汁液。有果實的客廳在音樂動情的催眠裡，愛戀轉深；但那是詩人和詩的愛戀。「我瘦長的枝幹與你嶙峋的骨架」，彼此的枯寂因情意交纏而漸趨豐盈。

3

外面落雪了，翻開一本書
我們共同的記憶，落到第99頁
當你逃脫時，我便贏了你
旅途的親吻

笑聲傾覆，在果核、書冊
與墨瀋之間

打翻了一個唐朝的暖爐
一個宋朝的茶碟
——那就不喝茶了
拿出春天的新釀，飲盡
這一杯，就分不清你的詩
還是我的詩

「脫逃」，情人之間的身體遊戲解散了孤絕，笑聲揚起，「春
天的新釀」讓欲望大膽釋放，潛意識開張，自由出入于筆墨與文
史，身心交融成一體；再也分不清，詩篇究竟來自身體的浸潤還
是心靈的結晶。

4

但我善於夢囈，在夢中
我走得很遠，遠到看不見你
你也看不見我，歷史抑或
宿命，逼近我，跨大腳步

走進南方的戰場
每一天的閱讀，都從黑暗開始

黑暗碾過我的肌膚
碾過咖啡
蕭邦的早晨
有果實的客廳
我們的書頁──

就從這一天起，我醒了

看到蕭邦，端來一杯
溫熱的清茶──茶漬落在
新完成的詩卷，就像
欲飛的音符──

　　「歷史抑或宿命，逼近我」，詩歌空間再度翻轉，純粹抒
情對零雨來說遠遠不夠充實，意識的「戰場」鋪陳了詩篇「黑
暗」的底色，以黑暗為基礎音色的心靈氛圍與創作情結造就零
雨詩獨特的曲折深厚。「蕭邦」端來了解醒的清茶，詩卷新成；
我不再需要扮演喬治桑自我慰藉，我就是蕭邦！請聽那「欲飛
的音符」。

5
我也懂得了，一種消磨
歲月的遊戲──在黑暗窗口

用盡力氣，把詩拋得更高

更高。高到（黑暗）無可奈何

高到雪一樣的高度，高到

紛紛落下

落入大地

「消磨歲月的遊戲」，回到宋詞〈聲聲慢〉，零雨透入了李清照獨倚窗兒的唔嘆，兩個詩人的身影疊映，詩越寫越高寒，離世情俗韻越來越遠，高到詩人無可奈何，黑暗也無可奈何之境，方歇。這首詩是零雨感性與知性協調無間的詩藝傑作，讀來舒緩溫馨深邃迷人。

（三）父親

零雨的創作歷程中，「父親」是關鍵意象，也是核心命題。最初兩本詩集父親以隱匿的形象在幕後湧動。第一本：「我想起母親的叮嚀　請把它埋深一點　埋深一點」，它：父親的骨灰。第二本：「他微弱的雙手／有烏鴉盤旋／送葬的隊伍開始了／村子邊緣那道潰爛的傷口／總是不能痊癒」。第三本：「父親站在十字架上」，借用神話浮現受難場面。第四本：「子彈上膛，你揮帽」，直接扣響死亡。第五本：「請問這裡的出口在哪裡／──父親的最後一句話」，生死有過一次短暫交談。零雨的前五本詩集，父親意象始終與死亡有祕密連結。從第六本詩集《我正前往你》開始，「母親」躍居顯著位置，「父親」進入退藏狀態。以下選擇詩例嘗試解讀：

〈父親在十字架上〉

　　　　——用鯀禹神話

我站在父親前面。赤裸的
父親站在十字架上。我站在
他的前面

他們遞給我父親的眼睛。遞給我
父親的鼻子。父親的嘴巴。父親的
舌頭。我的手上捧著一個盤子

盛裝赤裸的父親以及
我稚幼的臉龐

父親並未死去，在高高的
十字架上。尖刀進入
最強硬的內部
　　——這是無法磔轢的部分了

我聽到父親對我
說話。他們遞給我父親的
說話
　　——這是無法磔轢的部分了

　　鯀禹神話源出《山海經‧海內經》——「洪水滔天。鯀竊
息壤以堙洪水，不待帝命。帝令祝融殺鯀於羽郊。鯀復（腹）生

禹。帝乃命禹卒布土以定九州。」古神話敘述鯀以造堤堙塞的方法治水，造成惡性氾濫；禹記取父親的失敗經驗，改採疏導治水，終於成功。傳說鯀死三年不腐，剖之以吳刀，乃出禹，寓意傳承的悲慟與承擔。這首詩除了延續悲劇性受難傳承的基本架構，更賦予新的血肉與意涵：稚子手上托承的盤子裡，「盛裝赤裸的父親以及／我稚幼的臉龐」，受難之盤裡同時盛裝父親和我，自傳式的敘述情境讓詩歌空間的情感更加飽滿。父親的「說話」代表超越肉體的精神生命，「這是無法礫礫的部分」，表達文化傳續的莊嚴意義。〈父親在十字架上〉運用《山海經》神話資源做轉譯式書寫，將兩代的傳承提昇到文化精神的高度。

〈父親在火車上〉結合兩個意象，「火車」象徵既定宿命遵循軌道，「父親」象徵家族／國族的主人，死亡陰影緊迫跟隨：

〈父親在火車上〉節選

一塊剪裁的黑布
綑綁你的雙眼
而木塞，嵌入你的耳朵

你到懸崖
以一根粗劣的繩索墜落
但牛羊又將你驅趕
到對岸的樹林

樹林裡走出一排軍隊
子彈上膛，你揮帽

向他們敬禮，手撫胸口
微弱的呼吸

突然，關上燈的黑暗中
火車開了，載你到遠方
永不停留的旅站

啊父親，你遞給我黑布
它像一條小船，被我丟棄
在故鄉寂靜的溪流

詩篇一開始安排了鄉野地區的槍決場面頗不尋常，也沒有交代任
何歷史背景，「但你為何流下淚／又將淚放在我的臉上」，文學
自我與現實自我恍惚重合，讀來令人動容。

啊父親，你聽一聽
那淒厲的聲音：從懸崖
底部翻起，竄過樹林
因為被黑夜刺傷而暴怒
而快速俯衝，切開岩石
那聲音，你是聽不到了

絲綢的捲軸
舞動的裂帛風景
寄居在每一個故鄉之中
那聲音，你是聽不到了

「舞動的裂帛風景」隱喻時代的傷痕，「寄居在每一個故鄉之中」又將傷痕拓放到（臺灣）大歷史的舞臺上。「淒厲的聲音」竟可切開岩石，那死亡想必悽慘而廣大，絕非一人之死而是眾人之死，「我的父親」在想像中被延伸為「一代人的父親」，詩歌空間剎那之間被撐開。

　　　必將有一人到來
　　　啊，必將有一人
　　　從未可知的一片樹林
　　　來到我的跟前
　　　指給我一條更廣闊的道路

　　　我以為是你，父親
　　　但不是──
　　　我已遠遠把你拋下

　　　我要下車
　　　在前方的那一站
　　　我要奔跑
　　　在未可測知的那一站
　　　我要進入樹林
　　　以黎明的光速
　　　霍霍如閃電──
　　　從一片樹林
　　　到另一片樹林
　　　以及
　　　另一片樹林

「我已把你遠遠拋下」，上下關係的傳承終止，內外關係的傳承展開，「我要下車」，暗示拋開了歷史宿命，「以黎明的光速／霍霍如閃電──」，以嶄新的腳步邁向未來，已不是傳統火車可以趕得上了。〈父親在火車上〉以個人小敘述影射歷史大敘述，構造深邃情境動人。「父親」的意象設置與命題探索，在零雨詩中根深蒂固，面貌複雜。

（四）火車

「火車」意象出現在零雨的四本詩集裡，《特技家族》：〈八德路鐵道日記〉（二首）、〈鐵道連作〉（六首）。《木冬詠歌集》：〈父親在火車上〉、〈火車旅行〉（二首）。《我正前往你》：〈我和我的火車和你〉。《田園／下午五點四十九分》：〈火車〉（四首）、〈在夜車上〉、〈海的顏色〉。

〈鐵道連作2〉節選

打鐘了　火車啟動

人的頭獸的身體
鳥的雙足

眼前攤開一張地圖

童年
跑在前方……忽焉在後……

……到了嗎？孩子問母親

火車意象在零雨詩篇中積澱著豐厚的生活記憶，火車就像神話中的怪獸擴張了孩子們的視野與想像，一聲又一聲的「到了嗎？」拉拔著孩子成長。「我們熟睡了醒來／父親不見了／／（而山洞都過完了）／／我獨自一人下車／並沒有人來接我」（〈鐵道連作3〉）。忽然孩子長大成人，曖昧的山洞也過完啦，火車到站，但人的願望卻不一定能夠兌現。「火車」就像人生一樣，雖然沿著既定軌道行駛，但沿途遭遇的風景難以預期；零雨的火車之旅，充滿了各式各樣現實／想像交疊的奇異風光。

　　〈我和我的火車和你〉是第六本詩集《我正前往你》的重頭戲，十段式結構，也是零雨火車系列的集大成之作。如果「我」代表詩人，「我的火車」隱喻詩之旅，「你」則是詩的視域。詩篇開端：「我——有兩天沒睡好覺／內心糾葛。等一下可能會嘔吐」，這次經歷顯然不輕鬆。火車之旅被賦予雙層視野：一層視野是詩的創作之旅，心靈與文字分行分段苦鬥著，孤獨而頑強，日以繼夜：

　　啼哭是一種自救／火車開了

　　淚滴到窗上／一行一行／有的不太合作／好像有些疼痛分段／進行

　　獨自一人時比天空／堅強。天空放聲大哭／但沒有打溼行李

　　行李中有何物：蠟燭／筆記本。狄更遜。我和／十九世紀。互相捏在手心

如果「啼哭是一種自救」，詩的創作之旅也是一種自我救贖。零雨的創作之旅攜帶三樣基本配備：「蠟燭」，心靈微明之光。「筆記本」，詩的寫作。「狄童遜」，文學典範。

另一層視野是詩的文化之旅，旅程中依次出現了：波赫士（洞觀人世的盲眼智者）、狄童遜（孤高隱居的女詩人）、十八世紀的清寒文人蒲松齡（書房裡的硯凍著）、阮籍巧遇第三世紀賣酒的娘子（窮途末路裝瘋賣傻）、第六世紀推敲音韻的詩人（撰《四聲譜》的沈約）、第四世紀的山水（隱士的驢鳴將存在凸顯）、波特萊爾、普拉斯、茨維塔耶娃（叛逆者的炊煙至今仍在村子上空飄蕩）。「列車——著火了／正在切碎黃昏／／從每個不同的站抓來詩人／故鄉是要／從何說起呢」，「『野』這個字——是我的／故鄉」。零雨既要離棄文明的柵欄，又要跨越東西文化界線，「故鄉」這個命題還真是難纏！

但作者第一段就提起：「我很想回家／但火車站每個人更像親人」，第十段則說：「冬眠的時候／父親缺席／我走到另一邊／母親是火車／喉嚨低啞／／咳嗽的人／站在中間——」，父親缺席而母親哽咽，咳嗽的「我」要如何將詩之旅轉化為歸鄉之旅呢？「我的喉嚨非常癢／所有的注意力集中——／／把眼淚擠出／丟進海洋／／身體內部」。身體內部無端無盡藏的海洋，那才是詩人根本的家，「我的淚淹到一行字上」，詩在淚的汪洋上載沉載浮。

零雨的詩象徵意味濃厚，「火車」總是喻擬著火車以外的事物，火車作為生活背景，火車作為心靈意象，火車作為宿命象徵，火車作為文化旅程。直到第七本詩集，終於出現了一列疲乏於辯證的現實普通車〈我喜歡〉：「太陽餅需要嗎」、「喂現在頭城到了你十分鐘後來接我」、「我喜歡兩個頑童從這頭打鬧／到那

頭祖父母無效的斥責／／我喜歡他們冒失走向我的筆／和紙問我你在幹嘛」，這些當下風光以樸素的容貌進入零雨詩行。然而
——

> 我喜歡此時被綁架在
> 這座椅的溫度
>
> 我喜歡脫困時
> 月臺的第一口新鮮空氣

那些知性的辯證，就像是「被綁架」在火車行進的座椅上，有旅人經歷的不得不然；而「脫困時」心情立地清爽，當下的新鮮空氣沁入了新的詩篇。零雨開始心動於漫遊與歌吟的新維度，「田園」成為零雨鍾情的新的詩歌風景。

（五）田園

《田園／下午五點四十九分》這本 2014 年的新詩集，裝幀採用傳統佛經的摺頁設計（經摺裝），可以橫向展開全書；詩篇不再分卷，八十二首短詩以連續編排不換頁的方式呈現，閱讀時產生田園漫遊式的審美效果，任君隨意採擷隨地休憩。相對於上一本詩集《我正前往你》節奏短促的辯證式書寫：「叫做故鄉的這道菜／做成了一座鳳凰冰雕／／那人拿出斧頭／／（碎裂——／是時代的下酒菜——）」（〈飲食系列〉），「手機裡有一個人／等著我／／Ａ說到天涯／海角到天長／地久／Ｂ說我接到／地老天荒／／Ａ說記憶體已滿／必須刪去／讓他自動刪去Ｂ說」（〈Ａ和Ｂ和＃〉），語詞如刀，下手狠辣部位準確毫不留情。

再看《田園／下午五點四十九分》這本詩集，節奏鬆緩心境清朗，到處風光明媚：五月有無數的綠獅子在爬山，轉過巷口那棵金露花消失不見；零雨解放了結構性辯證思維，改採隨手畫的方式塗鴉，詩篇流露出即興式的審美趣味。

〈我正在經過〉

我正在經過那些水
我正在經過那些石頭
（──深沉安靜──）

我正在經過一個小小落差
白色翅膀出現
（──既不深沉也不安靜──）

但是美麗。很美麗
我正在經過瀑布的美麗
大落差形成大美麗──

我正在經過美麗瀑布
的大寫意

回家的路上
白色
黑色
淋漓潑灑

點點滴滴的

頭。手。腳。身體

那件青春期製好的新衣裳

被濺溼了

形容瀑布為「大寫意」，是以舊的意符創造新的意指，寫意的不
拘形體和瀑布的放浪形骸，產生相互發現的詩意。用「青春期製
好的新衣裳／被濺溼了」轉喻回復青春的心情，是以新的意符深
化舊的意指，讓知覺感受耳目一新。〈我正在經過〉抒發生命被
山野瀑流的大自由感染的過程，我被「淋漓潑灑」成一幅寫意畫，
這是一首書寫者與閱讀者率皆身心鬆放的詩章。

　　「田園」在零雨的詩篇裡有自然寓意，但不是荒野叢林那樣
的原始環境，而是帶有人文山水意趣的自然，接近陶潛、王維筆
底下的田園山川意境，字裡行間容納更多虛白；有時也筆涉批判，
但這個階段的批判敷染上寫意筆調。〈村子〉草草三筆，神氣
十足：

有人想把少女羞澀的笑容

攫走──

有人想把少女注滿水的

眼睛攫走──

有人想把少女白鹿般的

雙腳攫走──

《田園／下午五點四十九分》預告了零雨詩境新天新地的降臨。雖然「下午五點四十九分」既將墮入蒼茫夜色，但「田園」不是一個抽象概念而是自然實體；當你走進田園，你將成為田園風光的一部分，「那個爛泥巴田裡有七隻白鳥／那個芒草叢邊有一個女人鋤著大把／大把的芋葉／……／她抓來一把紅鳳菜，走在菜畦間／菜葉肥厚，如眾多嬰兒躺在她／移動的腳趾邊」（〈紅鳳菜〉）。零雨的田園風光不僅只有山水，也包含環繞臺灣島的海洋：

〈太平洋〉

我們正在失去。在海中。載著我們所有
散失之物。往東流去。到另一繁華
的彼處

情感。信仰。記憶。漸漸遠離——

那時我們將淚眼滂沱。微不足道
加入大海的洪流。然後轉身。有一日
將轉身。迎接另一處漂流而來的——

情感。信仰。記憶。並感覺那種
激動。使我們的血液重新湧現。並驚訝
偷偷換過的那一刻。如何。那一刻
被時間忘卻

這時

我也有了一個兒子

你在。我的懷中

吸吮

　　自然之愛總是接納一切寬容一切，海洋文化的廣大淵深，終將啟迪島嶼的人們如何孕生自己的根基，壯闊一代又一代的生命。誠如詩集〈後記〉所言：「詩的耕耘，就像田園的耕耘，為人類造就生存的美學。草屋、籬落、田疇，至今看來，仍是富含邏輯與深意。」，「窸窣。窸窣。窸窣。更遠的海。在我的心」。「生存美學」是比「生活批判」更能持之久遠的詩歌場，「血液的湧動」又何時能與「大海的召喚」相互迴旋？「詩」在人類的文化創造與歷史進程中扮演什麼角色？綜觀零雨的詩歌歷程，可以找到一些值得借鑑的誠懇心意。

二、零雨詩的風格特徵

　　零雨以一貫的知性語調鑄造冷冽詩風，拓建了獨特的語言譜系與文化圖像。本節從嵌入句創意發想、系列詩結構組織、意象的根源與繁衍三個面相，分析零雨詩的風格特徵。

（一）嵌入句創意發想

　　加上（）括號的嵌入句運用是零雨詩篇一道特殊的風景，有時也配合──破折號共同運作。零雨運用嵌入句（插入一段旁白）進行反詰或補充敘述，詩學功能是語調的延宕與停頓，情思的加強或轉換。嵌入句在零雨詩篇裡表現手法細膩，例舉三個詩段分析：

〈我正前往你〉節選

我想研究。這個心
放一粒沙進去——
放億萬粒沙進去——

一粒沙。很痛——
這個心。變成黑夜

億萬粒沙——變成白天
（——也很痛）

　　上引詩段最後一行，前置破折號且加了括號，（——也很痛），形成一個突兀的嵌入句，這是零雨的創意。「這個心。變成黑夜」，因為痛的緣故，內心一片漆黑；「億萬粒沙——變成白天」，億萬粒沙相互摩擦，痛到發出白光，不是大聲呼叫可形容，這個肉體之痛來自深藏於肉體中的「這個心」，又瀰漫充斥於時空的每個階段與角落。「（——也很痛）」將心、億萬粒沙與發射白光的痛連結在一起，加上（括號）賦予心痛特殊的質量，它，不可言傳與訴說。

〈詩篇〉節選

從山頂洞窟追入草甸
進入密林

樺木船停靠水邊

（第一個詩人出現在黎明之前）

野鴨從沼澤飛起
翅膀留在空中
語言四散
文字在歡蹄裡奔跑

（射箭者回去了，扛著新寫好的詩體）

　　這首詩以狩獵行為隱喻詩的書寫，也表達人類的狩獵行為
具備原始的詩意。零雨製造語言歧義的方式有兩種，一種是運
用特殊句式：「文字在歡蹄裡奔跑」，將雙層視域「文字閃躲」
與「獵物狂奔」重疊在一個句子裡；另一種是嵌入句：將「（第
一個詩人出現在黎明之前）」插置在狩獵行為的敘述之後，讓
上下文交融成一體，獵人與詩人的身影恍惚疊映。以上兩種模
式的交替運用豐富了詩篇的語言場，也顯現零雨對語言形式的
高度重視。

〈餐桌的記憶〉

（一顆眼淚
不知何時貯藏在眼角）
…………
…………

（落到鼻翼）
．．．．．．．．．．．
．．．．．．．．．．．

（滑入嘴裡）
．．．．．．．．．．．
．．．．．．．．．．．

母親咀嚼
清脆的聲音

煥發的少年一旁
微笑

　　〈餐桌的記憶〉是一首鏡像組織細緻的詩，由三組鏡頭接續
而成，第一組鏡頭有三個特寫，鏡像延續了一段時間，一張臉（微
側著，女性），鏡頭焦聚在眼角，淚光，一滴淚滑落，到達鼻翼，
略微轉彎，攀過上唇入嘴。鏡頭緩慢拉遠，母親現身（暫時只有
上半身），聲場加入咀嚼音（因沉默之廣大而顯得清脆）。鏡頭
持續拉遠，母親的右前方一少年郎圍坐餐桌，因言語的得逞而煥
發微笑。這首詩運用兩個特殊手法：一個是刪節號⋯⋯，空間凝
止時間延宕，沒有文字意味著「無聲」；一個是加上括號（），
連續三個詩節三個嵌入句，產生明顯的聚焦作用，塑造出「凝止
而靜默」的影像效果。

　　嵌入句的創意發想，加上破折號與刪節號的大膽運用，使零
雨詩的形式面更具變化，協助文本的詩意轉折之拿捏，對於風格

塑造也有助益。

（二）系列詩結構組織

零雨詩就書寫形態而言，最明顯的特色是系列詩（包含系列詩、組詩、分段詩）的經營。第一本詩集有三首組詩：〈北國紀行集〉、〈城的連作〉、〈孤獨列傳〉，兩首分段詩〈圍城日記〉、〈初冬記事〉。爾後重要的系列詩有：〈箱子系列〉、〈消失在地圖上的名字〉、〈特技家族〉、〈鐵道連作〉、〈愛之喜組曲〉、〈龜山島詠歎調〉、〈木冬詠歌集〉、〈我們的房間〉、〈語詞系列〉、〈野地系列〉、〈我正前往你〉、〈我與我的火車與你〉、〈飲食系列〉、〈Ａ和Ｂ和＃〉、〈颱風〉、〈女兒〉、〈我和Ｚ〉。系列詩匱缺思想深度與文化脈絡無從經營，零雨細密的知性辯證能力與東西方文化涵養，透過系列詩的結構網絡，交織成複雜而深刻的詩歌空間，將「存在」八方網羅。

以網絡模式進行詩意探索，往往能構造出多重疊映的詩歌空間與縱橫交錯的詩意迴響。以〈龜山島詠歎調〉（組詩七首）為例，透過多重視點穿梭，視域不再侷限於「龜山島」，而是大陸／島嶼／海岸／海洋／集體／單一／沉睡／喚醒之多元交響，終章召喚出一個不受陸地與島嶼框限的自由泅泳者：

> 我只是一個泅泳者
> 有一個祕密的航道
> 在這海洋中心，什麼地方
> 一架鋼琴發出藍色的聲音
> 開啟一個方向——與我
> 游動的方向相接

英國女作家弗吉尼亞‧吳爾芙（Virginia Woolf，1882-1941）被譽為現代主義和女性主義的先鋒，演講詞合集《自己的房間》，強調心智的自由得靠經濟自主支撐，而詩的自由得靠心智的自由。零雨詩也經常出現「箱子」、「房間」的意象與系列性探索，例如〈你感到幸福嗎〉：

　　遠遠地，有一口箱子
　　朝我滾來。我要
　　在它到來之前滾開

　　（你感到幸福嗎）

　　在閃開那一剎那
　　躲了箱子
　　也避開幸福

「箱子」形塑了一個侷限空間，也是各種家庭倫理、社會規範、國族疆界的縮影；「幸福」是人為定義的人生願景，同時涵蓋個人權利與共同責任的相對關係。零雨有關房間與箱子的系列詩，將女人對情感依靠與心靈自由之間的心理拉扯精妙傳達。

　　零雨對語詞的思考，脫棄語詞的表面情感並加以嚴酷的知性鍛造，使語質沉實且銳利，超逸出社會規範和語言常態，有時會令人聯想起德語詩人保羅‧策蘭（Paul Celan，1920-1970）的悲鬱之風，觀看〈飲食系列〉其中一段便能分曉：「叫做故鄉的這道菜／做成了一座鳳凰冰雕／／那人拿出斧頭／／（碎裂──／是時代的下酒菜──）」。〈飲食系列〉另一段讀來也是驚心動魄：

痛苦也能上菜嗎
（——這是人類最擅長的）

我們互相割下一片舌頭一片
瞳仁一小截耳朵一點心一點肝
用性器盛好

——吃這種大鍋菜是蠻痛
快的一件事

大家都沒有說話
但大家都會這麼說

　　零雨詩從語言組織而言，注重語言的有機生成，每一本詩集
的關鍵詞和語言鏈具有連續關係，漫衍成杈枒密布的語言樹：箱
子／房間／城，白晝／光／黑夜／黑暗，眼睛／淚，飲食／妝扮，
身體／心，火車／旅行，島嶼／海洋，姊妹／女人，父親／母親
／祖父母，語詞／詩／詩人，故鄉／田園。零雨透過語詞的對詰、
交談、共生、演化，形塑獨特的音色旋律，又以系列詩模式加以
編織，譜就具有生態網絡生命力的恢弘樂章。獨特而連貫的語詞
譜系結合意象群的深度經營，使零雨詩風格顯著面貌清晰，成就
一家之風。

（三）意象的根源與繁衍

　　1990 年代零雨任教宜蘭技術學院（後改制宜蘭大學），經

常往返宜蘭臺北，鐵道與站臺的聲響、氣息、風光，逐漸滲入她的詩歌寫作，火車系列開始具有地誌詩的特徵，與臺灣的風土人情產生深邃連結。火車系列的書寫延續了二十年，北迴線臨山面海的風光與車廂內流動的人情歷歷在目：「無關痛癢的悲喜／在月臺上流動」，「打鐘了　火車啟動」，「無人下車的小站上來了／幾個過時的鄉村老人」，「大家咬著滷蛋的時候好像／全車的人恰好一起都放了屁」，「隔壁的人昏睡──／差點要愛上他了」，「我躺在漆黑的隧道／隨火車前進」，「舊有的領地在背後漸漸消失／前面是一泓青藍色的海洋」。

意象的醞釀與日常生活息息相關，通過觀察與想像，又與生命經驗交相滲透，形塑了零雨詩中獨特的「火車」意象世界。火車的空間內部，沿途景觀，軌道運動，隧道與海洋，旅客與家人等等，共構成一個既封閉又開放的生存網絡；意象的繁衍與變奏，在火車系列裡有豐富多彩的訊息值得細細咀嚼。

火車結合父親產生更深邃的記憶圖像：「突然，關上燈的黑暗中／火車開了，載你到遠方／永不停留的旅站」，這是〈父親在火車上〉其中一節，字裡行間恍惚流佈著死亡迷霧。「父親」意象最初現身於 1987 年〈初冬記事〉，同樣烙上死亡印記，第六段如下：

6

在村子口　我參加了葬禮的行列　護送一張童稚無邪的臉
　在解事之前安然睡去　我沒有哭泣　只有害怕　許多膩
膩的靈夢　還在不斷生長　趕過我們前面的路　我想起母
親的叮嚀請把它埋深一點　埋深一點　我看到一張童稚無
邪的臉　埋在土壤的深處　我仰起頭注視前方　鴉群仍在

天黑的雲頭　以守望的姿勢等待　那張童稚無邪的臉　倏然流下了眼淚　黑衣的人群都流下了眼淚

這個詩段是零雨第一本詩集《城的連作》的終結封場，將死亡緊緊封埋在時光與記憶深處。往前探溯第四段：「……一隻受傷的白馬從壕溝裡站起來　鮮血塗滿了他的臉　像屈辱的胭脂打扮著他的美麗　大兵從街上走過　手槍在響　我走過焚著戰火的鄰家隔壁　看到我的同伴新整燙的髮型嘶嘶叫著　我們需要愈來愈多的暴力來爭取和平……」，死亡的現場被掀露了一角。畫面中死者不只一個人，「許多人費力擦洗地上的血跡掩飾大衣裡汩汩湧現的傷口」，「五個人的屍體從早晨的街道被清除」，這山村街巷的血腥清洗場景，似乎瀰漫著 1950 年代臺灣白色恐怖的時代語境。從零雨出生地坪林鄉周邊探尋，發生於 1952 年石碇鄉的「鹿窟基地案」，可以做為歷史背景的參考。

　　「鹿窟基地案」又稱「鹿窟事件」，發生於 1952 年 12 月 28 日深夜，臺灣戒嚴時期最大的一起政治案件，為中國共產黨臺灣省工作委員會案件的一部分。國民黨軍政集團獲知臺北縣石碇鄉一帶有地下共產黨游擊隊活動，由國防部保密局會同臺灣省保安司令部、臺北衛戌司令部、臺北縣警察局，由保密局偵防組組長谷正文，率領一個團及一個加強營的兵力，選定鹿窟菜廟為臨時聯合指揮所，當晚封鎖整個山區。29 日凌晨五、六點，趁著村民趕早去礦場的時候在路上抓人，挨家挨戶搜索逮人。此事件二百多人被逮捕，三十五人死刑槍決，判有期徒刑者百人。鹿窟村被改名為光明村，從此從地圖上消失（這是零雨第二本詩集《消失在地圖上的名字》的詞根嗎？全書充滿著死亡、黑暗、囚禁與孤獨的張力）。這些無辜受牽累的山裡人皆為農民與礦工，大多數

只是因為認識潛隱在山區的某個外地人，就被視為同夥而判刑。
這些人只受過粗淺教育，由於提不出有力證據，到了晚年仍無法
獲得受難補償。詩集《消失在地圖上的名字》收入一首〈山中記
事〉足以引發聯想：

> 那座死亡的山谷過去是一座
> 死亡的山谷過去是死亡的白髮
> 連根拔起道路亦連根拔起
> 月亮從村子屋頂上方死去
> 有一道傷口從左眼到右眼那樣
> 長長的一月也慢慢死去
> ——〈山中記事〉節選

「父親」意象在零雨的詩歌歷程中延續六本詩集超過二十年
光陰，而且都與死亡沾上邊：「我想起母親的叮嚀　請把他埋深
一點」，「他微弱的雙手／有烏鴉盤旋／送葬的隊伍開始了／村
子邊緣，那道潰爛的傷口／總是不能痊癒」，「父親並未死去，
在高高的／十字架上。尖刀進入」，「樹林裡走出一排軍隊／子
彈上膛，你揮帽」，「請問這裡的出口在哪裡／——父親最後的
一句話」，「冬眠的時候／父親缺席」。由於「父親」意象通常
被建構在死亡的位置上，死亡／生命、現實／夢想的對話與反思，
就成為詩意迴響的主要來源。如果將「父親」視為零雨詩的意象
之根／意識之根，貫串零雨的創作歷程，對詩歌理想的堅持與對
現實的深刻批判，或許可以解讀為心理情結的積澱與釋放。

三、文化傳承與創世排練

　　零雨詩歌的批評意識，跨越一時一地的具體現實而直面普遍的人性與心靈，從這個觀點衡量，零雨和美國女詩人愛蜜莉・狄菫遜（Emily Dickinson，1836-1886）算是精神盟友。「一張鋼鐵的臉──／突然窺視我們的／帶有金屬的獰笑──／死亡的熱誠──／它把他的歡迎牢釘在心中──」（愛蜜莉・狄菫遜〈編號286〉，王譽公譯），狄菫遜破折號的運用與零雨詩也有類同之處。零雨亦有建構宇宙星圖的雄心，將詩歌寫作視同於自導自演的創世排練，「天門隨之開闔／布幕隨之起落／我從巷子另一頭走來／（這時，上帝慌忙／站在祝福的雲端）」（零雨〈創世排練第一幕〉）。獻給阿根廷詩人小說家波赫士（Borges，1899-1986）的詩〈父親在舞台上〉最後三行，顯現出終極觀照的詩之視域──

　　啊，莫非尚有一種難以揣測的寰宇
　　就是那樣的藍色
　　那樣的高度

宇宙（更高處）究竟蘊藏著什麼寂靜的寶藏？心靈（更深處）還有多少奧祕等待辨識？語言／詩，身體／心，父親之溯源，田園之拓墾，率皆創世排練之舞臺與劇本，零雨的詩意探索令人嚮往。

　　2018年零雨出版了《膚色的時光》，這本詩集穿越田園（土地概念上的家園），往傳統（文化意義上的家園）邁進。「傳統」這個命題具有三層義涵：道統、文統與政統。道統指至高無上的文化根源，就漢語文化而言是《易經》、《詩經》與儒、釋、道

原始經典，它們具備普遍性與超越性雙重特質。文統指階段性與個別性的文化認同內涵，對不同年代、不同個人而言，文統的選擇標準與價值取捨差異甚巨。政統指政治集團制訂與詮釋的文化規範和歷史敘述，它往往被權力所扭曲而偏離真實。獨立的詩人對政統通常採取批判與保留的態度，零雨的父親系列詩章就觸及了歷史的陰暗面。零雨對個人的文統建構一向採取開放性態度，從《膚色的時光》文本收納的詩題，便能洞鑑其兼容並蓄的文化胸襟：文言文、向秀、殷浩、韓愈、杜甫、蘇東坡、毛筆、石濤、寒食帖、江行初雪、王蒙、黃公望、南泉斬貓、老子、精衛，接著又有羅莎・盧森堡、羅貝托・波拉尼奧、艾莉斯・孟若、卡瓦菲絲、羅桑倫巴、賽斯、天使等。

　　上述駁雜的詩題有些淺嘗即止，有些能在輕描淡寫中展現深邃的思想，最值得關注者：〈夢見文言文〉、〈想念老子〉、〈杜甫〉、〈松雪齋——致黃公望〉；文言文與老子歸屬道統範疇，杜甫、黃公望則是詩人的文統抉擇。語言是文化與思想之根，漢語文化是通過文言文（古典漢語）建構起來的。「這些階梯都是直立的／——我爬出／一身冷汗」，「全用自然工法堆疊／堅固而且牢靠／我們上到最頂端——美麗的／文字都鑲嵌在花朵裡面／花園幽靜又深邃。」難得一見的對文言文之讚美詩。一襲具有「深奧的紋理」的錦袍，從五四時期起就被在丟棄在荒郊野外，連同它擁懷的智慧與境界，〈夢見文言文〉重新發現了它的美麗與智慧。

　　「忽然而然／走到了懸崖邊／／（——我不是要跨越）／／我呼喚／虛無的土地／另造一座懸崖／與此地／遙遙相望／／（——老死不相往來）／／我忽然而然／想念老子／／我如嬰兒般嚶嚶／哭泣了」，這是〈想念老子〉第一段，它是《老子》

第十章：「載營魄，抱一，能無離乎？專氣致柔，能嬰兒乎？」的現代演繹。一座懸崖是現實世界，另一座懸崖是心靈世界，互不干涉，設造此孤獨之境遙相呼應，生命才能「抱一」，魂魄合性命集，謂之「嬰兒」；故詩中的哭泣絕非悲傷，而是喜極而泣。

〈杜甫（公元767年）〉

我就像這間屋子——
裡面有一隻老舊冰箱的轟鳴
外面則是另一些機器的轉動聲

白天藉由市聲的掩蓋，尚可忍受
到了晚上，那種頑強的聲音
裡外夾攻
就構成困擾

他們問我為什麼這麼瘦
我看著他們優渥的生活
肉體豐腴
四肢自在協調

我想問他們你聽見那機器的嗚嗚聲嗎
但我不敢開口

也許只有我聽到
也許他們也聽到但無所謂

我只好問那機器
「你為什麼要發出那種噪音？」

它說——
「我被安在這個特殊的插頭上
時代一到，自然轉動。」

「是誰把你發明？又是誰帶你前來？」
「我是被所有人類召喚前來。」

「但我不想聽到你發出的這種噪音。」
「但你注定要被犧牲了。」
它頭也不回地說——

　　這首詩有一個明顯特徵：它是對於傳統的頌揚但現代性十足，它為唐代詩人杜甫造象，場景卻設置在當代都會公寓。杜甫的詩歌創作與時代的風雲變化緊密嵌合，故有「詩史」之稱。沒有人強迫杜甫這麼做，這麼雞婆地關心時事沒人誇獎他，也不可能起任何現實作用；然而杜甫不寫下來大概會渾身發癢，「那機器」的功能設定就是如此，也沒法調整。但零雨看到了一個更高準則：「我是被所有人類召喚前來。」是詩人的終極觀照使然，杜甫的文化胸襟與性情歌詠是人類文明的精神標竿。詩歌書寫對於杜甫而言是生命本然的內在動力，不為任何外在條件所轉移，

零雨的詩歌書寫亦然。

如果杜甫（712-770）是文學家的最高指標，黃公望（1269-1354）就是藝術家的最高指標，兩人的共通點是一生窮途潦倒。杜甫的倫理道德情懷來自儒家教誨，而黃公望則是全真教虔誠的實修門徒，從個人的文統跡象可以回溯到根本道統。繪畫僅是黃公望宗教修行之餘事，卻留下不朽的山水巨跡〈富春山居圖〉，後世稱譽黃公望為元四大家之首。「我們的世界——／在密林中／在層層的峰巒／在靠海的江邊／在幽深的竹篠裡／（把自己抽出，又置入——）／／那獨行者的手杖是我／那崔嵬的樹幹是我／那岩石的縫隙，是我的／躲藏——／／如此我虛虛實實／取景，描畫，且生活／在其中／如此我學到了一點：／我是且永是／松雪齋中小學生」（〈松雪齋——致黃公望〉節選）。黃公望自稱是「松雪齋中小學生」（畫壇領袖趙孟頫的學徒），而零雨再度向黃公望致敬，文化傳承依此脈絡不絕如縷。零雨心目中的傳承不是簡單的文化摹寫，而是創造性詮釋。

零雨的詩語言不雕不飾平實自然，像似日常說話用語，卻有典雅簡練的審美滋味，在平淡閒適的意態中內蘊批評意識。從早期詩篇人為雕造尚留痕跡，到如今小大由之深淺自如，零雨的詩歌歷程跡履深刻誠摯終始。

【參考文獻】

零雨，《城的連作》（臺北：現代詩社，1990 年）

零雨，《消失在地圖上的名字》（臺北：時報出版，1992 年）

零雨，《特技家族》（臺北：現代詩社，1996 年）

零雨，《木冬詠歌集》（臺北：零雨，1999 年）

零雨，《關於故鄉的一些計算》（臺北：零雨，2006 年）

零雨，《我正前往你》（臺北：唐山出版社，2010 年）

零雨，《田園／下午五點四十九分》（新北：小寫出版，2014 年）

零雨，《膚色的時光》（新北：印刻文學，2018 年）

零雨，《女兒》（新北：印刻文學，2022 年）

王譽公，《埃米莉‧迪金森詩歌的分類和聲韻研究》（濟南：山東大學出版社，2000 年）

艾蜜莉‧狄金生著；董恆秀、賴傑威譯評，《艾蜜莉‧狄金生詩選》（臺北：貓頭鷹出版社，2000 年）

波赫士著；陳重仁譯，《波赫士談詩論藝》（臺北：時報出版，2001 年）

張炎憲、陳鳳華，《寒村的哭泣——鹿窟事件》（新北：台北縣政府文化局，2000 年）

黃粱，〈零雨論——詩的自然力〉《百年新詩 1917-2017》（花蓮：青銅社，2020 年）

第十一章
布農族詩人卜袞的詩章

一、臺灣南島語族布農群

　　臺灣南島民族中的布農族（臺灣南島語族／布農群），分佈於中央山脈南半部，為典型的高山族，最高的一社高達 2,306 米，最低的一社為 150 米。「1929 年的調查指出有 68.2% 的布農聚落位於海拔一千米以上的地區，是臺灣原住民當中，居住地高度最高者。」（田哲益《玉山的守護者布農族》）布農族族群範圍：北界南投縣仁愛鄉（與泰雅族、賽德克族為鄰），南抵高雄縣桃源鄉（與魯凱族、卑南族為鄰），東到花蓮縣萬榮鄉、卓溪鄉、臺東縣海端鄉、延平鄉（與阿美族為鄰），西邊涵括南投縣、嘉義縣（與邵族、鄒族、卡那卡那富族、沙阿魯哇族為鄰）。在語言分類上，布農族語有五種方言：1.Takituduh（卓社群），2.Takibakha（卡社群），3.Takbanuaz（巒社群），4.Takivatan（丹社群），5.Isbukun（郡社群）。依方言的差異性與地理分佈，布農族祖居地在南投縣信義鄉，而郡社群與其他族群方言差異最大，應是最早從古布農族分化出來。郡社群今日分佈地區包括：南投縣信義鄉，高雄縣三民鄉、桃源鄉，花蓮縣卓溪鄉，臺東縣海端鄉、延平鄉，乃布農族諸部落裡，人數最多、移動和分佈最廣的一群。本章將介紹 1956 年出生於高雄縣三民鄉民權村（今

隸屬於高雄市那瑪夏區瑪雅里）的布農族郡社群詩人卜袞，及其布農族語詩。

二、布農族詩人：卜袞

卜袞，全名卜袞・伊斯瑪哈單・伊斯立端（Bukun Ismahasan Islituan），屬於布農族郡社群，中正大學臺文所碩士。曾任「臺灣 Bunun 布農協會」第一任理事長、「財團法人原住民族文化事業基金會」第二屆第二任董事長、《山棕月語》季刊、《卡那卡那富社區報》主編、「臺灣布農族語言協會」理事長，現任「高雄市那瑪夏區傳統狩獵文化協會」理事長，長期致力於族語研究與推廣，從事族語文學創作。1998 年他與林太、李文甦合著《走過時空的月亮》，1999 年出版第一本詩集《山棕月影》，2009 年出版第二本詩集《太陽迴旋的地方》。2021 年出版的《山棕・月影・太陽・迴旋——卜袞玉山的回音》，集合兩本詩集的布農族語詩重新問世，布農族語／漢語（華語）對照附加專有名詞註釋。

兩次由官方推行的「國語運動」：日治時期（1937 年 4 月起）、國民黨一黨專政時期（1946 年 4 月起），讓臺灣各族群的母語受到致命打壓，布農族也不例外。卜袞為語言和文化的衰微憂心，致力於族語復甦與文化重建；他以布農族語寫詩，詩歌文本銘刻著祖先寬闊的靈性思維與古老的生命智慧。他曾經說過意味深長的一句話：「沒有文學的語言是沒有希望的」，這句話必須加以補充：「沒有以母語創作的文學是沒有根源與未來的文學」。卜袞的詩歌創作，不同其他原住民詩人之處，在於他的新詩是以布農族語書寫，而後自己再翻譯為漢語；以母語書寫的文本脫離漢

語思維框架與想像模式的制約，出現嶄新的文化空間，族群文化氣息濃郁，部落精神神采飛揚。

卜袞在《山棕月影》自序〈播種祭儀〉中說到：「我寫的這本書，就像我在耕種之前所作的祭儀一般，是未來耕作的依據。語言是一個人心智的行為，是故，語言乃是一族之文化之根，思想之母。」，「如果不能用自己的語言說話，我們就像借別人的聲音唱歌一樣，雖然好聽……，不過，好比一棵樹接了別種的樹一般，雖然仍是同一株樹，但是結出的果子已不同。」卜袞的新詩書寫不但是以族語呼息，而且是回到部落尚未文明化的山林環場中進行書寫，與祖靈更加親近。

> 「在這本書裡面的文章，大部分都完成於我山上的工寮。剛住進去時，裡邊沒有什麼照明設備，寫作時都用蠟燭照明，電燈是後來的事了。我住到那兒的原因，是因為只有在森林的夜晚，心靈才能與祖先相見、接觸、契合。在寧靜的夜；在黝黑的夜；在月光皎潔的夜；在雲霧瀰漫的夜；在螢火蟲曼妙飛舞的夜裡，我彷彿看到不同祖先的臉來拜訪。只有心靈才看得到祖先的臉。
>
> 所有的人類都有自己看世界和宇宙的窗口。天神也給全人類囪門／天窗的管道好賜予智慧以生存。所以，我嘗試寫作，好讓後代子孫曉得，原來我們祖先有特殊的看人性、世界、宇宙的智慧可以書寫成書。」
>
> ——卜袞《太陽迴旋的地方》序〈再種柚子〉

卜袞是一個具有文化使命感的詩人，他的布農語詩歌呈現布農族語言獨特的構詞、語法和取喻方式，表達布農族注重和諧的

自然生態觀，跌宕想像的人性情感，豐富多彩的部落生活樣貌。

三、卜袞的雙語詩章

卜袞的新詩以布農族語／漢語對照呈現，一般讀者從漢語文化的觀點進行閱讀，理解文本表層意義沒有障礙；但內蘊神話傳說與群族規範的部分需要額外加註，才能深入文本裡層。底下選擇重要詩章進行文化觀念與想像模式的粗淺分析，區分四種主題類型：神話考掘、靈性思維、族群關懷、愛情親情。

（一）神話考掘詩章

〈界〉

天是一個完整沒有黑暗的
當人類尚未被放置在地球上時
後來
人說
我們去征伐主宰亮光的太陽哥哥
因為
他曬死我們的農作物，把人曬成蜥蜴
是人類的箭符
將天界分成白晝與黑夜

有布農人這樣說過
兄弟若因惡分居了親情就會變淡
有布農人又說了

門就像界一樣

將野生的豬和豢養的豬分開

再次地有布農人說

這個界呢

好比山被河流界分側落在兩側

血不斷地滴落當正在刻畫界線時

因為

建界時心好像

被刀刻畫被撕裂

地球是完整的被天製造的

不過，人以其小小的心

將地球小塊小塊地界出自己的世界

【神話傳說註解】

　　「征伐太陽哥哥／（烈日）把人曬成蜥蜴／人類的箭符」，
源自布農族射日神話。傳說大略：古時候沒有月亮，只有兩個太
陽兄弟輪流出現，大地乾旱無比農作物很難收成，人類必須拚命
耕作；農忙時一不小心，連嬰兒都被曬成像蜥蜴乾一般。被曬成
蜥蜴的嬰兒的父親帶著長子去征伐太陽，以具有法力的箭矢符射
中太陽哥哥的右眼，他的光燄減弱變作月亮，地球上始有晝夜
之分。

【文化觀念闡釋】

　　自然生態：「完整／沒有黑暗」，人類尚未出現在地球上時，
沒有光明／黑暗的區分，是人將天界之完整破壞，試圖主宰世界，

始生晝與夜。

族群繁衍：「兄弟因惡分居」，原始部落因族群繁衍人口擴增，疏離出分支部落。布農族從祖居地南投縣信義鄉向各方遷移，分化成五個族群。

社會規範：「野生／豢養」，神話世界／文明世界依歷史進程被界定和區別，自然秩序／人為秩序依人類生活需求被劃分。

世界觀：「天心／人心」，人為的心靈建界迫使人類視域中的天地產生演變：渾沌變有序、完整變分裂、廣大變狹小；天地變化對應人心變化。

人類的箭符（Savishapzan）：薩滿師的法器（箭矢符）。布農人的薩滿師會用箭矢符的法器施法，古時候布農人的薩滿師就是用這種法器擊殺太陽哥哥。（卜袞自註）

【想像模式分析】

山脈稜線如刀般銳利分界，心靈建界是一個不斷滴血的過程。本詩呈現的「分界」反映三個歷史關鍵時刻：一、天「界」分為白晝與黑夜（神話傳說時期）。二、兄弟情感「界」分為濃與淡（部落族群分化時期）。三、門「界」分為野生與豢養（清帝國入主臺灣時期）。第三次分界對應清帝國將臺灣納入版圖後，1722 年（康熙 61 年）在西部平原與臺灣山區交界處，劃定一條從南到北的界線，俗稱「土牛溝」，南起屏東枋寮，北至基隆獅球嶺；界線以西的居民為漢族及歸化熟番，要繳人頭稅，不可至溝東越墾；溝東為生番領域，不受清政府管轄。這條漢人與番民的人為界線，撕裂並侵害原住民的領域主權，極力貶抑原住民的族群地位。詩篇所以言：「建界時心好像／被刀刻畫被撕裂」。

〈地球上的血緣友氏家族〉

是誰給牠們取的名字呢？／我們源自於氣流母親的氏系／我們源自於雷電母親的氏系／我們源自於雨水母親的氏族／我們母親的氏族是月亮和太陽／我們同屬一個母親的氏系

是誰給牠們取的名呢？／我們的淚水是一樣的／我們的惡夢是一樣的／我們的憤怒是一樣的／我們的氣息是一樣的／我們一樣都會流血

是誰給我們取的名字呢？／我們和草樹是親戚／我們和瀑布漩渦是親戚／我們和住在水中的是親戚／我們和天上飛翔的是親戚／我們的父親和母親是同一個

天神都給我們取過名字／我們也有個源自惡魔母親氏族的親族／針刺兒是他們的手／法器是他們的眼／頸套索是他們的嘴／土石流是他們的言語／漩渦是他們的名字／天神不只單單造人類

【社會規範註解】

血緣友氏家族（Kaviaz）：布農人稱的血緣友氏家族原是統一血緣的一家人，因故分出。但是，仍在婚姻禁忌和祭儀禁忌和倫理禁忌的規範裡。（卜袞自註）

觀念衍義：地球上的存有者（萬物生靈與人類）都屬於血緣友氏家族，都是一家人。

【文化觀念闡釋】

萬物同源：「我們母親的氏族是同一個母系」，大自然是我們的共同母親。

生命同體：「一樣的淚水、惡夢、憤怒、氣息、血液」，地球生物的身體與靈魂結構類似。

共生共榮價值觀：土地／動物／植物／人類的「父親和母親是同一個」，原本組成和諧共存的大家庭。

善與非善的精靈並存：「我們也有個源自惡魔母親氏族的親族」，布農族相信人有兩個精靈：右肩的叫 masial tu hanitu（善的精靈），左肩的叫 makuang tu hanitu（非善的精靈）。在人的心中都存在一種叫 is'ang 的心念，它是人性行為意念的決策者，也是善與非善角逐的場域。精靈（hanitu）無處不在，遍及天地萬象，包括動物植物、山林風雨等。

【想像模式分析】

「惡魔」的形象思維：針刺兒是他們的手（傷害）。法器是他們的眼（控制）。頸索套是他們的嘴（扼殺）。土石流是他們的語言（掩埋）。漩渦是他們的名字（令人墮落與沉淪）。

〈烏紗崖〉

原本您就存在了
當
大螃蟹和巨蛇還未戰爭時
原本您就已經在預言了

當您還沒有噴出鮮血時
您是月亮的源頭
您是太陽的故鄉

您事先備妥了月亮座位
為了要繁殖我們
我們被洪水驅趕
又被像鬼的民族侵犯
當成野獸般追逐獵殺
她們用水將小米田淹了轉作水田
像山中的深林不被命名的樹給佔領一樣
您背著我們肩扛著我們頭頂著我們
您擁抱我們將我們藏起來
備好米倉給我們
我們是您生養的
您蹲坐在島的中央
像傾聽動靜的獵人
海是您乘坐的氣流
雲霧是您的法器
穆爾和拉格夷是您的獵狗
您伏獵
您注視
您的小腿隨時準備躍起
我們入倉祭時您正行射耳祭

射耳祭時您釀了酒
要給所有生物喝的汁液
您的眼是我們的卜卦
您的頌功宴是我們的戰歌
我們的名字都取自於
您
玉山

【神話傳說註解】

　　烏紗崖（Usaviah）：根據口傳者們稱：usaviah 這座山在海水還沒有淹沒這塊陸地時就已存在了。布農族人為了躲避洪水便往 usaviah 這座山逃難，從此就成了在高山生存的族群。後來的移民稱呼這座山為玉山。（卜袞自註）

　　「噴出鮮血／繁殖我們」：血造生物，布農族以玉山為族群發祥地。

　　「大螃蟹巨蛇爭戰／備好米倉給我們」：「上古時，一巨蟹用其大螯箝食大蛇，大蛇逃入海中，引起大海嘯，平原皆成蒼海，祖先幸而逃到山頂（玉山或打訓社方面之高山）避難，以獵捕野獸充飢，後潮水漸退，始下山，但舉目一片荒涼，忽然看到粟穗一莖，乃將其種子播下，遂得延續糧種，許多山谷也因此次的大海嘯而形成，在此以前的陸地大都是平坦的。」（《布農族神話與傳說》）此一傳說溯源的年代紀極為古老，與臺灣島的地質演化有關。

　　螃蟹是陸地的守護者，巨蛇是海洋的守護者。（卜袞自註）

　　穆爾、拉格夷（Muuz、Langui）：根據布農族口傳者們稱：颱風原來是兩個小孩變成的。一位是男孩兒名字叫穆爾，一位是

女孩兒名叫拉格夷。（卜袞自註）

【文化觀念闡釋】

　　玉山乃布農族族群之母：「您將我們背起肩扛著頭頂著／您擁抱我們將我們藏起來」，「我們的名字都取自於您」。布農族有「玉山守護者」的稱謂，以玉山為布農族發祥地，繁衍族群／護佑族群。

　　群族經歷的二次災難：「我們被洪水驅趕」，形容古代自然災難。「又被像鬼的民族侵犯」，影射當代人為災難（日治時期高山布農族被強迫遷移至平原指定地點）。

【想像模式分析】

　　歷史圖像：您將我們背起肩扛著頭頂著（逃離自然洪氾）。您擁抱我們將我們藏起來（躲避人為災難）。

　　對比意象：山中的深林（自然森林）／命名的樹（人為造林）。小米田（布農人糧食）／水田（漢人糧食）。

　　形象思維：玉山比擬獵人，颱風比擬獵狗。

（二）靈性思維詩章

〈懲罰〉

　　人類驕傲／的／將天變成／了／白天和夜晚／人類偷去了／雷／的／聲響和閃電／以增長太陽的亮光／趕走月亮夜裡的光照

人類擒來月亮和太陽／關在他們所做牢房裡／人類給它取
名為時鐘／人類不再睡覺／開始做惡夢／開始煩躁不安／
就像冬風裡的菅芒花絮滿天飛揚

月神將公雞的聲帶收回／人類將時鐘做成手鐲戴在身上／
像栓了鼻的水牛一樣／歲月因為數算而變短／被時鐘給壓
駝了的人／像樹枝被藤蔓給壓彎了一樣／月神和日神用驅
趕報復停頓的人／就像停在小米田裡的黑麻雀鳥／用趕鳥
器驅趕一樣／

人類變的遲鈍了／人類亂了譜了／但是／人類仍然不願放
走月亮和太陽

【神話傳說註解】

「將天變成了白天和夜晚」，源自射日神話：天上原有兩個
太陽，太陽哥哥的右眼被射傷後變成月亮，始有白晝夜晚之分。

【文化觀念闡釋】

人類時間觀的變化：「擒來月亮和太陽／將公雞的聲帶收
回」，自然光陰消逝。「時鐘做成手鐲戴在身上」，文明時間崛
起。「歲月因數算而變短」，人類因爭分奪秒而身心緊張，淪喪
了悠然的心靈，遺忘了對存有的渾沌覺知力。

【想像模式分析】

賦自然物象以人文義涵——人類偷去雷聲和電閃（人類發明
人造音響與照明設備）。像菅芒花絮滿天飛揚（人心煩躁不安隨

風飛揚）。時鐘做成手鐲戴在身上／像栓了鼻的牛（人被時間控制退化成生產工具）。日月驅趕停頓的人／鳥被趕鳥器驅趕（人被時間所驅趕，自然被人為所驅趕）。

〈星辰與塵埃〉

仰望的星辰／和／俯瞰的塵埃／是／一體的

死／與／生／是／一體的

種子若是死了／就會／長出新芽活出生命／人若葬了／就會／在坐正了時返回家裡來

啊／我只是落在這裡／此刻

【文化觀念闡釋】

　　一體：星辰與塵埃一體，萬有來自創生宇宙的同一根源。死與生一體，死亡不是斷滅，生命永續。一體的存有觀，意謂著「存有」的整體性不可分割，蘊藏深邃智慧的渾沌觀。

　　族群傳續：葬了／坐正時／返回家裡。祖靈一脈相承，永續流傳。

【想像模式分析】

　　種植生命之喻：「我只是落在這裡」，發芽、成長、開花、結果，人猶如種子般隨風飄蕩，死後落土再生循環不已。豁達開朗的族群性格之自我鑑照。

〈角落〉

灰塵停滯的地方
蜘蛛織網的地方
老鼠的路徑
太陽迴旋的地方

微風蜷曲的地方
月亮藏身的地方
孤兒落腳的地方
星星探視的地方

貓潛伏的地方
百步蛇的石窟
大耳鬼的居療
夜行者取暖的地方

耶穌被釘的地方
老子落腳的地方
釋迦牟尼盤坐的地方
太陽迴旋的地方

【文化觀念闡釋】

　　第一節「太陽迴旋的地方」，是由亮趨暗的關鍵時刻，是孤
單、蜷曲、藏匿、陰冷的角落。第四節「太陽迴旋的地方」，是

由暗轉亮的關鍵時刻，受難者成聖、智慧者寫下大塊文章、覺者從無明中清醒，決定性經驗大放光明的軸樞之地。前後兩個迴旋，顯現詩人廣闊的歷史觀照與文化願景。

【想像模式分析】

「角落」賦有雙重意涵，兩者具有強烈對比：一者，邊緣寒酸之地，被忽視不被注意之地，是灰塵、蜘蛛網、老鼠、貓、百步蛇、鬼、旅人等汙穢的陋居。二者，文明翻轉之地，精神昇華的關鍵之地，是耶穌、老子、釋迦摩尼等釋放智慧的聖域。

（三）族群關懷詩章

〈年輕〉

夜裡露水悄悄地來了
從囟門進入孩童的夢裡

孩童的眼睛亮了起來
遊遍白天和黑夜
孩童的耳朵變的聰穎
好像蜘蛛想要網住掠過的風
孩童的手伸了出去
像河流伸進海洋一樣
不會停頓的腿
像不曾停頓的太陽和月亮

孩童的心燃燒了起來
是住在懸崖的山羊
是住在天空的老鷹
是住在草叢裡的蛇
是住在地底下的穿山甲
是住在水中的魚

他們競逐的對象是風
他們摔角的對象是鬼魂
他們比賽的對象是颱風
他們的玩伴是星辰
他們被稱為影子

【文化觀念闡釋】

人與自然相親，人是自然之子：「夜露悄悄地來／從窗門進入孩童的夢」。

族群生命力禮讚：「他們追逐對象是風／摔角對象是鬼魂／比賽對象是颱風／玩伴是星辰」。

【想像模式分析】

對年輕的跨界式想像：眼睛／遊遍白天和黑夜。耳朵／蜘蛛網住掠過的風。手／河流伸進海洋。腿／不曾停頓的月亮和太陽。心／燃燒起來。

對年輕的萬有式譬喻：懸崖的山羊／天空的老鷹／草叢裡的蛇／地底下的穿山甲／水中的魚。追逐的對象是風／摔角的對象是鬼魂／比賽的對象是颱風／玩伴是星辰。

對年輕的形象化總結：影子（變幻莫測，不易捉摸）。

〈粉墨的臉〉

狗的吠聲告知了族人凌晨的腳步聲
族人已不曉得如何卜測夢境
在
已聽不見男人驕傲的射耳祭槍聲
公雞的叫聲也顯得慵懶
在
族人已不謹守與月神所立的誓約後

露出小腿肚的族人排列在臨時搭蓋的祭屋前
像失寵的獵狗期盼獵人的眼色
他們腳底下的厚繭穿了鞋後早就消失了
在他們身上所穿禮服背上的織繡圖飾
也失去了祖母的紋路
老祖母蹲坐在臨時搭蓋的草屋牆角下
用白粉在長滿皺紋的臉上塗抹著
像山撒滿白色的雲霧一樣
她刻意將白髮裹藏起來
為了
讓敵人的首領看
報喜獵訊的歌聲因網背袋的空無一物變得沙啞
沒有了酒神吟唱祈禱小米曲的聲音也變得喑啞
而紙裡禿頭的人在口袋裡竊笑著

族人不再稱讚頌功宴的豐功偉業

在

曾經踩動大地的腿失去了力氣後

塗抹在臉上的白粉被太陽曬乾

隨著汗水滴落在長裙變成斑癬

老人的眼睛隨著太陽的西下失去光彩

月亮探出山頭時他們很快地隱入自己的家裡

深怕被月神看到他們偷偷舉行了祭典

掛著的獵槍仍有餘溫刀仍留著血漬

鏡中有祖母卸妝後悔的臉

將抹剩的白粉再次塗抹在臉上

心裡面想著

用完它吧！今天我們領了賞錢

口中喃喃自語說

沒關係了吧！

現在已不再播種小米

何必再謹守著忌白的規範呢？

【社會規範註解】

　　卜測夢境：農業祭師在開墾山地之前做的夢占。「在即將墾
植的前夕，農業祭司夜裡睡覺時一定要做個好夢，準確的夢。次
日清晨起床後，農業祭司來到要墾殖的山地，用鐮刀砍除一小片
雜草、灌木，將『班哈哈西』標記插上，同時祈禱著說：『讓播
撒在這片土地上的小米生長得好，將擁有好的收成……』。預定
耕種的土地插上標記之後，其他後到此地要墾殖的布農族人見此

標記，就會自覺離開，另覓他處。大約過了七天，農業祭司做的夢卜又是好的，清晨，農業祭司帶著少量的小米種、鐮刀和木叉小鋤到做過標記的土地，再次砍除一片雜草、灌木，擴大墾伐的面積，撒下少量小米種，給小米種蓋土，並再次祈禱。隨後，將木叉小鋤插在祭祀過的待墾土地上，等待試種的小米發芽。」，「夢卜，若是夢見在眾人之中最先被他人敬酒，最先被他人無償送給肉食和各種東西，這便是個好夢，準確的夢。」（《走過時空的月亮》）

與月神所立的誓約：太陽被射傷眼睛後允諾射日者，今後不會再有兩個太陽出現，而且將有黑夜。但也有所要求，他說：「今後我的形狀不論圓的或變成其他的形狀，按照時節的變化，你們都必須要祭拜我。」（《布農族神話與傳說》）

忌白的規範：小米收成舉行進倉祭（Anlazaan）時請一位自願者（老人或巫師）吃肥豬肉，吃到嘔吐感時將嘔吐物吐到米倉，嘔吐很多表示今年很吉利，自願者未來一年嚴禁洗臉與過河。布農族播種與收割小米的禁忌非常多，小米播種後有些時日族人不能洗澡（怕小米爛掉不能發芽）。忌白的規範是布農族小米文化中的一項禁忌（古南島語中「白」與「清潔」有同一語源）。

【文化觀念闡釋】

族群文化沒落 1：文本中採條列式否定敘述，共十一項：不曉得卜夢。聽不見射耳祭槍聲。不謹守與月神的誓約。腳底厚繭消失。圖飾失去祖母紋路。背袋空無一物。沒有酒神的請神儀式。不再稱讚頌功宴。腿失去力氣。不再播種小米。不再謹守忌白規範。

族群文化沒落 2：「紙裡頭禿頭的人在口袋裡竊笑著／今天

我們領了賞錢」：口袋裡的紙，形容印有蔣介石頭像的早期新臺幣紙鈔；賞錢，指在表演性祭典舞蹈中領到的出場費。由於部落領導者缺乏文化主體意識，加上官方主辦單位的政治收買與金錢誘因，原住民祭儀變成吸引觀光客的徒具形式的文化樣板。上述社會現象，因原住民族群自覺運動已逐漸改善。

【想像模式分析】

「在山裡狩獵的男人們，把獵到的野鹿、野羊、獐子和野豬等，先在山裡燻烤好，再背回家。若狩獵的男人獵獲到公的野鹿、熊、豹和豬，當快背至村寨時，就鳴槍二響，發出信號通報家人，獵人還放聲高唱〈負重凱旋歌〉。次日清晨，婦女們便摸黑起床，準備撙出白天要喝的米酒；老頭兒也摸黑起床，炒熟要配酒的肉。」（《走過時空的月亮》），上述支撐起族群文化根本的狩獵情景，因為種種原因早已消失殆盡。「聽不見男人驕傲的射耳祭槍聲／公雞的叫聲顯慵懶／背袋空無一物」，形容獵人文化沒落後族群精神的委靡之感，情境構造相當立體。

「露出小腿肚的族人／臨時搭蓋的祭屋／像失寵的獵狗」，形容徒具形式的祭典表演中像似小丑討好觀光客的族人，意象傳神反諷強烈。「臉上的白粉被太陽曬乾／滴落在長裙變成斑癬」，觀察細緻的反諷修辭。

〈祖母〉

祖母坐在小山頂的石頭上
煙斗冒著煙

隨著微風尋找夜宿的地方
太陽也已坐在即將越過的山頭頂上
祖母仍等著背負行囊的兒子

懶得回家了
想要長居在工寮
孫子們另找了別的母親
兒子也娶了兩位
慌亂著兩邊走動

有人尋找祖母
據傳留有與祖先碰面的法器
兒子被重物給壓的遲鈍了
孫子們不在意祖母的煙斗
夜幕即將拉下
煙斗裡的煙絲即將燒盡
祖母最後一次的回望
但是
背著行囊的人仍未出現
祖母站了起來
還
顧慮著
是
我們要前進
或
繼續等待

太陽卻不知不覺失了蹤影

卜袞註：關於語言

【文化觀念闡釋】

語言的古老象徵：祖母（文化傳承者）。

語言的文化精神：與祖先碰面的法器（文化傳承的樞紐）。

語言的命名功能：煙斗的煙尋找夜宿的地方（人與世界的溝通銘記）。

語言傳承的危機：煙絲即將燒盡／背負行囊的人仍未出現（傳承中斷）。

【想像模式分析】

語言意象：「祖母坐在小山頂的石頭上／煙斗冒著煙／隨著微風尋找夜宿的地方」，形容語言的崇高感，語言與萬物的連結感。動態化意象。

時間意象：「太陽也已坐在即將越過的山頭頂上／太陽卻不知不覺失了蹤影」，形容歲月變遷，等待落空，語言傳承中斷。動態化意象。

（四）愛情親情詩章

〈長尾山娘〉

長尾山娘總停在高處／尾巴像／太陽下山前的餘暉／悅耳動聽的歌聲／像／智者所吟唱的祭詞

妳的聲音原是下了符的愛的咒語／妳的秀髮成了我的彩虹／妳的淚水成了我的蜂蜜／妳眨的眼成了我的螢火蟲／妳笑起來／像／太陽照亮清晨

妳的尾巴化成菅芒草勾引我的靈魂／我的心／像貓看到了老鼠尾巴一樣跟隨著／妳的臉是我夜裡的夢境／妳的氣息是我裝添在槍裡的火藥／妳的眼是紅藜釀過發酵的酒／妳微笑是用來安慰我渴望的心

我站在山崖頂上／眼睛是空洞的／舌頭是分叉的／我的心智停滯／我的靈魂隨著妳的聲音／飛揚／飛揚／隨著妳的尾巴／遊蕩／遊蕩／我仍在山崖頂上

【文化觀念闡釋】

愛的譬喻：愛人像似停在高處的長尾山娘（愛讓人驚艷，可望不可及）。我仍在山崖頂上（愛讓人流連，不想離去）。愛的聲音像智者吟唱的祭詞／下了符的咒語（愛充滿靈力，讓人沉迷）。

【想像模式分析】

從山林環境與部落生活取喻：我的心思像貓看到老鼠尾巴（被動物本能驅使）。我的舌頭分叉（人舌猶如蛇信，形容語詞困頓）。妳的氣息是槍裡的火藥（令人致命）。妳的眼是發酵過的酒（使人迷醉）。妳笑起來像太陽照亮清晨（驅除黑暗）。妳微笑安慰口渴的人（解除飢渴）。

長尾山娘：象徵愛情。美妙愛情的兩種形容：太陽下山前的餘暉（自然色彩）、智者所吟唱的祭詞（人文聲音），自然與人

文兩邊設喻的模式相當奇異。

〈居住在心坎兒的鳥〉

天神給每個人種下了愛苗／原來的愛情是寂寞／原來的愛情是牽掛／原來的愛情是淚水／原來的愛情是微笑／原來的愛情是期望／原來的愛情是山和雲／原來的愛情是星亮和月光／原來的愛情是水和氣流／原來的愛情是心

動物的血成了男人／用以／討好的羞赧／動物最後的哀鳴成了女人／的　耳語／大地沉靜時／妳的眼睛是我森林取暖的火／像／夕陽餘暉照射快樂玩耍的鹿／妳的手是我用來治療背疾的蔓澤蘭／就像／移開遮掩大地黑暗的黎明使者一樣／妳的淚水成了使人羨慕的蜂蜜／就像／山羌種的水一樣甜美／妳的臉變成了百合花／就像／春天將大地給開啟

我的快樂原是妳的／我的淚水原是妳的／我的微笑原是妳的／我的思念原是妳的／我的夢境原是妳的／妳是天神種給我／的／緣

【神話傳說／社會規範】

　　山羌種的水：「當射日者射傷太陽後，天地被籠罩在伸手不見五指的黑暗裡。還好他們想到投石問路的方法，藉由石頭落地的聲音來判別路徑的位置。就這樣走了許久之後，當他們往前丟一顆石頭，卻聽到『嘎』的一聲巨響，整個世界突然亮了起來。原來石頭打中在那裡『種水』的山羌，牠的叫聲喚醒了整個宇宙，

讓世界恢復光明。」，「在傳說裡，射日父子看到山羌正在掘地引水，此動作猶如人在種植作物；往後看到源源不絕的地底湧泉形成的水塘，就稱呼該處為『山羌種的水』。」（《布農族神話與傳說》）山羌種的水，形容愛如甘泉。

布農族婚姻制度：《布農族神話與傳說》：「布農人早期並沒有權力自由的談感情，有關婚姻大事通常由父母親做主。過去締結婚姻的方式大約有三種：一是搶婚，二是父母介紹講婚，三是從小便將女孩帶回家撫養，長大後再與自己的孩子成親。」《走過時空的月亮》介紹了兩種交換婚：「一家有成年的男孩和成年的女孩，另一家也有成年的男孩和成年的女孩，相互交換婚姻。稱為『馬巴下巴西』」，「女孩子的家很窮，窮到一無所有，就連狩獵用的工具、槍枝也沒有。窮人家的女孩被對方用獵槍、火槍或其它的東西做為交換物，即以物換取女人的交換婚姻。稱為『馬巴烏歪烏』」。布農族是個嚴守禁忌的族群，有「血緣友氏家族」不能通婚的禁忌。「機巴南部落、單旦部落、島桑部落、密哈部落，他們彼此之間是不能互相婚娶的，因為這是禁忌。馬哈桑部落、達和安部落、撒凡商部落、馬其星部落，彼此間是不能婚娶的，因為這是禁忌。」（《走過時空的月亮》）布農族傳統制度下婚姻完全由父母做主，沒有相親機會，也不能反對，「我記得我 20 歲，那是 6 月的時候，當時我在採收小米，有一天，我父母出門，晚上回家時，就看到他們帶著一個女生，對我說這是我的老婆。」（《布農族的大山大樹：Tahai Ispalalavi 布農族文化傳承回憶錄》）不能自由戀愛加上婚娶範圍限制，對群族性格內斂的布農人的情感生活構成挑戰。在嚴謹的社會規範底下，卜袞的當代情詩書寫既可以說是族群中的另類，又可以解釋為人性情感的必然。

【文化觀念闡釋】

愛情的心靈感應：「居住在心坎兒的鳥」。

「天神給每個人種下了愛苗／妳是天神種給我的緣」，源自布農族長者的說法：每一個人天生注定都會有一位會和您結為夫妻的有緣的人，稱之為 valangvisvis。（卜袞自註）

種植的人文演繹：「種愛苗／種緣」。

【想像模式分析】

對族群性格的形象思維：「動物的血成了男人用以討好的羞赧」（布農男人）。「動物最後的哀鳴成了女人的耳語」（布農女人）。

對愛的形象思維：「妳的眼睛是我森林取暖的火／像／夕陽餘暉照射快樂玩耍的鹿」（愛是賜福）。「妳的手是我用來治療背疾的蔓澤蘭／就像／山羌種的水一樣甜美」（愛是治療）。「妳的臉變成了百合花／就像／春天將大地給開啟」（愛是啟蒙）。

〈媽媽流走的淚水〉

眼睛的淚水從未乾涸／因為淚水是／故鄉來的河水／

在雲霧的日子／裡／淚水從不停歇／因為／哀傷會不停地提水

夜裡的眼睛是昏花的／因為　星星／就／像媽媽含著淚水
的眼

流浪的人／是／媽媽流走的淚水

【文化觀念闡釋】

族群的倫理觀念：將流浪的人比喻作媽媽的淚水，親情永恆
的牽連。

【想像模式分析】

哀傷不停地提水：哀傷擬人化，將流淚比擬作提水。

媽媽的淚水／故鄉的河水：將人文意象擴大為自然意象。

霧夜的星星／媽媽流淚的眼睛：將自然意象類比於人文意象。

卜袞自註：寫於驟聞達虎舅舅離世。

四、卜袞詩歌的當代意義

布農族是一個想像力豐富，生活態度充滿象徵意味的民族。
在小米除草祭（Minhulau）結束後，布農族人打起陀螺，希望小
米像陀螺旋轉一樣快速成長；在空地上架起鞦韆，希望小米長得
像盪鞦韆那麼高。〈祈禱小米豐收歌〉（Pasibutbut）是傳統布
農社會每年播種祭（Minpinan）中，郡社群及巒社群人所唱的一
首祭歌，目的是將最美的聲音獻給天神，表達對祂的敬意，祈禱
天神賜福讓小米豐收。學者在布農族郡社群採錄了一則傳說：「遠
古的時候，有一次祖先上山狩獵，看見幽谷飛瀑流瀉，所造成的
和諧的聲響，令族人非常敬佩。由於那年收成不好，於是練習瀑

布的聲音，將美好的聲音傳達給天神，來年就豐收了，於是這種聲音（歌），就一直流傳了下來。」（《布農族神話與傳說》）〈祈禱小米豐收歌〉在古時候是一首神聖歌詠，只有在小米祭典時才能演唱，以六至十二個男子手環手身體向內圍成圓圈，逆時針方向緩慢步移，以人聲旋律獻唱（沒有歌詞），四個聲部依循嚴謹的規則由低而高緩慢合音，當音域高到一個和諧層次時，就會出現多聲部重疊的自然泛音現象，產生「八部合音」的共鳴效果。布農族「八部合音」之美，1953 年由日本學者黑澤隆朝（1895-1987）將布農族音樂介紹到國際民族音樂學會，在國際上享譽隆重，毫無疑問是人類文明的寶貴資產。向飛瀑聲音學習並轉化為和諧歌詠，說明布農族人的感官知覺敏銳創造力豐沛，又能與自然環境親密連結，值得與大自然隔絕且感官知覺鈍化的現代人類尊敬與學習。

相對於漢語詩從屬於漢藏語系／漢語族的文化傳統而言，卜袞的布農族語詩顯現南島語系／臺灣南島語族的文化脈絡，自成一個體系。相對於漢語詩受到現代化、全球化的明顯影響，卜袞的布農族語詩尚未受到現代文明、都市語境、翻譯文本、網路資訊的影響。卜袞的布農族語詩即使翻譯為漢語，依然保持獨特的文化觀念與想像模式，詩歌場內蘊強悍的生命力。

布農族語詩的語法構造、修辭譬喻、觀念想像，與漢語詩有明顯差異。底下以卜袞的詩例分別說明——

語法層面的詩例：

「這個界呢／好比山被河流界分側落在兩側／血不斷地滴落當正在刻劃界線時」，此一複雜單句也非典型的漢語句型。「當正在刻劃界線時」放在句末產生聚焦的審美效應，句子的意念指向於：建界時刻（天地創生時刻）——血不斷地滴落（匯成滋養

生命的水資源），詩歌空間的神聖感立時彰顯。血滴落，表達出山體／人體同構的文化觀念，觀念與想像同出一源相互生成，顯現內蘊渾沌態的創造意識。卜袞另一首詩〈口含著血的島〉也運用了血的譬喻：「人類懷有源自於妳的血／生下了刀和弓的後裔／他們吸吮人類的血／仍是乾瘦多病／餵不飽的孩子」（節選）。臺灣島是我們的母親，她生下了好爭戰愛吸血的群族，使得臺灣之子至今仍是乾瘦而多病。「口含著血的島」，語法平常但詩意深邃。「人類是因宇宙而造／血是因生物而造」，視野獨特的宏觀思想。

修辭譬喻層面的詩例：

「人類不再睡覺／開始做惡夢／開始煩躁不安／就像冬風裡的菅芒花絮滿天飛揚」。零星的菅芒花叢在秋末野地尋常可見，冬風裡的菅芒花絮滿天飛揚，就得到荒山野嶺且在特定季節才能觀賞；並在臨場書寫（或經驗模式書寫）中以情景交融手法進行美學連結。此句的構辭取喻不是都市詩人或田園詩人能夠採擷到的，它奠基於更加蠻野的自然環境。

「妳的氣息是我裝添在槍裡的火藥／妳的眼是紅藜釀過發酵的酒」。這個句群的取喻來自部落生活，是生活經驗模式的詩意轉化而非文化象徵符號的修辭挪用；它所創生的質樸情感氛圍與原始生活氣息，不是人文化的雅言修辭能夠達致。

「動物的血成了男人／用以／討好的羞赧／動物最後的哀鳴成了女人／的　耳語」。「動物的血」、「動物最後的哀鳴」來自屠殺動物的經驗，但非屠宰場式的宰殺，而是祭典性禮式的宰殺。前者屬於人性沉淪／殺戮生命的經驗，後者屬於人性提昇／臨近神性的經驗。這個句群所散發出來的詩歌能量與文化氣息相當複雜，就我個人的詩歌閱歷中屬於巔峰級的「詩的經驗」。它

的根源摻有部落文化因素，也有詩人個體的情感因素。我只能概略地闡述：它描述了布農族男女的性格原型和整體情感造型，並成功地創造出瀰漫愛的悲劇氛圍之詩歌場。

觀念與想像層面的三個詩例：

> 「穆爾和拉格夷已回去將生物的靈魂給藏起來」
> 「您背著我們肩扛著我們頭頂著我們／您擁抱我們將我們藏起來／備好米倉給我們」
> 「夜裡露水悄悄地來了／從囟門進入孩童的夢裡」

颱風兄妹將生物的靈魂給藏起來、玉山肩扛著頭頂著我們、夜露悄悄從囟門進入孩童的夢。從漢語文化的視角閱讀，這些文字帶有轉化修辭特徵，將自然物象人性化；從布農族宗教信仰的視角閱讀，萬物皆有靈魂，颱風、生靈、玉山、族群、露水、孩童，他們本然就具足神性，故能與天神／天界產生親密連繫。我要說的是，以上這些想像情境不是個人的憑空臆造，它的背後積澱著深厚廣大的文化傳統。布農族的祖靈信仰認為：天神、萬物生靈、人，三界彼此和諧，成就共生共榮的宇宙生態網絡，永續生存是內蘊其中的核心價值。

觀念與想像是創造意識的一體兩面，觀念扶持了想像模式與情境氛圍，想像也孕育了觀念發想的生態環境。在人類文明史上，先秦詩哲莊周（前 369- 前 286）的《莊子》就是一部觀念與想像相互圓成生機盎然的最高範例，是詩與思想雙峰並峙的文化經典。真正的「詩」，不只是一種文學文體，而是創造性自身，是觀念與想像融合無間的創世紀；真正的「詩」，根源於所來處（文化傳統），觀照更高處（精神信仰），絕非文字層面的技與藝能

夠概括。卜袞的布農族語詩篇，族群文化深厚精神信念崇高，觀念與想像生機盎然，就是最佳證詞。

　　經過上述選詩的文化觀念闡釋與想像模式分析之後，我必須很虔誠地說：卜袞的詩，是原創性非常強大的原生性文本，必將成為人類詩史上的傲岸經典，並對臺灣原住民族的文化主體再生運動產生精神領航作用。它不是絕大多數現代作家依靠文化符號進行借用與轉化的次生性文本能夠比擬；那些充斥各地文學場域，運用文化資料庫符號群轉喻再生產的次生性文本，只能以精緻的時尚包裝和名人廣告推銷，來騙取一次性的消費讀者兼消費作者。

　　卜袞的布農族語／漢語對照的雙語詩篇，從語言層面而言，對漢語內涵龐博、結構堅固的語言空間進行了極為有力的劈破與展延，在語域、語法、語用上展現了截然不同於漢語文化的樣貌。從觀念層面而言，卜袞布農詩篇的宇宙觀、自然生態觀、文化價值觀，語言觀、心靈結構觀、人性情感觀，深化了人類對現實／真實的再認識再反思；對現代文明強調個體追求私欲的存有模式，提供和諧共生的價值座標。從想像層面而言，卜袞詩篇呈現的布農族神話傳說與社會規範，山林經驗與部落生活，對習慣於套裝知識、都市生活、消費文化、網路資訊的當代人，提供了生機盎然的觀念與想像交互滲透的活泉，對人類感官知覺的開鑿與精神意識提昇具有前瞻性貢獻。思想不能離開語言而存在，而文化觀念之創生則是思想的核心，想像又依存於對觀念之無邊無際的演繹。觀念與想像落實在語言上的最高成就是「詩」，「詩」是語言的最高形式，是高貴又莊嚴的創造性精神範型。

【參考文獻】

伊斯瑪哈單・卜袞，《山棕月影》（臺中：晨星出版社，1988 年）

卜袞・伊斯瑪哈單・伊斯立端，《太陽迴旋的地方》（臺中：晨星出版社，2009 年）

卜袞・伊斯瑪哈單・伊斯立端，《山棕・月影・太陽・迴旋——卜袞玉山的回音》（新北：魚籃文化，2021 年）

林太、李文甦、林聖賢，《走過時空的月亮》（臺中：晨星出版社，1998 年）

李壬癸，《臺灣原住民史語言篇》（南投：國史館臺灣文獻館，1999 年）

達西烏拉彎・畢馬、達給斯海方岸・娃莉絲，《布農族神話與傳說》（臺中：晨星出版社，2003 年）

海樹兒・犮剌拉菲，《布農族部落起源及部落遷移史》（南投：國史館臺灣文獻館，2006 年）

李壬癸，《珍惜臺灣南島語言》（臺北：前衛出版社，2010 年）

李壬癸，《臺灣南島民族的族群與遷徙》（臺北：前衛出版社，2011 年增訂版）

田哲益，《玉山的守護者：布農族》（臺北：五南圖書，2013 年 2 版）

洪宏，《布農族的大山大樹：Tahau Ispalalavi 布農族文化傳承回憶錄》（臺北：翰蘆出版社，2018 年）

黃粱，〈卜袞的布農族語詩章〉《百年新詩 1917-2017》（花蓮：青銅社，2020 年）

第十二章
孫維民，黑暗與絕望的探索者

前言

　　孫維民（1959-），出生於嘉義，成功大學外文所博士，長期在大學擔任教職。十五歲開始寫詩，曾獲第十三、十五屆中國時報新詩評審獎和首獎，中央日報新詩獎，藍星詩刊屈原詩獎，臺灣新聞報新詩獎，2000 年臺北文學獎詩集獎，2006 年臺北文學獎新詩獎等。出版詩集：《拜波之塔》（1991）、《異形》（1997）、《麒麟》（2002）、《日子》（2010）、《地表上》（2016）、《床邊故事》（2022）。孫維民雖然得過諸多大獎，學經歷也光鮮亮麗，但在臺灣詩壇卻是個以靜默自持的獨行者。本章探索孫維民新詩文本的道德維度與精神內涵，人性中神與魔的鬥爭敘事。

一、多病的花園

> 遲緩的亞當和夏娃
> 修剪著多病的花園——
>
> ——孫維民〈晨歌〉節選

（一）樂園

閱讀孫維民的詩篇猶如長久行走在雨中，忍受遍體被雨溼透的孤寂與清醒，《日子》就是這樣一部詩集，主題是失樂園。樂園據說曾經存在，但現代人只能依循想像，創造內在的心靈樂園。詩集以〈蘭潭〉開篇，這是一次超越審美經驗的難得體會：

> 我幻想一種古代──當時
> 沒有色彩學和音樂課
> 人類像蟲、魚或鳥
> 或只是春日的尋常草枝
> 在空氣與晨光裡讚美
> 一女神走過水面

色彩學與音樂課象徵人文，春日晨光與蟲魚草枝則是自然風光，但如果缺乏「幻想」與「讚美」兩項因素，無法召喚出「一女神走過水面」的神聖性場景；唯有人的世俗意識暫時停止運作，聖潔的意念才能被喚醒。然而詩人並未賦予這個場景深入的闡釋，只是如如呈現蘭潭的奇異晨光；「祂」是無法言明的「不可道」，只能隱約暗示。

想像晨曦照耀在寂靜的湖面上，清風拂動水波，光之倒影參差錯落，金斑閃耀演奏出無聲的音樂，在大音希聲的背景中，薄霧從湖面緩緩昇騰而上，迎接降臨的天光，此時觀者的身心靈彷彿被洗滌了一番，由衷生發讚美之情。「一女神走過水面」是不可見的「神聖性」之外顯象徵，是美善與光明的具現。

〈蘭潭〉是《日子》的關鍵詩篇，也是詩集六十首作品當中

唯一的樂園，其餘五十九首都是人類失去樂園之後的心靈景觀，整本詩集流露出對當代（社會與人性）的絕望意緒。但〈蘭潭〉對樂園的迎面一瞥，導引人性面對虛無抵抗虛無，挽救心靈於罪惡深淵之前沿。

〈為一株九重葛〉

我必須為它寫一首詩
讚美紫紅的苞片、綠葉、尖刺
以及文字無能為力的美善——
我必須為自己贖罪

黑暗和絕望成為片面之詞
當我走進清晨的街道，看見天空
看見它像一光明的使者
肅立在神座前

這首詩表達敘述主體在黑暗與絕望中被「神聖一瞥」喚醒的經驗，場景是清晨的天空。敘述手法與前一首類似，「神聖性」內涵以烘托的方式暗示，九重葛做為「光明使者」將閱讀者的視覺焦點往無際的天空蔓延，召喚出不可見的場域：「光明的使者肅立在神座前」。〈為一株九重葛〉是詩性與神聖性相互傾聽／召喚的最佳案例，詩人與九重葛是連結人天的中介。

「黑暗和絕望」從何而來？《聖經‧創世記》將樂園的喪失寫得很清楚：撒旦乘黑夜潛入伊甸園，化身為古蛇，引誘夏娃吃知識樹的禁果；亞當和夏娃偷食禁果之後被上帝懲罰，逐出伊甸

園。出生於倫敦清教徒家庭的約翰・彌爾頓（John Milton，1608-1674）的靈魂史詩《失樂園》，對這聖經故事有一番精彩演繹——

> 他們犯下罪過，咎如自取，
> 全是他們的判斷和選擇；因為
> 我把他們造成自由者，他們一直自由，
> 直到他們自己奴役自己。
>
> ——約翰・彌爾頓《失樂園》第三部

（二）失樂園

〈悼〉

之一

其後我們才突然發覺：／世界被人切割了一條細縫／有光短暫地透入、游移／而他已經從那裡離開

之二

曾經被多次詛咒的浪女／此刻穿戴著晨光和花香／難以理解的純淨／進入房間／／她安靜地站在那裡／顯然不準備道歉／但你輕呼：「生命……」

　　〈悼〉是「失樂園」的當代演繹。第一段的「他」是那條蛇，他宣稱他帶來的是光（令人想起政客的說詞），達到目的之後就不見蹤跡，形式精巧扼要。第二段「被多次詛咒的浪女」象徵

「惡」，她披掛著美善之形貌，詩篇借助「你」做為人間世的代稱，糊塗地接受了這場誘惑；結果，「生命」脫離了上帝造人的原始義，墮落為人類自我命名的第二義。從詩學觀點詮釋，那只是一場「修辭」不是「詩」。

〈致〉

我也曾經是無知的探險者
（在北方，罪進入世界以前）
歡樂、自由。奔馳的想像力
如一明快之佩刀懸於左側──
浪費整個春雨的下午，只為
穿越溼滑的荒島，你的肉體

這首詩探討人類墮落的身體性內涵，「歡樂、自由」來自伊甸園時光，「浪費整個春雨的下午」形容耽溺，「溼滑的荒島」與「你的肉體」前後勾連象徵情慾空間。詩題「致」有回顧意味，對人類曾經有過的伊甸園致以哀愁。

孫維民精湛的詩藝從以上四件文本便清晰彰顯，文字精簡到教人咋舌的地步。〈致〉以第一人稱「我」做為敘述主體，詩中的文學自我，可以是現實裡的真實自我，也可以是具有象徵意涵的人類自我。「你的肉體」可以當作情慾對象的物質肉身，也可以推擴為當代世界的慾望場域。孫維民運用非常精準（但義涵寬厚）的語詞、意象，構造出象徵性濃厚的詩歌空間。從語言質地來說，不容許有一字之贅；從純粹心靈去評量，也不挾帶一絲表面情緒。詩思沉澱之至，語言淬鍊之至。

孫維民詩歌的另一個特色是結構佈置章法奇特，形塑獨特風格。〈悼〉由兩段構成，第一段使用的「我們」就相當高明，他把讀者拖進詩歌空間裡共同去思考究竟發生了什麼事。第二段「曾經被多次詛咒的浪女」似乎隱藏著感情糾葛，引發讀者的聯想。第一段與第二段是並列結構而非連續結構，情境與情境交疊，段與段之間產生對話效應，催發出詩意迴響中的「第三地」，象徵因此被提升到更高層次。〈工作日的妄想〉以三段敘述前後遞進，詩歌能量波浪式推湧，將詩意迴響逐次擴張：

1

白日離開姦宿的床／醜又疲憊。由於惡念／卻有溫暖誇大
的光／／清晨的保險推銷員／（早已棄絕美德云云）／再
次對你微笑、發聲

2

性器最先醒來／之後是耳和口／終於，眼目明亮／／祂惺
忪地趕到／（就像昨天）／但一切都晚了／／蛇早已經逃
走／躲入世界，且說：／要有更多的光

3

光又繁殖著昨日的顛倒夢想：／7：23 a.m.的列車終於決
心變更路線／因此躺臥在市聲（或／垃圾牽扯的溪水）
中，看到／祂駕著雲彩，如一導遊／（旅行社的小旗受風
——）／安靜地召集通過傷口的魂魄

　　「清晨」在前三首詩中都被賦予開端義，一日之「初」本來

內蘊清潔精神；在本詩第一段，「清晨」卻變形為棄絕美德的「推銷員」，只在乎功利。「姦宿的床」形容夜包藏罪惡。第二段「祂惺忪地趕到」，彷彿神也熬夜趕趴去了，盡責的反而是撒旦化身：「蛇」。第三段出現兩個情境，第一：人世的時間秩序被變更，工作日妄圖遊樂，但詩人諷刺這種沉溺於「市聲」的遊樂，只是躺臥在「垃圾牽扯的溪水中」，辛辣之至。第二：「祂」，想必是撒旦偽裝，將一列列遊魂勾引到地獄大門（傷口）邊。世俗生活中「工作日」與「安息日」的交替安排，一方面來自創世神話的精神仿效，一方面來自基督教義維繫社會秩序的設計，也形塑了全球化的時間尺度與普世的生活韻律。「工作日的妄想」變亂了這個秩序，顯現「惡」之氾濫，這是對「失樂園」的現實生活闡釋。

「惡」的總體來源是欲望，內涵分做三類：金錢、權力與愛慾，佛家說：貪嗔痴。對權力之惡的書寫，孫維民的詩篇佈局也別出心裁，〈另一位女士〉──

> 她更有可能接管這一顆星球
> （有人說是蟑螂或細菌）
> 經過大海、曠野、交疊的街巷
> 經過全然現代的會議和戰爭……
>
> 讓我困惑的是她每夜的睡眠
> 完好如一從未殺人的孩童──
> 那必定需要極大的無知
> 我想，抑或極大的兇狠

諷刺性比喻：女強人與「蟑螂或細菌」並列。反向書寫：以「從未殺人的孩童」對映權力殺人不眨眼的特質。最後兩行以平淡語調甩出人性之惡的本質（無知或兇狠），這個「另一位女士」是當代「夏娃」的極端形式，手中運作的武器是「全然現代的會議和戰爭」，詩之聲響奇特。

當代「亞當」又長成哪副德行？他是一位宅男，整日蹲踞在廁所裡通過電腦螢幕痴望著窗外。〈連結〉如是說起：

> 關掉電腦。突然思念著
> 那家早已拆除的二輪戲院：
> 木板樓梯旁，上個世紀的海報
> 如深夜的山區小徑帶領想像，
> 霉味和重複的對白維繫了
> 攤販的呆板，鼠輩的傲慢
> 而座位在黑色的波浪裡
> 航行，時晴時陰……
> 彷若老人思念著──
> 即使是在廁所窗外
> 一刺眼單調的現實

「關掉電腦」是全詩的關鍵詞，「機器」雖然關掉了「機心」卻難以關掉，仍然持續進行著與虛擬的世界的對話。「連結」與工具方法、視點視域有關，電腦螢幕前的鍵盤手限制了主體的視野，強迫人通過限定方式與虛擬世界連結。「現實」對於這個宅男而言只是一間通風不良的廁所，虛擬世界雖然華美，電腦螢幕之外依然是刺眼單調的世界。〈連結〉由三個詩歌空間構成，三個情境（電

腦螢幕、戲院場景、廁所窗外）以蒙太其方式剪接在十一行文字裡，手法精鍊。多義性語詞（連結、電腦、戲院、老人、廁所、窗），加上多義性意象（拆除的二輪戲院、上個世紀的海報、座位在黑色的波浪裡航行、廁所窗外），使這首詩的闡釋空間極其寬大。

（三）絕望與救贖

現代人生活在一個遠離仁愛的功利社會裡，人的絕望之情到處瀰漫；無論工作、散步、作夢，都難以逃脫絕望步步追殺。孫維民對絕望者的面目做出了幾番素描，語帶悲憫，如〈給一位精神病患 1〉：「而一隻空的酒瓶竟也可能／呆坐在社區公園的草叢／沒有沿著地表滾落」。無家可歸的遊民則被賦予諷刺性角色：「因一穿著自製的垃圾衣裙／宣講臭味的先知走過／而被輕輕地冒犯。」（〈為另一遊民〉）。

「失樂園」是人類每天都需要面對的真實存有，在難以忍受的絕望生存裡，人類救贖的可能性在哪裡？詩集提供了幾條線索，第一條是神的愛：「求神讓我記得善意／像花葉間的光影、風雨／鳥，不斷變化的雲／／在呼吸之間／在行走和靜止／在關燈前後／／苦難並非衰敗／遺忘你的愛才是。／求神讓我不致滅亡」（〈2004 春〉）。第二條是自然之愛，人與人之間的隔礙在自然之道裡被悄然取消，花香與鳥鳴將人溫馨接納，成為生命自我療癒的親密依靠。「我將不斷地回到這裡，這棵樹旁／穿越周圍的曠野之後──」（〈這裡〉）第三條道路是孩童，「孩童」這個符號在《日子》裡多次現身，象徵義涵都是指向「內在小孩」這個主題。「每天，僅憑你的記憶／我逃出絕望的血口」（〈給一個小孩〉），內在小孩蘊含純真、自由、喜悅等生命最珍貴的禮物，憑藉著生命中「內在小孩」甦醒，絕望的大人得以從社會

噬人的「血口」裡脫逃。

　　《日子》最後一首詩透發出詩人總結的救贖之道，〈一封平信的內容〉以曲折委婉的方式傳達了「以詩祈禱」的奧義：

　　　　我喜歡寫信給你，因為
　　　　不喜歡電話。如果可能
　　　　我更樂意魚雁往返
　　　　雖然的確緩慢和危險——
　　　　我喜歡寫信，因為珍惜
　　　　悲哀的距離，寧願面對
　　　　窗外的植物（它清楚
　　　　我晨間的妄想）猶豫
　　　　期待著，陰晴不定的黃昏
　　　　幾次斟酌的字句終於
　　　　冷淡、簡潔。之後攜傘
　　　　下樓，繞過違建及垃圾車
　　　　讓貼好的水果郵票墜入
　　　　郵筒內的夜色

　　　　我喜歡寫信給你，因為
　　　　不喜歡虛無。天長地久
　　　　的夢，有時即是生之奢華——
　　　　雖然我也的確樂意發現
　　　　門後的信箱中斜倚著
　　　　一貫的單薄，人類的筆畫
　　　　雖然撕開封口的，複雜的

手續，我也知道珍惜
甚至可能喜歡在字句間
反覆構築你的妄想（它
斑斕似蛇）或者容貌
猜測你的熱情早已加倍
你也許開始後悔，剛才
將信投入郵筒

在詩集附錄的寫作時間裡，這首詩的寫作時間漫長，從 1989
年 8 月延續到 2003 年 11 月。這首詩是孫維民對詩學的反思之作，
寫給「詩」的詩，或者說，向「詩」致意的詩章，寫詩「的確緩
慢和危險」，「因為／不喜歡虛無」，唯有對詩學的反思才需要
如是的歷程。也因為敲定了「字句間／反覆構築你的妄想（它／
斑斕似蛇）或者容貌」的多面相多層次敘述，散落各處的「日子」
終於被統合起來。

〈一封平信的內容〉的收信者究竟是誰？冷淡、簡潔，對應
語詞。妄想、容貌、熱情，勾引意象情境。孫維民文本編織中的
「文學自我」變化多端，有時幾乎讓人懷疑作者的靈魂是否已被
異形附身，「讓黑暗的鞭子如獅吻／一下，兩下，三下……／臨
到那些始終拒絕真光的人／（你知道我指的是誰）」；或者情感
有難精神瀕臨崩潰，「當我因為某些人事／即將走在寬廣的歧途，
無人提醒──」。孫維民穿戴面具的寫作模式令人想起存在主義
先驅丹麥哲學家索倫・克爾凱郭爾（Soren Kierkegaard，1813-
1855）（舊譯齊克果），他對切身痛苦的述說，仿日記、書信體
的書寫格式，對整體結構的重視，擅長使用多層次敘述來架構亦
真亦幻的文學空間，這些風格特色在《日子》裡都可以尋獲蹤跡。

二、從死亡邊緣回看生命

「你仍然活著嗎？死了／便沒有什麼可以再煩惱的。／下午抬頭遙望天空之荒漠／我也曾想到有辭的約拿／（當然你的慧劍更明快）／在一黑深的魚腹，周圍／只有腥水，垃圾，蟲，海草」（〈懷人2〉）。

「有辭的約拿」指涉葬身大魚肚腹的約拿在死亡邊緣的祈禱詞。耶和華命令約拿向當時以色列的世仇亞述帝國的首都尼尼微宣佈：要人遠離惡行；約拿不願履行任務逃往海上卻遇狂風暴雨，被船員投入海中；葬身魚腹三日三夜的約拿向耶和華祈禱懺悔，因而復返陸地而得活命。當約拿再次向尼尼微居民宣講，促使尼尼微人披麻禁食誠心悔改，神察鑑居民所行不降災厄，顯示耶和華對自己所創造的一切，無論友朋或異邦，凡悔改者皆得憐憫與慈愛。

「你仍然活著嗎？」，「你」喻指耶和華，這句話出自一個被「腥水，垃圾，蟲，海草」所象徵的濁惡現世圍困的可憐人，向創世的神所作的祈禱。質疑的語調隱含著兩層意思：一層是上帝與我同是被貶謫異鄉的可憐人，此為標題「懷人」之寓意；另一層是我的內心依然懷抱相信的種子：「（當然你的慧劍更明快）」。〈懷人3〉向神學範疇更跨近一步：「乖違讓我承認部分的神學：／我更接近你了，當惡環繞」。孫維民的詩常藉助基督教經典義涵，向生存的道德維度逼視與追問；一方面呈現出卑劣墮落的人間醜惡，另一方面坦露生活的窘迫與人的道德困境，從死亡邊緣回看生命。

〈幾次重寫但未寄出的信〉

我也厭惡自己，不僅是你——
有時望進鏡中，我找不到詩意云云
（雖然至今寫了六首好詩）
只有一尾野蠻的魚
浮沉在汙濁的河之水流，
平常的鱗片，鰭，側線，牙齒
緊緊地，如高空的馬戲團員咬住繩索
作態旋轉，它咬住生活：
　　一截無頭無尾的蚯蚓
　　通過短短體腔的鋼鉤

如同〈懷人2〉拖曳著德國哲學家尼采（Nietzsche，1844-1900）「上帝已死」的影子，〈幾次重寫但未寄出的信〉令人驚悚的變形思維來自出生於布拉格的德語小說家弗朗茨・卡夫卡（Franz Kafka，1883-1924）；鏡子裡那尾野蠻的魚死死咬住「生活」：一截被魚鉤貫穿的血肉模糊的蚯蚓。「作態旋轉」將現代人虛無、墮落又故做文明的姿態殘酷暴露。「找不到詩意」與「寫了六首好詩」也象徵性地呈現善惡對立的古老主題。被我厭惡的「你」又是誰？從人到神任君選擇；又為何沒有寄出？無法定稿？也許詩人對「存有」保留了一絲悲憫之情。

　　作者對當代文明社會為何絕望若此？從〈麒麟〉一詩可得線索：「地震前的十一小時零六分／他們在檳榔林裡發現一隻怪獸：／麋身、馬蹄、牛尾，頭上／有一肉角，白色鱗甲披蓋／除了黃毛的腹，五彩的背……它的眼驚惶如亂世的君子／啼聲細小

似絕望的嬰兒／企圖逃避荒誕的命運，終於／被沾血的繩索套住了頸，關入／蒸散著糞尿和死之氣味的鐵籠。」〈麒麟〉詩末作者有註：稱麒麟為仁獸，按《公羊》說法，以其不履生蟲，不折生艸；戕害「仁」之德行的現代人，因此招來了地震禍殃。「麒麟的遭遇」對應絕望的意識圖像，明顯的道德意味略傷詩意；〈今天的難題〉以較為渾沌的方式敘述反而詩意盎然：

> 我終於知道蟬一直要說些什麼了
> 午後，於三棵木麻黃的陰影裡
>
> （樹上缺少金紅糅合的果子
> 古老的雲經過像鵬鳥
>
> 或是外星人的飛航器
> 安靜如在深水中）
>
> 然則只是鬼話
> 假如我告訴你

「蟬」一整個下午的喧噪，象徵現代文明進程中的各種論述，只是死亡邊緣的掙扎，那些論爭往往只能空轉幾個小時，不是鬼話是什麼？「今天的難題」顯現如此弔詭的文化現象：提問者與應答者的話語相互震盪彼此抵銷，猶如蟬噪一場，虛無莫過於此。這首詩言此意彼餘韻無窮，既簡單又深奧，批評意識尖銳無比。

孫維民的詩篇經常牽涉到善惡對立的主題與神魔相爭的寓

意，他的一篇散文〈人是神魔的戰場〉對此論點有過說明：

> 神魔爭鬥的主要戰場，是人。正如米爾頓（John
> Milton）在《失樂園》（Paradise Lost）中的描述：撒旦
> 及其黨羽在奪權失敗之後，被神打至地獄之中。群魔聚集
> 開會，有人主張立即再決一死戰，有人則不贊同。最後撒
> 旦決定試探「另一個世界」，那裡有一種「叫做人類的新
> 品種」。因此，只要能夠奪取或者擊垮人類，便等於戰勝
> 了神。「這將勝過一般的復仇。」米爾頓的撒旦說。

> 後來，撒旦成功地誘惑了亞當和夏娃，人類也因此被
> 神逐出了伊甸園。從亞當和夏娃開始，人類似乎便一直是
> 善惡的戰場。大約兩千年前，人子出現在時間的世界中，
> 祂的所言所行，無非也是為了召喚和爭取人類。

孫維民詩篇裡經常呈現的善惡對立命題，可以從這段敘述找
到文化根源與參考座標。〈文字校對的憂鬱〉這首詩也寫到：「據
說日月將要廢去／時間只為了要出版一本書／而我負責校對。此
等煩惱／類似最後的審判」，「我甚至發現：很多誤植／其實來
自魔鬼的門徒」，對錯字連篇的人類文明進行校對／批判猶如神
之任務，但往往要使有責任感的校對員為之抓狂，這是詩人憂鬱
的病因；孫維民對墮落的文字／人類的行為無法掩卷漠視，由此
開啟了他以道德關注為核心的詩歌歷程。

「最後的審判」出自《聖經・啟示錄》，啟示錄具有強烈
的象徵主義色彩，對罪惡採取毫不妥協的譴責態度，通過末日降
臨與最後審判而指向未來：最終的公理與正義必將來臨！全文充
滿理想性描繪。但在孫維民的詩歌天地中許諾的拯救並不存在，

頂多是「偶爾也有一個不是多餘的日子……世界雖設卻被關在門外」（〈安息日〉），或躲入幻想的方舟，「我在我的幻想之內／乾燥，清潔，溫暖」（〈浮生·方舟〉）。孫維民的詩篇更加強調「末日」近在眼前，但人們往往視而不見。

　　《麒麟》這本詩集是孫維民處理善惡交戰命題最激烈的成果，運用《聖經》題材也最頻繁，多次闖入宗教維度裡提問，但終究回歸詩歌空間裡的人性爭執。詩人在〈後記〉裡提到：「無處不在的得勝的暗黑，其中埋伏的彩色和語言，爭執與選擇和沉默，美麗的失敗者及其憂傷狂亂……。當然，這些現象抑或主題由來已久。它們一直在那裡，等待著另一個終於察覺的人。此刻，它們也幾乎讓我相信：詩不止於文字的藝術。」從死亡邊緣回觀，「詩」真的能夠對生命產生啟蒙與昇華作用嗎？還是讓詩篇自己來回答好了；世界很小但是心可以很大，或者，世界很大但是心卻很小，端看人如何處置神與魔的爭戰：

　　〈唯心論〉

　　　世界有時候真的很小
　　　（雖然難免還會錯覺）──
　　　穿過另一位情人的竅穴
　　　我又抵達邊境。

　　詩寫到如此險峻高大，如此奇崛而無處迴身，真是不容易啊！沒有經過道德煉獄而倖存者如何能辦到？〈唯心論〉因為相信世界唯心所變造，結構上不設定有形邊界，令人難以捉摸其具體容貌。作者的選詞造句極度精鍊，精鍊到簡易的極限，逼使解

讀者面臨說破與不說破皆兩難之境；讀者只能猜想：如果你抵達邊境（性愛的邊境或死亡的邊境），屆時再回看，便知生命的實相如何又如何。

三、異化的人與社會

詩集《異形》探討的主題是人與社會的「異化」，將異化視為自我實現的反面，這是現代性的核心命題之一。詩人以獨特的略帶超現實主義的方式，挖掘當代文明生活的弊端與疾病。孫維民的詩專注於具體的社會現象與人性根本，不被時代潮流、政治議題與全球化因素所纏繞；聚焦於個體的行為與內心，並旁及人與人溝通的困境。這種策略性詩學選擇使他有別於臺灣其他現代主義詩人群。

「異化」在孫維民的詩裡呈現幾種樣貌：自我與本我的斷裂、身體與靈魂的分離、生命的物化與病態的生活等等。詩人對異化之關懷，深究其情，一方面洞觀社會現象之病徵，一方面也是對人性根本的醒悟。例舉幾首詩篇闡釋——

〈午夜之鏡〉：「浴室的小燈忽然亮時，他看到一個男人／（彷彿在黑暗中站立良久了）與他狐疑對視」，這個人的內心被透視，「絲質睡袍底下只有空蕩的骨架罷／欲望和恐懼在其內築巢如鳥與蛇。」這個沒有靈魂的人是誰？「他離開馬桶，轉身關燈，繼續／讓那個男人在黑暗裡獨自站立。」午夜浴室鏡中的這個不戴面具不穿西裝不打領帶，坦露出欲望與恐懼的真實人物；我不敢認他作我的兄弟，還是讓他繼續當一個陌生人好了！午夜一閃的靈光轉瞬消逝，但詩人在文字裡緊緊握住了這個瞬間。

接下來得面對車廂上的遭遇，詩人描述一個經過了一天折磨之後的上班族：

〈遭遇〉

由於命運的指使他忽然走出停靠在黃昏的南下快車
逆向穿過人影稀疏的月台走近一列北上的平快他先
攀登第5車廂的梯級稀薄的日光燈色與電扇的呼吸
聲響在每一個車廂反覆出現然而稍微猶豫之後他即
決定坐在第7車廂

當他攜帶皮包與夢魘通過中間一節幾乎空洞荒涼的
車廂時他看見了下班之後偎倚著疲憊和挫折雙手猶
如秋末的芒草植根於膝上一冊圖解山海經的我

〈遭遇〉的影像性強烈，很適合拍成微電影，基調灰澀而憂鬱，劇中人走在猶如荒郊的「人影稀疏的月台」與裝修簡陋的「空洞荒涼的車廂」，外在環境體現了人的內心。〈遭遇〉裡的椅中人被幻想性圖像嫁接，將人渴望脫逸現實的心理因素巧妙演繹。「植物」在孫維民詩中往往帶有療癒作用，不論是為陽臺的盆栽治病或是接受牆頭九重葛的啟蒙，都隱約流露一種身為現代人的疲憊與不堪，悲情之至！

孫維民將「活著」本身當作一場與生俱來的病，難脫悲觀主義論調，但求諸生存事實往往應驗。孫維民畫了一幅又一幅深刻的「人類素描」，畫面中沉重而無以名狀的痛苦時時刻刻糾纏著人類，彷彿惡靈附身。「如此強悍的痛苦在我的體內我無法以眼

睛嘴巴性／器將它排出我不能用聲影液體煙霧將它殺死」，〈異形〉將自我分離出他者，一個不斷侵蝕自我霸凌自我的惡靈，「可是始終它在生長還在我的體內像某種外太空的／異形指節伸進我的指節如同手套腳掌踩壓我的腳／掌彷若鞋子它的身體終於取代了我餘下空殼的我／不過是它臨時的居所偽裝」。這個「它」其實就是「我」，「活著」這種病，是人類自我造作自食其果。

〈異形〉詩中的「我」成為被掠奪者，成為「異形」的工具，只剩肉體空殼，吐出弱者的哀嘆與祈禱；或者說，這個「異形」宰制與創造了現代文明，逼迫「我」成為強者，不斷加速運動與向外掠奪。沒有人知道「異形」來自何方？它有多古老？這是孫維民詩篇神魔鬥爭主題的第一回合——魔的全面勝利。但能夠感知痛苦的人手裡拿著幸福門診的掛號單；〈住院〉這首詩的病床經驗，或許會為您帶來對於健康的全新認知：

> 我在短暫的睡眠後醒來，發現自己繼續躺臥在置放
> 著四十八張病床的房間裡，圍牆那邊的軍營準時於
> 0530播放起床號，以及一段例行的講話。每天總是
> 如此的：忽然響起的號聲仿若狙擊通過電線與擴音
> 器。果樹上的雀鳥撲翅亂箭般地飛離枝枒，蝸牛收
> 回觸角，露水從爬行的藤蔓上掉落，每一株草葉感
> 覺著無形然而確鑿的震波
>
> 每天早晨總是如此的：我面對光亮刺眼的天空，隱
> 約聽到窗外傳來細弱怪異的呻吟，像一隻受傷的蚱
> 蜢，或是破裂的白色小蛋

這首詩的魔幻聲響來自「窗外傳來細弱怪異的呻吟」,這是哪一種病人的呻喚?每日清晨,被軍號聲狙擊而重創的世界,讓光亮刺眼的天空發出了慘白呻吟,早晨這顆蛋破裂了流出腥味的汁液。知道這個世界比你病得更嚴重,你應該可以痊癒得更快些。

〈他和她和你與我〉敘述一通無人接應的電話聲響,詩行裡殘留著答錄機的聲音:「對不起您現在撥的是空號」,以此象徵人與人的溝通困境。詩篇結構分三段,第一段第二段都隱約顯現了一樁兇殺案,詩篇開端:「隔天早晨,他突然變成了啞巴。」並因此導致離婚,中間夾雜著葷腥八卦,跳接到第三段:「他們正在交談。在風中和海上。在爐邊或田野。/然而這是奇怪的。因為/他們囚禁於各自的語言如同肉體之中。」接下來,敘述每個人都使用不同的語言說話,「丈夫使用美幾都涅語。妻子使用埃支南弟語。父親使用巴勃塔拉語。母親使用漱瓦希裡語。兒子使用薩色莫伊語。女兒使用旁遮普比語。……」,缺乏共同溝通平臺的結果可想而知。

溝通困難的主題源遠流長,《聖經・創世記》記載:洪水過後挪亞走出方舟,他的兒子們在地上分為無數邦國。那時天下人的口音、言語都是一樣的,他們說:「來吧!我們要建造一座城和一座塔,塔頂通天,為要傳揚我們的名,免得我們分散在全地上。」耶和華看著,不知存什麼心,就說:「我們下去,在那裡變亂他們的口音,使他們的言語彼此不通。」;「巴別」意思是變亂,「巴別塔」造不成,人類從此各自築起圍牆,語言散亂溝通困難。「巴別塔」是孫維民第一本詩集的名稱,別緻地翻譯成《拜波之塔》。

四、愛之缺席與渴望

孫維民《拜波之塔》的寫作年代從 1980 年至 1988 年，詩集〈後記〉裡提到：很久很久以前，有一群人嘗試在巴比倫建造一座通天之塔，他們的努力當然是失敗了；很久很久以後，又有人企圖在詩裡建造另一座拜波之塔（The Tower of Babel），不過態度是全然謙遜的。「當然我也希望自己的建築能夠抵達某種高度，超越表象的世界，進入更為真實的想像、自由和意義的世界。更多的時候，我的目的僅僅只是為了真誠地表達與記錄。讓塔尖抵達心的高度。雖然，我的嘗試和久遠以前在異國平原上的工程一樣，註定都要失敗。」

這段文字包含兩種特質：對寫作的誠摯態度以及對人世的悲觀意緒；這兩項特質，奇異地貫穿了孫維民的詩歌歷程。為什麼作者斷言會失敗？因為人類語言的缺陷？詩的艱難？還是信仰的障礙？詩人以〈朱槿花〉顯示某種解答：

> 我注視著越過人家的圍牆
> 一排花瓣似乎永遠捲合的朱槿
> 我注視著，並且懷疑
> 那些深紅的花瓣是否終於打開
> 在我所不知道的時刻？
> 我懷疑著，並且想到
> 下午才寫給你的一封信
> 那是文字搭建的天塔，以及
> 描述我的痛苦和哀傷

此刻的我後悔寄出的

一封信。因為一個疲憊的下午
終於讓我了解：字語
可以如何褻瀆崇高的痛苦
膚淺深沉的哀傷──
我思索著，並且傾聽
一排無聲的朱槿像一首歌
心想那些花瓣永遠不會打開了
彷彿句句未說的，真實的言辭
彷彿發自深紅的喉嚨
千言萬語層層捲合的靜默

語言的缺陷與詩的艱難對詩人而言是一體之兩面，「詩」向來就是要觸及那未曾道出的，「千言萬語層層捲合的靜默」相當適切地撫觸了詩的本質。但還有一個命題未曾解決，文字搭建的天塔渴望托承與奉獻的「崇高的痛苦」與「深沉的哀傷」，卻因為「一個疲憊的下午」的人間情緒，整個兒傾毀；這個過錯不是來自「字語」本身而是「人」，信仰的障礙在此。

在寫作日期標定 1980 年的最初兩首詩，「信仰」已露過面，一首是〈秋樹〉，這是《拜波之塔》的開篇之作──

我看見一樹金黃的葉子，隔著秋日午後的窗紗
在飽滿成熟的陽光中閃閃發光
我聽見它們金屬性的撞擊，清脆而冰冷
我看見它們細緻完美的脈絡，彷彿初生──

我忽然發現：它們是永不凋落的生命，一個金色的世界
幻化自疲倦的心。啊，疲倦的，疲倦的心……
我知道它們是的，並且相信：那棵金色的樹
即將也是我的最後的枝椏，永遠的睡眠，休息與寧靜。

這首詩為孫維民往後的詩歌歷程奠定了基礎音色。首先，詩的節奏和諧又悅耳，這是詩人對英語詩格律研究的成果。〈秋樹〉的聲韻自然而優美，每行的音數安排自由即興，跨行運作柔順。自由協韻：窗紗、發光、發現、枝椏，互韻。冰冷、初生、生命、相信、寧靜，互韻。第二個特徵，詩篇內蘊信仰的渴望，在那棵「金色的樹」的懷抱裡我將獲得休息與寧靜。第三個特徵，揮之不去的悲觀意緒，「幻化自疲倦的心。啊，疲倦的，疲倦的心……」，多麼年輕的衰老靈魂！孫維民此時還是一個大學生。

　　1980 年的另一首詩是〈幻影1〉，四段結構，開篇：「我並沒有見過你／可是我不能夠擺脫你／我不願意擺脫你」，第二段稱呼此幻影為「唯一的你」，第三段敘述我到處看見你，在和風中，在陽光下，「我看見的是這樣清晰逼真的你」，毫無疑問，這個幻影是因信仰而顯現來自天上的「主」。第四段出現一個詭異景象——

〈幻影1〉節選

　　在夢中，我看見一個女人的身影
　　遠遠地向我走來，終於
　　跌倒在我的腳下
　　她艱難地向我訴說憂傷和渴望：
　　「我是殘缺的，並且怪異

因為你久久不來
因為永無止盡的尋覓——
請你出現，讓我們互相完成
讓我們停止孤獨的流浪
回到最初的家……」

這是清醒的憂傷和渴望：
請你出現在我的世界
請你讓我出現在你的世界

夢境中出現一個渴望得到愛情的女人（讓我們互相完成），因為
是夢，夢境投射的是作夢者的心理補償，所以這是一場人間幻影。
「憂傷」與「渴望」並陳，當中隱匿著一個「女人」，或許這是
孫維民詩篇潛藏的能量驅動的泉源。

〈回來〉就是一篇人性根本情感因現實衝突所導致的靈魂變
形記，生命在死亡邊緣被反覆鞭笞著：

是的，我還會回來——
當清晨的鐘聲忽然敲響
執紼的手蒼白而僵硬地
抓住，一截斷了的臍帶

當你以為過去的已經過去
而陌生的男人在你懷中
因為恨你才和你做愛——我
就在你逐漸膨脹的子宮裡

這首詩是煉獄之火！將「緋」形容為「臍帶」需要非人或超人的勇氣才辦得到。也許，人類要經過恨的洗禮才能懂得愛是什麼？要經過地獄的黑暗才會滋生對光明的渴望？

五、宗教救贖或道德探測？

無可否認，孫維民的詩確實攜帶著濃厚的基督教思想，詩篇勇敢地披露末世景觀：疾病、鬼靈附身、人世混濁、罪惡橫行，活端端一個撒旦統治的時代；承納末世思想的人，意即他盼望這個惡業氾濫的時代早日結束。綜觀孫維民的詩歌歷程，對聖靈的降臨與未來的恩惠何在的命題，只停步於幻思邊緣，對公義與慈善亦缺乏堅定涉入的信念。孫維民的詩若論宗教維度的救贖，言之過早，但對人性黑暗與心靈絕望卻有細膩深刻的探索，詩的風格美學獨樹一幟，成就他「以詩祈禱」的複雜面貌。試觀一首形似禱告的詩：

〈禱詞中的一段〉

因他受的鞭傷，我們便得醫治。

可是，主
求你暫時退避
讓黑暗的鞭子如獅吻
一下，兩下，三下……
臨到那些始終拒絕真光的人
（你知道我指的是誰）

咬嚙病重的骨
以模糊的血肉
迎接驢駒

　　註：耶穌騎著驢駒進入耶路撒冷時，有人將衣服鋪在地上
　　　　以示歡迎。參見路加福音第十九章二十八節至三十
　　　　六節。

　　這是一篇「反禱詞」。「祈禱」之義，乃借助將自我坦誠交付，
盼望獲得療癒與救護；但〈禱詞中的一段〉不但反其道而行，猛
揮鞭影，而且自我做主。所以它是一首仿禱詞，借助禱告的形式：
描繪善惡交戰永無休止的人性戰場，為人類複雜晦暗的道德意念
寫下狠狠的註腳。這是一首難以測量其深度的詩章，憂傷至極！
孤獨至極！
　　2016 年孫維民出版了他的第五本詩集《地表上》，神與魔、
罪與罰、光明與黑暗、天堂與地獄，兩極拉扯的情意結，症狀終
於稍稍緩解。原因可能是死亡的真實降臨，詩集的壓軸詩篇幽幽
談起：「不要掛念這裡，母親／這個世界不好／／丈夫自私，孩
子忘恩／媳婦很久見一次面／／就讓我們留在此地／繼續製造真
裡／／不要因為淚水猶豫／我的淚水要你離去／／離開這些罪人
們，母親／世界已經不適合你」（〈追思禮拜〉節選），死亡具
有與誕生等價的啟蒙意義。
　　整本詩集的主調仍然是悲傷痛苦，但不再使用濃烈帶刺的語
詞；更微妙的差異顯現在：拉扯的敘述張力被鬆緩下來，波折的
鏡像跳躍被安撫下來。愛依然缺席，但情歌忽然幻現：

〈給月亮的情歌〉

怎麼辦，這麼悲傷的一天
就快結束，仍然沒有任何安慰——
似乎無人在乎心之破裂
（這顆仍然不肯死透的心）
眾多的救護車過而不停
似乎神也冷漠以對，無感於
一名倒臥在生活中的傷者

只有月亮始終遙遠且沉默
只有她，整夜注視、跟隨

天上的撫慰者終於出現了，也不會有被背叛的疑慮。「給」是真
摯的人間情義，絕非虛無。死，一方面是生之缺憾，換個角度思
維，也是生之補償；樂園喪失之後總會滋生樂園重現的契機。「可
是死有仁慈的一面：／祂用你的愛／（已經不朽的愛）／填補那
一部分」（〈樂園重現的一種方式〉）。

　　實存與虛無、道德與背德，不再是二律背反而是同根共本；
因「樂園」已正式關閉，人更能體會「伊甸」的根本義涵。孫維
民自我封存的世界，因為死之啟蒙而打開了窗扉。人曰：讓光進
來！光也說：讓我進來！兩情相悅，有何不可？詩集開篇〈一日
之計〉如是敘述：

光又再度發現，大力歌頌
這一塊幾乎無人的荒野：

那些我不知道名字的花草

（以及我不幸知道的）

迎接蜂蝶，送走露水

山邊，一個鷹的家庭盤旋著

茶斑蛇快速通過四月的小溪……

有一片刻我想到惡

隨後，我又想到

娑婆世界從未因你稍減美好

　　我與孫維民初次通信大約在 1995 年，卻遲至 2017 年底才相約在嘉義島呼冊店。嘉義那場會面，孫維民談起他剛從母親逝世的陰霾中走了過來，也換掉長年代步的老舊轎車，頗有象徵意涵。他的父母是「澎湖七一三事件」當事人（當時只是學生），此事件原始名稱為「山東流亡學校煙台聯合中學匪諜案」，發生於 1949 年 7 月 13 日澎湖列島。來自煙台聯中與濟南一、二、三、四、五聯中、海岱、昌維等學校共八千多名山東省中學生，在煙台聯中校長張敏之帶領下乘船艦抵達澎湖。到達澎湖後這些學生被迫從軍，以解決澎湖駐防軍兵源短缺的窘境，但遭到師生群起抵制；結局是百餘名師生被羅織匪諜罪名，遭到嚴酷刑求，其中七人被槍決，這般的恐怖經驗與記憶必然形塑了家庭的黑暗印記。

　　孫維民超過四十年的詩歌生涯似乎扛著一副沉重的枷鎖，換作別人，恐怕早已溜之大吉或被壓榨得靈魂變形。母親在世時，孫維民隨侍在旁不敢離家太遠，母親逝世，或許是一個精神解放的契機。基督教義內蘊「原罪」思想，它讓孫維民願意承擔這份罪與罰，並深入探測社會人心之奧義；但也讓詩人始終徘徊在二

元辯證的框架中，難以心靈澄淨與精神超越。《地表上》的〈後記〉提到：「《維摩詰經》裡則說：『從癡有愛，則我病生。以一切眾生病，是故我病。』關於這個世界，疾病似乎已經形成共識，變成隱喻。我相信確實有痊癒和健康。不過，理解及描述疾病，對其保持警覺，或許也是趨近痊癒和健康的路徑之一吧。」我認同詩人以詩篇親近與描述疾病的莊嚴性，但不認同孫維民關於《維摩詰經》教法的知見。上引兩段經文，前段之「我」指涉沉淪癡愛的眾生，後段之「我」主體是斷念癡愛的菩薩，不可混淆；維摩詰示現為世俗病體居士，乃因同體大悲之故。佛陀教法唯一緣起，《阿含經》有云：「此有故彼有，此無故彼無。此生故彼生，此滅故彼滅。」解脫者不會執著於疾病／健康的辯證性思維；基督教文化之「罪」乃原生包袱，佛陀教法之「業」則剎那生滅，這是根本差異。〈一日之計〉裡最先出現的「惡」之意念，從何處孳生為「有」？洞觀它之生滅是鍛鍊心意識的根本，而不是另生「美好」試圖平衡它，暫時性消抹為「無」。

【參考文獻】

孫維民，《拜波之塔》（臺北：現代詩季刊社，1991年）

孫維民，《異形》（臺北：書林，1997年）

孫維民，《麒麟》（臺北：九歌出版社，2002年）

孫維民，《日子》（嘉義：孫維民，2010年）

孫維民，《地表上》（臺北：聯合文學，2016年）

孫維民，《所羅門與百合花》（臺北：九歌出版社，1998年）

麥倫・克爾凱郭爾著；封宗信等譯，《非此即彼》（北京：中國工人出版社，2006年）

約翰・彌爾頓著；張隆溪譯，《靈魂的史詩　失樂園》（臺北：大塊文化，2010年）

《聖經》中文和合本（新北：聖經資源中心，2010年）

黃粱，〈孫維民詩歌的道德維度〉《百年新詩 1917-2017》（花蓮：青銅社，2020年）

第十三章
鴻鴻詩的藝術特質

前言

　　臺灣當代詩人鴻鴻（1964-）與中唐詩人白居易（772-846），兩人的詩歌書寫有幾個共通點。白居易將自己的詩分作四大類：諷諭（社會議題詩）、閑適（生活感懷詩）、感傷（心靈抒情詩）、雜律（多元形式／題材詩），鴻鴻的詩也大致能區分出這四大類。白居易是個早熟的詩人成名甚早，對各種藝術類型具有審美興趣與精緻品味，長期關懷國家政事與社會現象，熱愛白話書寫追求表現自由，詩篇數量繁多泥沙俱下但精采作品往往讓人睜大眼睛，鴻鴻其人其詩也具備這些經驗與特質。白居易四十三歲在〈與元九書〉中談及：「每與人言多詢時務，每讀書史多求理道，始知文章合為時而著，歌詩合為事而作。」又說：「今僕之詩，人所愛者，悉不過雜律詩與〈長恨歌〉已下耳。時之所重，僕之所輕。至於諷諭者，意激而言質；閑適者，思澹而詞迂，以質合迂，宜人之不愛也。」白居易的諷諭詩批評社會病徵與國家施政，涵攝「兼濟之志」，〈新樂府〉五十首、〈秦中吟〉十首，多數創作於元和（806-820）年間，約當三十四歲至四十八歲。835 年發生甘露之變，掌權宦官連誅上千名革新分子，白氏認知朝廷陰暗腐

敗難以挽救且危及自家性命，此後文筆不再觸及。鴻鴻的社會議題詩，經營時間約當三十八歲至五十八歲（2002-2022），反映臺灣社會重大事件，關懷人權批評時政，文本數量眾多且廣受注目。

唐朝是個審美意識高度發達的時代，審美眼光嚴苛，白氏的諷諭詩與閑適詩注重社會批判與生活紀實，語言策略或者太激情直白或者太平淡瑣細，在當時較被輕忽有其時代背景。臺灣政治潮流動盪衍生諸多社會亂象，這一點與中唐時代相似；但臺灣社會在心靈層面喧囂浮躁在文化層面淺薄輕率，面對美學議題往往大而化之。臺灣的政治詩、社會議題詩書寫者眾，一方面應運時代需求而生，另一方面少有人檢驗其疏漏。美學粗糙的文本，政治詩流於蹩腳政論，社會議題詩類似社運文宣；不同立場者面對同一文本，有人讚揚其直率敢言有人批判其太過政治正確，審美層面始終被敷衍。

社會議題詩面對特定議題發聲，書寫發表又講求時效，書寫者基於臨場感動狀態即時回應，文本的意識形態強烈但結構思維無暇顧及，語言策略往往過度直白，探索流於現象表層。鴻鴻的社會議題詩也偶現此一缺憾，但依然有不少佳作藉由直覺體悟與想像力滲透超越侷限，呈現高度審美成就。出現這種境界提昇並不突然，乃因鴻鴻的詩歌歷程是經由感傷詩與閑適詩長期淬鍊，通過雜律詩語言實驗與題材拓展之經營，漸次進入諷諭詩探索。鴻鴻的諷諭詩藉由想像空間建構，巧妙擺脫意識形態我執之糾纏，故時有傑作脫穎而出。

鴻鴻早期詩以感傷詩與閑適詩為主，因年輕浪漫情調稍顯甜膩，且語言策略倚重排比與類疊，語調語情有重沓之感。後期生活歷練加深，經由多元藝術創作（戲劇、電影、音樂、編輯、策展）和參與社會運動之行為實踐（臺灣新世紀以來的社會運動幾

乎無役不與），豐厚藝術感性尖銳批評意識，不但感傷詩情思轉深邃，閑適詩豐厚生活實感，雜律詩與諷諭詩也開展出嶄新的詩歌視野，讓人刮目相看。

一、鴻鴻詩四大類型審美闡釋

鴻鴻詩的四大類型，共同特徵是文本的現實空間與想像空間相互滲透，語言策略自由隨興，常有出人意表的情思跳躍，詩歌情境有機生成，內蘊批評意識透視現象表層。底下依心靈抒情詩、多元形式／題材詩、生活感懷詩、社會議題詩，闡明其藝術特質。

（一）心靈抒情詩

〈花蓮讚美詩〉

感謝上帝賜予我們不配享有的事物：
花蓮的山。夏天傍晚七點的藍。
深沉的睡眠。時速100公里急轉
所見傾斜的海面。愛
與罪。祂的不義。
你的美。

〈花蓮讚美詩〉是鴻鴻詩歌歷程無法忽視的傑作，寓意深邃。花蓮外海在萬里無雲時候，呈現一種讓人敬畏的深藍色；我在清水斷崖、七星潭邊多次駐足，感受過無法形容的神聖性，沐浴那足以滌洗俗念的純淨之美，此即引發詩人感嘆讚美之源。要形容

此莫可名狀的悸動相當困難，因為那種美超越現實界域，簡直就是一個奇蹟。但沉睡在詩人心靈中的創造性契機瞬間被喚醒，同時被喚醒的還有：「愛與罪」、「祂的不義／你的美」。美是對比於醜而言，相對於世界之不公不義，花蓮外海以純淨之美做為公平與正義的象徵示現在眼前；正是人類心靈恆存對神聖性（更高存有）之嚮往，公平與正義方才可能在人間實現。〈花蓮讚美詩〉交融了真理的尺度與美的尺度，此一超越性的精神鏡像正是由「愛與美」和「罪與不義」相互映照所構成；此時此刻，忽然幻現的詩文字如如昭示：愛與罪，皆緣起於一念輪轉的自我造作。

詩人提起一枝筆，他不知道會寫下什麼，也不知道寫下的觀念與想像來自何方，那些文字幻現什麼圖像，以及這一圖像能召喚出什麼意義與美；這就是「讚美」之本義，「詩」的奇蹟。

相對於〈花蓮讚美詩〉從大自然得到啟蒙，〈再多一秒〉是從人世歷練獲得的自我啟蒙，此一經驗之核是由「再多一秒」之增減所構成，多一秒或少一秒，世界圖像完全改觀：

〈再多一秒〉

再多一秒
我就會開始相信我從不相信的命運
那把從不屬於你的我帶給你
把從不屬於我的你帶給我
讓我們一同墜入囚牢的命運

身體是我們的囚牢
也是我們的天使

再多一秒
我就會去尼泊爾探問我的未來
再多一秒
你就會去澳洲尋找那些全然不同的物種不同的過去

然而我們相遇
相遇
然後把一切忘記
然後我們去了尼泊爾
然後我們去了澳洲
然後我們去了阿根廷
然後我們去了火星
然後我們忘記身在何處
直到兩個月亮將我們喚醒

然後天使開始擦洗囚牢
然後命運開始歌唱
在雨停之前　放晴之後
再多一秒
我就會開始相信人可以在水上行走

　　身體在詩中幻現兩種可能性，一種是天堂（天使），一種是地獄（囚牢）。兩個身體可能因相遇而迷醉（我們忘記身在何處），兩個身體也可能因宿命而分離（兩個月亮將我們喚醒），但命運終究只能作出一種選擇（天使開始擦洗囚牢／命運開始歌唱）。

只要「再多一秒」，人就可以天上飛水上行，意味著奇蹟出現，奇蹟並沒有出現，關鍵性的「一秒」幻滅，相遇相親之機緣斷裂，「愛」戛然中止。愛的可能性（再多一秒）與不可能性（無法再多一秒）都是決定性經驗，兩者之間的差異，誰也說不清楚誰也把握不了，但詩人以其心靈直覺與非凡想像力，以「再多一秒」幻現兩個身體的生離死別，不激越不沉鬱，平緩道來生命的真實。

〈人生不如〉

人生不如一行鯨向海：
人生沒有雙關語。
人生如睡，
夢把人生烤成微微卷起，散發香味的魷魚。

這首詩像似偈語當頭棒喝，更如同匕首一般，當胸貫穿而入，詩的力量應當如是。「鯨向海」既是一個詩人的筆名，也是人生廣闊無邊的象徵，一語雙關。但詩人立即阻斷了這種幻想，廣闊的生之涯從來都是非現實的，那麼現實人生是什麼光景？被烤焦的魷魚乾而已，雖然散發出誘人的短暫香氣。以尋常的生活鏡像對映出深刻的思想與情感，混淆夢幻與現實的界線，語調平淡然而反諷深邃，這是鴻鴻詩歌擅長的語言策略。「人生不如一行鯨向海」是從「人生不如一行波特萊爾」借用而來，芥川龍之介（1892-1927）小說中的名言。

（二）多元形式／題材詩

〈音樂的歷史〉

一百年前，一張蟲膠唱片可以播3分鐘。

五十年前，一張黑膠唱片可以播30分鐘。

三十年前，一張CD可以播75分鐘。

現在，串流音樂可以24小時無間斷播送。

而在彼端，總有一個人在那裡，拉著同一把小提琴。

（灰塵被弓弦震起，在半空中飄止）

像釀了幾個世紀那麼深沉，像剛寫下時那麼新。

鴻鴻的社會身分非常多元，詩人、詩刊主編、劇場編導、電影編導、策展人，參與各種社會運動，熱愛人文藝術展演；翻開他的創作年表，真正讓人眼花撩亂。他的審美知覺之銳利與藝術感性的全方位，在臺灣也屬罕見，〈音樂的歷史〉顯現了詩人／藝術家深刻的品味。

這是一首七行詩，前四行採鴻鴻慣用的條列式敘事，以旁白語調鋪陳歷史背景。第五行運用長鏡頭顯像：彼端，一個亙古以來的小提琴手（音樂象徵）。第六行跳接特寫鏡頭：弓弦拉動／灰塵振起，以及凝定在此時此刻的永恆旋律（既飄又止）。第七行：以「釀」字，將深沉與簇新統合起來（藝術本質）。

這是一首即興樂曲，也是一場以文字／影像共同演出的微型音樂劇。鴻鴻運用多元媒材元素進行跨界想像的語言策略，結合他藝術實踐的創作經驗，塑造出具有臨場感且構造深邃的審美境界，這是他成功的詩篇能夠魅惑人心的根本要素。

〈經典電影賞析課程大綱〉節選

溫德斯

少年把喝光的可樂罐扔向沙漠

第二天想起來

又出發去尋找

柏格曼

人生的封面是一本祈禱書

翻開來是驚悚小說

結構不好的話我改寫人生

賈樟柯

走遍世界

仍然無法取出

鞋裡的那粒小石頭

蔡明亮

錄下排水口傳出的歌聲

治療獨居者的睡眠

只是有的人越聽越渴

　　〈經典電影賞析課程大綱〉分西方篇與東方篇兩組詩，各自
介紹十二位世界級導演，每位導演只用三行詩概括其藝術特質，
如此簡約的敘述模式最能見出詩與散文的根本差異。散文要塑造

出整體形象就像蓋房子，勢必要挖地基埋礎柱綁鋼筋灌泥漿，按部就班依法規施工。唯有詩，可以草草三筆就能讓形象栩栩如生。「大綱」不只畫出輪廓，更重要是立定「詩意重心」，以之啟動語言波濤，語言空間在剎那之間轉化為詩歌空間，引發聯想動盪影像，詩意迴響無端無盡藏。上引四段三行詩，詩意重心都落在第三行。去沙漠尋找一個渺小可樂罐，超越文本結構將人生改寫，鞋裡礙腳的小石頭，失眠者越聽越渴，都蘊蓄著不定向的語意動能，勾引出變化莫測的戲劇張力。能寫出既簡練又蘊蓄火花的詩，不只是對電影藝術熟悉而已，更重要是觸入現象本質的詩直覺能力，這是鴻鴻的真本事。

〈夢見柏林〉

我夢見過這座廣場，賣香腸的小販
在新興的巨大陰影中遊蕩
我夢見過這道牆，雖然
它的磚石已被移去建造新的牆
我夢見塗鴉下的醉漢
跟聖壇上的聖子一般安詳
我夢見過這所博物館，兩週前
有人在這裡被警察射傷
真的嗎？幸好我不在
可惜我不在
我夢見過那些迎風的旗幟、標語
一瞬是狂歡的、一瞬是激憤的人們
我夢見過那座城門，那根高聳的柱子

頂端有一位女神
我還夢見過這裡是一片廢墟
一些小孩在瓦礫間奔跑
彷彿是他們的遊戲場
但一切都是黑白的
——所以這都是別人拍過的電影？
——所以有人幫我做了這些夢？
——我還在夢中嗎？
——那他們醒來了嗎？

　　〈音樂的歷史〉與〈經典電影賞析課程大綱〉題材是某種藝術類型，以形象思維取勝。〈夢見柏林〉乍看是一首尋常紀遊詩，敘述動能定向且前後連貫，但構造出來的語言空間卻不知其所云，這正是詩意所在。詩篇的關鍵語詞是「我夢見」，意味著那是敘述者想像的影像，有別於敘述者蒞臨的此在現實。那些「我夢見」，可能來自電影片段，可能來自傳播媒體的事件報導，可能來自文章敘述，但它們在敘述者的記憶中混合，與當下的臨場經驗形成交滲、拉鋸甚至背反。詩題「夢見柏林」，意謂柏林這座城市複雜歷史展現的非現實性，以致於詩人發出如夢似幻的惑問。塑造歷史的是人，是人性的闇魅鋪陳出狂亂的歷史圖像；「他們醒來了嗎？」，饒富人文深意。紀遊詩相當難寫，寫不好就只是一篇旅遊雜記，〈夢見柏林〉以詩直覺無端起興（拈出我夢見），文本結構上現實／想像隨機滲透，形成撲朔迷離的詩歌空間。

（三）生活感懷詩

〈招秋魂〉節選

秋心如海復如潮
但有秋魂不可招
　　　　——龔自珍

死時她還是個少女。
只因早婚，才迅速被人忘記。
生了一個孩子，換了更大的浴室
她的生活越過越單薄，越像是一柄
鋒利的小刀。

　　〈招秋魂〉題辭引用龔自珍（1792-1841）〈秋心〉詩。從「秋心如海復如潮，但有秋魂不可招。漠漠鬱金香在臂，亭亭古玉佩當腰。」與「某水某山埋姓氏，一釵一佩斷知聞。起看歷歷樓臺外，窈窕秋星或是君。」可推論〈秋心〉詩是懷念亡友之作，運用《楚辭》的借喻手法，以「香草」、「美玉」比喻亡友的高潔人格，一方面表達強烈思念另一方面也有懷才不遇的自悼之意。
　　鴻鴻的〈招秋魂〉也內蘊懷人意，懷念對象是一位女性，但非早夭（死時她還是個少女，形容她的性格長葆純真）。詩人為她造了一個像（生活空間越來越寬裕但生命空間越來越窄狹）。接下來鴻鴻運用了他的編劇特長，構造一齣微型戲劇。「前一天床腳突然塌陷，丈夫的那一邊，／奇怪，因為她睡得多。」睡床塌了，隱喻日常生活腐朽情感關係傾圮。「很久了，沒有任何東

西可供尋找／直到她開始尋找睡眠。」尋找睡眠，隱喻清醒還不如睡覺如意一些。「像一個死去已久的女鬼／也許她確實死去已久／然則，什麼樣的鬼魂／淌下的淚水仍然溫熱如昔？」死去已久，隱喻她在家庭中的生存地位從未受到尊重。

> 丈夫不耐煩時終於闖進浴室
> 一面撒尿，一面看著滿地支離的碎片
> 像一首歌等待拼湊成形
> 但他如此草率，粗心，以致全盤錯置
> 卻無人察覺……那些武斷的傷痕
> 遂被輕易理解成命運的圖讖。
> 他抱來孩子
> 開啟她多年前的詩文，企圖截選
> 一則自咎的遺言：
> 「人生有無限的自由
> 可以選擇，可以改變……」
> 人生有無限的自由
> 可是在乎的只有一點點。

　　敘述者安排了這位被悼念者（她）兩種可能的結局：其一是完整的歌，其二是支離的碎片；但劇中的關鍵性角色（丈夫）忽視這一切（也許是刻意誤讀），導致人類家庭生活尋常可見的破鏡結局。全詩採用第三人稱敘述，冷靜不動聲色，只在最後作了眉批，「在乎的只有一點點」，那又是什麼呢？留下懸念的戲劇才是真正的戲劇。這首詩的另一個優點是：敘述者既在外又在內的敘述視點，詩題與題辭，產生了將敘述者內置於情境中的審美

效應，無形中也牽引讀者入戲。

〈幸福定格〉

1

黑夜給了我一個白眼／我給它戴上太陽眼鏡

2

幽閉恐懼／想吐／心絞痛／自律神經失調／起床氣／月經
不來／醫生耐心聽著／試圖說服她／這一切都與婚姻無關

3

牛郎說／你昨天放走的喜鵲／今天飛回來了／許是想留作
愛情的紀念吧／織女說／我已經不想清它的大便了

　　白居易的閑適詩最得日本古今文壇激賞，白氏閑適詩之最，
乃咏眠詩（五十首）與咏病詩（七十六首），煞是驚人。鴻鴻的〈幸
福定格〉也歸屬閑適詩之列，為三段詩，第二段就觸及睡眠與生
病，人類日常生活的核心要素。將尋常的重杳的生活提煉為詩，
以日常口語幽微撫觸開鑿心靈頓悟，是白居易閑適詩受到長期尊
崇的主因。「至適無夢想，大和難名言。全勝彭澤醉，欲敵曹溪
禪。何物呼我覺，伯勞聲關關。起來妻子笑，生計春茫然。」（白
居易〈春眠〉節選）
　　白居易睡至近午的大覺醒來後被妻子嘲笑，鴻鴻因太座睡眠
品質差心浮氣躁而被牽拖責怪，場景類似。「這一切都與婚姻無
關」只是一個託辭，意思是說兩性關係的戰場難以清理；就像「幸

福」只是一個空幻的語詞，它的詞義包羅萬象，不同年代、不同族群、不同身分者都會重新為它定義。「定格」，意謂留駐一個瞬間（病理切片）。這個病理切片被製作成詩歌結構三明治，上層是夫妻日常對話的幽默顯像，下層是愛情與愛情排遺的雜燴處理。上下層是同質性文本，中間層是異質性文本，上下層包抄，將夾層燒烤過熟的婚姻生活肉塊擠壓出汁液。

　　日常生活敘事容易流之瑣碎，變成一本流水帳，以線性散文書寫像似將人用線圈渾身纏繞恐怖至極。鴻鴻運用跳躍式剪接，編輯出一齣讓人垂涎卻很容易咬到舌尖又沒有其他選擇的婚姻現場實況，這是相當高明的生活感懷詩。

〈孩子與樹〉

　　孩子像樹一樣每晚生長
　　在沉睡中反芻，接通更多連結世界的根鬚
　　但是為什麼我們沒有像給行道樹斷頭一樣
　　　　修剪孩子
　　打斷他們的手肘和膝蓋
　　讓他們不致阻攔我們的視線
　　——還是其實有？
　　我想知道那些未經修剪的樹（比如森林裡的）
　　　　出了什麼問題？
　　我想知道那些剪刀上的汁液是苦的還是甜的？
　　我想知道那些無家可歸的孩子去了哪裡？
　　他們會不會在廟門外醉醺醺地享受從前被剝奪的陽光和
　　　　雨？

他們會不會對所有無知的人產生恨意？
他們會不會用逐漸發炎腐爛的肩胛
　　接待那隻無枝可棲的鳥？
他們會夢想一個轉型正義的法庭
　　還是夢想星星？

　　〈孩子與樹〉就敘述內涵而言是生活感懷詩，就語言策略而言是諷諭詩；雖然它沒有明顯的社會事件作為背景，但內蘊對於社會議題之探索。社會議題詩經常產生兩種書寫困境，一個是元和五年（810）白居易回贈元稹的〈和答詩十首〉序言所說：「頃者在科試間，常與足下同筆硯。每下筆時，輒相顧語，共患其意太切，理太周。故理太周則辭繁，意太切則言激。然與足下為文，所長在此，所病亦在此。」社會議題詩要闡述事件背景就得語意周全（理太周），批判之餘又容易犯下情感過剩的弊端（言太激）；循此語言策略書寫的社會議題詩，長處是容易激勵人心，缺點是語言不夠簡練，文學意圖明顯但詩意稀薄。
　　〈孩子與樹〉沒有這些困擾，它的詩歌空間是開放性的，留下懸念促使讀者反思，而非強迫讀者接受作者的意識形態引導與灌輸。整首詩的意念軌跡雖然採用辯證模式，但意念波動隨機換軌，孩子／樹，行道樹／森林樹，有家的孩子／無家的孩子，自我中心人格／關懷他者人格，形塑出「社會批判／自我批判」雙向震盪的詩意迴響。閱讀〈孩子與樹〉讀者能感受到隱藏的批評意識，又能品味語言曲折詩意迴旋，兩全其美。

（四）社會議題詩

〈立陶宛的姑娘〉

立陶宛的棕髮姑娘，你無須悲傷
陽光已經露臉，路旁的樹
也已直挺挺長到參天
肥胖的教士，開門走到庭院
傾聽少女的煩惱，而隔壁
香味四溢的紅甜菜湯也剛剛煮好

立陶宛的黑髮姑娘，你無須悲傷
你參加游擊隊的叔叔
已經在森林裡安睡，祕密警察
已經回到他們的帝國
把廣場、綠地、最後清澈的湖泊
還給你，和你的國家

立陶宛的金髮姑娘，你是自由的
輕輕盪開的鐘聲可以證明
無人經過的噴泉可以證明
不然老城牆上滿佈的塗鴉
也可以證明，自由像河面吹來的風
吹開你無須討好任何人的微笑

如果是為了那個無心的男孩
你也不該悲傷，因為青春就是一連串
沒吃完就丟棄的果實
但你已擁有這世上最可貴的
自由，獨立，立陶宛
的姑娘，你無須再悲傷

　　為什麼將〈立陶宛的姑娘〉納入社會議題詩範疇？看看詩末的註解便知：「立陶宛，1918 年宣告獨立，但遭到蘇聯與納粹德國先後不斷入侵，1944 年起為抵抗蘇聯，打了九年游擊戰爭，終被佔領。1990 年始恢復獨立。」從立陶宛獨立建國之艱難過程讓人聯想到臺灣獨立建國之困頓，以及被雙重的主體幻覺（中華民國主體幻覺與中華人民共和國主體幻覺）綁架之荒謬。臺灣將近百年的被殖民歷史導致臺灣人精神意識普遍殘破不堪，對比於立陶宛姑娘能享有的自由獨立，應該悲傷的確實是敘述者本人：一位不能朗稱自己是臺灣人的臺灣詩人。借抒情以敘事，用他者處境對映自我困局，詩意迴響餘音繚繞。

　　〈地球是平的，只不過有些地方特別平〉

日本人在臺灣旅館牆上，看到瑞士的雪山。
臺灣人在瑞士旅館牆上，看到日本浮世繪。
瑞士人在日本旅館牆上，看到臺灣油紙傘。
中國人在中國旅館牆上，看到紫禁城。

這首詩創意斐然，讀來讓人會心一笑，標題就很有噱頭！現代人都知道「地球是圓的」，所以日本、臺灣與瑞士，三個地方的人相互看不見對方，所以更渴望旅行，超越自我存在的侷限努力拓寬視界。但在極權體制中國，統治者告訴人民：「地球是平的」，中國就是天下，北京就是世界的中心，紫禁城所象徵的封建王朝就是最美的文明風光。除非你會網路翻牆，除非你有靈視之眼，否則中國風景就是中國人此生命定要面對的唯一風景，一黨專政的極權體制就是小粉紅們開心認領的政治制度。最高境界的諷諭詩大概只能如此，連刀影都沒一撇，但地面血跡斑斑。

　　〈一九五〇年代，臺灣〉的諷諭手法也很特別，開頭這麼說：「五〇年代是一部漫長的電影，我們站著看完。／／招牌翻過來，寫上另一種文字／意思一模一樣」，一九五〇年代是白色恐怖最猖獗的時期，臺灣人民被迫罰站觀看一場又一場漫長乏味的電影，無論片名怎麼變化，但內容千篇一律：「白色恐怖」。一九五〇年代也是一部人人閱覽的武俠小說，卻只有上集，「沒有下集／找不到復仇的對象」。上集的字裡行間充滿了血腥殺戮，但殺手是匿名者連創造殺手的作者也隱藏姓名，萬眾期待的復仇行徑終究無法完成，轉型正義遙遙無期。讀者迫切期待的下集呢？哪個作者有勇氣與膽識接續著把下集寫完？鴻鴻的社會議題詩擅長安排戲劇場面，進行狂想式的諧謔，以美學效應激發諷諭，避免直言批判落入意識形態對抗的陷阱，值得社會議題詩作者參考觀摩。

　　〈一九五〇年代，臺灣〉的諷諭內涵從社會現實擴及歷史情境，詩歌空間更加廣闊。〈歷史寫生比賽〉也相似，架設宏觀視點對臺灣歷史進行深刻反思：

〈歷史寫生比賽〉

有人用石頭刻鑿　顛倒陰陽
有人用沙畫　百年一瞬消失
有人用電腦繪圖3D造模虛擬實境奮力掙脫十八層　氣泡栓
　塞
有人用橄文詩文經文　浪蔓派硬象派超現時派嗒嗒噗噗
有人用望遠鏡顯微鏡物理公式星象斗數DNA化驗　大卸一
　○八塊
玻璃窗上一隻鬼臉天蛾　無法理解
為何飛不出去

　　臺灣的歷史書寫面臨兩大難題，一個是虛假的歷史通過黨國
教育經年累月對臺灣人洗腦，造成臺灣全體住民意識形態僵固
化，一個是真實的歷史因為國際局勢制約與國內政治權衡轉型正
義無法落實，兩種因素內外夾擊造成臺灣歷史長期處於虛懸模糊
的半失憶狀態，始終難以糾錯與正名。面對這種外人難以理解的
歷史現實，鴻鴻以「玻璃窗上一隻鬼臉天蛾　無法理解／為何飛
不出去」進行形象思維式的顯影，堪稱絕唱。以「歷史寫生比賽」
命題，反諷相當強烈，因為每個寫生者的手法與視點千差萬別，
所以臺灣歷史圖像也就隨意賦形，一人一個樣，天意與人性為何
如此殘酷？

二、鴻鴻詩的優點與缺失

　　綜觀鴻鴻四十年（1982-2022）豐美多汁的詩歌歷程，有三項

明顯的個人優點：一項是詩歌風格面貌獨特且持續拓進，一項是多元的題材探索與形式開發，一項是對臺灣社會議題進行臨場性的紀實與反思。個人風格一直是臺灣詩學建構的致命弱點，具有獨特面目且持續深化的詩歌作者其實不太多。兩個因素：一方面是相互模仿之風太盛，個人風格沒有辨識度（只想跟隨主流時尚爭取曝光）；一方面是聰明人拿來主義太盛，從翻譯文本撿現成的模型套為己用（賣弄聰明卻空虛了靈魂）。前者浮濫後者膚淺，但他們從來不照鏡子，奈他何？鴻鴻的風格演變有跡可循，變化中有其不變的本色。不斷精進的題材探索與形式開發，跟鴻鴻的藝術涵養與創作實踐有密切關係，戲劇張力與場面調度，旁白和對話的語調運用，影像跳躍剪接，音樂調性的設定與轉換，這些藝術能力豐厚了他的詩歌空間。對臺灣社會議題長期進行紀實性詩寫，是鴻鴻一人的革命事業。鴻鴻對付議題的語言策略相當有變化，賦予審美層面更多創意。

如果將鴻鴻的詩歌文本與香港詩人梁秉鈞（1949-2013）的詩歌文本進行比較，兩人對藝術都擁有多元的興趣與能力，都有策展與評述的經驗與才華。梁秉鈞偏向學者詩人的典型，內蘊更多結構性文化思維；鴻鴻更接近藝術家詩人的典型，藝術審美知覺加倍豐美。就社會議題詩而言，梁秉鈞性格溫厚含蓄，文本的批評意識較為曲折內斂，鴻鴻性格開放縱橫，文本的批評意識更加激進顯揚。

鴻鴻詩也有三個需要改進的缺失，一個是慣用排比、類疊修辭模式以強調聲韻。檢證後期作品〈孩子與樹〉：「我想知道／我想知道／我想知道，他們會不會／他們會不會／他們會不會」。調閱早期作品〈翻譯的女人〉：「第一個房間是／第二個房間是／第三個房間是／第四個房間是，總比站在／總比上菜市場／總

比上舞廳／總比打開／總比打開」。球隊以同樣戰術迎敵固然也能達陣，但要讓觀眾瘋狂尖叫就要在超乎想像的狀況下得分才能辦到。

第二個缺失是社會議題詩往往因為注重即時性書寫，沉澱自省的時間不夠充分，淬鍊鍛造的質地不夠密實。臺灣的現實主義詩歌經過幾代人經營，固然產生過不少傑作，但擱淺在現實表層的新詩文本隨處可見，也從未見有人反省與改進，大部分作者只注重文本的意識形態表述，審美層面通常隨便打發。擱淺在修辭表層的新詩文本也同樣隨處可見，也很難醫治，原因相同：缺乏美學自覺。鴻鴻的社會議題詩數量多，強調「即時反應，當下感受」，自然就會產生文本品質落差，但不能以即時書寫作藉口，更不能是鴻鴻的託辭；因為鴻鴻寫過極為優秀的諷喻詩傑作，更深厚更宏闊的自我期待與社會期待，是必然要面對的試煉。

第三個缺失是詩歌歷程量多質不均。鴻鴻出版過九本詩集，從 1990 年《黑暗中的音樂》到 2022 年《跳浪》，以平均四年一本的頻率推進，類似的詩集出版頻率也見諸零雨（1952-）。但零雨每本詩集中的每一首詩都維持在高度審美水平，詩歌視域擴展並持續往人文深度推進，獨創的語言符碼自成一種文化譜系。鴻鴻詩的風格維持一貫性面目清晰，這是優點，不足之處是每本詩集收錄的文本品質參差高下，且未能往人文思想與精神層面有意識地探索與開鑿。這不是因為他的詩歌才華不夠，而是鴻鴻文化經營的面向太紛繁，時間精力分散難以專注於詩歌書寫；零雨只專情在詩歌書寫，故能對文本能投入更多時間精力琢磨語言與開拓境界。

作品量多質不均的現象在臺灣詩壇作者身上是常態，對詩歌品質能進行嚴格管控的作者反而是例外。作品量多質不均的詩

人，通常詩學水平也難以提昇，最多只能勉強持平；因為詩歌視野拓進與詩學水平提昇是靠敏銳的美學自覺，與嚴厲的自我批判才有可能做到。當多數詩人的個人詩學無法精進提昇，整體的臺灣詩學水平當然也難以昇揚。

造成文本品質落差還有一個外部因素，即臺灣的文化環境匱缺審美評價座標，尤其在新詩創作領域，幾乎所有的評論都是你推薦我來我推薦你，蜻蜓點水好話說盡；這樣的評述傾向不僅缺乏評論應有的批評功能，還會誤導作者與讀者，形成文化沼澤共浴狀態。優質的文學評論對創作者非常重要，不但能澄清作者的創作盲區，還能激勵作者突破自我侷限更上一層樓，對讀者拓寬審美視域與淬鍊審美知覺也會有所助益。

【參考文獻】

鴻鴻，《鴻鴻詩精選集》（新北：新地文化，2010 年）

鴻鴻，《仁愛路犁田》（臺北：黑眼睛文化，2012 年）

鴻鴻，《暴民之歌》（臺北：黑眼睛文化，2015 年）

鴻鴻，《樂天島》（臺北：黑眼睛文化，2019 年）

鴻鴻，《跳浪》（臺北：黑眼睛文化，2022 年）

埋田重夫著；王旭東譯，《白居易研究：閑適的詩想》（西安：西北大學出版社，2019 年）

白居易著；陶敏、魯茜編，《新譯白居易詩文選》（臺北：三民書局，2009 年）

第十四章
臺灣新詩的異他敘事

前言

　　新詩的主題類型分作典型命題與非典型命題。典型命題是尋常可見的題材，諸如七情六欲的生命經驗與千變萬化的社會生活，相對而言，非典型命題是較少涉及的題材。若將典型命題視為新詩的主流敘事，非典型命題則為新詩的異他敘事。臺灣新詩的主題類型有趨同於類型化的傾向，自我意識的反覆纏繞常見於解嚴世代作者，情境設計、意象雕造、語言遊戲常見於戒嚴世代作者，瑣情碎意的膚淺人生感悟則不分老少全體氾濫。這些容易書寫輕鬆閱讀的消費性文字產品，主要的作用其實是自我消費。「詩」真要區別於散文與小說，就得要說出不可說，道出不可道；而非將文字分行排列，抒情一番議論一番。「詩」之別殊，主要區分三個面相：一個是淬鍊生命的審美經驗，一個是獨特的語言形質，一個是越界的人文探索；新詩的異他敘事，屬於主題層面的開拓。

　　本章討論的詩文本，主題關注是非典型命題，共有八大類，每種類型選擇一到三位詩人的作品進行評介：一、海洋書寫：蔡宛璇、劉梅玉。二、地誌書寫：楊智傑、黃粱、商禽。三、自然書寫：劉克襄、黃粱、卜袞。四、族群議題書寫：莫那能、詹澈、

向陽。五：同志議題書寫：河岸。六、性別議題書寫：羅英、零雨。
七、身體經驗書寫：阿芒。八、靈性經驗書寫：薛赫赫。

一、海洋書寫：蔡宛璇、劉梅玉

　　蔡宛璇（1978-）詩集《潮汐》，以文字的波湧顯影故鄉（澎湖群島）的環海場域，任感官知覺隨意漫流，以多聲部共鳴的海之交響，演奏島嶼風光。《潮汐》的開篇長詩〈母親　島〉，開啟心靈與土地相親相靠的契機。從經歷妊娠的母性身體的「妳」，到懷抱眾生命的母親意識的「你」，生命與生命之間跨越了性別與階層的藩籬，母親、女兒與島嶼鏈結成生命共同體。

> 〈母親　島〉　蔡宛璇
>
> 母親。妳出生的那年／我在一艘遠洋的船上想回航／等天亮。
>
> 那是沙丁魚旺盛瘋狂的一年／其他的一切／才都剛要從貧瘠的雲層裡／慢慢脫出
>
> 天沒亮／所有的人／都已經去對著海／奮力高歌／或者跟著她母親和祖母的牛／去　踢田梗裡的日頭
>
> 田邊的坡上／睡著幾世紀的漁具和／水另一邊來的船舵／他們依稀知道／有人曾經越過／沒有神明守望的海域／活下來

澎湖群島的島民如同臺灣本島的閩粵移民，來自俗稱「唐山」的原鄉，「水另一邊」即其指涉。早年移民跨越臺灣海峽洶湧無情的黑水溝——「沒有神明守望的海域」，倖存下來，只為祈求生命最低限度的安頓。島民「天沒亮」早早出門，勤奮是唯一的生存手段，藉以彌補土地貧瘠與物資缺乏。

　　　　這年頭的孩子，頂多／偷偷揣著微小的夢／妳說，／妳夢想上初中

　　　　但多風的年冬／把妳一下吹到工地／燒自己的土泥／為別家挑磚瓦／沙丁和丁香的蒸煙，風沙／與海砂／都飛到雲裡，下成雨／日子／沉甸甸／那麼多的鹽，在風裡／麻布袋覆上妳額前

　　詩人從母親早年的夢想為起點，記述現實與夢的爭持過程裡恆常的潰敗經驗；這些經驗集結成海風裡「那麼多的鹽」，迎面撲送，切割臉頰，雕塑麻布袋般皺紋交錯的人之「額」。蒸煙裡的魚腥，風雨中的鹽沙，鑲嵌成一幅灰色的青春圖景。

　　　　那個時候／一個村子／是一個世界／父親，從另一個世界來／但妳想去看／世界外頭的世界

　　　　妳說／那些如今芒草遍佈的墳，是從／更遠更西邊海上的／另一座山頭／漂到祖祠前

鹹魚吃也吃不完的年月裡／連身體和生活／都被鹽漬過／
出水／緊縮／風乾柔韌

他們說她現在／依舊使用這種／已經落伍的保存法／我也
曾暗自怪過她

況且她老早習慣／背過海／假裝聽不見潮浪／留珊瑚礁在
後方／想忘記／自己也從海裡來

她看見的／不是那種美。／以至於唱KTV時／孩子們都難
以／為她的走板合音

　　從大海跋涉過來的人厭棄海對生命的侵蝕，「鹹魚」吃也吃
不完的生活，將身體變成缺少滋潤的風乾之物；即使愛情與婚姻
也無法改變這一現實場景，無法變更「被鹽漬過」的身體性經驗。
而「世界外頭的世界」又被四面大海阻絕，「那種美」只能透過
暗自的想像。

村裡的人們／每夜都去丈量海岸線／用一把掌紋做的軟尺
／身體露出衣服的地方長滿眼睛／如果不是去推魚苗／就
要避免掉進海裡

他們一邊偷偷恨著海／一邊把命往裡頭踹

　　「丈量海岸線」是討海為生的唯美說詞，村民用肉體與海搏
鬥，不論撈魚苗、刮紫菜都得戰戰兢兢，一不小心就從討海人變

成溺死鬼。代代累積的生命經驗在身體裡發酵，只能更加不要命不能有絲毫畏怯。

母親，你也有一個海／我叫她內灣

你的內灣裡／也有一個島／島上也有這樣的居民／他們也正在變老／柔韌，風乾／知道自己的理直氣壯／和微小，／像魚苗。

因為不是吃風長大的／如今，村裡的孩子們再也／不恨海了／他們直接搭飛機離開／飛遠了／找不到理由回來

或者像我那樣，在心裡／養一個海

我看著你／還在／奮力泅泳／在這艘遠洋的船上／母親，／天還沒亮／我等你上岸。

母親像似群島，以海灣護衛著她的島民，日日盼望出海的村民安全入港，帶回豐碩海產。「母親」從親人擴展為澎湖鄉里，「澎湖群島」不再是地理名詞，而是一個蘊蓄土地倫理的人們的家鄉。雖然有些村裡的孩子「飛遠了／找不到理由回來」，似乎替母親完成了當年的心願；但有些孩子「在心裡／養一個海」，重新將心裡漂泊的母親接上岸。〈母親　島〉不但將「島」重新詮釋，更將「母親」再一次誕生，詩人也在這種創造性回饋裡獲得嶄新生命。在〈母親　島〉這首跨越邊界的詩章裡，歲月孤絕與心理滄桑幽然滑落，一條悠緩寬闊的道路隱隱成形，引領心靈

歸返原鄉，生命與生命相依相偎，攜手同行。

〈魚生〉 劉梅玉

　　璃白的鱗片擱置在／凌晨兩點鐘的棉布枕頭上／海水沿著
　　圓形的硬薄片／滴進深夜的肺泡／鹽分飽和的組織液／附
　　著在細胞底層／幾隻白魚仍在窺視／私密的夢境／她沿著
　　月光攀爬／一直無法靠近／夜的出口／溶膠性質的多巴胺
　　／在失眠的腹鰭／靜靜悶燒／黑濁暗室的角落／她來回踱
　　步，在自己的／過動眼瞼裡

　　劉梅玉（1970-）出生於馬祖列島東引，定居南竿，詩人為〈魚
生〉寫下題辭：「身上有島的人，她的餘生都因為海而自在。」
東引島面積 3.22 平方公里，南竿島面積 10.44 平方公里，出生成
長於島上之人，想要不受四面環海之影響是絕無可能之事。「身
上有島」，意味著將島嶼身體化／故鄉化，人與土地緊密相結合。
　　「璃白的鱗片」加上「失眠的腹鰭」，似乎人和魚黏膩難分，
正如現實與夢境相互侵擾；來自身體意識最深處的變形／越界渴
望，影響並鑄造了心理意識的邊界。劉梅玉詩篇的身體性經驗，
承受／演繹著島的孤獨意識與大海之豐饒殘酷。
　　劉梅玉成長於長期備戰的馬祖列島，「備戰的生活與我們的
日常環環相扣，早上的鬧鐘聲時常是演習訓練的砲彈聲，空襲警
報只要一響起，上課上到一半就要躲進防空洞，那些鬱暗的防空
黑洞，滲入我的幼小夢境，我並不想凝視深淵，但是深淵無所不
在。」（劉梅玉〈文學臺灣：離島──馬祖篇之 3〉）戰地生活
一方面給予作者心理意識制約，一方面啟動作者反抗制約的豐富

想像力，大海對於小島的生活制約與審美擴充也是如此。沒有海洋帶來的魚群、浪濤、豐富與險惡，就不會創生出白魚窺視的夢境；沒有鬱暗的防空洞經驗，就沒有黑濁暗室裡的來回踱步。

〈海邊石屋〉：「被海淹漬過的石屋／長出鹽狀窗戶／那些異鄉的眼睛／都在這裡觀望鄉愁」。在家鄉裡觀望鄉愁，「淹漬」一詞同時顯現了深化與異化兩種情態，家鄉時時刻刻都是異鄉，不安定感瀰漫且廣大，哀愁無以復加。石屋之孤絕像似心靈之孤絕，然而海，又是不可測知不可懷抱；被鹽醃漬過的豈止是窗戶，還有人的感官、意識與視野。劉梅玉的詩篇裡未必出現與海洋／島嶼相關之語詞意象，但處處都沁染著海洋風光與島嶼踏查的跡痕。

〈母親的島〉：「繞了遠路才能靠近／老邁的海岸／經歷裂痕的雙腳，才懂得／在島的動脈裡行走」。「經歷裂痕的雙腳」就是身體性經驗，它將島的脈動、海洋的脈動與身體的脈動緊密聯繫，人懂得海岸之老邁（對立面是永遠洶湧年輕的海浪），所以島才成其為「母親」，那是島民唯一的依靠。

劉梅玉出生於馬祖列島東引鄉，現定居於南竿，出版詩集《向島嶼靠近》、《寫在霧裡》、《耶加雪菲的據點》、《劉梅玉截句：奔霧記》、《一人份的島》。蔡宛璇出生於澎湖本島湖西鄉，現定居新北市，出版詩集《潮汐》、《陌生的持有》、《母與子的詩》、《感官編織》。兩人都是詩人兼藝術工作者。

二、地誌書寫：楊智傑、黃粱、商禽

〈艋舺〉　楊智傑

錢莊裡走出一些不怕黑的人／小廟旁／抖了抖靈魂

我們就香灰一樣漂起／在雙腳／摟不著地的塵世，變輕、變亮／明白一切的悲哀

不會再發生。

賣不掉的文鳥，繫上最好的領結／跛腳的野貓／輕舔聽雨的乞丐的夢

多快樂都沒有用。舞女、愛玉、雪花冰／人世的財寶全留不住你／像黑玻璃守著

打烊當鋪／那堅定、美麗的深處

（而無人在乎的／塑膠袋要流過去了）現在，它只要──／

唉，它只希望，廢物般快樂地飛翔

　　街邊躲雨的跛腳野貓，一方面自由自在一方面無人愛憐，如龍山寺前廣場隨地安棲的破舊街友，他們又如同無人在乎的風中塑膠袋任意翻滾，塑膠袋毫無疑義是被人隨意丟棄的廢物。詩人在社會上差不多也等同廢物吧？寫些無用之用的文字，你看！那些詩在空幻中快樂地飛翔。像香灰一樣漂起的，不會是一條黑路走到底的流氓，也不會是以軟腰賺盡客人荷包的舞女。繫上最好領結的「賣不掉的文鳥」，多麼像鑽石般閃耀的珍貴詩章，反諷強烈；自然與人文之對比，顯隱互現之語言召喚術。

〈艋舺〉作為一首地誌詩，一方面，細緻捕捉到艋舺地方的核心要素：錢莊（當鋪）、不怕黑的人（流氓）、小廟、乞丐（街友）、文鳥（街邊擺攤）、舞女（巷口流鶯）、愛玉雪花冰（夜市）；另一方面，「香灰一樣漂起」的進香客與塑膠袋「廢物般快樂地飛翔」，深沉顯影了當代都會的邊緣景觀，自生自滅的底層民眾的空幻人生。

　　楊智傑（1985-），出生於臺北，出版詩集：《深深》、《小寧》、《野狗與青空》，獲邀任德國柏林文學協會（Literarisches Colloquium Berlin）2021 年駐會作家。

　　　〈安平海邊的薩克斯風〉　黃梁

　　浪花日以繼夜勸說著⋯⋯／幾顆灰不溜丟的沙／被難以計數的煩惱磨了又磨

　　一個放生旅鴿的閒漢／木麻黃樹下，抽根菸罷！／隨手放出飛翔的分身之幻

　　馬鞍藤豔紫色的波光／將烈日流轉得不安狂蕩／撩人般的眼線絲質的藍調

　　又射出一隻旋轉的陀螺／在天闊初生與人的茫盲眼目間／瞬間的愛情，消逝無蹤

　　木籠還有兩筆前世的債務／沙灘上踅來了野犬／人世就要在菸蒂熄滅後結束

吹薩克斯風的葬儀隊員上陣去了／海風的告解兀自糾纏誰
的髮絲／長堤盡頭一輛鏽蝕的單車

　　臺南古都的安平港又稱安平漁港，位於安平舊聚落旁，舊稱
臺灣港，曾為臺灣最大港。舊港 1947 年封淤，1949 年疏濬後，
僅容許五十噸級以下船舶通行，今日舊港仍有漁業船隻停泊，歷
史的風雲變幻令人唏噓。沿港邊走向海灘有觀夕平臺，沙灘遼闊
而孤寂，遊人多數停駐於安平古堡周邊景點，甚少到此。「幾顆
灰不溜丟的沙」與「難以計數的煩惱」，既是置換又是對比，烘
托出人間世的顛倒夢想。天地與大海在陰天午後，俱被塗抹成灰
色，孤寂海灘能有什麼景觀？木麻黃樹林滿頭亂髮，野犬是生命
力強健的流浪漢，任性遊走，馬鞍藤在沙地上匍匐著豔紫色，讓
人驚異其生機盎然。在這些自然背景中出現了「放生旅鴿的閒漢」
與「吹薩克斯風的葬儀隊員」，前者放生後者送死，無端巧合，
對照人世滄桑。臺灣海峽風勢強勁，將人的髮絲（還有心情）糾
結纏繞，影像最後聚焦於：「長堤盡頭一輛鏽蝕的單車」，呼應「人
世就要在菸蒂熄滅後結束」，留下懸念，餘音繚繞。敘事抒情渾
然一體，地理景觀中潛伏歷史殘念與人性波濤。
　　黃粱（1958-），本名黃漢銓，出生於艋舺，出版詩集：《野
鶴原》、《小敘述》、《猛虎行》、《君子書》等。

　　〈阿蓮〉節選　商禽

如果沒有夜，阿蓮／白晝不來，黃昏永逝／如果在無盡的
黎明裡／淡紫的雙乳飾著垂死的魚／有人的臂會石化在枕

上／有人的頸將浮雕在那裡／結晶的鹽，且被流星擊碎

如果是夜，阿蓮／村人豎起赤裸的竹桿又掛上／無數的祈
安燈帶上蔗葉帽子／看見黑暗在寂靜的庭院中／如何被那
些燈光／琢成一粒無光的黑寶石／我綠色的手臂交叉在上
面／並死在那裡。但是／阿蓮，你不知有人正偵視你／有
人在你的腹中／用風塑了些新的名字／用你子宮般溫暖
黑暗

阿蓮，轉動那紅色的把手／要不我會在別處聽見你／那裡
人家把淚珠染成好看的顏色／成串的掛在門口把冷暖分
隔／在運油卡車的鐵尾上／聽見你被驚駭／被安全島上行
道樹投下的影子／斬段，且被傷心的字眼踐踏／不再被擁
抱，不再被齧咬……

　　商禽 1958 年服役於左營時寫出〈阿蓮〉，一首南臺灣鄉鎮
小調，洋溢青年特有的熱情與憂鬱，又瀰漫在地風光。阿蓮為高
雄邊陲鄉鎮（現為高雄市阿蓮區），詩人將它喻擬為妙齡姑娘，
對她進行款款抒情。「以你赭色的尾／拍擊我的左心房」形容阿
蓮之美對詩人的誘惑，美在何處？小溪似「柔細的髮」蜿蜒流
過，遠山如「淡紫的雙乳」，而黎明翻出白皙魚腹；詩人枕眠
於乳溝深處，因動情而淚下。廟會祈安醮的燈篙已豎起，月色灑
進庭院竿影迷濛，猶如黑寶石閃爍逗引寂靜滋生魔幻；暗夜中忽
然滋生的魔幻，讓從大陸流亡到島嶼的部隊小兵，暫時脫離高
壓現實對人的偵視與拘囚。阿蓮地處北迴歸線以南，氣候常年溼
熱，勾引人的欲望騷動；然而商禽對欲望的想像性抒情，夾雜著

「嘔出」、「垂死的魚」、「石化」、「擊碎」、「淚珠」、「驚
駭」、「斬段」、「踐踏」，這些傷心痛苦的字眼，讓詩人的傾
訴蒙上愛與絕望的雙重面紗，內藏白色恐怖時期特有的心靈壓抑
氛圍。

　　商禽 1930 年出生於中國四川省琪縣，1950 年隨國民黨軍隊
經海南島撤退來臺灣，命中注定成為臺灣詩人，生平詩篇收錄於
《商禽詩全集》。

三、自然書寫：劉克襄、黃粱、卜袞

〈熱帶雨林〉　劉克襄

> 在赤道與北回歸線間的一個小島旅行。潮溼而高溫的綠，
> 在空氣中，不停地飽滿。一連五日，我們穿過雨林。沒有
> 雪與草原，夢已失去冬眠。隊裏的鳥類學家來這兒尋找一
> 種特有的角鴞，牠已瀕臨絕種。每當夜幕低垂，我們便模
> 仿牠的鳴叫，但只聽見自己微弱的聲音，一去不回。當地
> 的土著嚮導說，沒有森音，森林就會消失。於是我又憂心
> 的失眠了，整個晚上，竟是把臉頰貼著地球，並且伸出手
> 臂，彎過去，緊緊抱著。

　　劉克襄年輕時以鳥類生態為寫作題材，後來擴充到古道探
查、生態旅遊等領域，都跟自然生態息息相關。劉克襄對於「自
然」有其獨特觀點，他認為自然有各種樣貌，都市人造公園、郊
區自然步道、荒野生態保護區，只要你以敬畏學習的心態親近土
地用心觀察，都能發現自然之美。散文形態的自然生態書寫對大

地景觀的探索能夠進行細緻描繪，新詩的篇幅要求簡約，自然生態書寫注重自然精神之採擷，強調人與荒野的身心靈鏈結，〈熱帶雨林〉就是典型詩例。文本以散文詩格式呈現，類似自然生態旅遊日誌，「沒有森音，森林就會消失。」從旅遊視點轉換為生態視點，「把臉頰貼著地球，並且伸出手臂，彎過去，緊緊抱著。」再深化為土地倫理關懷，將人、萬物與大地視為生命共同體，自然之愛隱約浮現。

劉克襄（1957-），本名劉資愧，臺中縣烏日鄉人。著作詩集：《小鼯鼠的看法》、《革命青年──解嚴前的野狼之旅》、《最美麗的時候》、《巡山》等，還有眾多有關自然史與旅遊文學作品。

〈山坳一塊墾殖地〉　黃梁

山坳一塊墾殖地，樹林環繞／一個打赤膊的老伯伯正在翻土／如此孤寂，如此神祕

立定樹下觀望／生命被攪動出熟稔氣息／溫暖的歌者在血液中清嗓子

身體的泥，身體的胚乳／同時清醒過來，它們抖擻四肢／相互問安：好久不見

一隻蒼鷺轉動牠的長頸／將思想的優美與奧義，兩翼並舉／目光清明凌空遠去

天空恍惚掉落了幾個字／古老門扉橫栓嘎吱／漆痕斑剝，
天文模糊

欲望種下時，沉埋有多深？／未來將誕生，到底哪副德
性？／躬身揮汗者從不操心這些

回首林中小徑，蕭瑟氛圍的寧靜／已將人為痕跡抹得一乾
二淨／眾神祈禱的綠

　　〈山坳一塊墾殖地〉借助一位旅人親近自然的經驗，探索人
與自然的關係，與山林滿盈奧義之美。詩中的老伯伯在荒野中墾
地，人與環境像似合為一體，土地因為人的勞作雖有些微擾動，
反而生機盎然。種種生命的熱絡氣象感動了旅人，「溫暖的歌者
在血液中清嗓子」與「身體的泥，身體的胚乳／同時清醒過來」，
敘述人被自然啟蒙的經驗，超越心理意識的身體覺知在血液、筋
骨中甦醒，世俗積勞彷彿被清除，意識障礙與情感困擾恍惚抖落，
生命充盈嶄新的生命力。或可將此啟蒙經驗視為「自然之愛」，
交融經驗的參與者包括：樹林、土地、墾荒者、旅人、蒼鷺與林
中小徑。「古老門扉」與「天文模糊」，對映超越人文框限的超
覺意識狀態，無以名之，假名「眾神祈禱的綠」。
　　黃粱，詩人詩評家，著作：三十年詩選《野鶴原》、雙聯詩
集《猛虎行》、詩文集《君子書》、新詩評論集《想像的對話》、
新詩史論集《百年新詩 1917-2017》等。

〈穆爾和拉格夷的嘆息〉節選　卜袞

森林哪裡去了

森林哪裡去了

樹頭已枯乾就像鹿角被鋸斷後遺留的角座

白色的樹根很清楚的看見攤在那兒

就像動物的肉腐爛後骨頭露在外頭一樣

山被不守禁忌的人改種了其他的樹

猴子絕不吃松鼠狐狸絕不吃它的果子

是住在海邊的樹

只有喜歡口含著血的人類喜歡吃

山上動物的路不見了在任意翻墾做成田畦後

種植了山羊鹿山羌絕不吃的草

只有人會喝它的汁

因為人的血管被動物的脂肪給堵塞了

大地聞起來很臭很嗆因為被撒了鹽和澆了有毒的水

蟲兒因毒而死

鳥兒因蟲而死

大地失去了嘹亮好聽的聲音

當

不守禁忌的人佔去了這裡

拉格夷嘆著氣

穆爾怒吼著

他們倆發出怒氣

他們流著眼淚

他們哭泣了

天神聽到他們的嘆息聲

穆爾和拉格夷的淚水成了雨水

天神搖撼掀翻大地

隨著穆爾和拉格夷的淚水成為土石流

　　在布農族口傳故事中，颱風是兩個小孩的化身，穆爾是男孩，拉格夷是女孩。他們嘆息森林被「外來會放屁的人」（不遵守布農族禁忌的人）給糟蹋損毀，大樹被砍倒運走，殘留枯乾腐朽的樹頭。萬物和諧共生的自然生態被破壞殆盡，外來的經濟樹種被移入，森林被開墾成田畦，化肥與農藥大量噴灑，導致鳥類與昆蟲漸漸滅絕。「大地失去了嘹亮好聽的聲音」，只是人類貪婪行為的諸種後果之一；更加嚴重的後果是：山林過度開發土壤裸露，颱風一來土石流氾濫，覆蓋森林沖毀村莊。「樹頭枯乾／像鹿角被鋸斷／屍骨外露」，森林死亡的象徵圖像，形象生動。布農文化的核心價值注重生態平衡與互助分享，自然氣象與萬物生靈和諧共生。

　　卜袞，全名卜袞・伊斯瑪哈單・伊斯立端（Bukun Ismahasan Islituan），1956 年出生於高雄縣三民鄉民權村，屬於布農族郡社群。出版詩集：《山棕月影》、《太陽迴旋的地方》、《山棕・月影・太陽・迴旋——卜袞玉山的回音》。

四、群族議題書寫：莫那能、詹澈、向陽

〈鐘聲響起時——給受難的山地雛妓姊妹們〉　莫那能

當老鴇打開營業燈吆喝的時候／我彷彿就聽見教堂的鐘聲／又在禮拜天的早上響起／純潔的陽光從北拉拉到南大武

／灑滿了整個阿魯威部落

當客人發出滿足的呻吟後／我彷彿就聽見學校的鐘聲／又在全班一聲「謝謝老師」後響起／操場上的鞦韆和翹翹板／馬上被我們的笑聲佔滿

當教堂的鐘聲響起時／媽媽，妳知道嗎？／賀爾蒙的針頭提早結束了女兒的童年／當學校的鐘聲響起時／爸爸，你知道嗎？／保鑣的拳頭已經關閉了女兒的笑聲

再敲一次鐘吧，牧師／用您的禱告贖回失去童貞的靈魂／再敲一次鐘吧，老師／將笑聲釋放到自由的操場／當鐘聲再度響起時／爸爸、媽媽，你們知道嗎？／我好想好想／請你們把我再重生一次……

　　排灣族的馬列雅弗斯・莫那能（Malieyafusi Monaneng，1956-）被稱作第一個臺灣原住民詩人，詩集《美麗的稻穗》（1989年出版）也是第一本原住民詩集。他出生臺東縣達仁鄉阿魯威部落，長期從事粗重的勞力工作忍受各種剝削。1979年雙眼因車禍腦震盪導致視力嚴重損傷，1982年幾近全盲的莫那能，進入盲人重建院學習按摩技能。他在與朋友的喝酒場合即興唱出內心感受與族群苦難，那些歌詞被詩人朋友整理發表在詩刊上，意外開啟了詩歌之路。莫那能的詩篇，顯現出臺灣原住民族在漢族殖民式統治、外來宗教洗禮與現代文明誘惑，多重侵襲之下的困頓與失落。當部落文化與傳統規範解體後，年輕男子流落都市從事沒有明天的粗重超時的勞動，年輕女子被人口販子控制淪落為私娼或

雛妓。正視並改善原住民族群的弱勢處境，在今日臺灣依然是一個亟待解決的嚴肅課題。

〈鹽和雪〉節選　詹澈

下一場大雪吧／我們用夢，用四肢滑動這小島／離開赤道越遠，離開惡靈越遠／就越有下雪的希望／下一場大雪吧／從山頂覆蓋下來，覆蓋到海／雲的裙邊和海浪接縫／使這小島穿起新娘白禮服

使我們在熱帶因冷保持清醒／我們已逐漸疲倦睏頓／十年反核，使我們沉重／在自己的慾望與全人類的慾望之間／我們逐漸失控，自我模糊／只好用最熱烈的語言辯論／使海水和唾液迅速沸騰蒸發／在天空冷卻為雪／在海岸乾燥為鹽

詹澈（1956-）本名詹朝立，出生於彰化縣溪洲鄉西畔村，1959 年「八七水災」沖毀家園後後舉家遷居臺東。屏東農專農藝科畢業，《草根》詩刊同人，《夏潮》雜誌主編。1987 年起參與農民運動，2004 年「族群平等行動聯盟」發起人之一。出版詩集：《土地請站起來說話》、《海岸燈火》、《西瓜寮詩輯》、《海岸和河流的歷史》、《小蘭嶼和小藍鯨》、《綠島外獄書》、《下棋與下田》等。

〈鹽與雪〉的主題關注：蘭嶼被強迫置放核廢料的環境汙染與社會公義問題。蘭嶼位於臺東外海隸屬臺東縣，與詹澈曾經墾殖過的沙洲西瓜田隔海相望。蘭嶼原名紅頭嶼面積 48 平方公里，

是達悟族世居之地，人口不過五千多人。1991 年起，臺灣核電廠生產的核廢料陸續運來島上，而且是露天式桶裝置放於海邊平臺，放任海風腐蝕。臺灣眾多都市人口消費電力產生的有輻射殘餘的核廢料，卻要消費電力極少的達悟族人來承擔，這是極度的社會不正義與族群歧視行為，達悟族人自然要群起抗爭。但「反核運動」受迫於島國的經濟發展與達悟族的極端弱勢，抗爭持續受挫。詹澈基於對弱勢群族與土地家園的關懷，參與抗爭運動並寫下一系列蘭嶼詩章。〈鹽與雪〉結合鹽之苦澀與雪之清涼，以突發狂想反映無奈心境。

詹澈出身於社會最底層的無地農民，嚮往社會主義理想是適性發展，早期思想傾向本土左派後期立場轉向紅統左派；不論思想傾向如何，對於族群平等與土地正義的堅持，值得讚美。

〈我的姓氏〉節選　向陽

奇異的帆船，紅髮藍眼的兵士
托槍，魚貫走上岸來
我，A-Wu冥冥中感覺
命運即將擺弄我，以及我的族人
為這群陌生的侵入者
飼養麋鹿　剝製鹿皮
直到我們力盡精疲

十二歲時，我與同齡的族人開始接受
這群來自遙遠的外海的侵入者
教育。學習羅馬字，學習諾亞方舟的故事

上教堂禮拜，哈里路亞
慢慢忘掉我舌頭熟悉的濁音

　　向陽敘事長詩〈我的姓氏〉發表於 1999 年 1 月《中外文學》，是臺灣群族議題書寫的典範之作。詩分四段，0 段標題「A-Wu」，1 段標題「阿宇」，2 段標題「潘亞宇」，3 段標題「潘公亞宇」。0 段的敘述者是誕生於 1624 年的 A-Wu，棲居於 Tayouan（大員，臺南安平沿海地域），Siraya 族的一位男子。

　　荷蘭在 1622 年（明朝天啟二年）佔領澎湖，明朝對澎湖的統治消極，但不容許他國佔有；荷蘭接受明朝的要求退出澎湖，1624 年 9 月 8 日登陸「台江」（今臺南沿海一帶），遂行統領全島的意圖。明朝不反對荷蘭佔據臺灣，因明朝自始不視臺灣為其主權範圍。「荷屬東印度公司」在「一鯤身」（現今安平地區）建熱蘭遮堡（Fort Zeelandia），設置臺灣政廳，派官員駐守。當時本地區的赤崁社、蕭壠社、目加溜社、麻豆社等，都是平埔族西拉雅（Siraya）部落。

　　0 段的敘述者是十二歲的 A-Wu，他正好誕生於 1624 年，場景發生於四百年前的臺灣，讀來卻彷彿外國史。基督教義這時候開始輸入臺灣，成群跳躍的麖鹿（梅花鹿）隨處可見，但終將在平原絕跡，平埔族的語言和文化也步其後塵。

　　1 段的敘述者是三十八歲的阿宇，時間 1662 年，鄭成功的部隊逐退了荷蘭人，漢人開始大量移民臺灣。

身穿鐵鎧鐵甲的兵士整隊上岸
我，Siraya，已經可以預見

不同的時代，同樣的命運
即將降臨

旌旗飄揚，飄在驚異的族人面前
他們自稱為「漢人」，說著我不懂的話
我是Siraya，他們說我是「西拉雅」
連同我的名字A-Wu，也被更改
以著奇異的書寫，在我眼前耀武揚威
：阿宇

以人數與武器取勝的「漢人」登上歷史舞臺成為主角，對已扎根在此五千多年的原住民族不屑一顧，開始進行自以為是的鎮壓與教化。

2段的敘述者是潘亞宇，時間1684年，六十歲的老人在A-Wu和阿宇之間擺渡夢與現實，驚惶未定之際，屋外有人喊他潘亞宇，他自忖：「潘亞宇，就是我嗎，穿著漢人衣飾的／我，就是潘亞宇吧，這是康熙二十三年／我已習慣使用河洛話，使用字典／潘，是皇帝所賜的／榮寵，頭上的稀疏的髮辮／旌旗一般，召喚著壯年時代我的驚奇」

這是連環圖畫故事書的情節吧？連潘亞宇自己都覺得不可思議。接著，第3段跳接快轉到三百多年後，潘亞宇變妝成潘公亞宇，唐裝打扮的精緻炭筆畫像掛在牆上，眼光炯炯鬚髯飄飄，祖籍變成河南！讓人難以置信的魔幻現實劇荒誕上演：

潘公亞宇，祖籍河南，來台開基祖
罪過啊，我A-Wu居然取代了阿立祖

在這逐漸昏黃的公媽廳中
接受看來是我子孫
卻又不是的漢人膜拜

他們依序上香
年老的潘亞宇用著我聽不懂的日本話
中年的阿宇用著我聽不懂的中國話
年輕的A-Wu用著我聽不懂的番仔話
他們，依序，上香，沒有一個人
使用我們Tayouan，三百年來我連夢中也沒有忘掉過的
熟悉的濁音

這是我嗎，潘公亞宇
這是我的子孫嗎，潘公亞宇之十六代孫，十七代孫
一九九八年吧
我彷彿又被拉回十二歲時成群的麋鹿中
迷失了回家的路途
野草高聳，姓氏不明

　　時光延續到二十世紀末，三代齊聚一堂，番仔話、中國話、日本話，天啊！會不會精神錯亂，這款運命誰能消受？但是「臺灣」就是從「Tayouan」音譯來的，它就是我們共同的故鄉。族群認同的錯亂終將導致國家認同的錯亂，臺灣主體意識與臺灣國家主權的建構，對臺灣的全體住民依然是一道嚴峻的考驗。
　　向陽（1955-），南投縣鹿谷鄉人，1977年出版第一本詩集《銀杏的仰望》，1982年起擔任自立晚報藝文組主任與副刊主

編，長期參與臺灣的文化建設實務。新詩精粹文本收入《向陽詩選 1974-1996》、《亂》、《向陽集》。

五、同志議題書寫：河岸

河岸（本名王智忠，1970-），臺大中文系畢業，美國俄亥俄州邁阿密大學戲劇碩士。詩篇〈更衣室裡的大象〉，獲得 2008 年第四屆林榮三文學獎新詩二獎，也是 2019 年出版的臺灣第一本同志詩選《同在一個屋簷下》最令人感動的作品。

「更衣室」是一個適合對鏡猜疑的空間，將裸裎真實的自我與框架纏繞的社會隔絕開來。「有時，我覺得自己是／更衣室裡迷路的一頭／大象，如此不合時宜／不合地宜地臃腫，缺乏／優雅，不適合對鏡」，他徘徊在自我認同與社會認同的邊界，兩邊都不是人：

　　更衣室中一頭思考的大象

　　思索著如何

　　穿下文明

　　這件過小的外衣

　　我耳聞

　　這世界正在立法禁止

　　過於龐大無用的存在

　　例如象類，將來只能作為博物

　　而非生物存在

　　只能是有鼻目象科

　　象屬次有蹄類，網路上一則

　　或百萬則的資訊

面臨雙重否定危機的「大象」，它的處境是「非法存有」兼「非生物存有」，甚至被當作網路資訊般的「符號性存有」看待；哪怕它有百萬之眾，亦被忽略不計。更衣室裡的百萬隻大象，相當震撼人心的意象。根據臺灣中研院社會所一份從 2000 年至 2011 年的長期追蹤調查《臺灣青少年成長歷程研究》顯示，同性戀傾向的佔比為 8.06%；雙性戀傾向的佔比為 10.07%。依人口統計推估，臺灣兩千三百萬人當中，同志族群顯然超過百萬人甚至兩百萬人；但這百萬之眾長期遭受社會歧視，甚至親族不容……

> 但禁止奔跑
>
> 禁止求愛
>
> 繁殖或者流淚
>
> 或質疑狹小的更衣室
>
> 如何容納一頭大象
>
> 我看著鏡中自己黝黑的雙眼
>
> 裡頭有著我懷念的夜空，草原，樹林
>
> 夜空，草原，樹林
>
> 不是知識
>
> 是雨水，食物，住所
>
> 但或許我得先思考如何
>
> 離開眼前的困境
>
> 我無法轉身
>
> 而我身上的基因過於古老
>
> 只能前行
>
> 還沒學會後退

「基因過於古老」意味著人類先天體質就包含著各種性別認同差異，異性戀、同性戀、雙性戀等等並存，是人類性別光譜的正常圖像，一個用「純粹」來包裝的異性戀社會才是反常圖像。簡單類比，胖瘦高矮各種體型並存的人類社會，是自古以來任何社會族群的人口體質常態；但〈更衣室裡的大象〉顯示的社會偏見並非如此，「臃腫的大象」之設喻根源於此。「只能前行」是人性之必然，是自由開放社會顯然的趨勢；「櫃」向來就是透明的，「櫃」不過是個幻象。臺灣優秀的同志詩人族繁不及備載，例舉數人：陳克華、林則良、鯨向海、顏嘉琪、彤雅立、劉亮延、黃岡、神神。

六、性別議題書寫：羅英、零雨

「斑馬線上／行路人吐出一口痰那麼大小／泥濘成女人那樣的／感傷／亦不能飛行在／鴿子的天空／不能昏眩在夕陽內不能／自焚」。羅英〈飛行的女〉第一段，將女性形容為被任意吐棄的「一口痰」，這口痰的處境很糟糕，因為它沾黏在人行道上任人踐踏，注定了泥濘（且骯髒），它不能飛行在鴿子的天空（自由飛翔）不能昏眩在夕陽內（享受墮入黑夜的快樂）不能自焚（燃燒自己）。

「將咒罵語當作球來拋擲／人類覺得口／渴／想要站在雲層上／將尿撒在／鳳凰樹之聒噪的嘴唇和／兩個一起販賣／乳房那種容器上」，〈飛行的女〉第二段。聒噪的嘴唇與兩個乳房象徵女性，它的命運是被咒罵、被販賣，還有更為不堪的被汙穢（接納人類的尿，或男人精液）。說「人類」而不明指「男人」，高明的渾沌敘述。

「望著幾經摺疊／綢質被面那樣的命運／女人將往後的日子／刺繡成／永遠是叢林那樣的／雨」。第三段，女性命運被形象思維顯現為兩個樣態：幾經折疊的絲質被面（再也難以恢復光滑優雅的質地），永遠是叢林雨的日子（苦悶憂鬱潮溼的時光）。

「終其生是一匹綿綿長長的／路。非馬蹄非鼓非雷之／女人的腳步聲／走進他耳的彎曲隧道／走進他夢的花園／女人當自己是塵／時時在遐思，時時在雪中恣意地／飛」。第四段，女性命運從更宏觀的角度被觀察與認證，女人只不過是路上的腳步聲（路是別人提供的），而且這個腳步聲既細碎又微弱（非馬蹄非鼓非雷），根本沒人會在乎（轉瞬消失在他耳與他夢中）。羅英作為一個女人，對女性命運的總結是「遐思的塵」，耽美於自己「飛花之雪」的舞姿，但轉眼就墜落為汙濁泥塵。

〈遊人止步〉　　羅英

但是蛇已絕滅
山林寂寞
想要全裸想要擁抱一尊石俑
女人站在懸崖
呼喊流逝的時間流逝的風
蟲聲在遠古代沸騰
時明時滅的
去夏的螢火
在她的果子正發酵的腹部閃閃爍爍
如再見語的句點如

你
如幽冥階梯上
無懼無悔的蛇
蛇之目

「女人在站懸崖」，她要幹什麼？全然裸裎與擁抱（掙脫寂寞擁懷愛情）。去夏的螢火閃閃爍爍，注意「去夏」這個字眼，追憶之思，閃爍明滅之光點猶如一個男人說過的「再見語的句點」，襯托出想念，結合「無懼無悔的蛇之目」流露致命誘惑。詩題「遊人止步」意味著前方是禁地，無處不在的人為設置的社會禁忌，但蟲聲（生命內在的召喚）從遠古沸騰到此時此地，任誰也阻攔不了。羅英無懼於眾人驚悸瞪視之眼，跟新歡去了南非定居，勇敢追尋自己的春天。

〈飛行的女〉以多層次手法描繪女性被男性禁制的卑下宿命，涉入性別差異對待的命題。〈遊人止步〉表達女性渴望掙脫社會束縛，掌握生命主動權，自由飛翔。兩首詩對「生命實相」的刻劃淋漓盡致，顯現「詩」之奧美並深富啟示。

羅英（1940-2012），中國湖北蒲縣人，臺北市立女師專畢業，高中開始寫詩。1981 年 5 月，創世紀詩社即為她舉辦「羅英新作三首討論會」，深受讚美。生平出版詩集《雲的捕手》、《二分之一的喜悅》，兼擅散文與小說。〈飛行的女〉發表於《現代詩》復刊十一期，〈遊人止步〉發表於《曼陀羅詩刊》七期。

〈女兒W〉　零雨

啊這些女兒／發明了二十世紀的波浪

她們泅泳的姿態各異／有的口吐白沫，有的四腳朝天。但都不死／波浪前仆後繼

海面遼闊，足以安置她們的頭顱以及其他／有的島因而成立／有的大陸因而綿延

自然──派來它的使者／把女兒的事蹟，隨波逐流

波浪載著月亮般的女兒／載著太陽般的女兒／去到二十一世紀

去到更遠──

零雨 2022 年出版的詩集《女兒》，其中最重要詩篇是〈女兒〉，由十首詩組構而成，探索性別議題。組詩是零雨最擅長的書寫模式，從不同角度鑽研同一主題。第一首〈女兒 W〉領銜昭示女人的宿命、掙扎與自期。詩以詠嘆調開端，啊！這些女兒「發明了二十世紀的波浪」，潛臺詞：發明大海的是男人，女人只能在大海表面載浮載沉（前仆後繼僥倖不死）。波浪／大海，島／大陸，都是文化象徵符號；詩人藉此反問：女人何止是男人的花邊圖飾，女兒何止是陰性的月亮，女兒當然也能夠是太陽。二十個世紀以來緊接著第二十一世紀，毫無疑義，女兒都將是世界的參與者與創造者。

第十首〈女兒 K〉，預告女兒的主體性自覺，也顯示女人不自覺的沉溺：「我們以為他們會幫你代言／／不要期待了／他們

只是偶爾扮演女人／／我們終必學習用自己的話／一句一句練習／說出來／／像牙牙學語的小孩／破碎、斷裂、含糊不清／讓人聽不懂／又何妨／／我們自己先聽自己的／／寶貝，靜謐地，來海這裡／用海的蚊帳／海的枕頭。被褥／／靜謐地／聽海的搖籃曲／甜甜的／餵給你」。女兒的主體性自覺是「學習用自己的話」替自己發言，女人不自覺的沉溺是聽從床上的男人喊你「寶貝」，餵給你甜甜的「海的搖籃曲」。一首詩，迅速地轉彎與自噬，語調平淡從容但真實殘酷。

「她弓身躺在海面上／沒有她喜歡的東西令她醒來／／身體這麼強悍在海上漂流——」（〈女兒 F ——悼 M〉），這簡直是零雨的自悼詩，孤獨無所依，除開「詩」周身清白，蒼老了就等待「人們把她下葬」。〈女兒 R〉凸顯現代女性的社會性框限：「這裡就是我的安身立命之所了／為什麼還不覺悟／／這個廚房鍋鏟／這個書架書桌／這個自己的房間／火藥庫兵工廠」，將自己的房間與火藥庫兵工廠並置，是對女人追求自我認同的諷刺，沒有社會性認同，性別議題就只能是閨密間的閒聊，惟女性專屬。〈女兒 H〉接著這樣說：「我們做女兒的就都閉緊嘴巴／讓男人去處理／／你諄諄告誡，用這種箴言／教導我」，女兒為什麼要聽媽媽的話？因為媽媽也聽從了她媽媽的話，媽媽們被社會教養綑得死死的，一代綑縛一代。

「你攙扶著我，另一個女兒／我們在男人中行走，彎彎曲曲，磕磕絆絆／他們只留下了這樣的縫隙給我們」（〈女兒 T〉），性別不平等是一個再明顯不過的社會事實，過去如此未來恐怕還將如此，因為掌控社會經濟與政治體制的始終是男性群體。被社會習俗與文化傳統雙重制約的女性群體，她們長期以來呼籲與追求的「性別平等」，影響及觀念層面的多，落實為社會規範的少，

「同工不同酬」就是典型現象。關於女兒時時被阻擋被恐嚇被忽視，零雨只好以反諷來自我圓成：「我們可以走了嗎／你們被放逐了／／那麼再見我們／自由了」。

　　〈女兒L〉節選　零雨

　　　你們一起在塗鴉塗著色彩斑斕的幸福家庭但那
　　　黑色你最後才拿出來勾勒好邊邊角角整張
　　　圖才算完整了後來黑色就變成你的顏色他們
　　　說那是風格

　　　因為你是女兒你就形成了風格從二十世紀
　　　到了二十一世紀女兒就開始形成了風格因為你
　　　把黑色拿出來了黑色從海的最深處（——再深一點）
　　　底層冶煉出來黑色

　　「從海的最深處（——再深一點）」，是典型的零雨式反諷修辭，怕你的心挖得不夠空；「從二十世紀／到了二十一世紀」，將詩歌視野從個人性經驗擴及歷史性經驗，也是零雨擅長的語言策略。「底層冶煉出來黑色」，黑漆漆的底層弱者的黑色幽默，讓人哭笑不得。

　　零雨（1952-）詩歌寫作開啟於 1982 年，前後出版九本詩集。零雨四十年來經營不輟的高度詩學成就，至今沒有得到文化界名實相符的公平對待，就是臺灣社會性別不平等的惡劣案例。以新制「國家文藝獎」為例：從 1997-2022 年共有六位詩人獲獎，清一色是男性：1997 周夢蝶、2000 楊牧、2002 陳千武、2004 林亨泰、

2007 李敏勇、2018 李魁賢。零雨詩的性別議題書寫，就是對「性別不平等」這一社會現象真實的顯影。

七、身體經驗書寫：阿芒

　　阿芒的詩以身體性經驗的獨特知覺洞見女人的角色與命運，觀照身體在社會空間、自然場域之翻轉，以身體意識之潛流進行遍歷與交談。當文化規範與社會制約使人的身體性能量萎弱只剩功能性語言支吾其詞，阿芒的詩以顯赫的身體性經驗迎接命運，在逼近零度的書寫中顯示：我來過、我洞見、但不駐留，關於詩的身體現象學種種。

　　刀鋒般的語言，從兩面切割中逼近真實：

　　〈我必須通過〉　阿芒

　　我必須通過／女兒的／陰道／再被出生一回／很痛　這一次／裡面和外面的／疼痛／圓滿／沒有缺憾／那種痛殺死公牛／遠遠　在牠決定／衝上來以前／在牠的奔跑／成為速度和／刀鋒／我們擲出了果子／但這一次／巧妙地／保持了／彈性／沒有驚動和／擾亂／世界的轉動／沒有面具在／架上／要求臉／我們爬上／梯子到舞台／天花板頂端／調整／了／投射燈的／方向

　　女人的角色及其命運在「生產」當下被身體陣痛的波浪喚醒，為了達致無以言傳的痛之平衡，也為了尋找身體孕育／分娩經驗的對話者，母親必須從女兒陰道再次出生，將身為女人的生命經

驗代代相傳，這是駐紮在身體深處的愛！當陣痛如奔牛襲來，「我們擲出了果子」，以身體相迎是女人唯一的道路，獨自承受，無人能理解扶助。

在阿芒的詩裡，「梯子」是自我與他者之間的通道，從自我分離出他者，調轉人世關注的聚光燈以便休息，那是女性之孤獨；從自我分離出他者，為了尋求生命的慰藉發明另一個我，那是女人之悲情。「她不情願但她／爬下梯子說／愛／／如此說令嘴巴歡喜而／對面的嘴巴喜歡／可以／接吻了：／用一根鐵絲靈巧地侵入／搬弄生動細小的鎖孔，可以／／偷了」（〈愛情真美麗〉節選）。「鐵絲」雖然靈巧刁鑽，足以開啟另一扇生命之門，但畢竟是尖銳冰冷之物。在〈愛情真美麗〉裡，阿芒冷靜地觀看愛情中的「我」成為「他者」，身體氣象昇騰淋漓地纏捲著男女，親密的身體與疏離的身體既交疊又對映，太真實的鏡像，美麗而殘酷。

阿芒的詩經常帶給讀者意料之外的歡樂，彷彿從天外捎來禮物。〈禮物〉中的敘述者在平安夜嚐到將雪白的身體弄髒的狂喜，身體從禁果（禁制欲望）變幻為禮物（開啟欲望）：

〈禮物〉　阿芒

平安夜我收到成年後的玩具真正的
禮物。一架飛禽被雪弄髒
以發生深黑的羽毛和我
深黑的羽毛色情的
聯想。我們在雪地練習夏天
各種姿勢，草叢被雪壓彎

又掙出

打滾後攜帶草莖草葉飛

水黽比蜘蛛輕巧

逼近初現的群星

禮物在

打開和包裹。

意外向後划動，撐起

大雨中反光溼漓漓的

蹼。

小時候我聽說

有一人在雷雨天放風箏

用金屬線、長繩把電流引向他

為了證明電的存在

大自然是

慷慨的

....

但怎麼會

怎麼會有誰這樣大膽

孩子氣地

捉摸

上帝之火

我成年後好久第一次

收到玩具，真正的禮物

我走出屋子外

面對森林

起風了

一架風箏穿過降雪

雪包裹著電

牠突越

層層虛線，抵達

平安夜：一次正確的地址

寄給曠野中伸出的手

——火花——

彈響了羽毛

「雪包裹著電」、「火花彈響了羽毛」、「禮物在打開和包裹」，
對身體欲望的動人想像，真的有如「意外向後划動」般讓人驚喜
雀躍。欲望之野放讓語言之流動不再循規蹈矩，敘述模式東奔西
突好不熱鬧。

阿芒的身體詩學：以身體性經驗導演越界的交談與遍歷的渴
望。身體詩學是「身體－社會」、「身體－自然」的經驗對話，
與「詩－語言」的身體性交談之二重奏，在此「身體感受－知覺
形象」息息相關的樂章裡，主導語言動能的是身體性即興之舞，
而非文化性修辭歌喉。

阿芒（1964-）出生於花蓮，臺師大英語系畢業，出版詩集：
《on／off》、《女戰車》、《我緊緊抱你的時候這世界好多人死》。

八、靈性經驗書寫：薛赫赫

薛赫赫的詩集《麻布是一張天空》，試圖通過詩歌經驗／靈

性經驗之洗禮，重整價值體系，抗衡死亡對生命之傷殘，達致身心靈重生的契機。將生命修練與文字修練緊密結合，又非宗教文學的書寫形態，在詩歌文本中相當罕見，也呈現出獨特的靈性視域。「天空是一張麻布」，意識框架是麻布；「麻布是一張天空」，意識框架是天空，視野相當不同。

> 麻布是一張天空，它捲著稻草，捲著穀倉的家，我看見農婦在田上的音樂，身體的節奏，清晨的時間，傍晚的時間，一種催眠的香氣，像螺絲卷一捲一捲捲著稻草，搖著小鴨子的臉，搖著小河溝的臉。

《麻布是一張天空》扉頁題辭「感謝峇里島土地母親」，從〈後記〉得知，是詩人為印尼峇里島烏布靈修區居遊經歷書寫的一首頌贊；它不只是一篇人文地理遊記，也是生命之根的溯源詩。本書分頌歌、上篇、中篇、下篇（共三十一個章節），以二十一世紀頌詩文本對照出生於四世紀的詩人陶潛（365-427）的〈桃花源記〉，呈現互文結構。

> 語言從我的屋瓦走來走來，我的身體，走來一群群詩的呼吸詩的腳步，走來神廟，走來宇宙的夢。
> 吟遊詩人是行星，行星是獻給天空的詩。星的旅途，每一條路都通往神廟，每一條路都可以呼吸詩。

地球是行星，吟遊詩人也是行星，將星球類比於詩人，更進一步演繹：詩人是能夠呼應地球脈動的生命，詩是地球證詞。當人類意識發生變革時，意識的對映圖像也跟著翻轉。「語言從我

的屋瓦走來」,我接受了語言的召喚;「每一條路都可以呼吸詩」,心靈懂得了傾聽。「她不曾如此自轉,如此容易忘記她的夢」,如果夢能夠扭轉現實,生命不再斷裂,整體性價值誕生,此刻她是宇宙的中心。

> 有一種不被分離的生活,我的腳落在自己的身體上,緬梔花樹,樹在春天的雨季,我在自己的雨滴中,冰涼而醒著。

　　詩的經驗是一種決定性經驗,瞬息之間世界突變。這是一次生命溯源敘述,進入桃花源的漁人發現自己置身嶄新環境,被超越現實層面的經驗所震撼,因而甦醒;零亂茫然的腳落回身體,身體開始覺知到靈魂的流動變遷,靈魂與身體再度相遇,統合為一。「開一朵意識的小白花,一朵香氣了街道,香氣了海洋,香氣了星辰的宇宙花。以她自己的身體為材料的瑜珈聖盒,……一直開闊著她的身體形態,宇宙形態,聖殿形態。」個體意識覺察「無界」的可能性,香氣跨越街道、海洋、星辰;敘述者覺察自身即為聖殿,連結著無限(宇宙)與有限(骨灰盒)。

　　《麻布是一張天空》書寫生命渴望重整／再生的潛意識軌跡,身心靈自我療癒的過程。因為目標的不確定性,它的語言策略,無法以程式語言去指涉現實,必須透過心靈直覺凝神虛白,方能對應其未知域。

　　「豔紅的,紫的,黃的,明亮的種種風,打掃了房子,吹開了灰塵」,這不是文學修辭,而是生命的靈覺體驗;「骨骼碎屑落了滿地落了天空」也非想像情境,而是「業風」之現形。前文按語:「初極狹,纔通人」,巧妙對應險絕的超驗性通道,重新

詮釋了〈桃花源記〉的情境空間義蘊。「我們的房子，多麼需要被風通過，許多的疼痛都會掀起來，多少對身體的罪都會被打開。」生命自我療癒是可能的，詩的經驗就是通過創造性行為，轉化心靈意識重整生命主體。「身體成為風，風自己的宇宙田」，如斯清明的自覺自證的文字。

「停數日，辭去，此中人語云『不足為外人道也。』」進入桃花源的漁人，經過了非典型經驗洗禮，如何敘述這番非現實經歷誠乃創作難題。長居在桃源中的人說：「不足為外人道」，其實也是闖入桃花源漁人的真實心聲；但詩人必須面對詩意敘述的功課，「靈性經驗」果真不足為外人道？

> 一點一點沉進去，螺旋著螺旋著的，脫乾著她的思慮和疲軟，變形的神殿。頭頂上一個宇宙的盤子，她盛放星辰的軌道，她聆聽秩序修建虛弱的宇宙。從身體抽出各種形狀，她在咒語中旅行身體。

你能感受到語言能量的聲波、光譜與氣息嗎？「她在咒語中旅行身體」，持咒經行的吟遊女詩人，向宇宙聖殿頂禮，向身體聖殿頂禮，小宇宙和大宇宙通過傾聽與召喚，彼此連結、共振與迴響。

「南陽劉子驥，高尚士也，聞之，欣然親往」，陶潛安排了一位典型的上流社會紳士，對祕境產生高度的消費興趣，探險獵奇、娛樂自己兼濫殺時間；結局可想而知，「未果，尋病終」。主流與邊緣歷來很難產生交集，「淳薄既異源，旋復還幽蔽」（陶潛〈桃花源〉）。獵奇者不但沒能找到通往桃花源的路徑還很快就翹辮子，業病深重哪！要想根除業障，不能「欣然親往」那麼

便宜行事；這可是一樁洞察苦難本質的艱辛志業。「痛全都顫抖起來，每一片碎片都有身體陰影，火叢中燃燒一片遺忘墓塚。心跳的廢墟，呼吸的廢墟，消化的廢墟，解毒的廢墟。」人的「身體」同時是聖殿與墓塚，這絕非一般人消受得起的生命真相；洞見廢墟者才能創生重建聖殿的契機，化解毒素，自我療癒。

〈桃花源記〉結束於「後遂無問津者」，就像《淵明集》以〈自祭文〉壓軸一樣，都是對生命的終極觀照，卻以拈出問題意識的方式呈現。「匪貴前譽，孰重後歌。人生實難，死如之何。嗚呼哀！」如果前譽與後歌皆是虛妄，何謂「真實」？「桃花源」無人問津，問題在於「異源」，各執一端的價值觀當然雞同鴨講。詩的經驗不同於一般審美經驗，詩的價值取向與現實的價值取向也難以交誼。

詩的經驗與靈性經驗或許無法等同，但可堪對照，最重要的疊景在於對人生終極意義的探尋與實踐。陶潛詩文的核心價值不在田園生活，而是對於更高存有與終極觀照的誠真求索。薛赫赫的《麻布是一張天空》以〈桃花源記〉作為互文對象，一方面表達她對終極觀照的價值認同，另一方面也厚實了靈性書寫的經驗軌跡。

詩集題辭的感謝對象是峇里島土地母親，文本迴向親愛的臺灣島嶼。後記提到：「臺灣島嶼戰亂的傷痕，殖民的印記，認同的焦慮」，這些歷史共業，每個臺灣子民或多或少製造／承擔了一些，並深深烙印在身體的基因與細胞中；但詩人渴望通過詩歌經驗／靈性經驗之深層洗滌，引領生命穿越黑暗幽谷洞見光明。

薛赫赫（1972-），本名薛淑麗，出生於屏東內埔現居苗栗三義，出版詩集：《水田之春》、《幽獨一朵小花》、《光的人》、《麻布是一張天空》。

九、小結

　　臺灣本島雖然四面環海，海洋書寫卻不夠興旺，重要原因是臺灣經歷過戒嚴時期，長期的海岸管制壓抑人民對海洋的想像。澎湖群島和馬祖列島的地理環境先天上必須依海為生，那猶如生存臍帶般的關係無法被隔斷。蔡宛璇、劉梅玉將大海吸納為身體內部的汪洋，以身體性經驗裸裎歲月感觸抒發心靈浩嘆。

　　地誌書寫是鄉土文學的重頭戲，與土地的連結更緊密。理想的地誌詩，對於書寫對象的文化內涵與歷史脈絡應有深刻認識與在地體驗，才能超越風景表象，寫出對於鄉土的深邃感懷。商禽〈阿蓮〉，鄉土景觀顯示出現實魔幻感。楊智傑〈艋舺〉的語言策略寓主體抒情於敘事描畫之中。黃粱〈安平海邊的薩克斯風〉，採疏離式敘述，開放性結構餘音繚繞。地誌詩對於塑造臺灣的人文地理景觀，提供獨特的觀念與想像。

　　自然書寫在散文領域有非常多經典作品，在新詩領域能夠深入人心的作品並不多。內蘊生態關懷的自然詩與田園詩、山水詩、風土詩、紀遊詩，最大的差異是，自然書寫更看重兩點：一個是探索自然之奧美，一個是反思人與環境生態的關係。臺灣是自然生態景觀的世界級寶地，在 36,000 平方公里的島嶼上，矗立著兩百六十八座三千米以上的高峰，物種多達十五萬種以上，其中近三成為特有種或亞種。新詩領域的自然書寫還有待更多詩人來經營。

　　臺灣是個多族群多語言的文化富饒之地，也因為多族群多語言產生難以和諧共生的困擾。莫那能〈鐘聲響起時〉涉及的原住民少女被人口販子拐賣控制的社會事件，常見於 1970-1990 年代

的報章雜誌報導，也促成 1988 年「勵馨社會福利事業基金會」的成立。莫那能的新詩帶有口頭吟唱的特質，內蘊強烈的同理心樸實感人。詹澈〈鹽與雪〉是具有狂想氣質的抒情詩，鹽與雪的對位轉喻讓人印象深刻。向陽〈我的姓氏〉是對平埔族語言文化與歷史脈絡的一次詩性梳理，視野宏闊。

同志議題書寫在臺灣是一股強勁的文化潮流，也是經常被忽視的文化資源。河岸〈更衣室裡的大象〉文采斐然、真誠樸實，從生活場景設喻的手法創造性十足，象徵圖像具有普遍意義。同志議題或顯或隱醞釀酵多年，經過同志族群艱辛持久的抗爭，臺灣終於在 2019 年 5 月 17 日通過「司法院釋字第七四八號解釋施行法」（簡稱「同性婚姻法案」），成為亞洲第一個同性婚姻合法化的國家。

臺灣 2002 年即制定《性別工作平等法》（原名《兩性工作平等法》，內容兩度修訂），同年民間教育團體「臺灣性別平等教育協會」成立。性別平等的議題在各級學校教育現場，逐漸得到推廣；不過在家庭經營層面與工作職場層面，離真正的性別平等對待還有不少差距。羅英、零雨的性別議題書寫，語言策略迥然不同各具特色。

身體經驗書寫，不同於心靈經驗書寫也不同於情色經驗書寫。身體經驗的根基是身體知覺，身體知覺不是個別感官觸動，而是整體性的身體覺察（身體性直觀）；從駐紮在身體深處的愛，啟動擴張為身體場域，且能與自然場域、社會場域款款交談。阿芒的身體經驗書寫解構性十足，對束縛於意念思維慣性與文化修辭慣性的作者讀者，能提供參照與反思。

靈性經驗書寫並非宗教文學，它並不服務於特定宗教，而是生命修練與文字修練的交融性對話，通過整頓語言能量的聲波、

光譜與氣息，轉化靈性意識與身體氣場。薛赫赫選擇一條邊緣至極的道路，關注宗教會通，體察靈性意識，觀照身體場域，以詩歌語言澄明存有之光。

　　臺灣新詩的異他敘事，是對臺灣新詩主流敘事的補充與校正。類型化的典型敘事只能產生類型化的詩歌空間，這樣的傾向由來已久形成文化時尚。臺灣當代文化向來自詡為多元，其實是鏡子擦得不夠亮，也懶得擦。你跨域，我跨域，大家都跨域；你混搭，我混搭，大家都混搭，結果還是既單元又單調。類型化的典型敘事，對於詩人的風格塑造也相當不利，類同的主題內涵容易滋生類同的語言形式。「異他敘事」對臺灣新詩文化具有開拓性作用，也能鼓勵「異他美學」崛起。

【參考文獻】

蔡宛璇，《潮汐》（澎湖：澎湖縣文化局，2006 年）
劉梅玉，《劉梅玉截句：奔霧記》（臺北：秀威資訊，2018 年）
劉梅玉，《一人份的島》（新北：斑馬線文庫，2021 年）
楊智傑，《野狗與青空》（新北：雙囍出版，2019 年）
黃粱，《野鶴原》（臺北：唐山出版社，2013 年）
商禽，《商禽詩全集》（新北：印刻文學，2009 年）
劉克襄，《小鼯鼠的看法》（臺中：晨星出版社，2004 年）
黃粱，《君子書：黃粱歌詩》（臺北：釀出版，2022 年）
卜袞，《山棕・月影・太陽・迴旋──卜袞玉山的回音》（臺北：魚籃文化，2021 年）
莫那能，《美麗的稻穗》（臺北：人間出版社，2010 年）
詹澈，《小蘭嶼和小藍鯨》（臺北：九歌出版社，2004 年）
向陽，《亂》（新北：印刻文學，2005 年）
利文祺、神神、黃岡編輯，《同在一個屋簷下：同志詩選》（臺北：黑眼睛文化，2019 年）
羅英，〈飛行的女〉《現代詩》復刊 11 期（臺北：現代詩季刊社，1987 年）
羅英，〈遊人止步〉《曼陀羅詩刊》7 期（臺北：曼陀羅詩雜誌，1989 年）
零雨，《女兒》（新北：印刻文學，2022 年）

阿芒，《on /off 阿芒詩集》（臺北：阿芒，2003 年）

薛赫赫，《麻布是一張天空》（苗栗：本來出版，2016 年）

第十五章
詩與史的詩意迴響

前言

　　本章選擇三件歷史事件敘事詩文本，兩件歷史時期敘事詩文本，試圖呈現詩與史的沉鬱對話及其詩意迴響。歷史事件敘事詩包括：「霧社抗日事件」書寫：向陽〈霧社〉、「二二八事件」書寫：黃粱《小敘述》、「八二三炮戰」書寫：葉笛〈火與海〉。兩件歷史時期敘事詩包括：「白色恐怖時期」書寫：瘂弦〈深淵〉系列、「解嚴後臺灣社會」書寫：廖人《13》。五件文本的完成年代，依時間順序為：1959年瘂弦〈深淵〉系列、1967年葉笛〈火與海〉、1979年向陽〈霧社〉、2013年黃粱《小敘述》、2014年廖人《13》。

　　從文本的語言策略能看出時代變遷：瘂弦〈深淵〉系列（三首）用詞雅致然而詩意晦澀，此時白色恐怖猖獗。葉笛〈火與海〉（組詩十七首）與向陽〈霧社〉（六段詩），語言策略文白相參，敘事抒情交錯，〈霧社〉長達三百四十行是罕見的結構思維壯舉。黃粱《小敘述》與廖人《13》，皆以一本書探索一個主題，具有史詩氣象。《小敘述》採用台語、華語、客語穿插編織，意欲重現歷史現場，《13》具有去框架去中心的解構特徵，批評意識尖

銳，都能看出新時代的文化趨向。

　　從文本的書寫內涵更能顯現臺灣歷史的詭譎多變：「霧社抗日事件」，日治時期全體臺灣人淪為被欺壓的二等公民，賽德克族人單挑日本帝國強勢軍警。「二二八事件」，臺灣族群熱情迎接受盟軍委託來臺接管的國民黨軍政集團，文化菁英與無辜民眾卻遭遇武裝部隊殘酷屠殺。「八二三炮戰」，中國人民解放軍對離島（金門、馬祖）發起猛烈突擊與長期炮襲。「白色恐怖時期」，國民黨軍政集團在臺實施長達三十八年的戒嚴統治，臺灣人精神意識遭受嚴重摧殘。「解嚴後臺灣社會」，臺灣承受裡外交攻，外部勢力是中共國從未間斷的文攻武嚇，內部勢力是親中賣臺集團與紅統派文人對臺灣主體意識與臺灣國家認同的否定與破壞，臺灣人依舊時時面臨著死亡恫嚇。

　　「詩史互證」，一方面，能從詩歌文本中見證歷史，但此一詩史，非止於歷史事件實錄，而是更加深刻的歷史真相與人性真實的互動交流；另一方面，能從歷史文本中感應時代語境對個人語境的壓抑與推擴，從而鍛造出真金不怕火煉的詩與詩人。

一、「霧社抗日事件」書寫：向陽〈霧社〉

　　「霧社抗日事件」發生於 1930 年，日治時期南投廳霧社支廳地區（今之南投縣仁愛鄉）。事件的主角是活動於眉溪與濁水溪上游的泰雅族賽德克亞族的德克達雅 Tak-daya 群（霧社群）；賽德克亞族 2008 年被官方正名為賽德克族。10 月 27 日馬赫坡社世襲頭目莫那・魯道（Mona Rudao，1880-1930），率領霧社群六個部落，趁霧社地區日本人舉行聯合運動會，日人群聚之時發難，殺死日本官吏、警察、平民、眷屬一百三十四人，殺傷二

十六人，攻佔附近各警察駐在所，搶奪槍支彈藥，反抗日本統治當局的苛虐暴政。日方動員數千名軍力進行四十餘日戰役；以機槍、大炮、飛機、毒氣猛攻，並唆使其他未起事部落協同圍剿。起事的六社總人口一千兩百三十六人，戰死或自殺達六百四十四人，被迫投降收容在「保護番收容所」者五百六十一人。翌年 4 月 25 日夜半，日本警方唆使道澤群，以道澤群總頭目泰目・瓦利斯及十六名壯丁在事件中遭「反抗番」（指起事的霧社群）埋伏殺死為由襲擊收容所，收容所一百九十五人被殺，十九人自殺身亡，劫後餘生者兩百九十八人，霧社群六社瀕臨滅族。

向陽（1955-），南投縣鹿谷鄉人，1979 年完成以「霧社抗日事件」為主題的敘事長詩〈霧社〉。〈霧社〉分六章：（子）傳說、（丑）英雄莫那魯道、（寅）花岡獨白、（卯）末日的盟歃、（辰）運動會前後、（巳）悲歌，慢板。第一章「子・傳說」敘述族群起源：賽德克亞族自稱 Sedeq 賽德克（人之義），以中央山脈之白石山（標高 3,108 公尺）為發祥地。相傳白石山上有一棵大樹名波索康尼夫，半面木質，半面岩石，一日樹根之木精化為男女二神，此二神繁衍子孫，是為賽德克人祖先。

泰耶（Taiyal）原為泰雅族人自稱，意思是「人」或「本族人」。向陽書寫此詩時，泰雅族尚未被明確區分為泰雅亞族（北港溪、和平溪一線以北）與賽德克亞族（北港溪、和平溪一線以南），故仍將「泰耶」視為共同先祖。泰耶降生之前，天地有晝而無夜，時時刻刻烈日當空，「森林裡百花齊放而難凋／她們只在烈日中僵笑，早晨和黃昏／才敢偷偷嘆息，其實早晨和黃昏是／一樣的，悲酸的休憩，以便去接受／更漫長的壓榨和凌欺；河裡的游魚／也是一樣的，默默洄過昏睡的漣紋」，大地受到烈日的壓榨與欺凌，隱喻族人長期受到日本統治當局（以太陽象徵）

的壓榨。清朝撫番採取驅趕與圍堵政策，日人理番採取「順者撫之，逆者剿之」威撫並行政策，經常脅迫原住民擔任沉重勞役，並借「以番治番」脅迫族人相互征伐，削弱部族勢力破壞族群間的和諧。1920年「薩拉矛抗日事件」，霧社群即被迫出動壯丁與泰雅亞族之薩拉矛群、斯卡謠群相互殘殺；霧社群首領莫那‧魯道也被迫參與是役，對日人之奸詐行為深懷痛恨，這件事為發動「霧社事件」埋下遠因。

「傳說泰耶降時，天上太陽斂其光色／浩然皎潔，倏忽夜色星影一同降臨／唯其夜色降臨，萬物各得闔眼憩息／百花解除僵斃的武裝夜鶯放膽歌唱」。但美景不長，第二天烈日依舊高昇折磨萬物；族人議決派出六名壯士背負小泰耶，跋山涉水「伐日」。「伐日」帶有雙重義涵，其一是古泰雅傳說中族人征伐太陽的行動，它是泰雅族精神抵抗的文化根源；其二是現代泰雅族人對日本殖民統治的抵抗，它為「霧社事件」的發難提供了核心思想與精神依據。「伐日」之行動奠定了本詩的精神標竿，泰雅族人向大自然做出無畏挑戰，以精神超越之舉來闡釋「人」的定義，展現「泰耶」精神。

第二章「丑‧英雄莫那魯道」，呈現抗日領導者莫那‧魯道之獨白，聆聽者為莫那‧魯道的次子拔塞毛與三位勇士：披赫沙波、蛙丹樸夏窩、花岡一郎。花岡一郎是霧社群荷歌社人，臺中師範學校講習科畢業，被任命為霧社分室乙種巡查，奉派到馬赫坡番童教育所任教師職；他對日本人與本族人的差別待遇屢生怨言，但又頗為欣賞日本文明之精神。接受日本教育的花岡一郎、花崗二郎兄弟，兩人在事件中都面臨族群認同的危機，尤其花岡家族所屬的荷歌社壯丁皆投入抗日戰鬥，心理產生劇烈掙扎。事件爆發後十多天，11月8日，花岡家族二十一人於小富

士山大樹上集體自縊的屍體被發現，族人皆著賽德克族的正式服裝，花岡二郎穿著紋付羽織和服（結婚禮服），腰配賽德克佩刀。附近平地上，花岡一郎殺死妻子與幼兒後，穿著和服切腹自盡。

> 莫那魯道垂目說：我們
> 都是泰耶的子孫，當要牢記
> 天上的太陽無道，猶可誅之
> 何況地上一切殘暴的鷹犬
> 我會答應你們，反抗是必須的
> 然則拔塞毛，你是我的次子
> 當知我曾遠赴東京，因你阿姑
> 鄔瑪瓦利斯的姻親。說是榮譽
> 無寧是弱者容忍的悲戚，像狗
> 之餵養於主人，他們籠絡我
> 何嘗我不知？所謂「和番」
> 於我們是莫大的恥辱！

「和番」之說，指日人治臺的「和番」政策。日人為了消弭臺灣原住民的抗日意識，藉締結政治婚姻招撫人心，且可就近收集部落情報。近藤勝三郎娶荷歌社頭目之女和巴蘭社頭目之女為妾，其弟近藤儀三郎娶了馬赫坡頭目莫那・魯道之妹：鄔瑪瓦利斯。後來近藤儀三郎無故失蹤不見人影（一說值勤時跌落山谷致死）將鄔瑪瓦利斯拋棄，而日方從未對她救濟或關懷，此舉引起莫那・魯道極端憤怒，深覺遭受奇恥大辱。詩篇中雖未言明事態經過，但「莫大的恥辱」與「悲酸」已將主角的心理真實陳述。莫那・魯道自日本內地見學回臺後，曾經留下一句名言：「日

本人像濁水溪的石頭一樣多，也像霧社森林的樹葉一樣繁，但泰雅族人抗日的志饞像奇萊山一樣的雄壯。」由此可見他抗日決心之堅強。

第三章「寅·花崗獨白」，本章採花崗一郎獨白的形式，對人的本質與被殖民處境進行反思。「哈爾保溪／你告訴我，從山地流下的／和從平地湧出的，一切／靜止無波的或洶湧奔騰的，不也／都是水嗎？和馬赫坡溪相較／你們又誰高誰下？僅僅代號／僅僅是稱謂的不同，然則你們／也爭戰嗎？也欺凌那些弱小的／水流？而終其極只是／一樣匯流入海，成為無聲的泡沫」，以自然現象對應於人類社會，這種喻擬手法符合泰雅族的泛靈信仰。對自然現象的親近與理解，讓原住民族醞釀出與自然生態和諧共生的生存法則；以兩溪作比較的映襯修辭蘊蓄著批評意識，針對日本人欺凌泰雅族人的作為。

> 我不配為日本人，他們何嘗
> 配做泰耶？而我們從來只希望
> 一切愛情與和善的友誼
> 冷杉和翠竹形貌不同，勁直則一
> 人類種族各異，不也都是
> 崇尚正義愛好自由嗎？哈爾保溪
> 你回答我，有人強行
> 堵住你的去路，是不是
> 你先尋間隙以求出口，若被堵死
> 你會還他以微笑嗎？

這一段透過花崗之口，以反詰進行思想澄清與情感告解，尤

其特殊的是：花崗的交談對象是一條溪流。花岡一郎接受日本教育洗禮，是殖民地政府「理番」政策下的樣板人物。1929 年 10月 27 日是臺灣神社祭典日，當局安排花岡一郎與川野花子結婚，作為「理番」政策成功的事證。川野花子是荷歌社人，母親是荷歌社總頭目塔達歐 · 諾幹的妹妹。一郎夫婦被安排住進霧社分室的宿舍，過著和日本人一模一樣的起居生活。花岡一郎一方面羨慕日本式生活之整潔優雅，一方面又不忘懷於泰雅文化。花岡一郎的心靈交戰沒有傾訴對象，只能向大自然訴說，顯示向陽對花岡一郎心理處境的深刻理解。

第四章「卯 · 末日的盟歃」，本章敘述模式是四位族人路上的對話：前頭是拔塞矛、右邊是花岡一郎、左側是披赫沙坡、後面是蛙丹樸夏窩。在煤油燈閃爍的暗夜裡，四個即將擁抱死亡命題的年輕族人，聽見了嬰兒降生的啼哭聲；即將面對的殘酷現實（死）與當下的生活情境（生）產生劇烈拉扯。向陽以「落葉」的意象串連起這一章：「我們不也是嗎／在殘酷的統治下追求所謂正義自由／多像樹葉！嘶喊著向秋天爭取／翠綠，而後果是，埋到冷硬的土裡」，「秋天去了，更毒酷的冬天跟著來／我們埋在土裡，也罷了／但整個霧社將更寒顫，更蕭索／整個霧社將連枯葉也沒有」，「他們用大炮轟炸我們的家園／以警察和軍隊殺戮我們的祖先／每次不都是寒酷的冬嗎／葉子落光，樹幹上是深劇的／傷痕，傷痕深劇，但霧社／霧社不倒。霧社是泰耶的子孫／我們是檜木的後裔，葉子掉／光了，更接近春風的來臨」。

三次帶有辯證性質的對話，傳達出年輕族人內心的掙扎與面對壓迫激起的反抗意志，核心精神則是回歸泰耶祖訓：將落葉／新葉視為自然循環規律，也是泰雅族人面對死／生的生命態度。泰雅族的 Gaga（社會規範與文化訓示）極端嚴謹，具有鞏固族

群的約束力；霧社群六社靠著 Gaga 的力量召喚集體反抗的意志，也相信自己的勇武行為必為祖靈所讚許與接納。霧社勇士以壯烈的反抗行動為泰雅族群的將來者立下典範，這是永葆文化傳統的唯一途徑；若持續苟且偷生，傳統被辱沒，生存的意義也將蕩然無存。

第五章「辰‧運動會前後」，本章進入「霧社抗日事件」的具體行動。事件經過雖然複雜跌宕，向陽的陳述相對簡明。主要分作兩部分：第一部分交代先鋒部隊襲擊霧社附近各警察駐在所的任務分配，第二部分敘述學校運動會現場狀況：「霧社小學校運動場，漂亮的和服／蔚成一片錦繡，鳥雀一般嘰喳／聲浪壓不住所有泰耶的心跳／躲在運動場南側森林中的／莫那魯道和青年屏息著」，勾勒出一動一靜的對比場面，弓已上弦蓄勢待發。

因各地駐在所的警察遲遲未抵達會場，警察分室主任佐塚愛佑等得不耐煩頻頻看錶，當司儀號令：「運動會開始／全體肅立」

> 全體學童和日人肅立了，南森林
> 莫那魯道一群人也豎立了
> 他們的耳和心情──當整個霧社
> 按號令向日皇下拜時，殺聲
> 突起。二百餘位泰耶子弟
> 迅雷似的一般擊入競技的運動會場
> 迅雷似的憤怒擊殺著殘酷的統治者
> 迅雷似的狂野血洗了小學校的操場
> 迅雷迅雷，繼之以冷雨，斜落⋯⋯

「迅雷迅雷⋯⋯冷雨斜落」，向陽以低調手法處理狂野殘酷

的殺戮，讓人想起日本大導演黑澤明（1910-1998）的電影《亂》
（1985 年上映）對戰爭場面的低限化運鏡與剪接。運動會操場、
日人宿舍區與附近駐在所的殺戮必然慘不忍睹，根據後來學者的
調查訪談，也挖掘出很多驚心動魄情節；但向陽〈霧社〉的主題
關注，並非事件具體的歷史事實，而是事件所象徵的「人」之尊
嚴的確立與反抗奴役的精神象徵。從這個觀點而言，〈霧社〉的
結構佈置與美學處理相當成功。向陽形容發難之前的族人：「有
人興奮得哭了，沒有聲音／淚珠悄悄墜入薑花的蕊心裡／天空已
沉，烏雲密佈／只有一幢幢身影閃若流星」，以形象化的心理情
感比擬，搭配幻影般的動態影像，審美效果卓著。

　　第六章「巳・悲歌慢板」，這一章聚焦於日本當局動用軍
隊進攻後，反抗族人最後死守麻海堡岩窟的情景，攻守轉折的過
程只有簡略交代，「雖然其後／我們由攻而守，由守轉退，先攻
陷／眉溪，後受挫獅子頭，再退守人止關／槍聲嘶吼不止，呼嘯
呻吟回盪／以至退回霧社，再被大砲逼入此地／／無論如何，我
們都不愧泰耶……」。向陽將敘述元素依主題輕重進行材料分配，
簡化了凌亂殘酷且挑動情緒的戰鬥活動，挖掘心理深度凸顯精神
信念，強化「霧社抗日事件」的人文歷史意義。

　　　　無論如何，我們都不愧泰耶
　　　　我們已經盡力而為，只求死掉自己
　　　　現世的幸福希望，來生成
　　　　所有子孫的尊嚴和一點點，自由
　　　　我們註定是，一群落葉
　　　　落要落在泰耶的土地，爛要
　　　　爛在霧社的根莖裡。春天會來的

那時新生的綠芽將吸汲我們的

養份……但我們是，已經疲倦了

請讓我們，此刻休息

「不愧泰耶」是遵從傳統的精神訓示，「生成所有子孫的尊嚴」是扛起護佑族群的責任，「爛在霧社的根莖裡」是歸宿家鄉守護土地。這三件大事勇士們都做到了，接下來他們要回歸祖靈的懷抱，落葉歸根，遵循自然規律走向生命的盡頭；然而這盡頭不是幻滅，而是新生。

11 月 9 日後，缺乏糧食的抗日族人陷入困境，日人動員巴蘭社族人以石油燃燒森林，逼使抗日族人逃出馬赫坡岩窟，但未得逞。12 月初，莫那・魯道見大勢已去，留下壯丁在岩窟死守，自己帶著家族老弱婦孺十多人，退到山田的耕作小屋裡，下令全家集體在屋內上吊，親自槍殺兩名孫子後，點燃烈火將屍體全數付之一炬。莫那・魯道帶著隨身的三八式騎銃獨自進入深山，消失於森林中。12 月 8 日，日人為了向以莫那・魯道長子塔達歐・莫那為首的最後一批勇士勸降，脅迫其妹馬紅・莫那攜酒進入岩窟談判；塔達歐・莫那不為所誘，唱起最後酒歌，交代後事兄妹擁別。隨後，塔達歐・莫那與其他四名勇士奔向馬赫坡內山上吊，壯烈成仁。

事件結束後日人遍尋莫那・魯道的屍體不可得，直到 1933 年 6 月，才為櫻社（原荷歌社）族人在馬赫坡溪上游岩洞中發現，屍體呈半木乃伊狀態，胸前懷抱著鏽蝕的火槍。屍骨後來被送到臺北帝國大學（今臺灣大學）土俗教室（今臺大人類學系），作為學術研究標本。1974 年 3 月，在「霧社抗日事件」遺族與各界人士努力下，莫那・魯道的遺骸被迎回霧社，安葬於「霧社山

胞抗日起義紀念碑」之「無名英雄之墓」後方臺地上。

　　向陽之〈霧社〉寫於 1979 年秋分時節，當年書寫這個議題需要克服兩個困難：一個是「霧社抗日事件」的調查報告與研究專著相對匱乏，當時的臺灣社會對原住民議題未有足夠重視。向陽的霧社書寫可視為對弱勢族群與鄉土歷史的關注，是臺灣新詩史上先驅文本。另一個困難是，1979 年臺灣仍處於戒嚴時期，有言論思想的監控。〈霧社〉的主題關注有雙重義涵，表層是泰雅族霧社群對日本帝國殖民統治的行動反抗，裡層蘊藏著臺灣族群對國民黨軍政集團戒嚴統治的意識反抗。詩中顯現的被殖民遭遇，以這一段最為突出：「森林裡百花齊放而難凋／她們只在烈日中僵笑，早晨和黃昏／才敢偷偷嘆息，其實早晨和黃昏是／一樣的，悲酸的休憩，以便去接受／更漫長的壓榨和凌欺；河裡的游魚／也是一樣的，默默泅過昏睡的漣紋」，恍惚晃動著臺灣人民在「戒嚴時期」承受任意逮捕、精神恐嚇的心理折磨與現實困境。莫那·魯道不是說過嗎：「天上的太陽無道，猶可誅之／何況地上一切殘暴的鷹犬／我會答應你們，反抗是必須的」。〈霧社〉完稿之後三個月，1979 年 12 月發生了高雄「美麗島事件」，臺灣人民以大規模遊行反抗威權統治之殘暴與不義，訴求民主法治呼籲終結戒嚴，當年頭目的反抗豪語多麼切合著時代變局。〈霧社〉貫穿全詩的精神軸心是：「人」之尊嚴的求索與反抗奴役之自由意志。

二、「二二八事件」書寫：黃粱《小敘述》

　　「二二八事件」起因於 1947 年 2 月 27 日傍晚，違規攜帶槍枝的專賣局三名查緝員在臺北市南京西路查緝私菸，現場眾多菸

販四處逃竄，女菸販林江邁逃避不及被逮，她跪在地上請求歸還可以合法販賣的部分公賣菸與賣菸所得，被查緝員用槍管打傷，激怒圍觀民眾群情激憤大聲喊打，查緝員慌張逃離現場沿路開槍示警，打死了出門觀看熱鬧的在地人陳文溪。當時「臺灣省政治建設協會」正在事發現場附近開會，決定隔天組織群眾抗議遊行。遊行隊伍由獅陣的大鼓隊開路熱鬧非凡，群眾舉著白布條上書：「嚴懲兇手殺人償命」。遊行隊伍先到南昌街專賣局臺北分局抗議，接著轉向行政長官公署（現今行政院），沒料到長官公署的頂樓架設機關槍向接近公署的抗議群眾掃射，導致積壓已久的民怨大規模爆發。事發後，行政長官陳儀一方面敷衍陳情的臺灣仕紳代表，一方面以電報向南京方面請求派兵鎮壓。

1947 年 3 月 5 日，南京國民政府主席蔣中正向二十一師師部發出軍令：「臺灣亂民暴動該師全部開臺平亂，師部和一四六旅即日在吳淞上船直開基隆，一四五旅在連雲港集結候輪開高雄，並限三月八日以前抵達，該軍到臺後歸陳長官指揮。」整編二十一師師長劉雨卿，率領師部和一四六旅部隊由吳淞口出海，3 月 8 日下午抵達基隆港，船甫近岸即開槍向毫不知情的民眾掃射，隨後與駐港軍警聯手掃蕩。沿街一戶一戶敲門，看到年輕男子即抓上車，警察總局關了兩百多人，陸軍兵營也人滿為患。不少無辜民眾被連夜載到海濱，以鐵絲貫穿手盤脛骨，九人連成一排推向大海，槍殺後任其隨浪漂流。大部分死者僅以麻袋裝填丟入海中，基隆近海漂滿屍體蔚為奇觀。社寮島死傷慘重，事件後為掩飾屠殺真相改名和平島。僅僅 8 日到 16 日間，基隆二二八事件受難人數超過兩千人。高雄要塞司令彭孟緝得意洋洋地對監察委員何漢文說：「從三月二日至十三日，高雄市在武裝暴動中被擊斃的暴民，初步估計大約兩千五百人以上！」彭孟緝因鎮壓有功，

先後升任臺灣全省警備司令、參謀總長、總統府參軍長等要職，但被臺灣民眾喚作「高雄屠夫」。

基隆登陸的武裝部隊共七千人，其中的主力部隊連夜趕向臺北，中途遭民眾破壞鐵路阻攔，零時前抵達駐紮於臺灣省立臺北師範學校（現今臺北教育大學）。3月9日清晨六點，行政長官公署以華語廣播向臺北民眾宣佈戒嚴，絕大多數民眾都聽不懂華語也不明白「戒嚴」的涵義，照樣出門上班、購物訪友；但戒嚴部隊準時出動，沿途碰到無辜民眾即開槍射殺，街頭巷尾躺滿屍體。有些就近拉到植物園內，有些載到淡水河與基隆河傾倒，因堵塞河道轉而一車車載到淡水海邊棄置隨浪漂流；國父紀念館附近當時還是荒野，後來都市建設挖出大規模的亂葬坑。從3月初到4月初，武裝部隊一方面濫殺無辜，一方面依上級授命按計劃清鄉屠殺臺灣菁英；依行政院二二八事件研究員陳寬政依人口學與統計學推估：死亡人數一萬八至兩萬八千人（當時臺灣總人口數約六百五十萬人）。

2013年6月，黃粱（1958-）敘事史詩《小敘述：二二八个銃籽》出版，全書核心敘述即「二二八事件」。本書呈現幾個特色：

（一）書寫結構：全書一千兩百行包含三部分，三件前文（題辭、獻詩、序曲）、十四件本文（事件主敘述）、三件後文（振魂曲、為臺灣祈禱、後記），十四篇本文中包括了三篇當時歷史文獻（《臺灣新生報》登載的可作隱喻演繹的新聞資訊）。就文本的語言策略而言，採用跳躍敘述模式，將時間過程／事件線索模糊化處理，藉以呼應歷史的渾沌特徵。

（二）參考材料：全書參考了張炎憲（1947-2014）教授策畫，吳三連史料基金會出版的眾多「二二八事件」口述歷史訪談，與眾多二二八事件論文集、資料彙編、官方研究報告。全書人物、

場景、口白與見證皆非作者虛構，但以文學想像與詩意情感加以編織鋪陳。

（三）敘述語言：本書最先以華語書寫，完稿後作者發現難以重建1947年的歷史現場，以幾近重寫的方式，九件文本改採台語書寫，四件文本台語／華語混合書寫，六件文本華語書寫，一件文本客語書寫。台語書寫文字大部分標上台語讀音／華語註釋，關鍵人物、重要事件、特定語詞附加歷史背景／文化註解。

（四）歷史視域：本書雖以「二二八事件」為核心，但書寫內容廣涉事件的前因後果，也觸及當前時代命題；全書歷史意識以族群共生為基礎，趨向臺灣主體性建構的終極觀照。

《小敘述》第一章〈罪的盤旋〉，以1993年中央研究院近史所《口述歷史第四期二二八事件專號》〈蘇金全先生訪問記錄〉為底本撰寫而成。本訪問稿敘述蘇金全之父劉登基在高雄地區的受難經歷。劉登基是岡山一個糊鼓仔燈的手藝人，在夜市吃宵夜時無故被抓走，隔天清晨槍殺於橋仔頭；死後冤魂不散，經常徘徊於橋頭要經過的機車騎士帶他回家，致使當地車禍頻繁。劉登基之妻與子，事件後不堪當地警察長年騷擾，搬家甚至改姓，四十多年不敢提起往事，直到歷史研究學者循線登門造訪。「我佇烏暗中呼叫了赫爾濟年／為啥物無人聽見我的請求？……血水淡開的一幅圖」，「阿爸一條冤魂到今猶未解脫……生活若像佇受難圖上安身」，「罪是活跳跳的流血不止的空喙／我的目睭猶咧睨著死亡彼一瞬」（〈罪的盤旋〉）為什麼「罪」依然在臺灣這座島上盤旋不去？因為「二二八事件」至今只有受難者，而加害者從未受到任何定罪與懲罰；劊子手的高大銅像至今依然端坐在「中正紀念堂」受到無知遊客瞻仰，誠乃民主之恥！

《小敘述》第五章〈一枝焦柴引起大火〉，文中自述者是留

日臺灣名畫家廖德政（1920-2015），其父廖進平是「臺灣省政治
建設協會」領導者之一，二二八事件中被捕從此下落不明。

〈一枝焦柴引起大火〉節選　黃梁，台語詩

我二十六歲以前是日本人
一九四六年四月對東京美術學校畢業
坐美軍的戰艦「自由號」轉來臺灣
按算蹛一暫仔才轉去東京全心畫圖
無疑悟發生二二八事件父親落難
全家的擔頭一聲落佇阮頭殼頂

厝後種了甘蔗木瓜佮芋仔
圍著竹籬仔飼幾隻雞
我以此為對象畫一張農村景緻

籬笆內三隻雞表示受難家屬
天頂微微仔光門口埕全樹蔭

彼年車駛到臺北看著清秀的觀音山
雄雄流出目屎
臺灣山水真正佮日本風景無相全
心內佇喝：「遮正港是故鄉！」
我畫二三十年的觀音山
向望陀一工阿爸會當轉來
往事定定浮佇畫布頂面

二姊開門後便衣攑短銃衝上樓
揣無家父順紲提走批信佮貴重物件
無時無陣憲兵隊就來搜查
三月十八家父淡水河口行徙
佇觀音山跤八里坌渡船頭予人掠走

《小敘述》第七章〈武裝部隊登陸雨港〉，敘述對象林木杞
是個不識字的瑞芳礦工，戰後在基隆警察分局當工友，事發時正
在掃地無緣無故被抓走。他是腳踝被貫穿鐵絲任海浪漂流的倖存
者，因旁邊中彈者倒下拖入海面沒被子彈打死。林木杞因身體傷
殘以貧戶終其一生，四十年來不敢提起此事，連家中老婆都不敢
告知，可見殺戮的恐怖陰霾影響臺灣人心多麼深遠，臺灣人的聲
音從此喑啞長期處於失語狀態。

〈武裝部隊登陸雨港〉節選　黃梁，台語詩

港都夜雨直直落
天的目屎幾十年來流袂離
四箍輾轉澹糊糊
心內漉甲無一塊焦塗

陸軍兵仔營的樹林傳出哀聲悽慘濟星
天烏了後共草民操上運送車
載到元町派出所後壁海灣
百外名阿兵哥開始創造人肉排骨

雙手雙跤鐵線反縛穿做伙

縛做九排每排九人

鐵線從手盤迵過

雙跤的脛骨用鑽仔戮空

海湧亂搖配樂愈來愈激烈……

有人用「刣人滾耍笑」來安邦定國

「密裁」可比荒誕派戲劇

搭舞臺的人堅持奉令行事

導演嘛講劇本冊是伊的意思

轉來轉去大海才是萬惡深坑

　　當時被「密裁」失蹤的臺灣菁英難以計數，林茂生（1887-1947）的遭遇可謂典型。林茂生出生臺南府鳳山縣東港，1916年取得日本東京帝國大學文學部哲學科文學士（東洋哲學專攻），1929年獲美國哥倫比亞大學哲學博士（修習教育哲學）。他是臺灣歷史上第一位東京帝大文學士，第二位哲學博士（第一位為柏林大學哲學博士劉明電）兼第一位留美博士。1930年返臺，戰後協助國民政府接收臺灣大學。1945年10月《民報》創刊擔任社長，12月受聘為臺大教授，並以校務委員身分代理臺灣大學文學院院長。1947年3月11日，在家中被警備總司令部的武裝人員帶走從此下落不明。《小敘述》第十四章敘述事件前因後果：

〈空留一劍匣中寒〉節選　黃粱，台語／華語混合書寫

「九一八事變」後日本軍國主義猖獗
總督府強令長老教中學師生參拜神社
以示對日本忠貞不貳
林茂生堅辭理事長一職寫詩抒發悲憤：

可無隻手挽狂瀾
歌哭終難慰鼻酸
歲序易過人易老
空留一劍匣中寒

一九四一年推展「皇民化運動」
林茂生被迫擔任「皇民奉公會」文化部長
家父身不由己萬般煎熬
臺灣光復是他一生最快樂的紀念
「我們做自己主人翁的時代到了」
他特別去訂做長袍馬褂穿上身
參與《民報》創刊擔任社長
又受羅宗洛之邀掌理臺大文學院

不料中國的政治風氣光怪陸離
臺灣民眾大開五十年未聞之眼界
《民報》敢於鍼砭時弊
以中山先生創辦的《民報》繼承者自任
「自祖國來的大先生們時常說我們奴化

現在已經了解奉公守法即是奴化
置禮義廉恥於度外
才能夠在這個祖國化的社會裡生存」

二二八鍋爆之後災難血肉橫飛
關於未來的發展
父親希望這場暴動不要蔓延太過分
暴力越惡化越擴張
臺灣人就要忍受越多的犧牲

第一咱「朝中無人」
政府當中無一个有夠力的人替咱講話
第二咱「身無寸鐵」
無武器按怎暴動？
第三咱是「烏合之眾」
無組織無紀律毋是有效率的群眾

臺灣人受夠了貪汙與獨裁統治
卻沒有其他方式表達不滿發洩憤怒
把暴動當作政治行為毫無意義
父親心如愁城臉被憂悶凍結成石牆

三月五日臺大醫學院大瀨貴光教授找我談話
告訴我從前他在中國的經驗
「你要記得這個政府是軍閥政府
他們只在乎自己的權力貪婪與面子

經過這次事件他不會原諒臺灣人
他的報復一定是迅速嚴酷而且不容辯解」
父親同意大瀨教授的看法
陳儀政府一直在拖延時間
等援軍來到就會痛擊臺灣人

九號清晨六點再度戒嚴
臺北城遍地破銅爛鐵
下午父親提早從報社回家
晚飯後一起散步談起臺灣的前途

「臺灣光明前途的唯一希望是教育
教育的真正意義在產生負責任的公民
伊有能力而且樂意擔當家己的任務」

三月十一日上午
一輛警備司令部的轎車載走父親從此斷無消息
母親叮嚀我教我特別保重
「你是全家上要緊的棟樑負責林家十一條命
你愛時時刻刻提防抄家滅族的危險」
母性凋傷的花枝蘊藏風暴

　　當時被「密裁」的臺灣菁英相當多，鳳林張七郎（1888-1947）家族是著名案例。張七郎之父張仁壽為臺灣客家第一位基督徒，與馬偕博士共同創辦「湖口長老教會」。張七郎1910年考進臺灣總督府醫學校，與蔣渭水同班。張七郎民族主義濃厚，只許家

人說客語，不准說日語。1921 年張七郎從新竹湖口搬到花蓮鳳林開設醫院，醫德廣受好評，1946 年當選花蓮縣參議員並被推選為議長，同年當選為制憲國大代表。1947 年 4 月 1 日，國軍二十一師獨立團至花蓮縣清鄉。4 月 4 日晚上鳳林鎮民設宴款待全體駐軍，宴會完畢，駐軍未出示任何拘捕令先抓居住在街上的張宗仁、張果仁，再到山腳下張家逮捕張七郎與張依仁。張七郎、張宗仁與張果仁父子三人連夜慘遭凌虐傷痕累累，押至鎮郊外公墓祕密槍決。張依仁因身上被搜出曾在東北長春行醫的國軍軍醫證得以倖免，後不堪情治人員長期騷擾流亡至巴西。軍警逮捕張宗仁與張果仁時，兩個媳婦拿出家中全數金飾錢財請求放人，領頭的方廷槐（經張家事後查證為國民黨中央幹部學校畢業，1946 年 9 月由國民政府分發來臺）冷冷回答：「這是南京方面的命令我無能為力。」可見「二二八事件」是有名單有計畫地針對臺灣菁英的大規模屠殺。

　　1947 年 3 月 11 日，二、三十名軍警試圖闖進「二二八事件處理委員會臺南市分會」治安組長湯德章（1907-1947）家中，湯德章一方面閉門抗拒逮捕，一方面將臺南地方自衛隊名單燒燬，挽救社會青年與臺灣省立工學院（成功大學前身）學生總計上千人倖免於難。湯德章被懸吊刑求一整夜，肋骨被槍托打斷，3 月 12 日雙腕反綁背插書寫名字的木牌，推上卡車繞行市街，押赴今日臺南市「民生綠園」槍決。嘉義火車站前，潘木枝、陳澄波等臺灣菁英的遭遇也相似，槍決後禁止家人收屍，任屍體曝曬多天蒼蠅紋身。陳澄波家族受難事件呈示於《小敘述》第二章〈嘉義驛前〉，張七郎家族受難事件書寫於第十一章〈鳳林張七郎〉，謝雪紅組織「二七部隊」聚眾抵抗與前後經歷敘述於第十章〈黨令如山雪紅似血〉。

「臺灣歷史真相」還原與「臺灣主體意識」建構，是《小敘述》的書寫基礎、思維軸心與文化願景。一百二十行長詩〈振魂曲〉意欲喚醒臺灣魂：「為雛妓擦洗階級潰爛的郭琇琮被槍斃／楊逵從心坎發出〈和平宣言〉坐監十二年／簡吉在農村散播「反壓迫」的歷史種籽／賴和寫「牛馬生涯三百年」拈出悲憫精神」，「亞細亞的孤兒亞細亞的方舟／你何時能獲得一個完整的人格？／身體記憶還是他者的書寫／誰能脫離現場？戲劇何嘗落幕？／誰來測量苦海的深淺？／開放吧！詭譎奇幻的地獄之華／快快覺醒！歷史的腳蹤／從時代的沼澤救拔怯懦的靈魂」。

　　《小敘述》〈後記〉，黃粱以詩意敘述的方式陳述其憂思與感懷：「二二八是臺灣的偉大資產／是生存在臺灣的民眾全體的歷史記憶／不能自覺地反思靈魂形象／無法獲得屬於自己的懺悔知識／生命之光永不降臨，罪將永存／／臺灣意識的基礎立于歷史意識的澄清／沒有與過去的連結／第三度被殖民的火苗默默在身體裡滋長／／如果，人民的成長經歷即國家誕生的經歷／舊慣脫胎換骨／山川草木點滴悔悟／／新臺灣人的主體意識與國家認同／終有一天，會如同鋼鐵般鑄造出來／匹配頂天立地的新臺灣」。

　　一切民族的文學史均發端於史詩，而書面文本的史詩又脫胎於口傳文本的民間敘事歌謠與族群神話傳說；史詩涉及神話傳說、歷史事件與民間生活，呈現一個民族的精神意志與族群性格。從這個觀點而言，《詩經》可說是周王朝（前1100- 前256）時代的「史詩」。西方文化崇拜個人主義式的英雄，因而特別重視「英雄史詩」；周王朝崇尚禮樂制度，強調天人合一的道德意識，《詩經》中文王與周公的形象並非英雄而是「仁者」，有德性的人。司馬遷的《史記》即是以「人」為中心的文學敘事

／歷史敘事，將歷史意識與文學想像緊密連結，從全書的宏觀視域與內含道德判斷的文學意圖而言，也可納入史詩範疇。

當代文學評論家哈羅德・布魯姆（Harold Bloom，1930-2019）的《史詩》一書，延續個人主義脈絡，將英雄的氣質／精神詮釋為「不懈的視野」，擴大了史詩的文學座標，全書納入威廉・華茲華斯《序曲》、列夫・托爾斯泰《戰爭與和平》、馬賽爾・普魯斯特《追憶似水年華》、T.S. 艾略特《荒原》、沃爾特・惠特曼《我自己的歌》等作品。最有當代史詩精神的前蘇聯詩人安娜・阿赫瑪托娃的《安魂曲》可惜並未入列。《安魂曲》雖然篇幅不算長，宏觀視野與思想深度卻足以和一整段歷史與一整個族群，共鳴出恢弘廣闊的詩意迴響。從這個審美視域來考量，黃粱《小敘述》的文本內涵與文學意圖，也蘊含著類似的文化精神與歷史視野。

三、「八二三炮戰」書寫：葉笛〈火與海〉

葉笛（1931-2006）童蒙時受過私塾漢文教育，因閱讀父親從廈門帶回的小說而迷上文藝；就讀臺南一中與臺南師範時期，開始文學創作與發表，1954 年初詩集《紫色的歌》由嘉義青年圖書公司出版。葉笛 1956 年入伍服役，1958 年派調金門，正好迎上「八二三炮戰」。葉笛退伍後任教職多年，有感於自己學識不足，1970 年赴日本從大學二年級讀起，1980 年修畢博士課程後留日擔任教職。1993 年葉笛返回臺灣，致力於臺灣文學研究與日治時期臺灣作家日文作品漢譯，成果豐碩；楊熾昌《水蔭萍作品集》、林芳年選集《曠野裡看得見煙囪》與楊雲萍詩集《山河集》、《山河新集》，讓世人對前輩詩人為之驚豔。1990 年葉笛詩集《火與

海》由笠詩社出版，這本詩集收錄葉笛書寫「八二三炮戰」親身經歷的〈火與海〉組詩十七首。

「八二三炮戰」指 1958 年 8 月 23 日至 10 月 25 日，發生於金門、馬祖及中國福建省東岸的一場戰役，雙方隔著海峽相互密集炮擊，炮戰由中國人民解放軍發起，臺灣駐軍隨後反擊。8 月 23 日下午六時三十分，解放軍突然進攻金門，在兩小時內，投下五點七萬餘發炮彈，之後每日炮火不斷，9 月 2 日發生「料羅灣海戰」，10 月 5 日之後，炮戰進入打打停停階段。10 月 25 日起，解放軍實施「逢單日炮擊，雙日不炮擊」戰術，簡稱「單打雙停」。1979 年 1 月 1 日，中美建交炮擊終止，金馬諸島被炮彈轟擊歷時二十年五個月正式劃上句號。

葉笛詩集《火與海》序言提到：「〈火與海〉是 1958 年『八二三』金門炮戰時，在掩蔽坑、塹壕坑，信手寫的。堅決反對戰爭，是人類的基本信念，也是我的理念。兩次大戰已夠證明人類最愚蠢的聰明和不可救藥。這些詩是炮火下的一個微不足道的人的感觸。」年輕詩人承受瘋狂的炮擊，不但倖存下來，心智沒有麻木精神沒有崩潰，還能深刻地記錄下身體／心靈的衝擊、變化與感思，這是人類意志與詩歌精神的偉大勝利，值得世人細細品味，記取戰爭的教訓。

〈火與海〉組詩十七首初稿寫於 1958 年炮戰當下的金門碉堡中，具體定稿日期作者標定為 1967 年。「火與海」意味著，人陷落於戰爭火炮中，而金門是小島四面環海，當巨量炮彈挾著呼嘯聲滿天飛舞凌空而至，「火」與「海」將人雙重圍困。詩前題辭：「有兩種不能凝視的東西──太陽和死亡！」。「死亡」不能凝視甚至無法預設，死亡只能經歷，觸摸死亡而倖存者猶如死而復生。

1

血管中
呼嘯的炮彈，
心臟中
爆炸的炮彈，
大腦中
凝固了的炮彈的哄笑。

耳膜變成薄的雲母，
頭顱失去重量，
變成連接死亡的一直線
兩點的一黑點。

　　「呼嘯」是聲響「爆炸」是震動，兩者結合成「炮彈的哄笑」，
它的哄堂大笑既在身體之外也在身體之內。兩邊的「耳膜」像似
兩個收音裝置，高分貝的重金屬音響使頭顱失去平衡，身體不再
是一個可感知能操控的實體，而僅僅是「一直線」並慢慢縮短，
最後變成瀕臨死亡的「一黑點」。這是〈火與海〉的序詩，因戰
爭之侵襲，身體進入物質裂變狀態，精神失去方向與重心；這不
是詩人想像與思考的後設敘述，而是臨在戰爭狀態的身體感官經
驗與人性情感反映。「在八月／太陽墜落……／／樹和樹和樹們
／燒焦了綠色捲毛，／落葉無聲／紛紛　紛紛」（〈火與海2〉）
自然空間被極端化的戰爭空間異化與驅逐，「藍藍的藍天，閉目
入定」，連老天爺都遁世去了，逃離這場彌天蓋地的災難。

3

砂丘連綿著砂丘，
矮樹和壕塹環繞碉堡，
充血的眼睛默望著
墜落一千次的太陽。

在時間之流沙中
硝煙和鋼片消失，
摧折的大樹
沒入白晝巨大的黑夜裡，
在碉堡湫隘的子宮裡
我緊握住「現在」──
一把流動的砂，
　　啜泣著的砂。

　　人為之「硝煙、鋼片」與自然之「大樹」都被時間流沙吞噬；
「白晝巨大的黑夜」隱喻蜂擁而來的死亡，籠罩小島，吞噬碉堡。
我與存在之間唯一的聯繫是「一把流動的砂」，捉摸不定的砂，
啜泣不已的時間之砂。「我」雖然活著，但僅僅龜縮於低溼狹小
的「子宮」中，難以確定能否倖存下來再次誕生！不言恐懼與顫
慄，只凸顯「充血的眼睛」與死亡對視，點睛式修辭。

4

莎樂美端在銀盤上
約翰染血的頭顱
投影於發紅不眠之眼，

踏過千百次死亡，
輕輕地呼喚自己，
猛地一醒──
哦，一雙黑色的巨掌
叩開碉堡空洞的門。

　　「莎樂美」本事源自《聖經・新約・馬太福音》，在愛爾
蘭作家奧斯卡・王爾德（Oscar Wilde，1854-1900）的戲劇《莎
樂美》中再度復活。戲劇裡，因為約翰拒絕莎樂美的愛，驅使她
在跳完七層紗之舞後向父王索求約翰的頭；然而當希律王叫人把
約翰的頭帶來，莎樂美卻捧著約翰的頭談情說愛，導致希律王震
怒，下令把莎樂美的頭也砍下。「莎樂美故事」是一個愛恨交織
的人性漩渦，無解的慾望深淵。葉笛借用來闡釋驅動「戰爭」之
無明，這是一場以絕望始以絕望終的自毀衝動。當死亡幻象逼近，
無底的漩渦將人洶湧地捲入虛無，「一雙黑色的巨掌／叩開碉堡
空洞的門」，近在咫尺的爆炸衝擊波把人拉回現實；臨場感強烈
的形象與聲響，讓人渾身顫慄。

5
失去晝和夜
變成地洞中陰性的植物，
觸絲長長
骨頭軟軟，
我是一面網狀神經。

在我之外
炮彈在葉脈中謀反……

「報告」一等兵說：
「幹嗎？」
「我要到外面……」
中士班長繃緊臉說：
「你個糊塗蟲
　要拉屎不戴鋼盔！」
噢，戰神
你怎能叫鋼盔保證一個存在？！

　　「失去晝與夜」與「陰性植物」皆形容瀕臨死亡的經驗，生命不過是地洞中潛伏而行的走莖，兩側葉脈中遍佈著炸藥與導火索；「我是一面網狀神經」，生命與死亡相連結相依存。這首詩運用了兩組對比意象：我／拉屎（生命象徵）──炮彈／鋼盔（反生命象徵）；詩人為緊繃的生命困境注入緩解劑，一幅戰爭情境下的滑稽畫面。「炮彈像罵街的潑婦／在地洞上搥胸踹腳」，「『時間』癱瘓的肉體／掉落在我的髮叢中」（〈火與海6〉），炮彈潑舞／時間癱瘓，動與靜的鮮明對比，但都脫離不了死亡的掌控。

　　7
島在炮彈中
　　跳起來
躍入　燃燒的海，
在柔得叫人心疼的秋空下，

硝煙吞噬著
溫柔得令人心酸的黃昏，
炮彈踢破碉堡的門
而我擁有一支M1式步槍
倚立在圓柱式的窰穸中
注視著自己緊握槍柄的
　顫慄的手——
五指！

跌出軌跡
患間歇性癲狂症的時間
攫住我的脖子，
將我踢向
燃燒在我腦中的
火焰樹叢中，
扭轉身
抗拒著，

黃昏到天明，
天明到黃昏，
我變成一塊頑石。

　　跳起來、躍入、踢破、跌出、攫住、踢向，炮彈的威力連續
肆虐，竟使整座島嶼震動彈起。「圓柱式的窰穸」是核心意象，
此生將永埋在碉堡／墓穴中！恐懼感瀰漫開來。「患間歇性癲狂

症」的何止時間，也滲透到一切生靈的身心，這是對於「恐懼」的動態化形容。「腦中的火焰樹叢」誰來幫我熄滅？日以繼夜的折磨將我「變成一塊頑石」，戰爭摧迫人以生命之硬化／石化來抗拒死亡，令人悲憫。「痛苦是透明的屍衣，／我是死亡／最原始的圖騰／／而當死亡／轟然　向我逼來，／我如逆裂的砂礫，／只是一粒砂礫」（〈火與海8〉），頑石繼續崩解成砂礫，生命與死亡之間僅僅隔著一層透明的痛苦的「屍衣」，撼人心魂的意象，無處可逃的身心靈之終極告解。

我將〈火與海〉十七首組詩分作三部分，一至八首第一序列，九至十三首第二序列，十四至十七首第三序列。第一序列主題：戰爭情境中我的「經驗與感受」；「我」是隱性主體，「戰爭、炮彈、死亡」是顯性主體。第二序列主題：生命變形記，被戰爭的「反生命空間」震昏的我，再度甦醒，開始為生命祈禱：

9

拿撒勒的牧羊人
祢在哪裡？

在黑霧窒息太陽的時辰，
炮彈的讌樂正酣的山下，
我迷失在黑色森林中
看不見十字架，
一如初生之嬰。
渾身觸著冰冷的
顫慄的
顫慄！

顫慄緊閉的
嘴找不到禱告詞，
顫慄爆血絲的眼，
　　看不見祢！

染血的聖袍
飄搖，染血的聖屍
飄搖，
　　在黑色的霧裡，
黑霧濛濛……
噢，拿撒勒的牧羊人，
祢在哪裡？
祢正在「最後的晚餐」席上？
祢在尋覓頭上的荊冠？
牧羊人──
倘使人子的淚洗不掉痛楚，
倘使人間比地獄還要地獄，
生命是什麼？！

　　在「炮彈的謔樂」隆重的演奏聲中，「染血的聖袍／染血的
聖屍」，飄搖在黑色的霧裡（死亡之霧）。生命之聖潔受到考驗
與摧殘。「拿撒勒的牧羊人」、「十字架」都是救贖的象徵；與
此同時，「祢」竟然也在尋覓救贖，而我「找不到禱告詞」，聖
與俗都在接受終極考驗。第二序列一開端，在黑色森林迷失的敘
述者提出了對生命的根本惑問；受到死亡啟蒙的詩人，對生命意
義的叩問超越個體困境直面戰爭的根源，是人類愚昧的罪行造成

了「地獄」。

第十首，作者描繪戰爭造成的三重幻影：「炸倒的枯樹在萌芽？／沙塚裡的人在起身？」、「死亡的板機！巨大的黑色鐵手」、「那些不斷的跫音／幽幽靠攏來」，接連而至的動態意象群；三重幻影構成了一場無法醒來的夢魘，幽靈滿天飛舞。被迫面對死亡的戰士，「在夢也患風溼病的日子裡，／在陰暗潮溼的地洞裡」，忍受幻視幻聽之侵襲，精神瀕臨崩潰邊緣。

第十一首，「海仰臥著，／猶如床第上裸裎倦睡的女人。／我是灰白的海，那海／已疲倦，疲倦⋯⋯」，「性」作為死亡之補償（替代物）登上舞臺；性之勾引與誘惑，在垂死的記憶背景（灰白的海）上忽隱忽現，對映出我之「疲倦」與無能為力。「垂死的記憶／漂流在灰白的海，／灰白色的記憶／在死亡的陽光下／隨波蕩漾⋯⋯」，死亡的陽光，死亡的海，與一個僅存垂死記憶的我。

　　　　我們喝著高粱，邊談邊吃，
　　　　吃著發僵的夢，
　　　　喝著透明的時間。

　　　　「喂，死到底像什麼？」
　　　　「管他媽的！」
　　　　「還不像射一泡精液昏昏睡去⋯⋯」
　　　　終日酗酒的老戰士瞪著我說。
　　　　大家哄然大笑，
　　　　喝酒、吃花生米，
　　　　咀嚼著　細細地
　　　　　咀嚼著黃昏，

咀嚼著

自己的死亡……

——〈火與海12〉節選

食欲和性欲緩解了死亡對人時時刻刻的威脅，酒讓人短暫脫離近身纏繞的死亡，逃遁入夢境；但夢已「發僵」，因無法流動而顯得不真實，而時間「透明」無形無影，隨時會幻滅。這是詩人對戰爭空間的心理性／抽象化建構，既有創意又有深度。戰士們咀嚼著幻想的性，抵抗死亡無所不在的侵襲；戰爭，催動了一場荒謬的生命變形記，生命，「咀嚼著自己的死亡」。

但，我還沒有死
死去的——
只是「時間」！

刷牙、啃饅頭、喝豆漿，
想天邊的女人……
我活著
把死亡擁在懷裡。

在陽光的閃爍裡，
　死亡在微笑，
死亡溫柔的身子
老妓女似的
　老纏著人不放。

我是一棵陰性植物，

被陽光所摒棄的！

——〈火與海13〉節選

「把死亡擁在懷裡」，被拘囚在戰爭空間裡的殘酷經驗，沒有瀕死經驗的人恐怕難以體會。詩人接著以「老妓女似的／老纏著人不放」之溫柔陷阱，模糊了戰爭的非現實性，「死亡在微笑」恍惚可觸，死亡一點兒也不抽象。「時間」被暫停而非終結，既不前進也不後退，戰爭經驗比死亡經驗更加折磨人；此時此地，生命變形達到極致，被陽光摒棄的陰暗小草，將要在無人憐惜中悄悄枯亡。

〈火與海〉第三序列（十四至十七），詩人將對「戰爭」之現象與本質進行反思。從「哭腫眼的太陽」如此怪異的景觀展開敘述，老天爺拿人類的瘋狂也無可奈何：

14

哭腫眼的太陽

埋半個臉在海中

測量著死亡的溫度

烏鴉們千百次溫柔地歌唱

哦，仁慈的炮口

你頑固的啞默封閉什麼語言？

這是狂歡的瘋狂季節

怎麼默然相對？

來喲，愛倫坡

別擔心你鬍鬚沾溼酒

我來和你舉瓶對影成三人

而我底「明天」將如何被肢解掩埋

在血祭瘋狂的季節裡？

在非現實意象狂亂喧囂的戰爭空間裡，出現難得一見的現實景觀，戰士從碉堡的槍眼遙望大海，看到「哭腫眼」的夕陽。這是炮擊暫停的間隙，死亡「烏鴉們」成群飛舞嘎嘎亂叫。「在血祭瘋狂的季節裡？」戰爭被詩人反思為「以血獻祭」，為什麼人類要以摧毀眾多生命為代價來發動戰爭贏得勝利？對一個微不足道的戰士（戰爭工具）而言，他百思不得其解，只能以酒澆愁。與死亡為伴的我（虛無）、我的影子（虛無之虛無）、美國作家愛倫坡（Allanpoe，1849-1894），與其敘事詩〈The Raven〉中反覆述說：「Nevermore 永遠不再」的烏鴉（虛無之虛無之虛無），共同為沒有明天乾一杯！

「戰壕外砲彈跳著輪舞／戰壕內我們燃燒高粱／／黃昏無恥地脫著粉紅色的胸衣／而流血的海扭曲著臉／而赤裸的黑色女神／從透明的瓶中走出來」（〈火與海15〉），這段文本創造出一種非常難以形容的怪誕感！結合了性與死亡，交織著莊嚴與無恥；大海流著血，痛苦的觸覺網絡連結著個人與天地，白晝與黑夜；海平面上死亡女神倏忽一閃，「從透明的瓶中走出來」，這是一道來自潛意識的死亡之激光，瞬間擴展到無邊無際，幾乎射瞎人的雙眼。死亡是廣闊浩茫的黑暗與虛無，戰爭也是。

16

死亡的自由

曾把他抬起來拋向空中

而粉碎了他的頭顱

而那傢伙又從沒有時間的沙堆

站起身步履踉蹌的向我走來——

當我將如一朵曇花的燦爛時

但，我又忘記他底名字

那個把花圈夾在我底日記

曾以她的肉體燃亮我黑夜的戀人

又從遠海的水平線走過來

踏軟我痙攣的神經

當我從碉堡的槍眼瞄射回憶的游魚時

但，我已把她底名字遺忘

許多柔軟的肉體

將在信管的呵欠裡萎縮的夜

在我底睫毛下

那傢伙的頭顱

她顫動的乳房

驀地醒來

　　醒來……

　　戰爭敘事中「記憶」開始復甦，這是一個求生的信號；敘述
者試圖擺脫戰爭情境的圍困，他想到剛剛被炸死「拋向空中」的

戰友與遙遠的戀人「顫動的乳房」。「頭顱與乳房」從「死亡的自由」之幻覺場域敲醒我，將我拉出黑暗漩渦。是的！死亡是一種誘惑，戰爭是另一種誘惑，因為生命太平淡無奇，所以人類渴望瘋狂與虛無？戰士「痙攣的神經」能啟示我們什麼？

17
藍天在碉堡之上
　碉堡之外
　　塹壕，鐵絲網
　　砂丘和海……
藍天
　碉堡
　塹壕
　鐵絲網和砂丘
　　和海

殺風景的風景！！
而我是殺風景的風景中
唯一蠕動的生物
頂一頂鋼盔
我底名字寫在怒吼的
　　　　　爆風上

哦，上帝，我和祢一樣
我們屬於沒有存在的
存在

海、砂丘、藍天歸屬自然，碉堡、塹壕、鐵絲網象徵反自然，風景與殺風景。戰爭中，怒吼的爆風取代了上帝，炮彈在天際狂亂飛行，無名無姓不知不識，摧毀一切是它的目的。上帝創造生命，戰爭摧毀生命，生命與反生命同在；詩人因此推論，上帝與此刻的我一樣，渺小微不足道，既存在而又非存在，戰爭使「人神皆泯」；但意識到「反生命」的我，剎那間又與「生命」重新產生了連結。臨在感強烈的戰爭敘事帶領讀者接近並領悟：戰爭之反自然與反生命，這是葉笛〈火與海〉高貴與莊嚴之處。

〈火與海〉組詩孕生於金門「八二三炮戰」，是見證臺灣苦難歷史的詩文本；更重要的啟示，是詩人對「戰爭經驗」的詩性思考。葉笛以身體性經驗為本的「臨場書寫」，使本詩迥異於旁觀性、追憶性的戰爭敘事詩；而智性思考與感性知覺之緊密滲透，讓〈火與海〉產生一種既臨在又超越的詩歌場，創生出既殘酷又駭異的詩意迴響，毫無疑問是一首大師級傑作。「八二三炮戰」一役，暫時延緩了中共對臺侵略的野心，但六十年來文攻武嚇不曾歇止，經常狂言「留島不留人」。併吞臺灣是中共長期的國家戰略目標，絕對不能被其欺詐利誘等戰術所欺騙，「八二三炮戰」之慘烈，是警示臺灣人不能鬆懈心防與國防的歷史性象徵。

四、「白色恐怖時期」書寫：瘂弦〈深淵〉系列

臺灣「白色恐怖時期」，指從 1949 年 5 月 20 日始至 1992 年 5 月 17 日止，國民黨軍政集團運用國家機器迫害政治異議人士，塑造恐怖政治氣圍之時期。1949 年 5 月 20 日起臺灣省全境實施戒嚴，5 月 24 日立法院通過《懲治叛亂條例》，執政者透過此「特別刑法」對異己者進行整肅迫害。臺灣警備總司令部等情

治單位，藉由此法監控人民，在各地進行濫捕、濫殺，造成大量冤獄與枉死，長期摧殘臺灣人的精神意識。1991 年 5 月 17 日立法院通過廢除《懲治叛亂條例》，5 月 22 日正式宣告廢止。1992年 5 月 16 日頒佈《中華民國刑法第一百條修正條文》，5 月 18日生效，條文內容修正為「以強暴或脅迫著手實行叛亂者」，才會受到追訴處罰（避免因言論主張即觸法受刑），可以視為臺灣「白色恐怖時期」的真正結束。

「依據行政院法務部向立法院所提的一份報告資料，顯示在戒嚴時期，軍事法庭受理的政治案件達 29,407 件，無辜受難者約達 14 萬人。然據司法院透露政治案件達六、七萬件，如以每案平均三人計算，受軍事審判的政治受難者應當在二十萬人以上。又據國防部於 2005 年 7 月 31 日呈給陳水扁總統的《戒嚴時期叛亂暨匪諜審判案件》報告，合計遭受審判有 27,350 人，經篩檢別除重複後，計有 16,132 人。」（張炎憲〈導言：白色恐怖與轉型正義〉《戒嚴時期白色恐怖與轉型正義論文集》）後一數字未含司法系政治案件與未列入報告的政治案件，人數偏低。

1959 年，瘂弦（1931-）寫出三首有關臺灣「白色恐怖時期」的重要作品：3 月〈從感覺出發〉、5 月〈深淵〉、7 月〈出發〉，我將此三首詩合稱為〈深淵〉系列。〈深淵〉系列詩對「白色恐怖」的觀察，焦注於戒嚴最苛酷的時期（1949 年至 1959 年）。瘂弦1953 年就讀復興崗「政工幹部學校」影劇系，畢業後分發到左營軍中廣播電臺工作，這是「國防部軍中播音總隊」在各地成立的電臺之一。以上三首詩皆寫作於電臺工作時期。

〈從感覺出發〉引用英國詩人奧登（Auden，1907-1973）：「對我來說，活著常常就是想著」，作為題辭。「想著」呼應「感覺」，感覺一旦麻木精神就等同死亡。第一段核心意象是「回聲」：回

聲的日子、日子的回聲。

> 光榮的日子，從回聲中開始
> 那便是我的名字，在鏡中的驚呼中被人拭掃
> 在衙門中昏暗
> 再浸入歷史的，歷史的險灘……

「回聲」就是活在感覺重複的漩渦裡，致使感覺麻木，因為這裡是「衙門」（不但臣服於威權體制還受制於高壓的軍隊體系），不僅空間昏暗還遍地險灘。「在鏡中的驚呼中被人拭掃」，顯影敘述者潛意識的心理驚悸。他究竟害怕什麼？

> 噫，日子的回聲！何其可怖
> 他的腳在我腦漿中拔出
> 這是抓緊星座的蜥蜴，這是
> 升自墓中的泥土

「星座」投射出命盤，但個人命運被抓緊無法脫逸失去主控權；「他的腳」在我腦漿中踩進拔出，思想遭到壓制精神承受踩蹣，「白色恐怖」的形象化演繹。

> 這是回聲的日子。我正努力憶起──
> 究竟是誰的另一雙眼睛，遺忘於
> 早餐桌上的鱒魚盤子中

而臍帶隨處丟棄著，窗邊有人曬著假牙

他們昨夕的私語，如妖蛇吃花

「臍帶」象徵生命，「鱒魚盤中的一雙眼睛」象徵死亡；生命隨意被棄置，死亡於日常餐桌上隨時被提醒。「曬著假牙」轉喻公然的謊言，「妖蛇吃花」形容草菅人命，這就是詩人不得不面對的時代環境。時代最大的謊言來自哪裡？連結第一段：「誰的血濺上了諸神的冠冕／／這是獨眼的聖女／矢車菊不敢向她走來」，第二段：「在毛瑟槍慷慨的演說中／在偽裝網下一堆頭髮的空虛裡／在仙人掌和疲倦的聖經間」，第三段：「在低低的愛扯謊的星空下／在假的祈禱文編綴成的假的黃昏」，隱約顯現一個夸夸其談的獨裁者，右手持握槍枝左手翻閱聖經，草草勾畫濺血的判決書。這個獨裁者在〈深淵〉中形象更加鮮明：「而我們為一切服喪。花費一個早晨去撫他的衣角。」、「他們是握緊格言的人！」、「他們用墓草打著領結，把齒縫間的主禱文嚼爛。」在 1950 年代，主宰臺灣歷史，踐踏民眾生命，既掌握軍政大權又宣稱遵守基督教義者，只能是蔣中正（1927 年為了娶宋美齡而允諾信教 1930 年受洗），臺灣「白色恐怖」的創造者與營運者。

〈從感覺出發〉結構上分三段，代表三次劇烈的迴旋，每一次的迴旋捲起不同的回聲與日子，死亡陰影一次又一次猛烈狂掃過時代與人心，映照一波又一波的追緝與逮捕，槍決與掩埋。詩人勇敢涉過歷史的險灘，但時不時要躲藏於地窖中，從墓室裡抬望眼，因為人間再也無處安身。「而當大鐮刀呼嘯著佔領／別一處噤默的腐肉／我遂以每一刻赤裸認出你／在草茨間舐食的額頭」，這一段顯示詩人的悲憫胸懷，敘述者唯有棲身於死者行列，才能從受難者的情感與視角發聲，為時代留下證詞。

〈從感覺出發〉結束於這兩句:

  一個患跳舞病的女孩
  一部感覺的編年紀⋯⋯

跳舞病是一種心病（跳到昏厥與死亡方歇），寫詩也是（明知諷刺獨裁政權是懸命鋼絲），但詩人不得不書寫以證明自己還活著。上一句是自我畫像:詩人瘂弦，下一句是詩篇集結:詩集《深淵》。
　　〈出發〉一詩裡的「白色恐怖」意象，執政者心思之險惡與手段之凶殘愈加凸顯:

  在哈瓦那今夜將進行某種暗殺！恫嚇在
  找尋門牌號碼。灰蝙子繞著市政府的後廊飛
  鋼琴哀麗地旋出一把黑傘。

  （多麼可憐！她的睡眠，
  在菊苣和野山楂之間。）

  他們有著比最大集市還擁擠的
  臉的日子
  郵差的日子
  街的日子
  絕望和絕望和絕望的日子。
  在那浩大的，終歸沉沒的泥土的船上
  他們喧呶，用失去推理的眼睛的聲音
  他們握緊自己苧麻質的神經系統，而忘記了剪刀⋯⋯

哈瓦那（La Habana）為古巴首都，古巴自 1959 年 1 月 1 日成立革命政府以來，即由專制獨裁政權所統治，這裡以他鄉政權隱喻本地國民黨軍政集團。「市政府的後廊」象徵臺灣戒嚴時期的情治系統（警備總司令部、調查局、國家安全局等），他們負責對不聽話的任何可疑份子（只因為他們喧呶），進行恫嚇與暗殺（用剪刀剪斷他們的神經系統）。「一地黑傘」，形容遍地抓捕；「（多麼可憐！她的睡眠，在菊苣和野山楂之間。）」，影射亂葬崗風光；「比最大集市還擁擠」，形容受難者數量龐大。

為什麼本詩標題為「出發」？〈出發〉開端這麼寫：

> 我們已經開了船。在黃銅色的
> 朽或不朽的太陽下，
> 在根本沒有所謂天使的風中，
> 海，藍給它自己看。
>
> 齒隙間緊咬這
> 牆纜的影子。
> 到舵尾去看水漩中我們的十七歲。

瘂弦出生於 1932 年，「十七歲」意謂時代背景為 1949 年。1948 年 11 月 4 日中共解放軍逼近河南省南陽市，就讀南都中學的瘂弦不得不隨著大批師生與國民黨軍倉促南遷，無路可走只得報名從軍，1949 年跟隨部隊渡海來臺，從此與家鄉父母永別。「我們已經開了船」即出發，那是沒有退路的不得已的選擇，誰也無法預料接下來將被命運如何擺佈；然而敘述者畢竟遭遇了：「絕望和絕望和絕望的日子」，這是生存「深淵」的另一種說詞。通過

〈從感覺出發〉與〈出發〉兩詩夾擊，有助於理解〈深淵〉此一時代傑作的詩意迴響。

〈深淵〉前引法國哲學家沙特（Sartre，1905-1980）之言：「我要生存，除此無他；同時我發現了他的不快。」，暗示存在主義透視的生命虛無感已在此地瀰漫。〈深淵〉的敘述模式像波浪翻湧，全詩九十九行分做 5 個波峰 4 個波谷，依序為峰 1-12、谷 13-22、峰 23-37、谷 38-44、峰 45-57、峰 58-69、谷 70-77、谷 78-84、峰 85-99，波峰波谷連續推湧，最後產生詩意迴響的高峰巨浪（對映生存深淵）。

> 孩子們常在你的髮茨間迷失
> 春天最初的激流，藏在你荒蕪的瞳孔背後
> 一部分歲月呼喊著。肉體展開黑夜的節慶。
> 在有毒的月光中，在血的三角洲，
> 所有的靈魂蛇立起來，撲向一個垂在十字架上的
> 憔悴的額頭。
>
> 這是荒誕的；在西班牙
> 人們連一枚下等的婚餅也不投給他！
> 而我們為一切服喪。花費一個早晨去摸他的衣角。
> 後來他的名字便寫在風上，寫在旗上。
> 後來他便拋給我們
> 他吃賸下來的生活。

「1-12 峰」出現三個歷史人物：十字架上受難的耶穌、西班牙獨裁者法蘭西斯科 · 佛朗哥（Francisco Franco，1892-1975）、

本地獨裁者蔣中正（1887-1975）。耶穌受難象徵二千年來的罪惡、迷失、荒蕪、黑暗、有毒、血，皆是人類自造的惡果。而二十世紀鑄造罪惡的代表人物就是佛朗哥與蔣中正。佛朗哥在西班牙實行一黨專政的獨裁統治將近四十年（1936-1975），蔣中正也不遑多讓，自 1950 年 3 月 1 日至 1975 年 4 月 5 日連續擔任「假借中華民國名義寄生臺灣」第一任至第五任總統，不但一黨專政又實施長期戒嚴。但在西班牙，對反對派進行大肆搜捕、關押與處死的佛朗哥被普遍民眾唾棄（人們連一枚下等的婚餅也不投給他），在臺灣施行嚴酷統治的蔣介石卻威風凜凜勢不可擋（他的名字便寫在風上，寫在旗上），人們只能揀拾「他吃賸下來的生活」，人們活在黑暗的生存謎團裡（在你的髮茨間迷失），不知何去何從？「1-12 峰」，標舉荒誕與虛無統領全詩。

「13-22 谷」描述生活的真實樣貌，人們一方面必須向威權統治者屈服：「聞時間的腐味」、「向壞人致敬」，另一方面被迫放棄自我：「我們再也懶於知道，我們是誰。」日子的臉生瘡，陰部流濃湯，連太陽都發抖顫慄。「（今天的告示貼在昨天告示上）」，意謂「握緊格言的人」以意識形態治國，以官樣文章自欺欺人。

「23-37 峰」死亡再度現身，語調轉趨激昂：「在鼠哭的夜晚，早已被殺的人再被殺掉」，為什麼？加害者自稱一切作為皆是行善，讓受難者再被凌虐一次。「貓臉的歲月」是狗臉的歲月（La vie de chien）之翻版，形容生活艱難困苦。「打著旗語的歲月」形容時光如謎無法解釋。「肋骨的牢獄」形容活著如同受刑。「天堂是在下面」反諷此地即是地獄。「沒有甚麼現在正在死去」意謂無一物真實存在。「今天的雲抄襲昨天的雲」，轉喻自由了不可得連天空的雲都被綁架。

「38-44 谷」描述生命普遍沉淪於「性」之社會景觀，因政治暴力肆虐而耽溺逃避於性，「性與死亡」合謀凌駕於生。「生存是風，生存是打穀場的聲音」（自然鼓動的生之音），現在變形為「愛被人膈肢」與「倒出整個夏季的欲望」，活著只剩下生物本能的宣洩，「青蠅在啃她的臉」（生之腐的象徵），喪失人的價值與尊嚴。「38-44 谷」是一個短暫間奏，導引出下一個潮峰。

　　「45-57 峰」對生命陷落於性的描述轉趨深沉，從（上節）性的沉淪貫穿直抵（下節）靈魂的沉淪。性之沉淪的核心意象是「在夜晚，在那波里床在各處陷落」。同樣是以他鄉擬替本地（戒嚴時期不得不的晦澀）。那波里（拿坡里 Napoli）為義大利南部古城，民謠盛行，〈我的太陽〉（O Sole Mio）就是經典作品，以浪漫情調轉喻性之放縱（內含反諷意味）。「走在碎玻璃上／害熱病的光底聲響」，「桃色的肉之翻譯」，「一種用吻拼成的／可怖的語言」，現代感十足的詩意敘述。靈魂沉淪的核心意象是雙肩「擡著一副穿褲子的臉」。褲子原本遮蔽人的隱私部，現在遮在人臉上，「穿褲子的臉」成為不堪入目的人性象徵符號，聖潔墮落為汙穢，見不得人；人格跳盡者還剩下什麼？生命僅存一塊腐肉。「哈里路亞，我仍活著！」首度出現，詩人為存在進行禱告！（第九十三行將再次反覆）

　　　我們背負著各人的棺蓋閒蕩！
　　　而你是風、是鳥、是天色、是沒有出口的河。
　　　是站起來的屍灰，詩未埋葬的死。

　　　沒有人把我們拔出地球以外去。閉上雙眼去看生活。
　　　耶穌，你可聽見他腦中林莽苗長的喃喃之聲？

有人在甜菜田下面敲打，有人在桃金娘下⋯⋯
當一些顏面像蜥蜴般變色，激流怎能為
倒影造像？當他們的眼珠粘在
歷史最黑的那幾頁上？

　　緊接著的詩行依然處於潮浪高峰，「45-57峰」觸及性，
「58-69峰」轉向死，兩者是對「38-44谷」簡略提示性與死亡的
後續挖掘。「58-69峰」詩分兩節，上節的核心意象是「我們背
負著各人的棺蓋閒蕩」，下節的核心意象是「當他們的眼珠粘在
／歷史最黑的那幾頁上？」後者敘述「因」：人們因白色恐怖時
期國家機器催生的酷刑與槍決，精神意識被摧殘殆盡雙眼早已全
盲。前者指涉「果」：人們心存恐懼不知死亡何時降臨，活著看
似無所事事實則被死亡裹脅生命猶如乾屍。對此虛無之存有態，
耶穌降臨也無能為力。「激流怎能為／倒影造像？」以反問句質
疑「歷史真實」蕩然無存，進而顯示詩的功能：「詩未埋葬的死」，
唯有詩能見證歷史真相。
　　「70-77谷」反思自身，「你」是代稱，影射臺灣陷落於被
殖民處境的全體住民，在白色恐怖無所不在的精神摧殘底下，「不
是把手杖擊斷在時代的臉上」，沒有人敢舉起手杖反抗；甚至沒
有人敢懷抱對於黎明的渴望，「不是把曙光纏在頭上跳舞的人」，
黑暗永無盡頭才堪稱為深淵。所有人都在「同影子決鬥」，影子
者虛無也，同虛無決鬥能有甚麼結果？更加虛無而已。「死者們
小小的吶喊」湮沒無存無人理會，你是誰？生命沒有擔當，文學
喪失意義，結論是：什麼也不是，存在等於不存在。
　　「78-84谷」反思加大力道，提出三個自我質問：如何才能「給
跳蚤的腿子加大力量」？如何才能「在喉管中注射音樂」？如何

才能「令盲者飲盡輝芒」？如何才能擁有反抗威權體制的道德勇氣？述說真實的語言藝術？洞察真相的觀念想像？跳蚤腿子是螳螂手臂的另類說詞，對比性強烈。他們「握緊格言」就是握緊生殺大權，誰人敢置喙？因此之故，不敢反抗者就是黑暗時代的共犯。「這層層疊得圍你自轉的黑夜都有你一份」，反思很徹底，但也很無奈。「虛無」之中不是什麼都沒有（就像「空」不是一無所有），只要你屈服於無上權力對你的宰制，深淵裡有的是妖嬈而美麗的「一朵花、一壺酒、一床調笑、一個日期」，花、酒、調笑讓人開心，日期就是等死，沒別的。

> 這是嫩臉蛋的姐兒們，這是窗，這是鏡，這是小小的粉盒。
> 這是笑，這是血，這是待人解開的絲帶！
> 那一夜壁上的瑪麗亞像剩下一個空框，她逃走，
> 找忘川的水去洗滌她聽到的羞辱。
> 而這是老故事，像走馬燈；官能，官能，官能！
> 當早晨我挽著滿籃子的罪惡沿街叫賣，
> 太陽刺麥芒在我眼中。
> 哈里路亞！我仍活著。
> 工作、散步、向壞人致敬，微笑和不朽。
> 為生存而生存，為看雲而看雲，
> 厚著臉皮占地球的一部分……
> 在剛果河邊一輛雪橇停在那裡；
> 沒有人知道它為何滑得那樣遠，
> 沒人知道的一輛雪橇停在那裡。

「85-99峰」連續十四行高潮迭起，罪惡達到頂峰恥辱也達到頂峰、施暴達到頂峰受難也達到頂峰。不言具體的羞辱事件，只提到相框中的聖母「瑪麗亞」不堪受辱而遁逃，剩下「空框」；聖潔的對比是汙穢，存在的對比是虛無，此即「深淵」之實相。凝神虛白的高超語言藝術，計白當黑虛實相生。「官能，官能，官能！」只允許你物質享樂，不允許你精神振發，只允許你匍匐不允許你抵抗。但「罪惡」隨著每天的太陽升起刺瞎你的眼，你是一個永遠的盲人與啞巴，比盲人和啞巴還不堪，因為還得天天向壞人致敬（高呼偉大的領袖萬歲）你才活得下來。禱告有用嗎？自我安慰罷了！究竟是誰造的罪孽？歷史運轉為何如此荒誕？為什麼冰寒極地的雪橇會無端滑到非洲熱帶雨林的剛果河邊？

　　《瘂弦詩集》部分詩篇最早收在《苦苓林裡的一夜》，1959年11月由香港國際圖書出版，《苦苓林裡的一夜》運回臺灣後擱在海關半年，封面潮腐，瘂弦重新設計封面改名《瘂弦詩抄》，分贈親友未曾外流。1968年「眾人」版《深淵》與1971年「晨鐘」版《深淵》前後問世。1981年「洪範」版《瘂弦詩集》出現，增加「廿五歲前作品集」與《鹽》（英譯自選詩），此為定本。

　　瘂弦1966年以少校軍銜退伍，赴美國愛荷華大學「國際作家寫作計畫」遊學兩年，1968年回國後任《幼獅文藝》主編。2019年《瘂弦回憶錄》在中國出版（2022年在臺灣出版），由定居加拿大的華裔學者辛上邪（本名王立）採訪瘂弦口述整理而成。書中瘂弦提到1968年接編《幼獅文藝》的經過：「有一天我正在家中睡午覺，幼獅公司來了幾個人，來人說『朱橋過世了，經國先生希望你來主持編務。』」，幾經考慮，我決定離開幹校，『外職停役』，借調去《幼獅文藝》主持編務，兼任青年寫作協會理事長（總幹事）。……幾年後我向原來幹校的教育長王昇提

出來從軍中退休，王老師建議我不要退休，他說：『你留在幹校教書，在軍中繼續寫詩，我將來還要把你送到美國去做深度研究。』」從這一段敘述可以明顯看出，瘂弦是當時國民黨最高層重點栽培的幹部。1976年瘂弦赴美進修獲威斯康辛大學東亞研究碩士，1977年回臺後接任《聯合報》副刊主編達二十一年之久。被蔣經國點名接見，又受到王昇上將的栽培，詩人等於當了國家機器的人質，既不能拒絕擺佈（配合政策宣導）也無法任意流露心跡（導致詩筆摧折），此即臺灣「白色恐怖時期」的政治現實，塑造了何其殘酷的時代深淵與人性悲劇！

五、「解嚴後臺灣社會」書寫：廖人《13》

廖人（1982-）詩集《13》，是一部殺氣騰騰的文本，就像一個具有強烈殺人動機的劍客，每一次攻擊都想置對手於死地；作者以文字之刃氣勢激越直逼讀者的眼睛，令你膽寒而畏懼。《13》由十三個章節團結成一支攻城掠地的奇襲軍，向潰爛已極卻又腥香四溢的「解嚴後臺灣社會」各種身體類型下達文字總攻擊。

《13》的章法佈置和語言策略具有去中心、去框架的解構思維，文本中各種差異性能量流不斷相互滲透，文本中的主語／主體處在不斷變換之中。詩篇中的「廖人」同時是施暴者與受虐者，同時是個人與集體，同時是聖潔與汙穢。《13》是一部經過謹嚴設計的結構性書寫，「13」即典型的象徵符號，但章法佈置和語言策略卻是極端非典型，解構意味濃厚。

本文針對的「解嚴後臺灣社會」，年代區間為1987-2014年，發生幾件影響深遠的歷史性／社會性事件。一、「解除戒嚴」，

1987 年 7 月 15 日零時起臺灣解除戒嚴令。二、「野百合學運」，1990 年 3 月 16 日至 3 月 22 日，六千名來自臺灣各地的大學生，集結在臺北中正紀念堂廣場靜坐，提出四大訴求；1991 年底，第一屆中央民意代表全體退職，「萬年國會」結束。三、「政黨輪替」，2000 年 3 月第十任總統大選，民進黨候選人陳水扁勝選 5 月 20 日就職，臺灣歷史上第一次政黨輪替。四、「太陽花學運」，2014 年 3 月 18 日至 4 月 10 日間，由大學學生與公民團體共同發起占領國會運動，此運動抗議立法院不顧民意強行通過《海峽兩岸服務貿易協議》。學運經歷國家暴力之驅離與群眾勇敢抵抗，最終導致國民黨執政當局讓步，服貿協議暫緩施行。服貿協議一旦施行，將使臺灣在經濟與政治層面更容易受中共操控，終將扼殺臺灣追求並實現成為「主權國家」的願景。

　　《13》第十二章〈廖離疏〉由三首詩組合而成，詩前引用杜甫（712-770）〈登樓〉著名詩句：「花近高樓傷客心，萬方多難此登臨」。萬方多難即影射「太陽花學運」的時代背景。「太陽花學運」對臺灣後續的國家發展影響深遠，也間接促成了 2016 年總統大選第二次政黨輪替。

　　〈12-01廖人.com〉節選　　廖人

地方的廖人／們需要廖人／／這些加班廖人／們沒機會下班／／它們需要立即快／速的鎮暴約會。／／觀賞照片

廖人組隊／往死裡打／／這絕不是新聞網站……／／本網站是為想要立即被／死裡打的廖人而設立。／／瀏覽照片

你男友會恨／死這個網站／／這個網站讓你迅／速享用免費
棒棒／／無須發送簡訊，／就得到好棒棒！／／看看照片

受夠了自衛嗎？／當地的廖人們需要匿名自衛／地方的廖
人需要匿名肉搜／／欣賞照片

　　觀賞照片、瀏覽照片、看看照片、欣賞照片，好像此一正在
發生的社會事件與你無關，但那些鎮暴部隊與抗議群眾，他們並
不是去立法院周邊散步或約會，而是受上級命令將抗議群眾「往
死裡打」，或因個人良知驅使主動群集廣場卻「被死裡打」。此
一劇烈的社會衝突不是偶發意外，而是可能發生的更浩大國家災
難的序曲，且與每個臺灣人的生存命運息息相關。靜態的欣賞照
片是對動態的殘酷現實之反諷，「享用免費棒棒」之於網路色情
影像，「自衛」之於「自慰」，試圖將暴力與性進行連結，產生
荒謬的存在感，創意十足。本詩最後還借用色情廣告宣傳符碼，
以柔克剛（以非暴力抵抗暴力），讓人思之莞爾。

　　〈12-02廖離疏〉節選　廖人

鼓瑟吹笙，掌聲四起／廖離疏撿到魚排便當／帶進流動
廁所

吃飽，睡了一個懶覺／又睡了一個懶覺

醒來，聽見／無數廖人哭叫

廖離疏身形崎嶇，如入無人之境／剝下一件警衣，撈到一
頂警帽

對著滿坑滿谷的廖人／廖離疏揮棒，亂揮，三揮落空／將
棒子甩入草叢

跛著腳，蹭著陰，爬上頂樓／賞月／走下大廳，吃餅

看著院外，兇猛勃起的水柱／將廖人沖得東倒西歪

廖離疏緩緩走近／脫下警衣／拔出陰莖／掰開馬眼，在大
水前淘洗

「鼓瑟吹笙，掌聲四起」，是對廣場外抗議群眾民主宣講現
場的戲仿，「便當」與「流動廁所」不是戲仿而是現實。一個廖
離疏撿便宜拿到推擠掉落的警帽，另一個廖離疏揮舞警棍胡亂暴
打，無論支離其形或支離其德，兩造都是歷史劇場不可或缺的小
道具，等待戲劇高潮降臨。「兇猛勃起的水柱」與「在大水前淘
洗的陰莖」才是本戲真正的主角，無恥的國家機器被抗議群眾
FUCK。

〈12-03 廖人大廈〉終於將攝像頭推進到主戰場：「廖人跳
上天空／炸掉自己／／火星四濺／廖人退避大廈／擠進旋轉門／
／鐵棒盾牌，堵住門口／廖人踩廖人肩膀／跳上天空／／樹裡有
風／廖人乘風飛翔／在高處開花／／一隻廖腳，踩進大廈／盾牌
一擊，仰倒在地／／一隻廖手，滿地亂摸／撿起一隻廖嘴／朝前
方丟——／／——高高飛翔，穿越旋轉門／漂亮著陸。廖腳一踏

／說不出話／／玻璃門後，第一線廖人／被衝倒在地／／第二線廖人出動／倒地的廖人被拆開／裝上引擎／／一臺臺拼裝廖車／衝出門外／將廖人攔腰撞斷」（節選）。「廖人大廈」想必臺灣人都很熟悉，「立法院」可能你也去過，似乎有些廖人暫時清醒了敢於衝鋒陷陣，另一些廖人手持鎮暴部隊盾牌，在睡夢中昏迷亂舞。「跳上天空／炸掉自己」，是對 2014 年「太陽花學運」理想主義青年革新激情的形象化演示。至於運動過後，到底是什麼東西被大廈立法？什麼東西立法了大廈？誰也說不清楚；反正對「臺灣」的死刑宣判暫時延緩了幾年，外患猖狂叫囂內賊擊鼓呼應，誰也說不準對「臺灣」的死刑威脅何時才能解除。

正因為「臺灣」隨時處於宣判死刑邊緣，詩集最後以一首長詩〈廖人中陰得度〉將「解嚴後臺灣社會」的諸種不安動盪現象整合起來，超度的聲音迴響著整本詩集；為誰超度？人、我、眾生皆是。

〈廖人中陰得度‧初七，第一天〉（節選）　廖人

尊貴的廖人，在過去的時間裡，
你一直處於昏迷狀態；
當你神智清醒，將會大吃一驚，
並且如此自問：發生了什麼事情？
現在，輪迴的輪子要轉動了；
你將見到各種光焰與諸位世尊，
整片天空呈現混濁色澤；
將有渾身醋液的油漬去目章魚世尊，
伸出十八隻手，執十八座法輪，
臨現於生絞肉串世尊和腐爛的盲眼雞冠世尊前；

你將看見冰冷的牛睪丸世尊和發燙的鰻魚世尊，

莊嚴碩大的鹿鞭世尊和半血半肉的羊腸世尊，

母子相生相剋的鴨仔蛋世尊和被攪作漿狀的內臟泥世尊，

照映在廣大無邊的暗藻綠光暈裡。

「在過去的時間裡，你一直處於昏迷狀態」，此句直陳：生命本身是無明，眾生雖然活著卻一直處於昏迷不醒的狀態。這種說法比西方存在主義揭示的「虛無」更加嚴厲而形象。〈廖人中陰得度〉以仿《西藏度亡經》的語調，諷刺臺灣社會「偽得度」的社會現象。解嚴之後國民黨黨國勢力依然盤根錯節，佔據官方機構與民間社會的各個角落，阻撓轉型正義的真正落實。解嚴並非臺灣社會精神解脫的萬靈丹，政治體制雖然解嚴了，但人們的身體與心靈、觀念與想像仍然被緊緊束縛，一時間還殘留著戒嚴體制的毒素。「不可冷感，不可潤滑，不可潮吹，不可假炮，／不可被情色正義的暗淡粉光所誘惑；／你一旦被誘，即行墮落於情色階級中，／為愚痴的公民情色所縛，飽受公共低潮之苦，／且經無數一泊二日之饑渴，始有清明的可能。」（〈廖人中陰得度・初七，第七天〉節選）連續甩出五次「不可」，是否能將長期昏迷的臺灣社會與臺灣人敲醒？還真有點難度。

《13》掀翻臺灣社會的偽道德偽民主，揭露資本主義社會縱欲／剝削式發展與民主政治體制官商勾結／相互詐欺背後隱藏的汙穢與虛偽。詩集前十二章皆為組詩，描述社會大眾長期以來的精神迷惘與人性病徵。貫串《13》字裡行間無所不在的癌細胞從何而來？人、我、眾生又要如何區別？不要牽拖別人，是每一個廖人（你我他）的意念／行為共同造就了此時此地的臺灣現實。

〈05-01廖人面廖人身的廖人〉（節選）　廖人

什麼廖人早晨兩個眼睛GOOGLE
中午四個眼睛GOOOOGLE
夜晚，渾身長滿了眼睛，全部睜開菇狗

什麼廖人早晨用一水管或漏斗排尿
中午用一水管或漏斗排尿
夜晚，將尿導回自體，再也無需排尿

什麼廖人早晨亟欲掙脫廖人身體
中午亟欲進入廖人身體
夜晚，透過奈米複製，取代廖人身體

什麼廖人早晨被廖人所殺
中午自己殺自己
入夜以後，可以反覆宰殺，再也不會死亡

　　請問，什麼廖人1945-1949年在中國大規模相互殺戮？1947年調派武裝部隊到臺灣屠殺臺灣人？進入二十一世紀還想把本地廖人當作牲口反覆宰殺？或低聲下氣包裹自己當牲禮奉送給對岸廖人宰殺？在〈05-03動了真情〉這本寫真集裡，「廖人和騾子／相隔兩地／廖人對騾子／動了真情」，怎麼辦啊怎麼辦？「廖人和騾子喇舌喇舌／廖人慢慢／解開騾子胸罩」，唉呀唉呀！這隻騾子姓「馬」天生奴才，馬廖人和習廖人快要合為一體；快關起屄來！快拔出屌來！真情沒藥醫。

《13》集裡有部分組詩展現特殊情境，可解讀做社會意識的個性化書寫（或個人意識的社會化書寫），〈廖人之家〉、〈傻人忘了〉、〈姓 Liêu 的人〉皆是。第一章〈廖人之家〉顧名思義是對廖姓一家的描述，作者也姓廖，筆名廖人，社會結構來自家庭結構的衍伸。詩集開篇〈01-01 廖人拿刀〉：「廖人拿刀／刺廖人的喉嚨／／從廖人被割喉／到廖人斷氣／廖人全程清醒／／廖人抽搐／蜷縮在地／廖人拿鐵鉤／鉤起廖人的嘴／／那個像蹺蹺板／是設計來／將廖人抬高／倒吊／起飛／／飛過鐵欄，飛越同伴／穿著黃色雨衣／扳下開關，廖人尖叫／／尖叫，尖叫，不斷尖叫／廖血噴滿牆壁／在空中，廖人踢踢腳，踢踢腳」。血噴得到處都是實在不甚雅觀，噴在自家牆上反正沒別人看到，這需要十足的勇氣與經驗（或者鄉愿）才辦得到啊！「小廖被拳頭揍，每次好幾拳／在乾草堆上彈跳、暈倒／被乾草叉一戳，就醒了」，原來廖人的銅皮鐵骨是這樣鍛鍊出來的。〈廖人之家〉組詩最後結束於一個令人悲憫的動態意象：「廖人抓著刀和水管，在廖人下面閃來閃去」，這一行不見血跡，卻讓人深刻體會到長久以來彷彿命定的臺灣民眾與生存搏鬥之苦。

　　第八章〈傻人忘了〉由三首詩組成，「忘了」在詩篇裡有多重含義：一重含義是對自我的遺忘，忘了人與人的複雜關係，不需要對話就能夠「忘了嘴巴可以說話」；一重含義是遺忘現實生活，但它偏偏在夢境裡迴響，「一場半夜的鬥毆──／抱頭驚醒──／在自家的床上」；最後一招是遺忘誕生與死亡，「活著」談何容易！詩人嘗試觸及死亡的莊嚴命題：

〈08-03傻人摺紙蓮花〉 廖人

「出差」期間／傻人每天下工廠／摺紙袋，摺紙蓮花

把角對齊，向內／摺，把角對齊／向外，摺——／一個摺
痕，充當一次法印／慢慢，張開花瓣／伸出背後的瓣葉／
美麗莊嚴的／紙蓮花／盛開了——

——突然內急，起身／在陵園的廁所／傻人下意識／手指
沾水，淘洗肛門

火海裡的紙蓮花／浮沉，升降／像紅色浪花／吞噬手掌／
像無數手掌／托高浪花／——傻人發現衛生紙，撕了一張
／塞入肛門／想起媽媽

　　「陵園」為亡者入土之地，是死亡在人間的象徵性場所，「媽
媽」是生命誕生的原鄉；「紙蓮花」乃超渡亡靈的聖潔花瓣，而「內
急」流瀉出身體的汙穢物質。這些對立性／對抗性語詞出現於同
一時空，使生存的張力達到極致。火海裡的「紅色浪花」將生命
吞噬又吐出，使心靈在一瞬間拋開希望與絕望的掙扎，可以暫時
忘了「我是廖人」的尷尬。何謂「出差」期間？如果你跟監獄搞
過外遇關係，你就會有超乎戀愛的體會；「出差」就是媽媽拿來
騙小孩「爸爸去了哪裡」的親情謊言。
　　《13》書後附了一篇代跋，篇名「害廖廖」（台語讀音），
意思是「徹底完蛋」。場景在咖啡店，廖人走向尿騷沖天的公共
廁所。「字出現了。／廖人發出一些聲音。／字破碎，擴散，繁

殖。／液體爬向滑鼠。／字像一粒粒無路可出、簌簌鑽動的頭，浮現於螢光幕上的車流中。／廖人發出沒人在意的聲音。／中毒的防毒軟體視窗無限彈出。／頃刻一張大臉籠罩螢幕。／這張大臉任人流穿過，任車流劃過，任視窗填滿，大臉生出皺紋。生出一些不哭不笑，不喜不悲，不意外，什麼也沒有的，連曖昧也稱不上的，隱形的線條。／廖人坐對螢幕，看著反光中的臉。／這是一張腦殘的自畫像嗎？」（〈害廖廖〉）沒錯，臺灣社會或許是腦殘了，但看得見自己腦殘的人，腦袋裡裝的絕對不會是大便。汙穢令人難堪，但難忍於汙濁者內心自有一方清淨可期待。

《13》是對「解嚴後臺灣社會」進行的一次生態型詩性書寫，試探臺灣廖對各式準合法暴力：「語言暴力」、「肢體暴力」、「階級暴力」、「國家暴力」，究竟可以麻木到什麼程度？《13》還借用「宗教修辭」、「科技用語」、「流行歌詩」、「古文辭」、「媒體文章」、「色情網站詞彙」、「勵志散文」、「臺灣口語」等模式化語言加以變妝改造，以一齣語言的變形記，對社會現象進行內面顯影與反面諷諭。從臺灣社會千奇百怪的語言奇觀裡，似乎可洞見語族和語族、社群與社群，既混雜同居相互猥褻，又彼此叫罵精神背離的艱難處境。

《13》像似戴著面具跳將起來的一場驅魅之舞，念誦咒語的同時藉以完成自我淨身之儀式。眾生相即我相，每一個人都是廖人，每一個廖人也都是我。《13》有序，曰「滌妖氛」；妖氛可以滌嗎？妖氛如何滌除？「妖氛」是瀰漫鄉野都市的交相噬血與慾望盲震。《13》隱藏在裝瘋賣傻的語言大賣場吆喝聲背後，凝聚著一顆詩人難忍於「歷史不仁，以臺灣為芻狗」的悲憫之心。「廖人和廖人住在一起／廖人吃廖人的眼睛／／廖人把塑膠堆在這裡／廖人吃廖人的眼睛／／今晚，下雨了／全都來吧，來狹窄

的屋簷下／偶然相聚／在寬闊的餐桌／／鋸開的／沾血的空罐頭／朝著天空／雨水一滴進，就被溢出／雨水一滴進，就被溢出／雨水一滴進／來吧，坐，坐」（〈02-02 廖人吃眼睛〉節選）

語調蒼涼，令人悲慟莫名的詩！在漏雨的屋簷下，廖人正在吃廖人的眼睛，眼看著臺灣廖的雙眼就要全盲，旁觀廖之眼接著也被狗吃瞎了；「不見棺材不掉淚」，歷史的玩笑向來如此，不是嗎？「鋸開的沾血的空罐頭」會讓人間沒有清白的眼淚可掉，只剩遍地血腥味兒與老天陰沉連綿的淅瀝聲。祈願，這是一場個人道德之戰，一場社會正義之戰，更是一場國家認同之戰；無論你是臺灣廖、中國廖、亦臺亦中廖、不臺不中廖，都將面臨生死存亡的最後一戰。「生死存亡之戰」內蘊一種洞觀，民主臺灣與極權中國的價值衝突具有不可調和的基本矛盾，維持現狀不可能持久，和平統一不可能實現；只剩下兩種選項：臺灣被中國武力併吞、臺灣實質獨立並被國際社會廣泛承認。

《13》融會生命經驗、社會實存、國族命運於一爐；《13》亮出兵器，刀刃凌越空場。

六、小結

1930 年「霧社抗日事件」的事件成因與事件過程相當複雜，〈霧社〉以六段詩處理，材料選擇與結構佈置十分精當，六章分別對應事件的某一關鍵片段，採特定切片聚焦，以小象大。全詩的人物對話設計相當成功，有助於臨場感呈現。主題關注側重於「人」之尊嚴與反抗意志，凸顯事件的人文歷史意義。〈霧社〉長詩完成於 1979 年，向陽才二十五歲，除了他是南投當地人的地緣因素之外，語言天賦與詩歌才華皆屬罕見。〈霧社〉在臺灣

歷史反思與弱勢族群關懷兩方面都是新詩領域先驅之作。

1947 年「二二八事件」對臺灣的族群精神與歷史意識造成決定性衝擊，中國認同逐漸傾圮臺灣認同點滴萌生。但長期戒嚴之言論思想管控，致使多數臺灣人對「二二八事件」的記憶漸趨模糊。黃粱二二八史詩《小敘述》是勇敢突破禁忌的新詩專題探索，以台語、華語、客語穿插書寫，嘗試用渾沌的詩歌空間重建歷史現場及其時代迴響。《小敘述》靈活運用口述歷史資料，依傍庶民的觀察視點與身體情感，但全書思想視野超越「事件」本身，探索「臺灣」之族群性格與歷史脈絡，將生存願景指向永續經營的未來。

〈火與海〉是 1958 年「八二三炮戰」最劇烈時期，正在金門服役的葉笛臨場書寫，對「戰爭」之現象與本質進行深刻反思。〈火與海〉滿盈身體性經驗的戰爭情境，相當震撼人心，絕非以自我意識造境的抽象化疏離敘事（譬如〈石室之死亡〉）能夠比擬。全詩分成三個序列，主題循序漸進有機生成，避免人為設計的刻意鑿痕；十七首組詩各有其詩意重心，又能相互烘托激盪出整體性詩意迴響。戰爭之殘酷洗禮迫使生命直面死亡，葉笛寫出戰爭對於人之身體與靈魂，侵略性甚至毀滅性的破壞，富有啟蒙意義。

瘂弦〈深淵〉系列詩，是書寫臺灣「白色恐怖時期」（1949-1992 年，文本針對前十年）的經典之作。〈深淵〉長詩九十九行，語質緻密意象繁複，敘述模式運用波峰波谷連續推湧，堆疊出詩意迴響的高峰巨浪。〈深淵〉對存在意義之質疑，思想根源於歐洲的存在主義。瘂弦 1965 年戛然停筆，詩人如果要繼續書寫，就必須考慮自己涉入「深淵」之後將如何？這個試煉太殘酷。詩人心理情感與現實環境之交攻究竟何等激烈？瘂弦選擇沉默以對。

廖人《13》的章法佈置和語言策略具有去中心／去框架的解構思維，既解構世界（書寫對象）也解構自我（書寫者）。全書的語言大雜燴寫作模式，對暴力、色情、汙穢、醜惡、殘缺、虛偽的極端化描繪，審美目標是逼迫閱讀者正視「解嚴後臺灣社會」（1987-2014 年）的真實樣態，從而保留存有者拔出「虛無」之境的可能性。《13》以十二首組詩描述臺灣社會與臺灣群眾的精神失衡百態，最後以一首長詩（內蘊超度的聲音）貫串起整本詩集，意欲警醒懵懂於中共死亡恫嚇的臺灣人。

先有「臺灣」這塊土地，才有「臺灣人」的稱號，繼而推衍出臺灣歷史與臺灣文學，「臺灣百年新詩」即根植在這樣的歷史脈絡與地理環境之上。臺灣自古以來是移民薈萃之地，這個「古」至少有六千年歷史，甚至更早；「臺灣人四百年史」是純粹漢人觀點，不符合歷史事實。「臺灣」，指稱臺灣地區，包括臺灣與澎湖群島（戰後盟軍委託國民黨軍政集團代管的日本海外屬地）。「臺灣人」，意指曾經棲居臺灣地區的所有人類。臺灣的主人輪換過多次，經營最早又最久的是臺灣原住民族，其次是荷蘭人、明鄭王朝、大清國、日本帝國、國民黨軍政集團。2000 年政黨輪替之後，「臺灣」的主人總該是「臺灣人」了吧，其實不然。臺灣始終不是一個正常國家沒有正常國格，這種狀況也表示「臺灣人」還未擁有自己的正常人格。會產生如此荒謬局面，是因為「中華民國」與「中華人民共和國」都宣稱它是「臺灣」的主人。要擺脫這種困局，唯一的辦法是讓臺灣回歸「化外之地」，解除各式各樣的被殖民束縛，不管束縛的因素是：民族、文化、語言，還是歷史。

「詩與史的詩意迴響」，敘述「臺灣」曾經遭遇日本帝國海外殖民、國民黨軍警殘暴屠殺、中華人民共和國炮戰侵襲、國民

黨軍政集團戒嚴統治、中共國文攻武嚇紅統派島內呼應。「臺灣新詩」回應臺灣歷史進程，進行了艱難的詩史互證的創造性工程，見證臺灣歷史真相的同時，也為塑造臺灣新詩文化貢獻一份心力。認同「臺灣是安身立命唯一家園」，是「臺灣主體意識」的核心；先有臺灣家園才有臺灣人，爾後才會誕生真正的臺灣歷史、臺灣文化與臺灣文學，「臺灣百年新詩」應作如是觀。「臺灣」是多元族群、多元語言、多元文化，平等互惠、共生共榮、自由民主的嶄新國度。

【參考文獻】

向陽，《向陽詩選 1974-1996》（臺北：洪範書店，1999 年）
向陽，《向陽集》（臺南：國立臺灣文學館，2010 年）
黃粱，《小敘述：二二八个銃籽》（臺北：唐山出版社，2013 年）
葉笛，《葉笛全集》（臺南：國家臺灣文學館籌備處，2007 年）
葉笛著；趙天儀主編，《葉笛集》（臺南：國立臺灣文學館，2008 年）
瘂弦，《瘂弦詩集》（臺北：洪範書店，1994 年初版五印）
瘂弦著；辛上邪記錄整理，《瘂弦回憶錄》（南京：江蘇鳳凰文藝出版社，2019 年）
廖人，《13》（臺北：黑眼睛文化，2014 年）

臺灣新詩的歷史脈絡與
文化特徵

緒言

　　「『臺灣』是一個多族群多語言的文化混寫符號，『臺灣新詩史』也是如此。如何在尊重多元文化的前提下凸顯臺灣文化主體性？是臺灣詩史書寫的終極考驗。『臺灣新詩』，不必然發生於臺灣地域，也不侷限於臺灣人書寫，更超越於國家文學範疇之上；唯有如此設定，臺灣新詩才能胸懷廣闊包羅萬象，才能納含多元的族群、語言與文化。如何凸顯臺灣文化主體性？依我認知：與臺灣有在場關聯，簡稱『在臺灣』；『在』是中性語詞，與發生地、血緣、國族無涉。在場關聯可以是抽象的，也可以是具體的；可以是心理學的，也可以是政治學的。」

　　　　　　　　　　　　——黃梁《君子書·詩史寫作芻議》

　　「『詩的思想』的詩思維核心是審美判斷，與環繞審美判斷衍生的道德判斷與歷史判斷。審美判斷不能脫離道德判斷與歷史判斷而單獨成立，為什麼？審美判斷進行

文本自身的審美評價。道德判斷分析文本格局與心理意識
的關聯。歷史判斷裁定審美評價與審美價值的相對座標。
審美判斷是美學向度的價值判斷，但不足以究竟文本的全
貌，必須參照道德判斷進行雙向修正，一方面摸索文本格
局與書寫者心理意識的關聯，一方面修正文本格局與評論
者心理意識的關聯；經過這道程序才能釐清文學文本的創
生環境，並調校評論者的觀念與想像。審美判斷必須考量
歷史判斷，才能確定此一文本，當代性文學價值（審美評
價）與歷史性文學價值（審美價值）的審美比較。」

——黃粱《君子書‧詩與思想》

　　上述兩段文字是支撐《臺灣百年新詩》寫作的核心觀念，需
要詳細具體地闡釋，以凸顯本書的史觀與史識。

第一、本書的文學標的是「臺灣新詩史」而非「中華民國新
　　　詩史」。前者以臺灣地區為主要發生場域，從 1922
　　　年延續至 2022 年，歷史積澱已達百年。後者以大陸
　　　地區為主要發生場域，從 1917 年延續至 1949 年，歷
　　　史積澱三十二年。

第二、本書探索的命題以臺灣文化領域中的「臺灣新詩」為
　　　主，國家文學領域中的「臺灣新詩」為輔。「臺灣文
　　　化」具有多元族群、多元語言、多元文化混雜交織的
　　　特質，創造性文化內涵是其核心；「國家文學」牽涉
　　　政治意識形態的後涉命題，臺灣主體意識的文化思維
　　　是其核心。前者的文化位階、書寫向度、主題範疇高
　　　於且廣於後者。

第三、本書的詩思維核心是審美判斷。審美判斷針對新詩文

本（形式與內涵）的美學命題，不牽涉作品的社會觀感與作者的名氣地位。審美判斷是第一階段的文本裁決，通不過審美判斷的詩人與詩篇無法進入本書的評量視野。審美判斷必須以道德判斷為評量輔佐，才能釐清對象文本的創生環境並調校評論者的心理意識。這道程序的目的是盡可能避免盲讀與誤讀，盲讀是偏狹見識，誤讀是錯誤認知。

第四、審美判斷必須考量歷史判斷。歷史判斷有雙重考衡，第一重考衡是當代文本與歷史文本之間的比較，以此裁決它在新詩審美評價座標的位置；第二重考衡是具體文本與「臺灣」的在場關聯，評量它和臺灣文化與臺灣歷史的交流互涉狀態。

第五、「與臺灣有在場關聯」，跟「宣言愛臺灣」、「書寫臺灣鄉土人情」、「批判臺灣政治」、「現實主義風格」、「以本土語言寫作」，沒有直接與必然的聯繫。廣博深刻的在場關聯，著力於臺灣文化建構與臺灣歷史反省；膚淺濫情的在場關聯，只在現實表層摩擦發洩情緒。「在場關聯」更加關注文本與時代環境具有臨場感／身體感的審美互動。

第六、審美判斷是核心判斷，道德判斷與歷史判斷是輔佐判斷，不能本末倒置，不能因強調臺灣主體意識而輕忽審美意識；但根據道德判斷與歷史判斷，能據以釐清文本的時代語境，調整對於詩篇的審美評價。

試圖將文本考察與時代環境、歷史脈絡脫鉤的論述模式，會因為脫離現實聯繫而淪喪「在臺灣」的文化意義。比如將毫無「在臺灣」關聯的張愛玲小說視為「臺灣文學經典」，就是文化錯置。

反過來思考，又如何能將《秧歌》與《赤地之戀》脫離中國「土地改革運動」的時代背景，進行純粹文本分析？說小說只牽涉到人性議題而與政治體制無關？批評模式如果只重視文本的文學語境，輕忽文本的時代語境，能對作品產生完整的理解嗎？比如考察林亨泰的〈風景 No.1〉、〈風景 No.2〉，解析黃荷生的〈現代〉、〈秩序〉，光從文字美學、聲韻迴響能透視作品的歷史背景、環境因素與思想內涵嗎？或者避談商禽〈夢或者黎明〉：「請勿將頭手伸出窗外」、瘂弦〈從感覺出發〉：「他的腳在我腦漿中拔出」，無視於葉維廉〈永樂町變奏〉：「血　跡　斑　斑」旁特地圖繪的一灘血跡，僅將文本視為一艘作者以文字建造的私密幽浮，而無視於它在哪裡建造？建造的動機與飛行方向為何？顯而易見會產生致命的闡釋盲區。

臺灣新詩審美層面的文化價值具有普世意義，超越並獨立於國家文學之上，這一點毫無疑義；但如果說，臺灣新詩可以抽離政治現實的影響、無涉歷史脈動之干擾，這是睜眼說瞎話。「不碰政治」就是一種政治性選擇！堅持主張文學文本純粹性者，講好聽一點是為了明哲保身，講難聽一點是婉轉為壓迫者護航，試圖淡化殖民統治者在臺灣的罪行，混淆歷史真相。日本帝國在臺階級森嚴的剝削式殖民與國民黨軍政集團白色恐怖式的再殖民威權統治，對百年以來的臺灣在各個層面都影響巨大，沒有任何人可以倖免，身處其中的詩人與孕育其內的詩篇，如何可能不受影響？除非他本身就是既得利益者。

《臺灣百年新詩》是一幅結合歷史敘事與審美評價的文化圖譜，既有歷史情節、劇場佈置，也有角色行誼、美學表情；情節有起伏情境有變化角色有輕重文本舉措有神采，才能編織出特定的審美意義。釐清沿革就是陳述歷史情結，勘查地域性流動就是

設定場景，分流語言脈絡就是圖繪多元群族底色，研判語言空間形態就是梳理戲劇結構，闡釋詩歌空間特質就是凸顯文化性格，重構「詩與詩人」的位階與視域就是標誌詩歌審美精神的核心價值。

本書與其他臺灣新詩史論述，不管在史觀、史識界定與詩人、詩篇裁選皆有顯著差異，有差異才值得進行比較研究；經過當代人與未來者再次批判、二次批判，臺灣新詩文化才有可能更上一層樓。

一、臺灣新詩的歷史脈絡

臺灣新詩的歷史脈絡，我嘗試從三個面向分別求索：時間維度（沿革性詩史）、空間維度（地域性詩史）、語言維度（語言性詩史）。沿革性詩史關注不同時期的新詩文化差異，歸納出臺灣百年新詩前後四波的文學體質變革。地域性詩史關注來自不同地域作者的文化特質及其源流。語言性詩史呈現臺灣多族群多語言豐富多彩的詩歌文化圖景。

（一）時間維度的歷史（沿革性詩史）

前言

沿革性詩史關注的主要命題是新詩文化的通變與顯隱。臺灣百年新詩從現實主義風格發端，以接近臺灣人日常生活的詞彙和語調展開書寫。百年之間，臺灣新詩經歷四波文學體質變革。第一波：留學日本詩人群，以王白淵、楊熾昌、翁鬧、林修二為代表，他們為臺灣新詩引進現代主義潮流與新穎的審美意識。第二波：紀弦在臺北發起「現代派」，這是具有象徵意義的文化事件，

激起臺灣新詩文化的審美議題，催生多樣化的詩評與詩論。第三波：葉石濤發表〈臺灣鄉土文學史導論〉，余光中發表〈狼來了〉，相關評議引起臺灣鄉土文學論戰，啟發新世代詩人關懷鄉土反思歷史。第四波：新世紀網際網路崛起，數位資訊高速流通，新詩的形式與內涵更加多元化，也潛藏快速生產快速消費的危機。底下依：日治時期、戰後初期、戒嚴時期、解嚴時期展開相關論述。

1、日治時期（1922-1945）

1922 年，張耀堂（1895-1982）創作的日文新詩首先登上臺灣文壇。1922 年 8 月 1 日出版的《臺灣教育》月刊第二四三期，刊出張耀堂創作的日文新詩〈臺灣に居住する人々に〉（致居住在臺灣的人們），二四四期刊出〈青年愛のシムボル春月〉（青年愛的象徵春月）。二四五期刊出〈Poem〉（詩）。張耀堂的新詩承襲自日本國的口語自由詩，日本文化濃厚。

彰化二水人王白淵日文新詩〈鼯鼠〉，1923 年 2 月 18 日在臺灣脫稿，彰化鹿港人施文杞漢文新詩〈假面具〉，1923 年 12 月 21 日在上海寫就。兩首詩有共同之處，一是內蘊批評意識，反抗殖民統治者壓迫與收買並用的治臺政策。二是與臺灣的在場關聯，文本呼應臺灣的歷史脈動，挖掘社會實情。「地上的雙腳動物討厭你又虐待你／鼯鼠啊　笑著推開吧」，〈鼯鼠〉的語調委婉，陳情壓迫；「可惡的假面具呀！／你少些供人戴罷！／戴著善惡使人不曉，／人家於是利用你多少。」〈假面具〉的語調激烈，控訴收買。

〈鼯鼠〉的詩型是分行連續體，〈假面具〉的詩型是三段詩，兩首詩的寫作取法自何處？王白淵寫就此詩時還未留學日本，也不懂華文，文化教養推測來自日本教育與日文資訊。施文杞懂華

文，寫作時又身處上海，〈假面具〉的三段詩型接近胡適的白話詩〈老鴉〉（二段詩）。〈假面具〉與民國五四時期大陸的華文新詩關係比較密切，〈鼴鼠〉與日治時期日本的口語自由詩關係比較密切。

上述兩首詩的選詞造句都很樸素，語調接近臺灣人的日常話語，從詩的發生學而言，臺灣經驗與臺灣性格相當明確。張我軍的《亂都之戀》，雖然是臺灣人出版的第一本華文新詩集，書面語成分濃厚修辭雅致，和他留學北京的經歷明顯相關。張我軍新詩的語言策略與修辭模式，就當時接受日本教育的臺灣人而言，即使仰慕也學不來。從歷史發展脈絡總體觀察，張我軍《亂都之戀》對臺灣新詩發生的實質影響力微乎其微。這一時期，臺灣主體意識最強烈的詩篇出自賴和之手，批評意識尖銳，情感激烈思想深邃，被後世尊崇其來有自。後繼者最能承襲這種反抗精神的，是笠詩社前輩詩人陳千武，意志剛強精神絕不妥協。

日治時期的本島臺籍詩人群，現實主義風格強烈，以賴和、楊華、郭水潭、林精鏐為代表。留學日本詩人群，呈現出（反傳統的）現代主義風格，以王白淵、楊熾昌、翁鬧、林修二最具特色。現實主義風格的詩篇因為比較具象且敘述直白，容易引起廣泛共鳴，現代主義風格的詩篇因為意念抽象化且文脈跳躍，較易遭到誤解與忽視。然而，內蘊現代主義感覺與思想特徵的新詩文本，為臺灣新詩注入了第一波文學體質變革的因子。此次變革的動力與收穫，是臺灣新詩文化的「審美意識」開始得到關注。

楊華獄中書寫的斷章詩內容鬱暗苦悶，型式根源是民國五四時期大陸的冰心小詩與印度詩哲泰戈爾漢譯短詩，印證臺灣與大陸「詩學層面」的文化交流。楊雲萍日治晚期的新詩以日文書寫，從漢譯文本觀察帶有濃厚的漢語文化特質，呈現臺灣與日本「語

言層面」的文化交流。楊雲萍《山河集》、《山河新集》漢譯本出版於 2011 年，比楊熾昌 1995 年出版的《水蔭萍作品集》漢譯本更晚。從審美評價而言，兩者詩學成就屬於日治時期臺灣新詩高端，但在文學環境中長期位居邊緣，社會影響力只能期待於未來。

2、戰後初期（1945-1949）

　　1945 年 10 月 25 日，國民黨軍政集團接管臺灣，1946 年 4 月起大力推展國語（華語）教育。剛開始，臺灣的民眾與社會都積極響應，學習國語成為一股民間自發的文化熱潮，各地國民學校紛紛設立國語補習班，民眾報名極為踴躍（我母親也揹著襁褓中的二姊去上課，結業還得到國語演講比賽第一名）。但這股熱潮持續不久就快速消失，為什麼？最主要的原因是 1947 年 2 月底至 4 月初發生「二二八事件」大屠殺與全臺清鄉，臺灣人真是被嚇傻了！從此之後，我家九個兄弟姊妹都休想與外省人通婚（連提都別想提，會被罵慘），「拒絕通婚」是當時臺灣人維持最基本尊嚴的精神式抵抗。中央研究院近代史研究所 1993 年出版的《口述歷史第四期二二八事件專號》〈蘇金泉先生訪問記錄〉，也提到二二八受難者家屬對「外省人來提親」嚴厲拒絕的事例。1955 年由香港來臺就讀大學的葉維廉，與大稻埕臺灣農產企業公司家族千金的婚姻，原先也遭到女方族人強烈抵制，同樣反映臺灣社會對惡劣的專制政權的反抗情結。

　　這一時期的新詩寫作，華文詩作者寥寥無幾，吳瀛濤是其中佼佼者。「銀鈴會」的同人刊物《潮流》季刊、《聯誼會特刊》、《潮流會報》是戰後初期的日文新詩產出地；2013 年集結為《銀鈴會同人誌（1945-1949）》漢譯出版，遲到了一甲子。林亨泰日文新詩集《靈魂の產聲》1949 年 4 月 15 日自費出版（掛名銀鈴

會），在「四六事件」的風聲鶴唳中根本不敢外流，陸續被送進灶口當柴薪。

　　吳瀛濤與林亨泰由於身處風暴核心的臺北，此一時期的新詩，不約而同都涉及「二二八事件」，為歷史留下在場見證。詹冰與錦連的日文新詩，審美意識純粹而敏銳，但經歷戒嚴令之頒布，只能暫時停下詩筆，與陌生的華文展開新一輪搏鬥。這個時期的新詩成就以吳瀛濤與詹冰為代表：吳瀛濤同時精通華文與日文，詩歌語言兼容口語和書面語，構句簡練，內涵富有哲思；詹冰有留學日本明治藥專的背景，常以科學語詞入詩，受到日本新思潮影響，文本更具現代性。

3、戒嚴時期（1949-1987）

　　戒嚴時期與新詩有關的最重要事件，是四大詩社：現代詩社、藍星詩社、創世紀詩社、笠詩社相繼創立，龍族詩社與陽光小集則是後續代表詩社。1956 年元月 15 日，紀弦在臺北發起「現代派」，籌備委員九人：葉泥、鄭愁予、羅行、楊允達、林泠、小英、季紅、林亨泰、紀弦，當時加盟者八十三人，後陸續增加到一百一十五人，這是具有象徵意義的文化事件。對現代主義詩思的凝聚與認同，為臺灣新詩帶來第二波文學體質革新。此次變革催生對於「詩的思想」的重視，詩評書寫與詩論書寫逐漸躍上歷史舞臺，《紀弦詩論》（1954 年）、《新詩論集》（1956 年）、《紀弦論現代詩》（1970 年）都是鮮明的文化成果。

　　1977 年 5 月葉石濤於《夏潮》雜誌發表〈臺灣鄉土文學史導論〉，為「臺灣文學」樹立以土地倫理關懷為立足點的中心思想。8 月 17 日《中央日報》總主筆彭歌發表〈不談人性，何有文學？〉，8 月 20 日余光中發表〈狼來了〉，引發臺灣鄉土文學論

戰。鄉土文學論戰對臺灣文學的發展影響深遠。就新詩文化而言，對臺灣新詩的現實主義取向具有推波助瀾作用，催促不少詩人關懷鄉土反思歷史，這是臺灣新詩第三波文學體質深化。這次的文學運動不只衝擊到作品的書寫向度，也影響作者的意識形態，助益「臺灣主體意識」的淬鍊與厚實。

戒嚴時期同時有「跨越語言的一代」、「大陸來臺詩人」、「笠詩社新世代」、「戒嚴世代」四大詩人群同臺競逐，是塑造臺灣新詩文化最重要的階段。這個時期表現亮眼的詩人不勝枚舉，世代與世代之間，集團與集團之間，文化往來錯綜複雜。

「跨越語言的一代」詩人群：經常被論述的詩人是陳千武、林亨泰，值得關注但較少被論述的詩人是吳瀛濤、錦連。杜潘芳格的華文詩書寫起步很晚，1992 年以詩集《遠千湖》獲第一屆陳秀喜詩獎，才贏得較多注目；作品最重要特色是內蘊基督宗教思想，以及客語詩書寫。《吳瀛濤詩全編》（兩冊）、《錦連全集》（十三冊）2010 年才由國立臺灣文學館出版，內涵深邃篤實令人驚豔。吳瀛濤過身於 1971 年，錦連逝世於 2013 年，後者比前者幸運一些，能在生前看到自己的文學奮鬥成績得到公正對待。錦連 2004 年獲真理大學「臺灣文學家牛津獎」，同時舉辦「錦連創作學術研討會」，2008 年明道大學舉辦「錦連的時代──錦連詩作學術研討會」，錦連長期不受重視的心理抑鬱，終於得到緩解。

「大陸來臺詩人」詩人群：2019 年江蘇出版的《瘂弦回憶錄》中，訪談者（辛上邪）向瘂弦提了一個問題：「你認為前輩詩人誰寫得比較好？」瘂弦回答：「周夢蝶與商禽寫得比我好。」（2022 年臺北洪範版修改為商禽、周夢蝶、林泠、鄭愁予、楊牧）文化部主辦的「2014 臺灣國際詩歌節」邀請北島（1949-）來臺，很巧，

北島也問了我同樣問題。我不假思索回答：「周夢蝶與商禽」，北島愣了一下說：「我也這麼認為。」他會愣一下，是因為絕大多數人的觀點都非如此；通常的看法是，誰名氣最大誰的詩就最上乘。爭論無益，時間才是最後的裁判。

覃子豪的詩有板有眼，紀弦的詩飛天遁地，兩人互相看不順眼很正常。紀弦的優點是開放性，所以他倡導的現代派在臺灣能夠開枝散葉；紀弦的缺失是看不見自己的缺點，亂寫一通也自覺不了，作品水平大好大壞。他的現代主義觀點容納不了周夢蝶那種傳統文化語調，周公才會跑去依附藍星詩社。瘂弦起手式就很高明，在高原上彈跳一陣子就收手不幹，方思、吳望堯也類似。鄭愁予的詩柔情豪氣兼具，與戒嚴時代冷酷無情的社會氛圍形成強烈對比，風靡一時獨領風騷。

管管待人隨和、商禽處世正派，兩位詩人都是正常人類，不像余光中、洛夫走到哪裡都擺出一副唯我獨尊的架式，讓人好氣又好笑！周夢蝶的詩，最大優點就像他的瘦金體書法，一筆一畫氣定神閒，誰有這本事？裝模作樣的詩人只能騙騙閒雜人等，騙不了美學更騙不了時間。周夢蝶是生活在現實底層的清貧者，但精神是高貴的。他的詩有修行者的氣息，一步一腳印步履艱辛；儘管在情慾邊緣多所掙扎，畢竟真實畢竟空。商禽的詩誠厚篤實，詩與人前後連貫裡外一致；更重要的是，商禽認同臺灣這塊土地，敢於批判不公不義，這是「臺灣詩人」應該具備的最基本的情懷與骨氣。

「笠詩社新世代」詩人群：風格最突出的是葉笛、白萩、黃荷生、陳明台，四個人的共同特徵是太早停頓詩筆。停頓詩筆的原因錯綜複雜，有時代因素也有個人因素。葉笛與陳明台都在日本修畢博士課程，學養高明；葉笛〈火與海〉組詩、陳明台〈遙

遠的故鄉〉系列詩，都是經典名篇。黃荷生詩集《門的觸覺》1993 年增訂本出版（1956 年初版），收錄 1956-1958 年間作品，語言精妙思想深邃，堪稱時代奇蹟；綜觀 1950-1960 年代現身的新詩集，能跟《門的觸覺》審美比肩的只有瘂弦 1959 年出版的《苦苓林的一夜》（後改名《深淵》）。1955 年白萩十八歲以〈羅盤〉獲得中國文藝協會第一屆新詩獎，被譽為天才詩人。白萩的深層現實主義詩篇將象徵意象穿插入現實情境中，對時代環境與現實生活兩面挖掘，不會讓人一眼看穿耐人尋味，這是他的詩與淺層現實主義詩篇最大的差別。

「戒嚴世代」詩人群：最值得論述的是葉維廉、楊牧、零雨、向陽、卜袞、孫維民。葉維廉、楊牧有雙重身分，既是臺灣詩人也是臺灣海外詩人，既是詩人也是學者。臺灣詩壇長期獨尊楊牧是不太健康的文化現象，由此可反證「臺灣多元文化」是一種自我迷戀自我遮蔽的文化幻覺。獨尊楊牧的現實因素是吹捧楊牧附加價值比較高，花時間研究葉維廉、零雨現實回饋相對較少。葉維廉、楊牧、零雨都學貫中西，文本詩思兼美。葉維廉崇尚道家美學，唐代詩人王維是他的文化標竿。楊牧追慕葉慈、但丁，那是他的審美理想所在。零雨的詩多方涉獵古今融會，艾蜜莉・狄金蓀是她的精神根本。

向陽的敘事長詩寫得相當出色，對臺灣現實的關注靈敏而細緻，批評意識尖銳但語調平和。卜袞之詩堪稱臺灣文化奇觀，以布農族語書寫的文本脫離漢語思維框架與想像模式的制約，出現嶄新的文化空間。孫維民的文化根源是基督宗教思想，但他寫的不是宗教詩，而是神與魔的鬥爭敘事，思想淵源可上溯存在主義先驅丹麥哲學家索倫・克爾凱郭爾。

4、解嚴時期（1987-2022）

　　解嚴時期陸續登場的詩人群相比於戒嚴時期活躍的詩人群，最大差異在於文化涵養相對單薄，對詩的熱情也不夠專注，要想找出像葉維廉、楊牧、零雨那樣，文化涵養深厚，又能四五十年如一日辛勤筆耕的詩人相對困難。主要因素是新詩寫作的經濟效益微不足道，而精神食糧在信仰匱乏的時代已變成虛幻之物。但「解嚴世代」詩人群受益於網際網路與全球化浪潮，數位資訊的質量高速增長，詩歌文本的形式與內涵更加多元化，這是過去沒有的新興優勢。「戒嚴世代」詩人群也同樣受惠於網際網路，但應對心態相對保守。新世紀快速崛起的網際網路，讓全球化變得觸手可及，並為臺灣新詩帶來第四波文學體質的開放性演化。這次的影響重點：詩與其他媒介（影像、音樂、戲劇、觀念藝術等）產生更多樣化的跨域連結。

　　「解嚴世代」詩人群：最值得關注的是羅任玲、鴻鴻、阿芒、蔡宛璇、廖人。羅任玲的詩循序推進漸成大器，語言簡練詩意凝聚，《初生的白》詩質純粹詩情哀婉，讀之令人動容。鴻鴻前期以抒情詩取勝，後期以社會議題詩顯揚，語言策略擅長現實與想像的交互滲透。阿芒（Amang）是域外怪咖，一人一江湖。由美籍譯者柏艾格（Steve Bradbury）翻譯的阿芒英文詩選與翻譯對話集《raised by wolves poems and conversations》，獲 2021 年美國筆會文學獎的翻譯詩集獎，為首位獲此獎項的臺灣作家。來自澎湖群島的蔡宛璇感官知覺敏銳，海洋書寫是其一大特色。廖人的詩解構性與批判性十足，語言策略出人意表。

　　解嚴世代與加速前進的時代交流互涉，詩寫性格比較動盪，也容易陷落潮流窠臼。解嚴世代最可怕的時尚詩寫有三種：一種

是「魯蛇書寫」，整天怨東哀西，一副死不透的樣子。一種是「鬼打架書寫」，所有才華精力都濫擲在自己跟自己過不去，滿臉枷鎖不足的渴求。一種是「文創化書寫」，把寫詩等同於耍聰明的精美設計。

「解嚴世代」詩人群具有共通優點，心思靈巧的章法、生活札記的即興形式、口語書寫的語言策略，多元化的主題關注；相同缺失是個人主義色彩濃厚，與傳統文化、歷史脈絡、土地家園的連結有待淬鍊。

（二）空間維度的歷史（地域性詩史）

前言

臺灣，包括臺灣本島、澎湖群島等附屬島嶼，位處西太平洋第一島鏈（東亞島弧）中央區域，為亞太經貿運輸重要樞紐及戰略要地。臺灣與西方的中國、香港，北方的日本、韓國，東方的美國、加拿大，南方的菲律賓、新加坡、馬來西亞等國，長期有經貿往來與文化交流。地域性詩史關注詩人在地理位置上的流動，檢視不同地域／不同族群作者的族群性格與文學特質；環境遷移會改變作品建構的形質，也會影響作者與「臺灣」的在場關聯。依歷史序列，我將臺灣新詩依作者來源分為七個區塊，分別簡述：

1、日本（留學日本詩人、本島臺籍詩人）

日治時期的臺灣詩人主要分為兩大類型：留學日本詩人、本島臺籍詩人。前者代表詩人：王白淵、追風、楊雲萍、楊熾昌、翁鬧、巫永福、林修二。後者代表詩人：賴和、施文杞、張我軍、楊守愚、楊華、郭水潭、林精鏐。留學日本詩人，詩歌視野寬闊

內涵複雜，詩歌語言更加細膩講究；本島臺籍詩人，詩歌視野涵容更多臺灣歷史與鄉土景觀，詩歌語言比較樸實親切。張我軍與施文杞有短暫留學中國經驗，詩歌語言兼容書面語元素。賴和的文學作品描寫臺灣民眾的殖民地處境，對弱勢族群寄予同情，充滿人道主義關懷，是日治時期臺灣作家的精神標竿。

王白淵、追風、施文杞、楊守愚是帶有明顯左翼傾向的日治時期臺灣詩人，型塑他們思想的時代背景必須特別說明。「自1902~1928 年 6 月底，新式製糖會社已由臺灣製糖會社一家成長為 11 家，總資本額與產能也大幅提高。在資本累積與企業膨脹的過程中，逐漸形成幾家有力的製糖會社。如果從資本與資金系統來看，主要會社為三井系：（臺灣、沙轆製糖）、三菱系（明治、鹽水港製糖）、藤山系（大日本、新高製糖），這三大系統約佔製糖產業 3 ／ 4 的產量。甚至也可以說，臺灣全部會社資本的半數、耕地面積的一半、所有的農戶戶數，都在這三大資本家的糖業壟斷控制之下。」，「對於財力雄厚的資本家而言，其投資項目也不限於糖業，甚至會往其他產業擴張。例如三井物產除了經營製糖業之外，在茶、米、鴉片、樟腦、礦業等各種產業，也都佔有一席之地，掌握了這些產業從生產到貿易的壟斷地位。」（何義麟《典藏臺灣史六：臺灣人的日本時代》第二章）事實上，除了傳統產業與新興產業之外，土木電力、機械、肥料、水泥等政府的基幹事業，也被日本資本家獨佔，並受到臺灣總督府的堅固保護。身處被殖民處境的臺灣人，不但在政治體制上淪為次等公民，也承受經濟生活長期被剝削的悲慘命運。

日本發動侵華戰爭後對臺灣人的動向產生警戒，以致留學日本詩人也受到嚴屬管制，尤其帶有左傾思想的作者更受到明顯壓迫。本島臺籍詩人，以詩篇反映臺灣人被壓迫處境時，通常採取

現實主義的語言策略，一方面是樸實的性格原型使然，另一方面語意明朗的敘事符合抗爭的宣傳需求。日治時期臺灣詩人反壓迫的文學意圖與現實主義的語言策略，戰後因國民黨軍政集團的再殖民統治而延續下來，成為戒嚴時期建構「臺灣新詩文化」不可或缺的要素。

2、臺灣（臺灣四大族群詩人）

戰後臺灣詩人區分為四大族群，不同族群詩人依其族群性格特質與族群歷史命運，呈現不同的文化圖像，這是臺灣新詩文化繽紛豐美的主要根源。

（1）臺灣閩南族群詩人

代表性詩人：吳瀛濤、陳千武、林亨泰、錦連、白萩、黃荷生、朵思、楊牧、吳晟、鄭烱明、陳明台、蘇紹連、零雨、向陽、阿芒、唐捐。每位詩人各有其風格特色與文學成就。

陳千武的性格既堅毅又強悍，反殖民書寫的立場也最堅定，是鞏固並推動「笠詩社」向前邁進的核心人物。陳千武 1942 年 7 月被徵召為「臺灣志願兵」接受訓練，1943 年 9 月被派往南洋作戰，到過東帝汶、爪哇，1945 年 8 月日本投降後，受英軍約束於雅加達戰俘營。分散各地的臺籍日本兵全數集中到新加坡戰俘營，等待將近一年，直到 1946 年 7 月才搭船返臺。等待遣返期間，一群臺灣人組建了「明台會」，印刷《明台報》（陳千武主編，共出五期），目的是喚醒臺灣人對未來的想像，返臺後共同建設臺灣。陳千武詩篇內蘊強烈的批評意識，鼓舞新世代敢於亮出詩的劍戟，向威權專制政體提出質問與挑戰。

黃荷生曾主編過紀弦創辦的《現代詩》，又是《笠》詩刊創

辦人之一，但 1956 年初版與 1993 年增訂版的《觸覺生活》都沒有受到應有重視，誠乃時代悲劇。《觸覺生活》是具有美學開創性的經典之作，會被長期忽略，除了戒嚴環境因素，臺灣詩壇的審美知覺滯後也難辭其咎。吳晟是典型的鄉土文學作家，「寫臺灣人、敘臺灣事、繪臺灣景、抒臺灣情」是吳晟的創作主張。他對臺灣這塊土地的認同，除了精神關懷之外，也身體力行地投入社會運動，關心環境保護議題。無論反中科搶水、反國光石化、反彰南輪胎廠，吳晟都站上第一線，投書、遊行、靜坐抗議，精神堅持讓人欽佩。

鄭烱明 1982 年與葉石濤等人共同創辦《文學界》雜誌，1991 年與作家、學者共同創辦《文學臺灣》雜誌並擔任發行人。1996 年成立「財團法人文學臺灣基金會」，被推選為董事長。2005 年任臺灣筆會理事長，承辦「2005 高雄世界詩歌節」，對臺灣文學發展長期奉獻心力。新詩文本語言樸實，詩如其人。蘇紹連的散文詩具有魔魅之力，作品推陳出新；2003 年闢設「臺灣詩學・吹鼓吹詩論壇」網站，2005 年起主編紙本《吹鼓吹詩論壇》雜誌，策畫出版詩歌叢書。向陽的〈霧社〉與〈我的姓氏〉是探討臺灣歷史的敘事詩傑作，台語詩書寫也堪稱時代先驅。向陽曾任《自立晚報》、《自立早報》總編輯、吳三連基金會副秘書長、臺灣筆會副會長等職，社會活動力旺盛。唐捐的台客情調詩風格獨特，將臺灣的各路語言巧妙編織，風趣中隱藏挑釁與反諷，深入品味讓人哭笑兼得。唐捐（劉正忠）長期任教於大學中文系，新詩評論細膩視野廣闊。

楊牧花蓮人，東海大學外文系、美國愛荷華大學創作碩士、柏克萊加州大學比較文學博士。零雨新北市坪林人，臺灣大學中文系、美國威斯康辛大學東亞文學碩士，哈佛大學訪問學者。兩

人的求學路徑類似。楊牧走上學院詩人的道途，長期得到詩壇焦點關注，零雨始終維持民間詩人本色，沉默耕耘個人的詩歌天地，性格與身分的差異塑造出兩人迥然不同的詩風。

（2）臺灣客家族群詩人

代表性詩人：詹冰、羅浪、杜潘芳格、范文芳、曾貴海、利玉芳、陳黎、陳寧貴、鍾喬、黃恆秋、陳美燕、王春秋、羅思容、張芳慈、鍾永豐、劉慧真。

詹冰、羅浪、杜潘芳格是「跨越語言的一代」詩人，詩歌文化涵養都受到風行日本詩壇的歐美現代詩潮影響。詹冰有留日背景，具有微型史詩氣象的〈船載著墓地航行〉，呈現太平洋戰爭末期凶險殘酷的時代景觀，留下珍貴的詩的證詞。羅浪以釣魚詩見長，抒情中透露哲思。

杜潘芳格的詩歌創作比較特異，依時序運用過日語、華語、英語、客語寫詩，詩歌內涵蘊蓄基督宗教思想。杜潘芳格七歲之前因父親赴日攻讀法律而旅居日本，就讀新竹女中時即能用日語寫詩。杜潘芳格之母的姑丈即「二二八事件」受難者鳳林張七郎，張氏家族無辜慘烈的受難經歷，強烈撼動過年輕詩人的心靈。1965 年杜潘芳格加入笠詩社，受到詹冰與陳千武鼓勵而轉向華語寫詩。1978 年因中美斷交之陰影，短暫移民美國依親於子女，學習了英語。1980 年代中期受到客家詩人黃恆秋熱愛客家文化的影響，開始用客語寫詩。上述變換語言的經歷反映了臺灣歷史之崎嶇。

陳黎的詩風格多變，量多質精，也擅長翻譯，譯著成果豐碩；陳黎也是「太平洋詩歌節」策展人，豐富花蓮的人文風景。鍾喬本名鍾政瑩，曾經擔任《人間》雜誌編輯，創辦「差事劇團」推

廣民眾劇場運動，以藝術創作介入社會；出版多本詩集，新詩文本批評意識濃厚。羅思容、鍾永豐的客家歌詞書寫，詩意盎然，滿盈客家生活意趣與人文精神之美。

杜潘芳格、利玉芳、張芳慈都曾經獲得陳秀喜詩獎。劉慧真、張芳慈分別獲得 2009 年、2019 年「臺灣文學獎」創作類客語新詩獎。陳黎獲得 2013 年「臺灣文學獎」圖書類新詩金典獎。曾貴海西班牙語詩集《黃昏的自畫像》，2022 年獲得第十五屆厄瓜多惠夜基國際詩歌節「Ileana Espinel Cedeño 國際詩歌獎」，該獎十五年來首度頒給亞洲詩人。

（3）臺灣南島族群詩人

代表性詩人：阿道・巴辣夫・冉而山（阿美族）、馬列雅弗斯・莫那能（排灣族）、田哲益（布農族）、卜袞・伊斯瑪哈單・伊斯立端（布農族）、雅夫辣斯・紀靈（溫奇，排灣族）、林志興（Agilasay Pakawyan，卑南族）、瓦歷斯・諾幹（泰雅族）、曾有欽（渥巴拉特・布基嶺昂，排灣族）、撒韵・武荖（撒奇萊雅族）、沙力浪・達凱斯莿萊藍（布農族）、然木柔・巴高揚（卑南族）、馬翊航（卑南族）、游悅聲（泰雅族）、游以德（泰雅族）、黃璽（泰雅族／布農族）、邱立仁（賽德克族）。

2010 年 12 月，由拉夫琅斯・卡拉雲漾擔任製作人的《大武山亙古的文學詩頌》雙 CD 出版，收錄屏東縣排灣族平和部落（Piuma）與萬安部落（Kazazaljan）耆老們口頭吟唱的古老詩頌。

「傳統的口傳文學是以詩詠、口誦、吟唱或歌詠的方式傳承。所有的歷史、傳說、倫理、制度、禮俗、精神生活、語言和詩詞

的口傳設計，是老祖先為了彌補人類先天記憶上的有限因素及時間淡化因素等問題，故將重要熟記的事物或行為藉由口誦吟唱或歌詠方式世代傳承下去。這些智慧屬於稀有的珍寶，深信每一篇、每一首、每一段、每一句，都蘊藏著動人的史詩和人文。」

——拉夫琅斯・卡拉雲漾〈出版序〉

先有語言而後有文字，先有聲音而後有圖像，古老文明的發展皆追隨此一律則。最古老的詩必然是「頌」，頌詩乃部落祭典儀式的讚美祖靈歌詞，儀式目的是為了祈求祖靈保佑，渴望人天連結祈盼永續傳承。當我聆聽《大武山亙古的文學詩頌》時，居然感受到部落頌不可思議的能量流貫身心靈，並將生命的精神整體凝聚提振，跟隨詩意迴響往形而上的無形天界呈螺旋狀昇揚。毫無疑義，這就是頌詩的根本精神！遠古以來的族群精神能量，藉由聲音這個通道，傳達到此時此地的聆聽者身上。臺灣南島文化珍藏了人類最古老的文明，至今依然保有強健生命與精神力量。

卜袞的布農族語／漢語（華語）對照詩章，在語域、語法、語用上展現了截然不同於漢語文化的樣貌。從觀念層面而言，詩篇的宇宙觀、自然生態觀、文化價值觀，語言觀、心靈結構觀、人性情感觀，深化人類對現實／真實的再認識再反思；對現代文明強調個體追求私欲的存有模式，提供和諧共生模式的價值座標。從想像層面而言，卜袞詩篇呈現的布農族神話傳說與社會規範，山林經驗與部落生活，對習慣於套裝知識、都市生活、消費文化、網路資訊的當代人，提供生機盎然的觀念與想像交互滲透的活泉，對人類感官知覺的開鑿與精神意識提升具有前瞻性貢獻。

臺灣南島族群新詩，主流書寫是原住民華語詩，卜袞的原住民族語詩是唯一另類。原住民族語書寫要克服兩大難題，一個是語言層面，目前的書寫系統不健全，明確的辭彙數量太少，語言文化深度不足，都有待增補（但有心人難覓）。一個是文化層面，如果新世代族人對部落文化與精神內涵認識不足，族群文化難以真正扎根永續傳承。

（4）臺灣外省族群詩人

　　第一代外省族群詩人：紀弦、周夢蝶、余光中、洛夫、管管、商禽、瘂弦、鄭愁予等。第二代外省族群詩人：馮青、陳育虹、陳義芝、羅智成、夏宇、孫維民、陳克華、鴻鴻等。臺灣外省族群詩人及其詩篇，是臺灣新詩非常重要的組成元素；如果缺失這一文化區塊，臺灣新詩的豐富與精采必然會減色不少。

　　1945 年至 1950 年約有一百二十萬外省族群（中國各省市軍民）遷居臺灣，無論主動或被動，他們在臺灣駐紮下來，成長並孕育第二代、第三代。第一代外省詩人的中國情結與中華民國認同相當強烈，這是人之常情無可厚非。第二代外省詩人出生成長於臺灣，本來就歸屬臺灣詩人；但由於三重因素：政治性意識形態的黨國教育、家庭倫理觀念的祖籍情結、文化教養的大中華意識，第二代外省作家群／詩人群的國族認同相當分歧。

　　「認同臺灣」是將臺灣這塊土地視為生養自己的母土，視自己為臺灣的子民與尊王，視自己的生命涵養、價值實踐，與臺灣的過去、現在、未來息息相關，榮辱與共。「認同臺灣」與「去中國化」不能等價齊觀。「去中國化」指涉了三個完全不同的概念層次，第一個層次是「去中華民國化」，「中華民國」存在於1912 年至 1949 年，對當代臺灣而言是一個早已滅亡的政治圖騰，

「去」只是承認並接受歷史事實。第二個層次是「去中華民族化」，「中華民族」是一個近代人偽造的族群符號，核心觀念是五大族群融合為一；什麼時候滿族、蒙古族、回族、藏族同意與你漢族達成想像的共同體？更別說是維吾爾族、哈薩克族、苗族、彝族、土家族等等是否同意了。一旦同意，只會被漢族強勢同化並導致自身文化消逝，甚至種族滅絕，當代中國史就是血淋淋的歷史教訓。漢族本身也是多元民族的拼接體，北方漢族與南方漢族無論體質基因與文化風情都迥然有別。

第三個層次是「去中國文化」，以漢字／漢語文化為核心與輻射的「中國文化」具有三千年綿延不斷的歷史，臺灣處於漢字文化圈的範圍，長期受其影響與薰陶，中國文化元素任誰（無論個人或國家）都無法祛除。日本文化與韓國文化，吸納了不少優秀的中國文化元素，也沒聽說過有人想要祛除。文化認同歸屬自由行使的個人權力，楊牧不會因為推崇葉慈與但丁就被視為外國人，葉維廉不會因為師承王維就被認為是古代人。將中國文化內涵一概視為腐朽保守是極其幼稚的想法，每種文化都有其優點與缺失，每個人都可擇優學習，也沒有人有能力（或有必要）全盤接納或全盤否定。

3、臺灣海外（臺灣海外詩人）

秀陶、非馬、葉維廉、林泠、杜國清，上述詩人曾經在臺灣生活過一段時間，而後長期旅居海外，但詩歌作品大部分在臺灣出版，我姑且名之為「臺灣海外詩人」。其中葉維廉、林泠在「戒嚴世代」詩人群中已有介紹，杜國清歸屬「笠詩社新世代」。

秀陶（1934-2020），原名鄭秀陶，本籍中國湖北鄂城。1950年隨其兄姊來台，中學時即加入紀弦發起的現代派，臺灣大學商

學系畢業。1960 年代初隨吳望堯赴越南經商，中晚年定居美國。1990 年代初重拾詩筆創作散文詩，《一杯熱茶的工夫》、《會飛的手：秀陶詩選》（黑眼睛文化 2006、2016）是其代表作。「她把粗細不一的我們鏟了一些放在她的篩子上之後，便熟練而輕巧地搖動起。隨著她的節奏我們都不由自主地滾動，彷彿一大群人繞著一個圓形運動場賽跑一樣。細小的粒子穿過篩孔，下雪樣落在下面。大雪停止後，我們這些留下的粒子也都停止了奔走，氣喘喘地大家都納悶地互望。沒有人知道我們是被選取了還是將被拋棄」（秀陶〈篩〉）。她，可以是一個女人也可以是上帝，讓人眼睛為之一亮的多重寓意散文詩，風格老辣耐人尋味。

　　非馬（1936-），原名馬為義，本籍中國廣東潮陽，出生於臺中，旋即隨家人回祖居地，1948 年再度來臺，1961 年赴美留學，獲得核工博士後在美國就業定居。非馬是笠詩社成員，第一本詩集《在風城》（中英對照），1975 年由笠詩社出版。2011-2012 年在臺灣秀威資訊出版了《非馬新詩自選集》四卷，呈現非馬 1950-2012 年間比較完整的詩歌面貌。

　　　〈鳥籠〉　非馬
　　打開／鳥籠的／門／讓鳥飛／／走／／把自由／還給／鳥／籠

　　　〈晨妝〉　非馬
　　她不知道／是上帝的慈悲／或惡作劇／在她的臉上／掛了一個／洗脫不掉的／陌生面具／／讓有藝術天才的她／每天早晨在它上面／塗了又畫／畫了又塗／用誇張的記憶與想像／描繪一個／花紅酒綠的／春天

〈鳥籠〉與〈晨妝〉都運用了正反思維的結構佈置。尋常思維（白馬）：打開籠子讓鳥得到自由；反常思維（非馬）：讓鳥籠得到自由。白馬思維：化妝是為人臉戴面具；非馬思維：人臉本身才是一個面具。鳥籠放走了鳥，不必忍受鳥的喧鬧得大安寧，其空虛處可以容納無窮想像，詩人認為這才是自由的真諦，頗有道家思想的樂趣。女人面對自己真實的臉（尋常思維），永遠覺得不親切不真實（反常思維），非得日日改造它不肯罷休；「花紅酒綠的春天」，諧謔之筆調令人莞爾。「白馬非馬」的論證源自先秦戰國時期，《戰國策》、《韓非子》皆有記載；馬為義用「非馬」為筆名，可見他酷愛思維與論辯。

臺灣海外詩人多數從事國際詩歌的漢譯工作，對於拓展詩歌文化視野貢獻卓著。翻譯名著如下：

秀陶譯：《不死的章魚──世界散文詩選粹》（黑眼睛文化 2006）、《最好的里爾克》（目色文化 2019）。

非馬譯：《裴外的詩》（大舞台書苑 1978）、《讓盛宴開始──我喜愛的英文詩》（書林 1999）。

葉維廉譯：《眾樹歌唱：歐洲與拉丁美洲現代詩選譯》增訂版（臺大出版中心 2011）。本書最初版本，1976 年由黎明文化事業公司出版。

杜國清譯：《惡之華》（純文學出版社 1977、臺大出版中心 2011）、《米洛舒詩選》（遠景 1982）。杜國清譯 1977 年純文學版《惡之華》，比莫渝譯 1985 年志文版《惡之華》，出版年代更早。

4、中國（中國來臺詩人）

1987 年臺灣解嚴之後以各種名義與管道來臺定居的中國籍詩

歌作者，我稱呼為「中國來臺詩人」。中國來臺詩人，以楊小濱（1963-）較為知名。楊小濱上海人，復旦大學中文系畢業後赴美留學，1996 年取得耶魯大學文學博士學位。楊小濱 2006 年以學者名義申請來臺，任職中央研究院文哲所，爾後取得臺灣籍。楊小濱主編的秀威版《中國當代詩典》三十卷（2013、2015）與黃粱主編的唐山版《大陸先鋒詩叢》二十卷（1999、2009），是認識中國當代詩比較全面的指南。

　　「隱喻」安立和「隱喻」擴張是楊小濱詩學的核心，擅長以獨特的系列隱喻重構現實、詮釋新義。

　　〈是否〉　楊小濱

　　　是否在飛馳的房屋裡眩暈
　　　一閃而過的身影，減去自身的身影
　　　是否裸露在起點與終點之間

　　　是否經過了疲倦？如同披衣夜行的鬼
　　　是否太輕薄，沒有在交媾中停留？

　　　一個黃昏是否過於悠久？一次日落
　　　是否帶走了全部的少年和遺忘？
　　　是否有更多的馬匹跑動在器官裡？

　　　在旋轉的唱片上，灰塵是否遠離了中心？
　　　新娘是否比照相冊更加焦黃？

一行詩是否就刪除了每一吋肌膚
比衰老更快，比回憶更逼真？
一杯雞尾酒是否就灌滿了歲月的距離
是否將微醉的意念切割成光譜？

如果地獄的秋天也長滿了玫瑰
那麼，真實是否比偽善更可恥？

這首詩充塞著動態之謎，時間空間過去未來渾然交錯。本詩的意念核心是「真實」，初現於第一節的「裸露」，有真實義，第四節的「照相冊」，影像的記錄，衍義留住真實，第六節「真實是否比偽善更可恥？」，直接以虛偽對立真實。最後一節藝術形象咄咄逼人，「地獄的秋天」隱喻虛假的世界，若虛偽橫行竟至滿溢花香，則真實倒立，被貶抑驅逐淪落見不得人。

5、香港（香港來臺詩人）

較為知名的香港來臺詩人，依來臺先後排序：翁文嫻、陸穎魚、杜家祁、廖偉棠、曹疏影、崑南、游靜、陳滅、鄧小樺、周漢輝。除翁文嫻之外，其他詩人皆於 2014 年後才來臺定居。香港詩人由於地緣政治關係、文化組織結構和母語性格特質，文本呈現的香港新詩文化和臺灣新詩文化相當不同，值得有心人進行研究比較。

翁文嫻（1952-）筆名阿翁，臺灣師大國文系學士，香港新亞研究所碩士，巴黎第七大學東方語文系博士。先後任教於文化大學中文系、屏東科技大學通識教育中心、成功大學中文系，2022 年屆齡退休。翁文嫻對「詩」具有罕見的熱情與文化理想，

教學態度細膩認真，培育出眾多優秀的新一代詩人：薛赫赫、張寶云、黃同弘、廖人、吳俞萱等。翁文嫻的散文與詩都寫得很出色，風格獨特，詩學觀念獨樹一幟。出版新詩集：《光黃莽》、《給當當書》（個人出版），新詩論述：《創作的契機》（唐山1998）、《變形詩學》（北京大學2013）、《間距詩學》（開學文化2020）。曾任《臺灣詩學季刊》編委、《現在詩》編委。

　　阿翁的新詩代表作〈給當當書〉發表於1994年《臺灣詩學季刊》七期，書寫女性生命懷胎十月的心境與過程。文本內涵：無始以來的多重心意識交疊於此，從色身香味觸法的無形交感中翩然蒞臨了「你」；穿越人世與人時的盡頭昇騰在推蕩的欲望之上，「你」的不斷到來安穩了人間，給歷盡剝落之苦的荒原以生之暖氣。〈給當當書〉以幽微遞轉的直覺情念，母性經歷中的身體意識，用文字之玉盤召喚天地文明；語言葉子在詩之植株上怡然伸張曼妙姿儀，共同承載了一座生命的城池。

　　試看〈二月〉裡的「深長」意味著什麼——

> 早早起穿著錦色的旗袍
> 左坐右坐總感到空氣裡有人形
> 進來拜年
> 我們推笑著
> 節日橫互著
> 甚麼時候
> 山川重新豐潤
> 臉上的光是那樣深長

　　「一元復始，萬象更新」，傳統的中國節慶不單為時間圈滾

花邊，注釋節氣之轉折，更乃文化記憶的嬗遞，節氣的生機兼慶典的廣大，橫亙在前牽扯在後，渡越之際，我們記取了什麼？又遺棄了什麼？緣何掛念「山川重新豐潤」──這是詩人意識的祕密召喚，祝願傾墮昏闇的生活再現潤澤，「臉上的光」來自你我相照，唯光音遍在纔能得其「深長」！此乃詩人苦心。

〈七月〉後半段亦值得細細體會，從表面上看是母子相倚而慰告，實情不止於此──

> 如果
> 月亮沙沙的白的那聲音
> 是一項優雅而幽微的舉動
> 孩子
> 人生的苦澀處你必然要到
> 而那裡有母親吃過的月光

「沙沙」是飲喝月光的聲音，飲喝月光大概也算是詩人獨擅的舉措。母親涵泳在月照之下的心情，詩人與明月之間的廣浩清音和飄渺記憶，從無邊遙遠之處抵達當下，並將傳遞給未來的「你」。這一段從字面解讀有隱情密訴之意，蘊藏母親對人子幽深的期許。

6、新馬（新馬來臺詩人）

新馬，指新加坡與馬來西亞。新馬來臺詩人較知名者有以下諸人：王潤華、陳鵬翔（筆名陳慧樺）、李有成、溫瑞安、陳大為、許裕全、木焱、周天派、馬尼尼為。來臺時間以王潤華 1962 年最早，陳鵬翔 1964 年次之。王潤華（1941-）就讀政大西語系

期間，與淡瑩、張錯、林綠、陳慧樺、黃德偉等人創辦「星座詩社」，2002 年至 2004 年擔任元智大學人文社會學院院長兼中文系系主任。李有成（1948-）曾任中央研究院歐美研究所所長、中華民國比較文學學會理事長，長期定居臺灣。

溫瑞安（1954-）出生於馬來亞霹靂州美羅鎮，1973 年來臺灣就學，1976 年與方娥真、黃昏星、廖雁平、周清嘯、殷乘風等人創辦「神州詩社」。1980 年神州詩社組織發展迅速，會員數百人，遍佈臺灣、香港、新馬等地，教唱中國歌曲，傳看金庸武俠小說（當時仍屬禁書），遭人檢舉「涉嫌叛亂」、「為匪宣傳」。1980 年 9 月 25 日夜溫瑞安等人被羈押，溫、方兩人遭送回馬來西亞，神州詩社瓦解。

陳大為出生於馬來西亞霹靂州，1987 年來臺就讀臺灣大學中文系，臺灣師範大學文學博士，目前任教於臺北大學中文系。陳大為在臺灣得遍各種文學獎，出版詩集：《治洪前書》、《再鴻門》、《盡是魅影的城國》、《靠近 羅摩衍那》，2014 年出版精選集《巫術掌紋：陳大為詩選 1992-2013》。與鍾怡雯共同主編：《20 世紀臺灣文學專題》兩冊（萬卷樓 2006）、《華文新詩百年選 · 臺灣卷》兩冊（九歌 2019）。

新馬來臺詩人在臺灣的文學環境中，始終處於自覺性的邊緣狀態，另成一國；這種狀態是否與當年神州詩社遭遇有關，外人不得而知。陳大為的馬華文化主體性非常強，試圖建構出一種以馬華觀天下的華語文學世界觀。這種非臺灣視點的文化視野，能提供臺灣文學界另類的參考座標。陳大為的「中國情結」濃厚，文化涵養有其可觀之處，但能否跳脫大中華意識的制約有待觀察。

7、東南亞（臺灣新住民詩人、外籍移工詩人）

　　臺灣新住民，指因跨國通婚或其他原因取得臺灣國籍者。內政部的臺灣新住民定義專指：「臺灣地區人民之配偶為外國人、無國籍人、大陸地區人民及香港、澳門居民。」臺灣新住民人口數五十七萬人（法定人口占比 2.44%）。臺灣新住民來源以中國（含港澳）占比最多，達到 65.29%，東南亞來源占比 29.26%。臺灣新住民絕大多數為女性，占比 92.5%。以下介紹的臺灣新住民詩人，以因婚姻關係從東南亞來臺定居的新住民為對象。

　　外籍移工，指因經濟自由化以及國際貿易因素，自東南亞來臺工作的群體。臺灣合法外籍移工總人口數六十九萬人，以印尼（35.56%）、越南（35.02%）、菲律賓（21.06%）、泰國（8.37%）為主。移工因工作性質分為：社福移工（66%）與產業移工（34%）兩大類。外籍移工雖然沒有臺灣國籍，但對塑造臺灣總體的社會經濟面貌有不可忽視的貢獻。以下介紹的外籍移工詩人，以從東南亞來臺工作的藍領勞工為對象。

　　「移民工文學」是以新住民與移工為主體，所生產出來的文學。由臺灣媒體人張正擔任召集人的「第一屆移民工文學獎」開辦於 2014 年，共收到兩百六十篇四國語文的稿件（印尼一百零七篇、菲律賓七十四篇、越南六十三篇、泰國十六篇），稿件內容呈現完全另類的「看見臺灣」。一至六屆共結集出版了五冊得獎作品集。《第七屆移民工文學獎作品集：蛻》出版於 2021 年，共收到五種語文（印尼、菲律賓、越南、泰國、緬甸）的四百七十九篇稿件。未得獎作品中，〈木棉的故事〉是以越南語的傳統詩歌文體寫成的敘事詩，〈第六誡〉則為以菲律賓語寫成的口語自由詩。可惜兩篇作品因為未得獎沒有收進專輯（得獎作品皆以

母語華語對照呈現）。獲得佳作的新詩〈當夢想能展翅高飛時〉由緬甸跨國移工 Maung Ye Win Aung 寫成，描述外籍船工的種種艱辛，讀之令人動容：

> 媽媽，我好懷念您給的一千元零用錢
>
> 在現實生活中
>
> 路上連煙蒂都很難撿到的國度裡
>
> 我撿起一根菸，重重的吸了幾口
>
> 媽媽，我也好懷念從您屋頂上
>
> 滴落的雨滴
>
> 這裡我睡在廁所的屋頂上
>
> 媽媽，我很想遵循您教我的五戒
>
> 可是我現在過的生活是要互相廝殺才能回到您身邊的情況

　　由越南嫁來臺灣高雄的范紅絨，家住加工出口區對面，因為時常碰到離鄉來臺的東南亞移工，聽聞他們的生命際遇，寫下了〈貝殼的聲音〉，敘述一位越南鄉下村女阿蘭來臺擔任看護工的故事。文章結束於阿蘭返回越南後，看護家庭中的年輕人張騰寄給她的情詩：「妳是否聽見我在訴說？／妳是否聽見風的言語／我將思念寄在風中／……／風兒請說我常思念妳／風兒請說我渴望有妳／風兒請說我愛妳／……如此而已！」

　　無論是新住民或移工，他們以臺灣經驗寫下的文字，融合異鄉色彩，豐富了臺灣的多元文化。他們身處社會邊緣的視點，照見臺灣主流社會難以自我洞觀的盲區，提供臺灣社會自我反思的寶貴借鑑。他們是臺灣社會不可或缺的一份子，又是始終被忽視的一群：懂得接納異他，臺灣社會才能真正實現和諧共生。詩人

做為社會邊緣群體，與異鄉移民作為社會邊緣群體的處境類似。移民工文學寫出人的奮鬥與生命尊嚴，發出愛的光芒；誠如優選作品〈編織宿命〉，印尼跨國移工 Etik Purwani 之得獎感言：「對我來說，閱讀與書寫是自由獨立的愉悅。能夠知道很多事並以文字敘述下來，就是自由獨立的另一含義。」這就是真正的詩歌精神。

（三）語言維度的歷史（語言性詩史）

前言

　　張我軍〈新文學運動的意義〉發表於 1925 年 8 月 26 日《臺灣民報》六十七號，當中有一段話這樣說：「還有一部分自許為激底的人們說：『古文實在不行，我們須用白話，須用我們日常所用的臺灣話才好。』這話驟看有道理了，但我要反問一句說：『臺灣話有沒有文字來表現？臺灣話有文學的價值沒有？臺灣話合理不合理？』實在，我們日常所用的話，十分差不多占九分沒相當的文字。那是因為我們的話是土話，是沒有文字的下級話，是大多數占了不合理的話啦。所以沒有文學的價值，已是無可疑的了。所以我們的新文學運動有帶著改造臺灣言語的使命。我們欲把我們的土語改成合乎文字的合理的語言。我們欲依傍中國的國語來改造臺灣的土語。換句話說，我們欲把臺灣人的話統一於中國語，再換句話說，是把我們現在所用的話改成與中國語合致的。不過我們有種種不得已的事情，說話時不得不使用臺灣之所謂『孔子曰』罷了。倘能如此，我們的文化就得以不與中國文化分斷，白話文學的基礎又能確立，臺灣的語言又能改造成合理的，豈不是一舉三四得的嗎？」

　　上述話語呈現非常多的偏見與謬誤，我嘗試加以糾正。第一、

臺灣話（按上文語意應指臺灣台語）是非常古老且典雅的語言。第二、臺灣話絕大多數有文字而且根源於漢唐古漢語，少數沒有文字的語言延續自古越語。第三、將母語貶低為下級話是對語言母親的褻瀆。第四、將臺灣話臣服於中國話是自願被語言殖民的可悲行為。

張我軍屬於祖國認同派文人，也是「半山仔」，意指日治時代前往中國旅居、戰後返臺的臺灣籍人士；原意為「半唐山的本省人」，「唐山」是中國大陸的代稱。當時本省人稱外省人為「阿山仔」，故稱長居中國的本省人為「半山仔」。「半山仔」當中很多人原本就是國民黨黨員，1945 年 10 月 25 日起國民黨軍政集團代管臺灣，因為不信任臺灣本地人，而起用少數的半山仔擔任高階公務員。「在臺灣行政長官公署的 21 名高層人員中，只有 1 名台籍人士（他是教育處副處長宋斐如，而且，不幸在二二八事件中被殺害了）。再者，在長官公署的 316 名中層人員中，台籍人士只有 17 人，其餘皆大陸人。」（李筱峰《典藏臺灣史七：戰後臺灣史》第一章）這種對待臺灣人不公平的措施，一直延續到 2000 年政黨輪替才改善。政黨輪替之前，政府從中央到地方的各部門、國營事業公司、各級教育機構，舉凡中、高階層人員之任用都優先考慮外省族群；這也就是為什麼中央政府部門、國營事業公司、各級教育機構密集的臺北市會成為「天龍國」的緣由。

張我軍是典型的大中華主義（中國民族主義）者，服膺華族、華語、華文至上論，以中國為天下至尊，歧視非華民族的生存權益，並視壓迫與同化異他民族為理所當然的時代潮流。張我軍1925 年的思想觀念，至今依然籠罩著當代中國並盤桓在臺灣的土地與人民周遭。臺灣是多族群多語言多文化共生共榮的寶島，絕

不允許任何國族／語族至上論存在，更不會接受中國統一論的主張；一旦臺灣人有絲毫讓步，就會淪入被殖民地獄萬劫不復，西藏、蒙古、新疆、香港的歷史境遇可為借鑒。

臺灣百年新詩肇始於日語詩、華語詩，而後台語詩、客語詩逐漸復興，原住民族語詩／華語詩後續加入，最新成員是新住民母語詩。底下依序簡要敘述：

1、旅臺日人日語詩

臺灣承受日本帝國殖民五十年，起因是大清國戰敗放棄臺灣，臺灣人的簡易武裝難以抵擋日本強勢軍力只能屈服。日本將臺灣視為征服東南亞的海外跳板，對臺灣的調研與經營可謂盡心盡力，以致臺灣在各個層面皆有飛躍進步，現代化卓有成效。日治時期臺灣人接受日本教育，普遍以日文書寫，又因當時的日本國實乃東亞最進步的國度，臺籍人士紛紛前往日本留學。

同一時間也有不少喜愛文學的日本人來臺灣任職或旅遊，他們在臺灣旅行、工作或居住，也創作了日文的近代詩（新體詩、口語自由詩）與現代詩。張詩勤發掘出日本人在臺發表的最早近代詩──新體詩：1898 年 7 月 30 日，石橋曉夢發表六首新體詩：〈渡臺行〉、〈花の夢〉、〈自適〉、〈門港漫吟〉、〈ゆふべ〉、〈漫吟〉，刊登於《臺灣日日新報》。口語自由詩：1911 年 8 月 20 日，ヤコ生（彌子生）發表〈現場より〉（來自現場），刊登於《臺灣日日新報》。作品雖然都是在臺灣書寫，也發表於臺灣報刊，客觀認定是屬於臺灣文學文本的範疇。但作者的身分認同與文化認同，完全趨向於日本國與日本文化（石橋曉夢編著的兩本日本作家文學選輯《青葉集》、《五彩雲》，皆在日本出版），與臺灣的族群與文化沒有在場關聯，故本書不予以討論。

日本國的「近代詩」流行於明治後期與大正時期（1895-1926年），「現代詩」則從昭和時期（1926-1989）起開始盛行。在臺佔居主流的日本現代詩人以西川滿（1908-1999）最著名，位處邊緣的民間詩人以黑木謳子（本名高山正人，1938年病逝於臺灣）為代表。西川滿出生於日本福島縣，1914年隨父母來臺，1927年返回日本，隔年就讀早稻田第二高等學院，專攻法國文學，1933年畢業回到臺灣。1934年7月起擔任《臺灣日日新報》學藝欄編輯，後升任學藝部部長。先後創刊三本雜誌：《媽祖》（1934年9月）、《臺灣風土記》（1939年2月）、《華麗島》（1939年12月）。1939年9月，西川滿與北原政吉共同發起「臺灣詩人協會」，創辦機關誌《華麗島》。「臺灣詩人協會」後來改組為「臺灣文藝家協會」，由三十三位作家擴大到六十八位作家，1940年1月1日發行機關誌《文藝臺灣》。從西川滿1943年12月發表於《文藝臺灣》七卷一期的〈一本の山刀〉（一把山刀），可以看出他日本國殖民主的身分定位：

　　　〈一把山刀〉節選　西川滿，賴衍宏譯，邱若山審定

　　　一把山刀
　　　拔開套鞘
　　　鐵定隱藏了每日征戰的勳功
　　　走出冒升著硫磺煙的噴火口
　　　我向孩子講述
　　　世界創始的往昔
　　　當作往北方而去的傳說中的友人　思慕咱大和民族
　　　連同高砂族的純情

民族與民族溶為一體

為了昭和的開疆闢土奉獻著生命

文本中出現的「高砂族」即被總督府招募至南洋作戰的「高砂義勇隊」，他的山刀為日本人的帝國夢流著無意義的腥血。1942 年 11 月 3 日至 10 日，在日本舉辦的「第一回大東亞文學者大會」，會議中西川滿的演說也提到「國語（日語）普及」的重要性，唯有透過日語的普及，大東亞戰爭才能夠成功。西川滿 1944 年擔任文學奉公會本部戰時思想文化會委員，日本戰敗後被列入戰犯名單。

黑木謳子出生於日本長野縣，1930 年 5 月到臺灣，1931-1932 年間在臺北醫院、1933-1938 年間在屏東醫院擔任雇員。作品曾入選《臺灣新聞》新年文藝的詩欄第一名與短歌欄第三名。1936 年與森行榮（筆名母里行榮）共同發起「屏東藝術聯盟」，文藝部曾發行《南島詩人雜誌》。1936 年 7 月成為楊逵主持的《臺灣新文學》編輯委員，也在刊物上發表詩作和譯詩，1937 年 6 月出版個人詩集《南方果樹園》。「大武連峰寧靜的山腳下／那華麗的衣裳下擺拼接著山麓的皺褶，／交錯著南國強烈的放射線，各種色彩粉飾的／季節果實，季節的繁花掩蓋了果樹園，／充滿了如蜜般甘甜的香味，／聳立的椰子和檳榔行道樹，搖晃的南風光彩／將花粉一面撒落在我空虛之心的白紙上／一面溶解乾燥的熱帶憂鬱／創造果樹園的豔色」（〈果樹園之春〉節選，高嘉勵譯），風格清新浪漫，顯現詩人感官知覺之敏銳。

〈疑雲〉 黑木謳子，高嘉勵譯

　　電線桿的影子，切斷了花瓣、花粉輕飄飄地散落鑲嵌
的春色人行道，看起來像安德烈‧紀德人物簡介的日子；
繫在街角電線桿上瘦馬的屁股，正對著絕佳的美女。

　　影子追逐著我，我追逐著影子——。

　　在感到飢餓前，崩潰了的錯覺形成的廣大地層，消失
在呼喊不可思議的無限波動之中，在無視於乞丐存在的我
和影子間令人不安的接吻中，一直嘲笑纖細針尖的微動，
並將那精確地紀錄下來。

　　不久，我即將在寂寞孤獨的心裡，與藍天一起，等待
著黃昏雲靄的迫近。

　　這可能是黑木生前最後一首詩，發表於 1938 年月 6 月《泥
火山》一期，幻影瀰漫在字行之間。從黑木謳子的散文敘述中得
知他有病未癒，容易疲倦，且因使用鴉片生物鹼製劑產生精神大
起大落的困擾。黑木謳子出生於日本清寒地帶，來到極端對比的
南國熱帶地區，風景雖然富饒但長年燠熱，或許也會影響心理的
躁鬱傾向罷！臺灣對他而言是一個異鄉，類似留學日本的臺灣詩
人王白淵、翁鬧等人在日本的處境。

2、臺灣詩人日語詩

　　臺灣新詩史上的臺灣詩人日語詩創作，時間跨度從 1922 年
開端（張耀堂〈致居住在臺灣的人們〉）至少延續到 1965 年（羅
浪〈垂釣〉）。《羅浪詩文集》中仍然保留數十首日文詩難以翻
譯，因為不容易找到對應的詞彙和語境，黃靈芝的絕大多數文學

創作也堅持使用日文。楊雲萍、楊熾昌漢文日文都很精熟，但兩人都選擇日文寫詩，原因很簡單，楊雲萍三十九歲以前，楊熾昌三十七歲以前，都處在強勢的日語環境中，寫作日語詩是理所當然之舉。

臺灣詩人書寫的日語詩，表達臺灣心靈在 1922 年至 1965 年間，在被殖民與反殖民之間煎熬掙扎，內蘊精神抵抗意識，毫無疑問是臺灣文化的寶貴資產。漢譯日語詩，為臺灣新詩增益了哪些文化成分？我個人認為是世界觀的拓寬，是經由跨地域（臺灣／日本）的文化對照與經驗衝擊，而形塑的嶄新價值信念。下引幾個詩例：

> 噢！蝴蝶啊
> 地上的天使啊
> 我希望如你飛翔
> 帶著真理的羽翼
> 持著愛的觸角
> 飛迴於被虐待者之間
>
> ——王白淵〈蝴蝶〉

> 太陽向群樹的樹梢吹著氣息
> 夜裡飛翔的月亮享受著不眠
> 從肉體和精神滑落下來的思惟
> 越過海峽，向天空挑戰，在蒼白的
> 夜風中向青春的墓碑
> 飛去
>
> ——楊熾昌〈毀壞的城市‧生活的表態〉

世界滅絕，他坐在岩石邊上伸手召喚。天的一角垂下，他
將沿路採集的光撒播其上。
世界甦醒，人們驚駭。然而明白星光之由來的，僅他一人。
　　　　　　　　　　　　　　　——翁鬧〈詩人的戀人〉

真的　隔著物質文明一層的對面
也許就是太初的叢林

　　　　　　　　　　　　　　——林精鏐〈鐵路〉

風土之中
存有歷史

歷史使風土變貌
風土也是歷史的溫床

風土是歷史的母胎
歷史象徵風土

　　　　　　　　　　　　——吳瀛濤〈風土與歷史〉

金屬被消費了。
肉體被消費了。
眼淚被消費了。
尤其是女人們的美麗的眼淚。

　　　　　　　　　　　　　——詹冰〈戰史〉

上述六件文本都是臺灣詩人書寫於日治時期的日語詩，文本中透發出揚昇於現實界域之上的精神性體悟；精神內涵超越個體心靈也超越臺灣界域，內蘊普世價值之追求。

3、華語詩

　　臺灣華語詩創作從 1923 年起不絕如縷，百年來未曾間斷。有兩種主要的語言形態，一種是以雅言為主導的書面語新詩，一種是以白話為主導的口語新詩，兩者之間有各式各樣的書面語口語交錯編織的新詩文本。

　　以雅言為主導的書面語新詩，最極端的詩例來自周夢蝶。從 1960 年代：「行到水窮處／不見窮，不見水——／卻有一片幽香／冷冷在目，在耳，在衣。」（周夢蝶〈行到水窮處〉），到 2006 年：「蚯蚓在九泉之下砌牆／鳥在高空，魚在深海／守宮與面紗／萬里與秦始⋯⋯」（周夢蝶〈以刺蝟為師〉）不改本色，語法、聲韻、意象都來自古典漢語。黃粱也寫過這種類型的新詩，從 1985 年：「絕望相思／參差草木昏黃／將進酒急雨您也來吧／筆簇和風拍遍群山／清唱愛情無語／相思絕望」（黃粱〈絕望相思〉），到 2015 年：「鐵肩不識哭與笑／冷雨冷香偏作寒箋寒字／／若有情若無情／含苞欲開盛放將殘共集一心／／如何息目以安神？／敢將素馨從大夢喚醒」（黃粱〈梅譜・鐵肩〉），也歸屬這個文化脈絡。

　　以白話為主導的口語新詩，最極端的詩例來自阿芒：「最討厭你／451 Redirect 重新導向／／我愛你／401 Unauthorized 未經授權／／愛你愛你愛你／403.11 密碼變更密碼錯誤已達三次／／我愛你！！／418 I'm a teapot」（阿芒〈Error 400 - 418〉），廖人的詩也屬另類案例：「現在，輪迴的輪子要轉動了；

／你將見到各種光焰與諸位世尊，／整片天空呈現混濁色澤；／將有渾身醋液的油漬去目章魚世尊，／伸出十八隻手，執十八座法輪，／臨現於生絞肉串世尊和腐爛的盲眼雞冠世尊前；」（廖人〈廖人中陰得度・初七，第一天〉）

上述四種詩例，無論書面語新詩或口語新詩，都不好懂，不好懂因素各異。有人會徹底否定前兩種詩例，有人會徹底否定後兩種詩例；但臺灣華語詩的語言空間就是由前後兩種語言形態極力撐開廣大天地，無關你接受與否喜歡與否。書面語新詩構句簡練語質細密，詩歌空間偏重聚斂性詩意迴響，口語新詩語域寬廣語質多變，詩歌空間強調擴散性詩意迴響。

1917 年 1 月 1 日胡適在北京《新青年》雜誌（二卷五號）發表〈文學改良芻議〉，提出：「吾以為今日而言文學改良，須從八事入手。八事者何？一曰須言之有物。二曰不摹仿古人。三曰須講求文法。四曰不作無病之呻吟。五曰務去爛調套語。六曰不用典。七曰不講求對仗。八曰不避俗字俗語。」更重要的思想在於：「然以今世歷史進化的眼光觀之，則白話文學之為中國文學之正宗，又為將來文學必用之利器，可斷言也。」1918 年 1 月 15 日《新青年》雜誌（四卷一號）首次刊發三位作者九首新詩：胡適（〈鴿子〉、〈人力車夫〉、〈一念〉、〈景不徙〉）、沈尹默（〈鴿子〉、〈人力車夫〉、〈月夜〉）、劉半農（〈相隔一層紙〉、〈題女兒小蕙週歲日造象〉），這是華文白話新詩的濫觴。胡適的白話文學觀與陳獨秀宣揚「文學革命論」，倡導「國民文學」、「寫實文學」、「社會文學」，導致長期以來對新文學／新詩的三重錯誤認知：第一，白話文學才是「真文學」和「活文學」，文言文學是『假文學』和『死文學』。第二，新文學是運用寫實手法，面向國民改造社會的文學。第三，新詩文化與舊

詩文化全然無關，新詩純然是以白話書寫的自由詩體。

　　「詩」，可以白話書寫也能雅言書寫，可以依循格律規範也能解放格律規範，這是古今中外詩體常態的文化發展規律。將新詩文化與舊詩文化割裂，是文化自殘的可悲行為；將新詩拘束於以白話書寫的無韻自由詩體，是給「新詩」設下全新的樊籠而不自知。新詩手法既可寫實也可抽象，能議論現實也能探究心靈。

4、台語詩

　　台語詩源遠流長，林宗源、藍淑貞、黃勁連、李勤岸、王羅蜜多（王永成）、陳明仁、黃徙、向陽、林央敏、紀淑玲、呂美親、路寒袖、方耀乾、王昭華、胡長松、黃明峯、鄭順聰、李桂媚等人，在台語詩書寫、研究上各有發揮。台語詩運用台語為特定語言工具，在詞彙、句法、語調、語情上和華語詩有顯著差異。台語音調豐富（平上去入四聲，再分陰陽，共有八音），聲調抑揚頓挫，音樂性更加美妙；台語有為數眾多的狀聲詞、擬態詞，增添台語詩的活潑生動。台語是臺灣閩南族群的母語，以母語寫詩，族群性格與生活情態能夠表現得更加淋漓盡致。

　　台語的音標書寫（拼音系統）有二種主要形態：臺灣閩南語羅馬字拼音方案（簡稱臺羅）、教會羅馬字（簡稱教羅）。台語的音標調號（聲調值）有兩種標示法：一種以阿拉伯數字寫於韻尾，一種直接顯示於音標符號上方。哪種形態更易於書寫與閱讀，更有利於學習與傳播，只能等待時間來校正。

　　台語的文字書寫有三種形態：全漢字、全羅馬字、漢羅合用。贊成全漢字書寫者，理由基於「漢字的特性具有：完整性、統覺性、穩定性、藝術性。」（林尹《文字學概說》）完整性，指每一個漢字自成一個獨立單位，結構組織完整，代表一個完整的形

象或意義，容易辨認。統覺性，指漢字是由舊觀念衍生新觀念的文字系統，有其條理與層次，容易學習。穩定性，指漢字的形音義變化穩定，古今一脈相承，有助於文化的傳承與持久。藝術性，指漢字的字形排列有繪畫美，聲韻連貫有音樂美，適宜傳誦與歌吟。

贊成全羅馬字書寫者，理由基於形象化的漢字是一種比較原始的書寫符號，筆畫繁複不容易學習；全羅馬字書寫系統才符合文字演化規律，能以少數符號構造豐富文字，字符連結字音。贊成漢羅合用者，認為全漢字書寫系統會陷入漢文化框限難以自拔，等於將臺灣文化自動納入中國文化範疇，永無自主獨立的機會。漢羅合用的書寫系統，既有部分漢字作為文化銜接，用拼音符號介入其間產生獨特的書寫形態，容易凸顯族群語言的文化身分。

最理想的推廣台語文化方式是比照「客家委員會」、「原住民族委員會」，成立直屬行政院的「台語文化委員會」，制定台語語音、台語文字標準化方案，將包羅萬象數量龐大的台語文化檔案和民間生活語料，進行現代化、數位化的台語文化資料庫建構，才能事半功倍地加速台語文化的振興。

台語詩的審美重心在台語「詩」，而非「台語」詩。詩寫得好加上精湛的台語（詞彙、句型）才能相得益彰，詩不好語調再傳神也無濟於事。有些主題適合以台語書寫更能和內涵搭配，比如歷史回顧、生活追憶、民間采風，以台語書寫更能凸顯時代氛圍與地域光景。台語是兼容庶民氣息與深厚文化的雅致語言，而非鄙俗粗糙的語言，使用類似答嘴鼓的逗唱腔調來寫詩，固然風趣也合聲韻，但無法臻至細緻高雅的審美理想，也很難表達深沉的思想。

向陽 1985 年由自立晚報出版的台語詩集《土地的歌》，收

錄 1976 到 1985 年書寫的三十六首台語詩，是戰後正式出版的第一本台語文學作品，2002 年更名為《向陽台語詩選》再度現身。以台語書寫的《土地的歌》出版於戒嚴時期，可說是宣示臺灣文學主體性的一次壯舉，但在戒嚴時期沒有引起足夠重視。向陽台語詩最有名的大概是〈阿爹的飯包〉與〈搬布袋戲的姊夫〉，兩詩皆寫於 1976 年，此時向陽還是大學生，詩篇內涵頗能反映 1970 年代臺灣的風土民情。

〈阿爹的飯包〉節選　向陽

有一日早起時，天猶烏烏
阮偷偷走入去灶腳內，掀開
阿爹的飯包：無半粒蛋
三條菜脯，蕃薯籤參飯

〈搬布袋戲的姊夫〉節選　向陽

彼一日，阿姊倒轉來
帶醃腸水果，帶真濟
好耍的物件，阮最合意的
是姊夫愛弄的，一仙布袋戲尪仔

　　1987 年自立晚報副刊，刊出林央敏（1955-）舊題「嘸通嫌臺灣」（後正名為〈毋通嫌臺灣〉）具有歌謠風的台語詩，五行詩 3 節（節律 5／7／7／9／7）：「咱若愛祖先／請你毋通嫌臺灣／土地雖然有較隘／阿爸的汗，阿母的血／沃落鄉土滿四

界／／咱若愛囝孫／請你毋通嫌臺灣／也有田園也有山／果籽的甜，五穀的香／予咱後代食袂空／／咱若愛故鄉／請你毋通嫌臺灣／雖然討趁無輕鬆／認真拍拚，前途有望／咱的幸福袂輸人」。〈毋通嫌臺灣〉被廣泛譜成歌曲（以蕭泰然的譜曲流傳最廣），獲得1991年金曲獎台語歌曲最佳作詞人獎。林央敏1987年發表的〈毋通嫌臺灣〉和陳秀喜1973年發表的〈臺灣〉（1977年李雙澤譜曲更名〈美麗島〉），核心意象都是「臺灣」，兩首詩在歷年來的社會運動中被廣泛傳唱。只是〈美麗島〉傳誦不久就被禁唱（當時戒嚴），而〈毋通嫌臺灣〉卻跟隨時代要求解嚴的呼聲，一舉突破禁忌。

林央敏1983年開始台語寫作，長期提倡台語文學，建構台語文學理論，出版《台語文學運動史論》，主編台語精選文庫：《台語詩一甲子》、《台語散文一紀年》、《台語小說精選卷》，2022年出版評論精選集《典論台語文學》。林央敏和一群朋友2005年12月創辦《台文戰線》雜誌，目前是《台文戰線》雜誌發行人。除了《台文戰線》雜誌（季刊）之外，2001年2月創刊的《海翁台語文學》（月刊），2012年3月創刊的《臺江台語文學》（季刊），也是台語文學的重要產房。

台語詩文的書寫和推廣，近年出現一位具有傳承台語文化使命感的詩人鄭順聰（1976-），出版了兩本眾口讚譽的台語文化入門書：《台語好日子》、《台語心花開》。鄭順聰出生於嘉義農村，本身的台語腔調就很道地，大學就讀中文系開始書寫華語新詩，2009年出版的華語詩集《時刻表》已呈現細膩的抒情本色。2021年出版的台語詩集《我就欲來去》，收錄六十二首台語詩，外加四十九則台語詩意札記；台語詩延續他華語詩細膩抒情的特質，擴充過往的台語詩偏重敘事的美學面貌。相關詩例如下：

「路面澹糊糊，樹仔浸霧／睨一隻一隻的鳥，目睭／／昨夜，去予眠夢反背的你／指頭仔拗彎掛念未來的無張持」（鄭順聰〈路面澹糊糊，樹仔浸霧〉）

「心較靜矣／看著天頂紡遐緊的雲／石頭是我」（鄭順聰〈冗冗冗〉）

「咱對幸福的認捌／是飽滇的色水／或者共無必要的放掉／較贏一絡恬靜」（鄭順聰〈我就欲來去〉）

「漸漸稀微樹的意識／漸漸雺霧神的意志／／眼前看袂貼底／山佇四箍輾轉／／我是沉底的焦枝／佇神的手液坐清」（鄭順聰〈霧中意〉）

原來台語詩也可以如此舒緩沉靜，如此貼近心靈！像似和風歌吟而非講古說今。澹糊糊（溼答答）、浸霧（被霧氣浸泡）、反背（背叛）、無張持（冷不防）、紡遐緊（跑得飛快）、認捌（認識）、飽滇（飽滿）、色水（顏色）、一絡（一絲）、焦枝（枯枝）、手液（汗滴）、坐清（澄清）。這些台語的特殊用字以及經由字串構成的語調，呈現出一幅臺灣色調的人文光景，既熟悉又陌生引人無限遐思。

5、客語詩

2016 年張芳慈主編的《落泥：臺灣客語詩選》出版，收錄二十四位客家詩人的客語詩章，最年長杜潘芳格（1927-2016）與羅

浪（1927-2015），最年輕彭瑜亮（1984-）。從入選作者的年齡層來看，1920 年代出生者兩人，1930 年代出生者一人，1940 年代出生者五人，1950 年代出生者七人，1960 年代出生者六人，1970 年代出生者一人，1980 年代出生者兩人。新世代客家詩人的客語詩書寫需要加把勁。

杜潘芳格是臺灣書寫客語詩的先驅，1980 年代中期開始用客家話文寫詩。杜潘芳格最初以日文寫詩，1977 年第一本詩集《慶壽》是華文日文合集，1986 年第二本詩集《淮山完海》則是華文詩集。《淮山完海》中的〈紙人〉，是杜潘芳格經常被人評述的詩章，此詩以華文寫就，2009 年劉維瑛主編的華文本《杜潘芳格集》，〈紙人〉經過作者修訂，文字有些許差異。《落泥：臺灣客語詩選》收入的客語版〈紙人〉是張芳慈根據《杜潘芳格集》華文版翻譯；2021 年出版的客語音樂專輯《今本日係馬》，其中也收入〈紙人〉，是羅思容根據《淮山完海》華文版進行的客語翻譯。

《淮山完海》〈紙人〉華語版：「地上到處都是／紙人／秋風一吹，搖來晃去／／我不是紙人／因為／我／我的身就是器皿／我／我的心就是神殿／／我／我的腦充滿了／天賜的力量／／紙人充塞的世界／我尋找著／像我一樣的真人」。

《淮山完海》〈紙人〉客語版（羅思容譯）：「地項哪就係／紙人／秋風一吹　搖過來搖過去／／𠊎毋係紙人／因為／𠊎／𠊎个身體就係器皿／𠊎／𠊎个心就係神殿／／𠊎／𠊎个頭腦有㧡㧡个／天賜个力量／／世界滿哪仔就係紙人／𠊎尋／像𠊎共樣个真人」。

羅思容翻譯的客語版〈紙人〉，最大優點是保留了原詩的換氣語調，𠊎／𠊎个，反覆三次，詠嘆的調性更加鮮明。原詩的真人／紙人之辨，在其他修訂版裡，由於基督宗教的思想更加強化，

以致不少評論家將之詮釋為：真人（信仰基督宗教者），紙人（不信基督者），反而將〈紙人〉內蘊的普世價值窄化了。我的詮釋，傾向於將紙人的命運歸咎於時代的壓迫與禁制。戒嚴時期的臺灣民眾，既不能講真話又無從反抗，靈魂扁平化的樣態像似「紙人」，這是帶有悲憫氣息的詩意表述。日治時期施文杞的詩篇〈假面具〉，「假面具」的意象也蘊含類似的情思。

　　客語詩描述客家人生活樣態與族群性格，曾貴海（1946-）的〈夜合〉可為代表：

　　〈夜合〉節選　曾貴海

　　日時頭毋想開花
　　也沒必要開分人看
　　臨暗日落後山
　　夜色趁山風躍來

　　夜合佇客家人屋家庭院
　　恬恬打開自家介體香
　　河洛人沒愛夜合
　　嫌伊半夜正開鬼花魂
　　暗微濛介田舍路上
　　包著面介婦人家
　　偷摘幾蕊夜合歸屋家

　　曾貴海出生屏東縣，胸腔內科醫師，以三種語言：客語、台語、華語書寫新詩。〈夜合〉原有副題：「獻分妻同客家婦女」，

文本表達出客家婦女情感含蓄蘊藉、生活勤儉刻苦的典型特徵。「夜合花」只在晚上開放（不想白天開，也沒必要開給人看），其實也是生活實情（客家婦女白天太勞碌了，田事家事兩頭忙），但歸家的路上「偷摘幾蕊」，隱喻身體情感的火焰並沒有熄滅，有委婉訴情之美。

張芳慈（1964-）出生於臺中市東勢區，華語詩、客語詩都寫得呱呱叫。華語詩〈苦瓜〉：「走過／才知道那是中年／以後弄皺了的／一張臉／凹的　是舊疾／凸的　是新傷／談笑之間／有人說／涼拌最好」。女性年齡是神祕的，人到中年再想用各種方法掩飾衰老（整容、化妝、老來俏），只會徒增尷尬。但詩人寫得一手好詩算是例外，詩的美容不會消散；比如涼拌苦瓜，苦味中回甘，歲月滄桑比歲月靜好更值得品味。客語詩〈食茶〉：「你目神底背个我／我目神底肚个你／這滾滿了了／／該斯兩皮嫩葉合一心／定定弓開／定定弓開／／啊／出味了／出味了」，將日常生活與情慾想像渾然融匯。〈揹帶〉以客語／華語對照閱讀，更加容易體會客語之溫柔細緻與客家人關愛生活的人間情懷。

〈揹帶〉客語	〈揹帶〉華語
這條揹帶	這條揹帶
揹過當多人	揹過很多人
一代傳過一代	一代傳過一代
細嬰兒貼緊背囊	嬰兒貼著背脊
恬恬睡快快大	靜靜睡快快長大
揹帶絆緊阿姆个奶姑	揹帶收束著母親的乳房
斯毋驚肚屎會餒著	就不怕肚子會餓著了

這條揹帶長又長	這條揹帶長又長
揹緊雨水同清風	揹著雨水和清風
揹緊梨園同田洋	揹著梨園和田地
乜揹緊日頭同月光	也揹著太陽和月光
這條揹帶軟又軟	這條揹帶軟又軟
揹過山歌同笑聲	揹過山歌和笑聲
揹過目汁同汗酸	揹過眼淚和汗臭味
乜揹過人生行四方	也揹過人生走向四方
你斯毋好嫌佢恁舊	你可不要嫌它舊
你斯毋好嫌佢色目醜	你可不要嫌它顏色醜
該奶臊啊	那奶騷味啊
係吾等發夢都想愛鼻著个	是我們做夢都想聞著的
味瑞	味道

　　羅思容（1960-）出生於苗栗縣，2021年出版客語音樂專輯
《今本日係馬》，同名歌詩〈今本日係馬〉是客語詩創作。客語「今
本日係馬」翻譯成華語是「今日是馬」，兩種語言的情境差距相
當有趣，以下對照呈現：

〈今本日係馬〉客語	〈今日是馬〉華語
今本日	今日
係馬	是馬

跳上跌落無停磅	行跑著
天光日	明日
係老虎	是虎
想望啊想望	欲望著
昨本日	昨日
係一串鈴仔	是一串風鈴
叮叮噹噹講毋煞	叮噹說個不停
偓係	我是
今日、過去同未來	今日、過去和未來

語言的美感，最重要的來源是語質和語調；語質關涉詞彙，語調牽連句型。客語比之台語，顯然更加溫柔些，但沒有越南話那般細軟，骨架還是硬挺的，也不像粵語那麼高亢。「天光日」比之「明日」，更加形象化也更古樸，「明」是更加定型化的表述。「跳上跌落無停磅」，連用三組動作語，動態鮮明；「行跑著」是行走跑步的客觀表述，比較靜態。就詩意迴響而言，客語版比起華語版，聲韻與形象都更加迷人。

《今本日係馬》入圍2022年金曲獎最佳作詞人的〈測量〉，也是一首詩意盎然的歌詩，幽微撫觸女性生命之奧美：「從眼珠到耳垂／用一條實線沿著嘴角的拋物線移動／真空的軀體／測量地心到子宮的引力／／南瓜田裡青竹絲探出頭來／從五節芒的陰影到母親的乳峰／孩子的嘴／咀嚼什麼？／／腳跟開始／虛線跟著光影／我孩子的身軀如此龐大／園裡的玫瑰／還在測量刺的位

置／並垂涎著血」（羅思容〈測量〉華語版）。

羅思容與孤毛頭樂團，2015 年音樂專輯《多一個》，羅思容將女詩人蔡宛璇、阿翁、零雨、阿芒、杜潘芳格、陳育虹、張芳慈、隱匿、利玉芳、馮青、顏艾琳、羅思容，她們創作的新詩譜成歌曲，也是一道廣受好評的歌詩風景。

6、原住民族語詩／華語詩

臺灣原住民族（臺灣南島民族）依國家認定有十六個族群，還有三個經地方認定的族群。2022 年 6 月憲法法庭召開西拉雅族釋憲案言詞辯論庭，10 月 28 日宣判原住民身分法部分違憲，要求三年內修法。判決書指出：「舉凡其民族語言、習俗、傳統等文化特徵至今仍然存續，其成員仍維持族群認同，且有客觀歷史記錄可稽之其他臺灣南島語系民族，亦均得依其民族意願，申請核定其為原住民族；其所屬成員，得依法取得原住民身分。」釋憲結果，西拉雅人應具有原住民身分，將來會在「平地原住民」與「山地原住民」之外增列「平埔原住民」，收納人數眾多的平埔族各大族群。

臺灣南島民族彼此語言差異很大，運用不同的群族語言書寫的臺灣原住民族語詩必然繽紛多彩，事實並非如此。日治時期和國民黨執政時期兩次由官方推行的「國語運動」，讓臺灣各族群的母語受到致命打擊，南島民族也不例外。會說母語的原住民人口逐漸萎縮，運用母語書寫的原住民作家就更稀少，大多數原住民作家皆以華語書寫。不同的語言體系承載不同的文化脈絡，要運用他者語言來完整闡述原住民母體文化，顯然是一件艱鉅的任務。

運用族語書寫的重要詩人是卜袞，他以布農族語寫詩再自譯為漢語（華語）。以母語書寫的文本脫離強勢的漢語思維框架與

想像模式制約，出現迥異於漢語文化的詩歌空間，詩歌書寫的重要意義在於文化重建。「天神曾經派遣紅嘴黑鵯鳥／含著炭火給人類／夜裡照亮人類／寒冷時溫暖人類／夜行時照亮黑夜的路／茁壯大地的人／炭火是天神的心／／所有的生物天神都賜與語言／只有人類曉得用文字說話／文字是人類製造的炭火／像太陽／像月亮／像星星／般地／照亮黝黑的大地／文字／是／天神種在人心的炭火」（卜袞〈炭火〉節選，布農族語詩漢譯）。將文字比喻為炭火，以紅嘴黑鵯鳥作為天神與人類的聯繫中介，取喻方式出人意表。炭火照亮黝黑的大地，富有啟蒙意義。

　　原住民詩人運用殖民者語言（華語）來抵抗他者殖民造成的傷害，最著名的案例是瓦歷斯・諾幹。瓦歷斯・諾幹的反殖民書寫，文本中的原住民族主體意識強烈，詩歌書寫的文學意圖在於歷史還原。2021 年出版的散文詩集《張開眼睛將黑夜撕下來》（華語書寫），主題關注即側重於此。

　　「你把胸膛打開，一對潔白的翅膀伸了出來，祂將你帶上天空，地面上的鏡子慢慢凝固，凝成一枚小小的、心型的膏點。」（瓦歷斯・諾幹〈霧社・一、膏〉）上述文字對應發生於滿清治臺時期南投山區的一段歷史：「民殺番，即屠而賣其肉，每肉一兩值錢二十文，買者爭先恐後，頃刻而盡；煎熬其骨為膏，謂之『番膏』，價極高。官示禁，而民亦不從也。」（胡傳《臺灣日記與秉啟》）

　　「二叔公換了一個森林，警戒之心依舊靈敏，……他沉默而憂心忡忡，總是防範背後的眼睛，夜晚時候，他將自己捲起來，屋舍周圍設好陷阱，任誰也不許越雷池一步，我們只好用日本話喊他的名字來捉弄，在月光下他會立正，口中念念有詞。」（瓦歷斯・諾幹〈家族第十一——穿山甲〉）這段敘述對應太平洋戰

爭時期，臺灣原住民被日治當局招募赴南洋作戰的歷史。1942年
初臺灣總督府開始招募原住民參軍，以「高砂義勇隊」名義招募
七回，共六千一百人，以高砂族「特別志願兵」名義招募兩回，
第一回五百人，第二回八百人（此批留守臺灣）。共計赴南洋作
戰的臺灣原住民至少六千六百人。雖然高砂義勇隊的奮戰精神被
日軍同袍公認遠高於日本內地軍人，但在殘酷的叢林作戰中，也
有被強勢美軍全數殲滅的慘痛記錄；倖存者歸來相當幸運，但心
理意識通常會殘留傷痕。

　　「經過十年以上，戲稱自己住在一棟密封的罐頭中，配料與
包裝一貫，產品深受國人喜愛。儘管遭受刑求體無完膚。我們卻
已經鍛鍊出一顆淬礪的心。／／離開罐頭工廠我們都很興奮，明
亮的陽光、溫暖的氣息撼動人心。唯一令人遺憾的是，接受氧化
的身體終究起了變化，軀體逐漸康復心志卻日漸鏽蝕。」（瓦歷
斯·諾幹〈白色年代之容器·第三帖〉）這段敘述針對國民黨
軍政集團在臺灣實施的戒嚴統治，必須滴水不漏才能展現白色恐
怖的威力，哪怕你是外省族群或原住民族群也照樣嚴打厲管。

　　卜袞的文化重建式書寫與瓦歷斯·諾幹的歷史還原式書寫，
是原住民新詩兩路先鋒，堅持推進精彩可期，必將鼓舞後續新銳
投入陣地。新一代的原住民詩人展現更多元的語言策略與現代性
視野，從撒奇萊雅族撒韵·武荖（Sayum Vuraw，1976-）的詩
文本可見一斑：

　　〈十六股延平郡王廟〉　撒韵·武荖　華語

　　主神　左右神
　　牌位裡一個個站立的人們

原住民、漢人、乞食、和尚
像成婚、和解、又像熟識的人
排列在同一個牌位裡
框在時代的生命裡
達固湖灣周圍有刺竹林　是大溪
有悲慘的屠殺　有逃亡的路徑
有不敢說的故事
牌位前密密麻麻的人名，或神名，
他們將我認得祖先的名刻上，
我遇見一百六十年前的武荖
供在神像旁讓善男信女祭拜，
武荖、武丁、毛蝦、加走、合抱、馬老、是撒奇萊雅
你們活在1878年達固湖灣的歷史中，見著戰爭的火燒掉撒
　　奇萊雅
你們存在過
他們事實存在過
平原、水田和魂魄
歷史一轉身
撒韵站立牌位前
武荖留在牌位裡
大合照

　　此詩的歷史背景是發生於 1878 年，撒奇萊雅族（Sakizaya）
核心族群達固湖灣部落（Takubuan）抗拒大清帝國在臺撫番政
策導致的相互爭戰，史稱：達固湖灣事件（加禮宛事件），事
件發生地在現今慈濟醫院、四維高中一帶，行政區屬花蓮市國

富里。

　　無論 1877-1878 年的大港口事件，1878 年的達固湖灣事件，1908-1914 年的七腳川事件，1914 年的太魯閣事件，1914-1933 年的大分事件，這些一連串發生於東臺灣的屠番戰爭，是大清帝國或日本殖民政府以優勢武力為後盾，經營東臺灣的必然結局。以上各大事件皆以大規模屠殺收場，達固湖灣事件比較特殊之處是，族群原居地乃奇萊平原（花蓮平原）無險可守，火攻與兩面包抄造成部落毀滅性的打擊。戰後撒奇萊雅族四處逃竄，散居於周邊阿美族部落中，因害怕被追剿不敢揭露身分，導致部落組織瓦解，語言與文化隨之沒落。

　　〈十六股延平郡王廟〉的標題「十六股」，是花蓮市舊地名又名豐村，現在稱「國強社區」，是漢族到奇萊平原建立的第一個聚落「十六股庄」。十六股庄延平王廟是花蓮縣最早興建的廟宇，始建於 1860 年（清咸豐九年）。奉祀主神是延請自臺南的延平郡王鄭成功神像，暨其部下甘輝、張萬禮神像，目的是以軍威抵禦當地的原住民騷擾。國強里緊鄰國富里，國富里即達固湖灣部落原居地。

　　延平王廟主祀延平郡王，配祀五穀先帝、福德正神，先賢神位祀於廟內左側，是一間典型的漢人廟宇。現在廟況是 1997 年重建，與 1878 年（殺戮事件發生年代）原始廟宇顯然大相逕庭；但從詩人的歷史想像，廟中神祇近距離見證過這場幾乎毀滅了撒奇萊雅族的戰爭。這是本詩詩歌視野的奧美之處，它混合了歷史滄桑與沉澱過的悲慟，是詩人族群溯源與文化尋根，極其渺茫卻不得不依憑的歷史線索。當耆老們想像的一絲斷續圖景，跟隨他們往生後終將完全淪沒，歷史必須轉身，活著的人也必須轉身（這是一個見證的象徵姿勢）。「撒韵站立牌位前」與「武荖留在牌

位裡」產生了想像性（也是詩性的）的精神聯繫。

撒韵・武荖是撒奇萊雅族 2004-2007 年族群正名運動的靈魂
人物之一，積極從事撒奇萊雅族的文化重建。

7、新住民母語詩

臺灣新住民的非華語新詩寫作，分為兩大區塊，一塊是東南
亞移民的母語新詩（印尼語、菲律賓語、越南語、泰語等），一
塊是港澳移民的粵語新詩；前者是已然存在的區塊，後者處於正
在進行式尚待挖掘。2014 年「第一屆移民工文學獎」，稿件來源：
印尼一百零七篇、菲律賓七十四篇、越南六十三篇、泰國十六篇，
大致和臺灣外籍移工的國籍來源比相當（第七屆增加了緬甸語稿
件）。這些投稿作者多數為勞動移民，僅有少數為婚姻移民，在
臺婚姻移民以母語寫作的狀況還有待發掘。

稿件類型以散文、小說為主，新詩屬於少數，符合文類分佈
狀況。臺灣新住民的母語書寫，為臺灣讀者帶來另類觀點與文化
震撼。以第七屆移民工文學獎首獎作品〈殯儀館前鳥鳴聲〉（作
者：越南移工武豔秋）為例，以入殮師的工作經驗設為主題，是
臺灣作者較少觸及的領域：「殯儀館屋簷下的兩隻燕子，應該也
添加了幾隻小燕子。蓮突然想起那個地方的鳥鳴聲和敲木魚的誦
經聲，在產房裡，當她跟小兒子正在與生死拔河時，在她耳際響
起的就是這個聲音。」（越南語漢譯）如此真實的聲音不就是
「詩」嗎？

評審獎得獎作品〈Sri Pon 以及或許有誤的童話〉（作者：
印尼移工 Sri Lestari），得獎感言講述：「我的居住地，因為文
化與時代變遷所產生的變化，關於有時受自身命運和生活所歧視
的女人，因為經濟狀況和其他原因變得不幸的女人，最終被迫離

開出生地到外地或外國討生活。這樣的事在印尼很普遍，在我的居住地普古也很普及。我個人認為，這些女人不應該被這樣對待。」（印尼語漢譯）為了突破現實殘酷的禁忌，為了關注弱勢族群的處境，而進行文字突圍的自由獨立寫作，難道不應該得到敬重嗎？新住民的文學聲音是一面寶貴的鏡子，讓臺灣人看見自己視而不見的盲區，也為臺灣文化注入鮮銳的熱情，通過認識他者文化激發自我反思。

二、臺灣新詩的文化圖像

欲澄清臺灣新詩的文化圖像，必須對價值維度的歷史（精神性詩史）進行考察，從三條路徑展開：語言空間、詩歌空間、詩與詩人的價值規範。語言空間從六大文化區塊，每一區塊選擇兩位風格獨特的詩人，進行語言空間形態分析。詩歌空間歸納出八種詩歌空間類型，陳述根源、檢視構造、評判優劣。價值規範從「詩與詩人的嚴屬定義」、「突破界域框限的詩與詩人」，對詩與詩人重新定義。

（一）臺灣新詩的語言空間

前言

語言不只承擔詩的形式，也塑造詩的內涵；語言應用成就一個人說話的方式，也影響說話的內容。詩歌語言在現實語言和文學語言兩端遊走，創造出個人語系和個人詩學。以下檢索六大文化區塊代表性詩人的詩歌語言，研析臺灣百年新詩的語言空間形態及其變化。這些詩人成就的語言美學，從語言文化層面象徵性地編織出臺灣百年新詩的文化圖像。

日治時期詩人與跨越語言的一代詩人，由於書寫語言變動與精神意識壓抑，語言美學都沒有得到充分發展。相對而言，大陸來臺詩人承受的環境壓力比較寬鬆，語言美學展開得比較充分。笠詩社新世代中，葉笛、白萩、黃荷生、陳明台的審美意識相當敏銳，個人詩學應該有機會臻至圓融成熟的境地，但皆因為停筆太早沒有實現。語言美學發展得最成熟的是戒嚴世代詩人，各種條件俱足，也有足夠的時間與意願去經營個人詩學。解嚴世代詩人，既聰明又有活力，但能否將「詩」當作一生志業，詩思並進全力以赴，還有待時間來驗證。

1、日治時期詩人：楊雲萍、楊熾昌

　　日治時期詩人群，語言風格最突出者：楊雲萍、楊熾昌。不約而同，兩人的詩學成就被廣泛認識，都在詩人亡故之後。《山河集》、《山河新集》2011 年因《楊雲萍全集》出版才躍出水面，詩人 2000 年即往生。《水蔭萍作品集》1995 年 4 月問世，楊熾昌 1994 年 9 月去世。兩者的詩都以日文書寫，漢譯者都是葉笛。

　　楊雲萍的詩語言，雅言白話交融無間；楊熾昌的詩語言，現代性強烈形象感十足。兩人的詩語言都既簡練又細緻，風格獨特。

楊雲萍詩語言──

　　「冷不防美人向我訴說愛意。」

　　「我趕的路，／砂礫連綿，／風塵嗚咽。」

　　「古枝新枒最是多花」

　　「啊，我追求如鐵、如夢的確切……」

楊熾昌詩語言──

「毛氈上的腳，腳在『死』裡舞蹈著」

「鋼骨演奏的光和疲勞的響聲」

「這亞麻色日落下／落葉的手套在舞」

「像尋覓遺物一樣／要回遠處的煙」

　　楊雲萍的詩具有古典漢詩的文化底蘊，又滲透生活感觸，語言形態顯現雅言修辭特徵；楊熾昌的詩融合象徵主義與超現實主義，心靈意象深邃動人，語言形態接近白話修辭模式。兩人文化涵養廣博深厚，本可以在臺灣詩界領袖群倫，但時代環境壓制了文學創造才華，詩人與詩篇都無奈地成為「遲到者」。楊雲萍戰後轉向臺灣文化研究與臺灣歷史考察，成就斐然。楊熾昌戰後擔任《臺灣新生報》記者，1947 年因報導「二二八事件」，被認定通匪入獄半年，1952 年又因好友李張瑞白色恐怖冤獄被槍決，憤而封筆，從此絕口不談文學。

2、跨越語言的一代詩人：吳瀛濤、林亨泰

　　跨越語言的一代詩人，吳瀛濤、林亨泰的語言風格最具個性。吳瀛濤生前出版了四本詩集，但未引起足夠重視。2006 年，吳瀛濤家屬將近千件作家珍貴文物捐贈給臺灣文學館，2010 年《吳瀛濤詩全編》出版，吳瀛濤的詩學成就才真正納入世人的視野。

　　吳瀛濤的新詩語言，內蘊兩個重要素質，一個是來自庶民的樸質聲音，比如：「午夜，我是一個囚徒／被時間禁錮，被空間幽閉／／午夜，我是一個幽靈／似夢遊病者，不知去向／／午夜，我是一個陌生人／異地的一切，一無所知」，又如：「那時候／總是一個人徘徊於寂寥的陋巷／／每一個角落／都像往昔一樣／／騎樓坍塌／樓梯倒斜」，直接了當的語調沒有過多裝飾，但發

自內心深處。一個是對於生命的堅定信仰，比如：「夜昏，冥冥裡／與神對坐／／與自己對坐／與空默對坐／／我睡了／神尚醒著」，又如：「當你看到一個殘廢者／當你看到一個不幸的人／當你也喪失了些什麼，也祈求了些什麼／／你能不能寫那些喪失，那些祈求」。吳瀛濤的詩所透露的信仰，不是源自宗教信念，而是相信生命的良善自會安排一切；這是吳瀛濤的信仰與杜潘芳格的信仰最大差別，我更看重吳瀛濤宗教印記不明顯的對於生命的堅定信念。

林亨泰的詩強調「語言秩序的組織變化」，早期詩這項特色較為明顯，尤其是被公認為名篇的〈風景 No.1〉、〈風景 No.2〉與〈春〉、〈夏〉、〈秋〉、〈冬〉這兩組詩作。「防風林　的／外邊　還有／防風林　的／外邊　還有／／然而海　以及波的羅列／然而海　以及波的羅列」，「雞，／縮著一腳在思索著。／／而又紅透了雞冠。／／所以，／秋已深了……」。林亨泰以看似具象而寫實（然而非具象非寫實）的語言符號，揉合現實與想像，將形而下與形而上進行有機連結的詩章，在 1950 年代毫無疑問是超前衛之舉，可與黃荷生 1950 年代的詩章相提並論。林亨泰的詩學淵源，主要是日本詩壇轉譯的歐洲新思潮，現代性比較強烈。吳瀛濤的詩現實景觀相對濃郁，詩學淵源與他的民俗研究與個人著作《臺灣民俗》、《臺灣諺語》有文化關聯。

3、大陸來臺詩人：周夢蝶、商禽

大陸來臺詩人我最敬重周夢蝶、商禽，人品詩品俱佳，前後連貫裡外如一，我認為這是「詩人」最基本的素質。周夢蝶的詩語言是典型的雅言修辭，商禽的詩語言是典型的白話修辭，語言美學各有獨到之處。

周夢蝶詩歌語言混和了文化修辭與生活修辭,兩者巧妙融合:「於高陽臺負手而立／面對一肩紫霧,萬頃紫竹我自問:／活著是否等於病著?／欲分身為一株藥樹／歷劫乃得,抑一念而蒼翠如蓋?」周夢蝶的詩既真實又夢幻,放置於二十一世紀的時代環境中,宛如當代神話;但「活著是否等於病著」,又將我們拉回現實,生老病死愛恨訣別,離每個人都不遠。

　　商禽的詩語言屬於現實生活話語,但型塑出魔幻現實情境,與超現實主義詩歌有文化關聯:「不用金屬的刀和叉。也不使竹筷的,我們是一群啜瓶口的酒徒喲!我們是吃『美』的饕餮者。啊!你黃油油香噴噴的一隻新烤的全鵝呀!你黃油油香噴噴的一隻新烤的全鵝呀……」不用刀叉與竹筷,一隻剛烤好的全鵝怎麼就飛走了呢?「美」,滑潤豐美的香噴噴的鵝,此乃詩人一生僅有的快樂!將固態物質昇騰為飛翔精神,晴朗的月夜裡一首「詩」誕生,戒嚴時期苦中作樂的詩章。

4、笠詩社新世代詩人:黃荷生、陳明台

　　笠詩社新世代,依語言風格的獨創性我推舉黃荷生與陳明台。黃荷生寫詩不超過四年,估計是 1956-1958 年,擅長運用形象語和觀念語交流互涉,語言韻律特具流動感。黃荷生的詩不易理解有兩個因素,一個是抽象化的語意指涉,一個是深層化的心靈／現實探索,總體而言帶有存在主義的思維痕跡:「呻吟的秩序／病的秩序／如果是悲哀與悲哀競爭／貧窮的秩序,唉／惶惶恐恐,像墮胎的少婦一般／殘忍的秩序／／──討論死亡／在果子們久久荒廢的刑場上」。

　　陳明台日本筑波大學歷史人類研究所博士課程修畢,學養深厚,擅長詩歌翻譯和詩歌評論。詩歌成就顯現於留日時期的《遙

遠的故鄉》系列詩篇。陳明台的詩，無論就精神氛圍、語言風格、結構布置，都圍繞著悲劇性構圖展開，明顯受到日本文化之薰陶與影響；主題關注是個人命運與時代環境的交錯往來，呼應臺灣長期被殖民的歷史困境，讀之令人動容：「哀傷的月／睜大眼睛在注視／瀕死的年輕的兵士／夢想遙遠的故鄉而闔不上眼睛的兵士／靈魂附著遙遠的星星顯得淒豔的兵士」。

5、戒嚴世代詩人：楊牧、零雨

戒嚴世代詩人以楊牧、零雨的詩歌面目最為突出。兩人的詩歌語言都建構出獨特的文化譜系，文本內蘊的文化涵養深厚。

從語言風格而言，楊牧的詩注重聲韻交響，早期詩的文化修辭稍顯浮華，中後期文字優雅細緻耐人尋味：「那時，霧正在樹林裡更衣／鏡子將她優柔的側面旋轉／照見：月光下顯得蒼白無力／惟有裸裎的手臂示意平舉」。

零雨的詩智性探索強烈，語言轉折較為剛烈，稜角分明，早期詩語言略顯凝澀，中後期詩語言簡潔斷然：「我們被逼。到小路盡頭／互相糾纏。使盡手臂。其他／肢體。以為宇宙就這麼大／大到時常互相碰撞。以為／只活這一次。但我們還是／互相溜跑。跑過對方的／界線」。

6、解嚴世代詩人：鴻鴻、廖人

我將詩人分作兩大類，一種只關心自己，說來道去都是名與利，滿紙口水與淚涕，我從來不將為數眾多的他們當作詩人。另一種不只關心自己，懂得推己及人關懷他者，具備這種品質者向來都是小眾，但他們才堪稱「詩人」。解嚴世代詩人我推薦鴻鴻、廖人，文本的心靈探索與社會關懷兼具，前者以藝術知覺靈敏多

元探索取勝，後者思想深刻批評意識尖銳敘述手法刁鑽。

鴻鴻的詩語言親切自然，日常生活用語隨手拈來，但經常散發出跨越邊界的藝術能量，塑造驚奇感：「人生不如一行鯨向海：／人生沒有雙關語。／人生如睡，／夢把人生烤成微微卷起，散發香味的魷魚。」

廖人的詩語言斬釘截鐵，語調帶有疏離性質，對自我嚴格督促對世界冷靜殘酷，無限逼近真實的敘述手法，讓人倒抽一口氣：「一心不亂／大笑／／看江水飛／收回對江水／施加的魔法／／明天的風提早來了／明天的鳥／埋葬今天的天空」。

（二）臺灣新詩的詩歌空間

前言

臺灣新詩的詩歌空間，依據觀念／想像的文化根源與詩意迴響的音色特質，區分八種詩學類型。底下拈出詩學類型對應的代表詩人，從詩的個體發生學角度，檢視詩人的風格來源與精神樣態，闡釋詩學類型的特徵。八種詩學類型無論正面或負面影響，都是形塑臺灣百年新詩的文化元素；有些元素的影響力短暫而強烈，有些元素的影響力悠緩但能持之久遠。從詩歌空間建構的難易程度而言，現實主義詩學，比較容易學習與經營；審美精神詩學最為艱辛，需要深厚的文化涵養與精神信念加持，才能成就。民國詩學與日本詩學，在臺灣根系扎得比較淺，歐美詩學在臺灣的影響根深蒂固，其中利弊相當難以評估。無政府主義詩學與解構詩學都追求解放，差別在於前者只革文本的命強調個人主義，後者兼革自己的命轉化生命意識。命題作文詩學最模式化也最流行，在臺灣的各種詩獎、詩選、詩刊中隨處可見，彷彿暗示臺灣的新詩文化已然面臨惡癌侵襲。

1、臺灣民國詩學

　　臺灣日治時期新詩與民國五四時期新詩最早的鏈結點，來自留學北平的張我軍；張我軍新詩與胡適新詩，無論形式或內涵皆有相似之處。比如張我軍〈弱者的哀鳴〉的六行詩 2 節格式與「黃鶯」的意象比擬，和胡適〈老鴉〉的四行詩 2 節格式與「老鴉」的意象比擬，結構佈置與形象思維都是類同的。張我軍新詩的北京話語調對臺灣新詩的實質影響很有限，但文本洋溢的青春氣息，對當時苦悶的臺灣人或許有些吸引力。

　　楊華早期短詩學自冰心小詩，情境流於清淺。不過楊華獄中書寫的《黑潮集》，可是道道地地的臺灣特產，心境複雜深沉，反抗意志堅挺，一點也不輕薄。

　　洛夫詩的底色中有艾青自我膨脹聲音高亢的影子，不過艾青是社會革命的行動派，洛夫可不是，尤其他有軍人身分更加不可能。洛夫表面上作派很強勢，但在戒嚴體制管控之下，詩歌空間壓抑變形語言空間彆扭晦澀。

　　瘂弦詩有何其芳的抒情身影，外掛西班牙詩人洛爾珈的民謠風，再揉合一些戲劇張力，創造出獨特詩風，文本的批評意識隱晦然而強烈，詩學成就有目共睹。但瘂弦性格太過溫厚，扛不住威權體制罩頂的壓力，然後呢？沒有然後了。詩人坐辦公桌只能以滑稽列傳描述，杜甫早有明訓：「束帶發狂欲大叫，簿書何急來相仍」（杜甫〈早秋苦熱堆案相仍〉）。

　　1917 年肇始於北平的「文學革命」與「新詩運動」，固然對臺灣的新詩創作產生激勵作用；但民國五四時期新詩的語言文化與臺灣日治時期新詩的語言文化，是兩個獨立發展的脈絡，彼此交集的部分微乎其微。民國五四時期新詩的修辭「文白相參」，

口語部分的北京話腔調很明顯。臺灣日治時期新詩普遍皆以口語書寫，且語調流露出臺灣話（包含台語、客語）腔調。臺灣話腔調的新詩語言文化，從「日治時期詩人」延續到「跨越語言的一代」，再傳承於「笠詩社新世代」，這股歷史潮流塑造出一種純屬於臺灣的新詩語言文化圖譜。

　　臺灣的語言文化真正被干擾以致逐漸轉向，是從 1946 年 4 月官方大力推展「國語政策」，1956 年起在各級學校與公家機構講方言要受罰，才發生關鍵性轉折。從此之後臺灣人講母語是犯禁行為要受懲處，臺灣各族群的語言文化受政治力壓迫，逐漸削弱、失聲，甚至進入失憶狀態。因為語言失衡狀況極端嚴重，民國五四時期大陸新詩與歐美詩歌翻譯文本，才開始對臺灣新詩的語言文化產生影響，相當程度變構了臺灣詩人的語言觀。從長遠的文化發展觀察，臺灣新詩語言的漢語性與現代性被強化；但臺灣各族群（閩南、客家、原住民）的語言文化被嚴重摧折也是事實，至今仍然處在吃力復振的階段。

2、臺灣日本詩學

　　日治時期，臺灣青年為了獲取現代知識，無論家庭經濟許可或不許可，往日本就學深造才能為自己打開一條生路。楊熾昌待在日本的時間不長（1930-1931 年），正好遇上日本現代主義熱潮，文學收穫豐盛，奠定詩學根基。楊熾昌的詩歌空間揉合了（日本化的）超現實主義與象徵主義，情境神祕音色幽微，可謂臺灣日本詩學的扛鼎詩人。

　　王白淵留日時期相當長（1923-1934 年），欣逢民族主義在世界各地勃興，親身見聞日本社會主義的思潮激盪。王白淵積極參與／創辦各種組織，社會活動力旺盛。他的詩篇因為自身經歷

的日本經驗，而蘊含理想主義精神與人道主義內涵，顯現臺灣日本詩學的另一面貌。王白淵一生為堅持理想四度入獄，令人敬佩。

陳明台在 1970 年代赴日留學。1972 年 9 月 29 日，日本國與中華人民共和國發表「中日共同聲明」兩國建交，同一天臺日斷交；因此歷史變故，陳明台在日本的處境相當尷尬。陳明台的留日時期新詩，詩歌空間的悲劇性構圖具有日本文化特色，而主題關注卻是故鄉臺灣；復因與日本女友的戀情遭父親（詩人陳千武）反對，兩人不得不分手，導致女友墜樓悲劇，文本充斥各種矛盾拉扯詩學張力相當強烈。

「日本詩學」對臺灣早期新詩的塑造具有決定性影響力，這是不容否認的事實，陳千武、羅浪、錦連等人都翻譯過日本現代詩。「日本詩學」甚至對留學日本的紀弦與覃子豪，都產生過無法忽視的影響。但臺灣日本詩學的產房，還是侷限於「笠詩社」與「笠詩群」；大學人文學院的學術傾向以歐美文化為主流，歐美詩學逐漸成為臺灣新詩文化的主要影響來源。

3、臺灣歐美詩學

覃子豪的象徵主義詩學是個純種，紀弦的現代主義詩學是個雜種。純種的優點是風格統一，缺點是很難與時俱進。雜種的優點是自由多元，缺點是難以自我糾正，自負胡謅時讓人看了臉紅。無論純種或雜種，文化根源都來自歐美文學的翻譯文本，基本上是「歐美詩學」的臺灣派生物。

臺灣百年新詩遍佈著歐美詩學的影響跡痕，詩歌作者這裡學一點那裡抄一點；從翻譯文本抄襲的荒腔走板，從原文文本挪用的機心深藏。表面上看，婀娜多姿有模有樣，實際上精神空虛底氣不足，文字技術耍得再好也是次生性文本，原創性不足。新詩

書寫中的拿來主義是一種抄捷徑的功利行為，但在戒嚴世代與解嚴世代中相當普遍，甚至衍生為抄襲複製之風，對於創造意識而言這是一種自殺行為。

如果真要學到詩歌文化精髓，光是精通外國語言無濟於事，還要深入探索語言背後的思想脈絡與文化底蘊，還有詩人藉以安身立命的精神信仰，這需要付出的超常的精力與意志才能勉強稱作入門漢。如果不了解前蘇聯大詩人奧西普 · 曼德爾施塔姆（Osip Mandelstam，1891-1938）生命中的東正教信仰與身處極權體制的時代背景，能理解詩篇中的堅挺意志從何而來嗎？如果對藏傳佛教沒有親身體驗精誠叩問，有誰敢於涉獵藏族詩歌？如果對伊斯蘭文化沒有足夠認知，有誰敢於即興塗鴉或詮釋魯拜體四行詩？期待臺灣新詩作者能有足夠的誠心意志，進入深海探研與發現，而非裝酷耍帥般彈跳於表象浮水。

4、命題作文詩學

「命題作文」顧名思議可教可學，有標準範本可供觀瞻與模仿。作文補習班提供的學習教案都差不多，起承轉合佈陣，各種修辭手段分進合擊，引用名言金句，結論有模有樣。這種寫法應付考試勉強湊合（文章表情千篇一律會把改作文的老師氣死），文本缺乏生機顯而易見：但臺灣新詩以命題作文模式書寫者蔚為大觀，也出現眾多名家。始作俑者誰？

余光中早期新詩可圈可點，抒情洋溢，中後期新詩為什麼經常陷入模式化寫作？這是個人「僵化保守主義」與集團「政治意識形態」合謀的成果。命題作文詩學後來衍伸為新詩文創化書寫，這是同一個脈絡下的產物。各種詩歌獎的參賽者經常運用各種語言策略去設計參賽文本藍圖，結果可想而知，形式繽紛華

美，內涵靈魂空虛。獎金獵人名利雙收，大家有樣學樣形成惡性循環。

命題作文詩學由於好操作易有成效，依此脈絡而生產的詩文本，經常進入詩選本、詩教材，甚至贏得大獎形成錯誤範式；誤人誤己不消說，臺灣新詩文化想要更上的那一層樓如同夢中樓閣。

5、現實主義詩學

現實主義也稱為寫實主義。近代文學史，寫實主義與浪漫主義是並駕齊驅的兩大思潮，寫實主義強調具體事實，關注社會現實，反對浪漫主義不切實際的觀念與想像。臺灣的現實主義詩學由來已久，日治時期由賴和領銜，鹽分地帶詩人群接續，戰後笠詩社詩人群總其成。這是一個歷史脈絡分明的臺灣本土詩學巨流，對於抵抗前後兩大強權的殖民統治，凝聚臺灣主體意識，貢獻卓著。

但臺灣的現實主義詩學，長期以來存在無法克服的盲區。現實主義文本先天就注重理念傳播與群眾溝通，因為強調理念傳播，文學意圖中的意識形態往往過度暴露；因為強調群眾溝通，直白的敘述手法容易產生單向度平面化的文本結構。兩種因素結合，形塑出淺層化現實主義文本。這種詩歌文本教導普通民眾或許會一點功效，但難以產生自我教育與詩學淬鍊的功能。

臺灣的現實主義詩學需要不斷反思持續進化，要擺脫相濡以沫的集團制約，要超越自我沉溺的個人囿限，莫讓詩學巨流停滯不前，期待有心人共同努力。

6、無政府主義詩學

　　個人無政府主義（Individualist Anarchism）是一種反抗集體主義的哲學思想，也是一種強調個人地位和個人自治權的政治主張。無政府狀態（Anarchy），通常音譯為「安那其」，指稱一個不存在權威或者政府的社會。臺灣擁護安那其理念的著名詩人有兩位，一位是楊牧，一位是夏宇。楊牧的無政府主義傾向後來慢慢淡化，究竟什麼緣故眾說紛紜，有人推想是「林義雄滅門血案」發生之後，有人猜測是天安門「六四屠殺事件」發生之後。總之，歷史永遠存在著裂縫，沒有人能站立在裂隙裡。

　　夏宇始終保持無政府主義者的特質，人與詩皆如此。有人想當地球人，有人想當不依不靠的自由人，能不能當成是另外一回事。人的歸屬不會是空氣而是土地，是土地生養人；無政府主義者不想落實到具體的土地上，與家園產生倫理之愛的連結，他唯一能依賴的就是虛無的空氣，作者如此，作品也是如此。

　　個人主義在臺灣的政治氣象／文學環境中，經常緣起於個體不想被政治意識形態綁架，而產生疏離現實的心理傾向，楊牧與夏宇宣稱是「安那其」絕非孤例。但逃避現實的行為只會增強政治意識形態對臺灣社會的肆虐而非削減，鴕鳥心態解決不了問題。還有一些人為了抗拒國民黨戒嚴統治之不義，而秉持「左翼想像」投身反資本主義反美帝的陣營，也是可以理解的抉擇。只是本土左派往往會被更超級更專制的強權遊說成紅統左派，返身照鏡時不曉得會不會有裡外不是人之嘆？個人基本人權、社會公平正義的普世價值任誰也無法漠視。

7、解構詩學

法國後結構主義哲學家雅克·德希達（Jacques Derrida，1930-2004），創立解構主義批評方法，其批評體系設想：文本不是單一作者與單向度明確訊息的傳遞，而是某個文化場域／觀念視野裡各種衝突的體現。解構主義思想認為文本結構沒有中心，是不穩定與開放的，作品的終極意義並不存在。解構主義思想／批評方法具有去中心、去框架的特質，強調解構／結構的永續循環，文本中各種差異性能量流不斷相互滲透，不能片面區隔開來。

解構詩學不能只有解構世界，還得解構自我；光只有對於世界的劍砍刀劈沒有勇氣自我變構，那不叫解構詩只是文字遊戲。臺灣詩人從事解構主義書寫者不乏其人，堪稱觸入解構詩學精神的詩人，我推舉兩位：廖人與阿芒。

廖人詩集《13》，文本中的主語／主體處在不斷變換之中，「廖人」同時是施暴者與受虐者，同時是個人與集體，同時是聖潔與汙穢。詩集《13》具有雙向解構的企圖，解構世界（書寫對象）也解構自我（書寫者），它的語言大雜燴寫作模式，是對書寫與閱讀的雙重挑釁。

阿芒詩集《我緊緊抱你的時候這世界好多人死》，愛與死，個人與集體，同時出現在詩題中。傳統修辭強調選詞造句，注重韻律節奏，這些規矩尺度猶如「櫻花與櫻桃」規範了我們對「櫻」的想像，「種種奇巧風景／造成偏見和幻象／多久了？／在櫻桃溝，一個冒牌植物學家的底細被揭穿：／火燒壞她的視覺神經／沒看見木柴沿路生長」，阿芒的〈櫻桃溝〉長相特奇異，「櫻桃」與「溝」牽手的模樣引人遐思讓你走上歧路。閱讀阿芒的詩經常會有越界的驚喜，彷彿你經歷過或正要嘗試的「第一次」；解構

詩學召喚你勇於夢想，生命可以在純潔中享受浪蕩！

8、審美精神詩學

「審美精神詩學」不是專指一種特定風格的詩學，而是指詩歌作者對審美價值長期追索，詩歌文本連結傳統與現代，觀照天地精神，呼應土地與歷史，內蘊啟蒙意義的光輝。詩歌歷程具有如此特徵的詩人，我對其詩學形態特別稱名：「審美精神詩學」。審美精神詩學是建構文化詩學的軸樞，「詩人」歸宿所來處仰望更高處，「詩」之能量波流往來人（物質存有域）、天（精神存有域）之間，形成一正大光明的詩歌場，此一神聖場光耀澄明了人之存有的意義與價值。臺灣詩人具有審美精神詩學特徵者，例舉四位：葉維廉、楊牧、零雨、黃粱。

〈花開的聲音〉節選　葉維廉

就是那些從未聽見的聲音嗎？
降落的聲音
日曬的聲音
花開的聲音
你，就是你的升起
重疊了海和天
使雲，自白色瀑發的洪流裡
拂起古代奔蹄穿梭的大火？
借問歌聲何處盡？
青色的山間？
黃鳥路呢？

海鷗的飛翔呢？
當所有的顏色為一色所執著
當所有的聲音止於你的容色
天際的城市潰散
　　　　峭壁沉落
巨大的拍動鼓著虛無
七孔俱無的石臉
檢閱著知識生長的圖畫

花問：何種湧動
使萬物可解？

　　「花開的聲音」，是「詩的聲音」之象徵。「所有的顏色為
一色所執」隱喻赤色洪流席捲中國。「七孔俱無的石臉」檢閱歷
史進程喻擬渾沌。〈花開的聲音〉融匯人文觀照、自然懷想與歷
史意識，詩人的本來面目昭然若揭。葉維廉 1963 年書寫此詩未
滿二十七歲，但詩歌視域籠天罩地煞是驚人。

　　〈水妖〉節選　楊牧

假如過去絕對衍生現在：
海潮近乎無聲，相對
起落。我看到單人臨界
旋舞，為了進入現在
於未來，俯視眩目的五色石
以預言的形狀自右手指尖垂點處

折射九十度延長至無限，啊水妖
我看到白浪回流的時候多層次的
閃光磨過細沙往下滑，暗暗
作響，如我們卑微的生命
永遠撤離著，以高蹈的姿勢
我聽見你接納的詠歎多情再無傷感

啊水妖，我意識一面巨大的網
曾經像宿命的風煙將你罩在
速度的中心
靜止
而我以為那接近寂滅的動作
是自我與身體的對話
時間無比溫柔，允許美麗
於平衡和尋求平衡的程式裡
——如藏紅花反覆迸裂，痛苦
堅持露水點滴的季節，雲在天空
整理舞衣，創傷為了試探靈魂——
循環，分解，再以胞子的力

　　楊牧詩學重視抒情聲音，造境服從於表情與命意，傾向於
將「現實」視為一個暫時性憑藉，詩意書寫中諸多美學元素之
一環。楊牧之詩形象典雅聲響幽微，現實感斂藏而意念抽象化；
這種寫法達到的最高審美成就，當屬〈水妖〉，楊牧詩的後期
代表作。

〈木冬詠歌集〉節選　零雨

不是我獨自栽種了這棵樹
是天雨、雲霧、日光、季節
還有手的溫度、靈魂的耐力
以及時間的對抗

它的枝椏建造了一座宮苑
──（我們憩息其中
像思念故鄉的麋鹿）
它因光亮與幽微的內在
而孿生的果實
──（啊，且擷取其中芳華）
為了瞬間的取悅與痛楚

然後聆聽
這自然的魔喚

──葉子落向空無
寂靜響徹天穹

　　零雨詩歌歷時四十載的語言樹根深蒂固枝繁葉茂，如同嬰兒
的誕生與成長般，經歷一個緩慢而艱難的生命過程，沒有捷徑也
無法複製。〈木冬詠歌集〉以語言開枝佈葉，「人之樹」長出豐
美花果，心靈祈願帶領詩之歌詠上昇直抵天穹，表達零雨對於「語
言／詩」虔誠聆聽、渴慕詠嘆的詩學願景。

〈天色微明集〉選章　黃粱

〈生命開眼〉

礫石灘上，靜默是至高無上的主
浪的祈禱詞，日復一日
愛將來臨！愛將遠離！
草木石心皆有情
人，能用什麼來迎接光？
恢宏大海掀開了帷幔
生命開眼，彷彿剛剛甦醒
喜悅之清晨，無涯際的心

〈沙之光〉

月光歇息，海濤咆哮
我的心裡有靜穆的沙灘
沙中溫暖的心
沙的肩，沙的臂彎，沙
安坐，祈禱的手
圓潤細緻的臉龐
黑夜在大海中沐浴
沙之光，純粹，虛白

　　「天色微明」象徵黑暗即將遠離光明終將降臨，對應「啟蒙時刻」。此一難得稀有之時刻，唯有「人」消泯自我融會到廣大

「天地」方才可能幻現。此時此刻，「心」無涯無際，穿越周遭環境之禁制，天、地、人彷彿都剛剛甦醒過來，靜穆渾然一體，共同迎接無始以來的聖啟之光。

（三）詩與詩人的價值規範

1、詩與詩人的嚴厲定義

就詩人座標而言，我特別重視「詩人意識」在個人詩歌歷程中的位置與作用。「詩是人存活在大地上，陷身于歷史中，賦有真實之大美的明證，文字的聲音形象只是存有與時間的局部轉喻，詩不僅僅是這些。詩在語言背後有一條堅韌的傳續人類文明的精神線索，一種人性尺度的價值判準，一道法執，我名之曰『詩人意識』，它帶領詩人穿越生死之間無窮止的迷障。當生存召喚正義，詩本然呈獻正義；當歷史迫近抉擇時刻，詩凜烈烙下時代印痕。」（黃粱〈泥濘中的清醒與抉擇〉）詩人意識，包含了文化意識與人性意識雙重要素，它是超越族群和語言、跨越時代和地域的一種詩的內在尺度；詩人意識，超越特定的時代環境與政治意識形態，而存在於真正詩人身心靈深處。在一個無志可依的迷亂時代，「詩人意識」突出了言志的道德勇氣，在泥濘中清醒與抉擇，對戕傷人性、扼殺自由意志、沉陷物質幻影的「非法」的體制與行徑，以詩篇亮出「法度」的準繩，用語詞之光照亮歷史謎團。

在我用以安置詩人座標的量尺中，著作等身是發揮不了作用的，身分地位與社會知名度也沒有任何價值。黃粱詩學擬定的詩人座標，以詩的審美精神為關注焦點。黃粱詩學的審美標準，注重詩的靈魂質地與文化涵養。

本書共有一百位作者及其作品被論述，裁選態度嚴肅，並依此構建臺灣百年新詩的文化圖像。我對詩與詩人進行了嚴厲的定位，我將「詩」定義為：「創造性自身」，詩是未來之眼，能夠對「詩的真實」加以創造性定義的文本就是詩。我重新闡釋了何謂詩人？我將「詩人」定義為：「在美學中生活，變革自我與他人」，詩人具有隱士與革命者雙重身分，敢於涉入歷史濁流又能步履心靈清溪。

2、突破界域框限的詩與詩人

　　古典文化裡的「詩」，孕育自綿長久遠且生生不息的文化之鏈，詩人將文化視為己身所從出的母體，詩的原生之地。「詩」的棲身土壤是文化傳統，文化傳統的核心是精神信仰與終極觀照；「詩」向萬象流變開敞交通，與土地家園緊密連結，顯現創造性的奧義與美。

　　現代文化裡的「詩」，變質成一種供應消費循環的工具與產品，這種詩的背後是什麼？就是製造產品與消費產品的那個人，並依此而攫取名利地位，個人主義被無限膨脹。「人」的成分又什麼？不過是渾身披金戴玉貼滿商品標籤，一團滿盈七情六慾會腐爛的肉而已。

　　上述現代性文化現象百年來不絕如縷，但網路資訊高速流動與資本主義市場經濟，又加速現象的惡質化。臺灣新詩，既可能是文化沼澤狀態最底層的汙穢泥，又可能是卓絕於文化沼澤之上的白蓮花，這是「詩」向人類提出的最最艱鉅的挑戰。

　　既言「詩人具有隱士與革命者雙重身分」，意味著，詩人同時實現了解構自我與解構世界的雙重任務。一旦臻此境界，一切人為界域皆禁制不了此一存有者，故能與「詩」──「創造性自

身」之無端無盡藏大美，優遊往來毫無窒礙。既然詩人與詩之間毫無嫌隙存在，詩人與詩人之間也理應如此。詩人之存在不應有所謂的世俗性階級區分，若有差別之意識與對待，皆是「非詩」。每個詩人都擁懷詩與人之共性，每個詩人也都擁懷先天與後天的不同殊性。主觀而言，每個詩人的創造質量與文化貢獻有所差異，客觀而言，詩之創造唯一奉獻而已。

「『施』即目的的人生，創造乃為禮物，尋找真正喜樂的因，真正的喜樂就是自由。」（黃粱〈詩篇之前　六十六章〉）

三、臺灣詩學建構的意義與困境

前言

議論「臺灣百年新詩」，牽涉對象有兩個，一個是百年來的臺灣歷史，一個是百年來的臺灣新詩。正如同議論杜甫其人其詩，你就不能不認識唐代的政治變遷、文化景觀與社會現實。

1923 年 4 月賴和以筆名懶雲發表〈最新聲律啟蒙〉在《臺灣》雜誌上：「勇對怯，厭對貪，實踐對空談。懇求對壓迫，責過對懷慚。蕃和漢，北中南，暮四對朝三，敲脂未覺痛，嘗糞亦云甘。賄賂弊存豈易忍，酒煙利奪總難堪。法網非疏，偏漏殺人強盜。愚民可陷，轉憐好事偵探。」百年後的臺灣人讀來，是否依然有對鏡相照之感？在歷史與詩歌的交界處，我們記取了什麼？又輕忽了什麼？臺灣新詩孕育自臺灣的土地、族群、文化與歷史，沒有對臺灣的生活環境、族群情感、人文景觀與歷史脈絡的總體認識，臺灣新詩的歷史敘述就像操弄沒有靈魂的木偶一樣，只是論述者對文本的空思夢想。

議論臺灣新詩，首先要議論臺灣詩學，求索思想結構勘查審

美精神；不了解臺灣詩學的文化實相，就不可能了解臺灣新詩的優勝劣敗。詩學建構不夠踏實也不受重視的臺灣新詩，就像一間沒有頂梁柱的房子，強風一來摧枯拉朽般倒塌。臺灣詩學建構的意義是什麼？臺灣詩學建構的困境在哪裡？臺灣詩學建構的目標與方法又是什麼？

（一）詩學建構的意義

為什麼需要詩學建構？主要意義有兩個：一、「詩」的文化定位。二、「詩」的思想架設。前者釐清詩是什麼？後者探索詩的學術內涵。釐清詩與其他文體的根本性差異，才能凸顯「詩」在人文世界的審美價值及其崇高的精神位階。探索詩的思想，才能對詩的「渾沌知識」進行思想澄清，架構學術體系。

1、「詩」的文化定位
（1）詩的語言文化

日治時期的臺灣新詩有漢文也有日文，戰後的臺灣新詩以華文詩為主流；而後，台語詩、客語詩、原住民族語詩／華語詩、新住民母語詩，陸續登上歷史舞臺。這些臺灣新詩文本中的最大公約數是「現代漢語」，沒有現代漢語做為媒介體，這些不同語言文本之間的交流很難進行。

「現代漢語」的前身是「古典漢語」，無論現代漢語或古典漢語都有雅言、白話的分流。現代漢語、古典漢語並非水火不容的兩個語種，他們是前後相續的同一個語種，也無法斷然切割。同樣道理，古典漢詩與現代漢詩也並非楚河漢界般的兩個敵對陣營，他們是同一個陣營的兩支部隊，運用同一種工具進行書寫，「漢字」是他們的最大公約數。

臺灣存在現代漢詩，也存在古典漢詩，後者比前者的歷史更加悠久。要深刻討論臺灣新詩，就必須溯源它的前世才能了解今生。國立臺灣文學館截至 2021 年底出版了精裝本《全臺詩》七十冊，收錄戰前（1945 年之前）九百九十位臺灣詩人書寫的十四餘萬首古典漢詩。現代漢語不是突然出現的文化產物，現代漢詩也不是突然出現的文化產物，現代與古典（無論是詩或語言）都有血脈相續的文化鏈結。以漢字作為書寫工具與溝通媒介的臺灣新詩，它的新詩文化的根源自然就是漢語文化；它固然受到漢譯日文詩、漢譯歐美詩的影響，都通過漢字作為媒介體，脫離不了漢語文化的框限和影響。

　　臺灣現代漢詩與臺灣古典漢詩，兩者之間，究竟有何相同之處？有何相異之處？不是三言兩語解釋得清楚。2021 年 1 月國立臺灣文學館出版了《從《全臺詩》到全臺詩國際學術研討會論文集》，這是 2020 年 7 月 24、25 日「從《全臺詩》到全臺詩國際學術研討會」的論文集結。臺灣古典漢詩都舉行過國際性學術研討會了，臺灣現代漢詩何時才會舉行「臺灣百年新詩國際性學術研討會」？何時才會將古典詩與現代詩進行比較文學研究？曾任「臺灣文化協會」協理的林幼春（1880-1939），歌詠乙未「八卦山之役」抗日名將吳湯興的〈諸將〉六首其一：「三戶英雄竟若何，吳公近事感人多。草間持梃長酣戰，夜裡量沙獨浩歌。望月有年皆帶甲，回瀾無力且憑河，纍纍叢葬磺溪路，策蹇荒山未忍過。」正可與賴和激憤悲歌的新詩〈低氣壓的山頂（八卦山）〉對照著閱讀。賴和〈讀臺灣通史〉十首其一：「男兒志氣恥偷生，意到難平賭命爭。先覺遺模猶在目，後人見義只心驚。」在臺灣困陷險惡的兩岸局勢而國人猶然遲鈍的當下，讀來又何止心驚。

　　根據上述推理，要討論（以漢字書寫）的臺灣新詩，就必須

對漢語文化、古典漢語、古典漢詩、現代漢語、現代漢詩，進行全方位探索，才能深刻精準地對「臺灣新詩」進行更加宏觀的文化定位。

（2）詩的人文意義

詩的文化定位，還牽涉到詩與其他文學文類的差異。如果上溯「詩」的根源，在古希臘與古中國，詩都是國家祭儀中向天祈禱的莊重文辭，溝通人心與天心，位居文化場域的核心地位。從詩的經驗（決定性經驗）作為審美經驗之核來觀察，詩是一切文化創造的核心動力，領銜創造契機；就詩的精神（整體性價值）變革心靈與世界的文本動能而言，詩是文化創造的先鋒力量，勇於開拓邊界。依上述文化闡釋來定義，「詩」的文化功能、審美價值與精神轉化能量是別的文化載體無法取代的，詩的人文意義應該如是定位。

新詩百年來的最大迷思，在於詩歌作者的自我侷限。他們將新詩視為普通的文學文類，一種微不足道的分行排列的文體。他們將新詩視為文化廢墟上自作自得的文類，可以無視於文化傳統恣意妄為。他們將新詩視為西方詩歌文化的聰明仿生品，可以快速生產快速消費。這種缺乏文化涵養與歷史意識的當代詩，侷限於文學文類的語言遊戲，缺乏歷史視野捨棄傳統根源，只能在小圈子裡自己玩自己。這種類型的新詩書寫，永遠玩不過小說、影像、動漫、多媒體，只能是文化環境中可有可無的點綴小品；如果還想向大眾文化靠攏，只會從三流淪落為末流，永無翻身的機會。

2、「詩」的思想架設

詩的學術範疇有以下六大綱要，分別簡述：

（1）語言文化座標

2019 年 1 月 9 日文化部公佈施行的《國家語言發展法》，第三條：「本法所稱國家語言，指臺灣各固有族群使用之自然語言及臺灣手語。」本法並未以法律明列各固有族群之語言名稱。2022 年 8 月 22 日行政院核定《國家語言發展報告》，該報告提出語言名稱使用建議，應優先使用「臺灣原住民族語、臺灣客語、臺灣台語、馬祖語、臺灣手語」。臺灣原住民族語再細分為布農族語、排灣族語、阿美族語、泰雅族語等。《國家語言發展法》第四條：「國家語言一律平等，國民使用國家語言應不受歧視或限制。」但為何只有華語／華文被稱名為國語／國文？

臺灣新詩從語言譜系而言，區分為兩大項。第一項：漢藏語系／漢語族，下分：華語詩、台語詩、客語詩、馬祖語詩。第二項：南島語系／臺灣南島語族，下分：布農族語詩、排灣族語詩、阿美族語詩、泰雅族語詩等。馬來 – 玻利尼西亞語族／達悟族語詩。

（2）詩的基礎座標

基礎座標包括兩大項：詩的書寫形態、詩的語言空間形態。

書寫形態細分為：格式規範（分行詩、不分行詩）、節奏規範（行節奏、句節奏）、韻律規範（韻體詩、無韻體詩）、型式規範（定型詩、準定型詩、非定型詩）、組織規範（單篇、分段詩、系列詩、組詩、中型詩、長詩）。

語言空間形態細分為：語言體裁（雅言修辭、白話修辭）、語言鏡像（想像情境、現實情境）、語言動能（跳躍敘述、連續敘述）、語言調性（抒情聲音、思辨聲音）、語言意識（聚斂性語言意識、擴散性語言意識）。

（3）文學類型座標

詩的文學類型區分為三大項：抒懷寄情類（風詩）、現實索隱類（雅詩）、終極觀照類（頌詩）。風詩，生活感懷心靈詠嘆之詩。雅詩，介入當下諷諭現實之詩。頌詩，追本溯源精神嚮往之詩。

（4）文體類型座標

詩的文體類型區分兩大項：風格類型、主題類型。

風格類型例舉：寫意詩、超現實詩、內面空間詩、形象思維詩、荒誕戲劇詩、宏觀結構詩、造境詩、身體經驗詩、魔幻現實詩、解構詩等。

主題類型例舉：戰爭敘事、歷史事件敘事、誕生敘事、死亡與重生敘事、生活頌歌敘事、生命哀歌敘事、心靈鬥爭敘事、身體傷殘敘事、山林敘事、海洋敘事、邊緣敘事等。

（5）詩學類型座標

從論述主題區分為：詩人學（環繞特定的「詩人文本」進行探討）、詩美學（針對「詩文本」的審美機制專項分析）、詩語言學（詩的語言藝術之評論闡釋）、論詩學（發掘詩的真實與詩的思想）。

從論述範疇區分為：詩的個體發生學（闡釋詩歌創作者親近

／覺知「詩」的心靈契機、身體經驗與文化脈絡）、詩的環境生態學（分析詩與心靈風情、社會現實、精神家園的多重互涉）、詩的系統動力學（研究詩文本的語言空間構造與詩歌空間特質）、詩的形而上學（探索「詩」的文明起源、自然本性、概念範疇、精神鏡像）。

（6）詩的歷史座標

詩的歷史座標區分為：沿革性詩史（時間維度的歷史）、地域性詩史（空間維度的歷史）、語言性詩史（語言維度的歷史）、精神性詩史（價值維度的歷史）。

（二）詩學建構的困境

臺灣詩學建構面臨三重困境：文學環境困境、詩歌書寫困境、評論書寫困境。三種困境交互影響，產生「集團化」、「同質化」、「淺層化」皆非常嚴重的文化生態。這種文化生態顯現出表面光鮮亮麗、內在靈魂空虛的新八股與新科舉。新八股：依「制式美學」塑造時尚流行。新科舉：靠「權力網絡」罟攏集團利益。產生這種文化現象的根本原因來自文化認知錯亂：看重文化表層的形式變化，棄置文化裡層的價值內涵。身處此種文化環境的讀者、作者、評論者，因為薰染陷溺心識難以超脫，以致臺灣的新詩文化長期停滯不前。

1、文學環境困境
（1）權力網絡制約

臺灣是個嚴重依賴權力關係網絡的社會，家庭有權力關係位階，學校有權力關係位階，軍隊有權力關係位階，社會群體有權

力關係位階。群體之內注重利益授受，群體間強調利益交換。文學環境中的權力網絡制約同樣嚴重，爭奪目標不只是名與利，還牽涉到意識形態爭戰。你不納入這個群體你就得歸屬那個群體，不遵循遊戲規則的人就會被排擠被忽視。

所以呢，佔據文化核心的大師，巨匠，名家，通常是掌握權力者兼分配利益者，不會是最優秀的作者；就算你是優秀的作者，你也得靠一系列的權力關係網絡幫你撐腰，否則只會叫好不叫座。詩集自費小量出版的下場，過不了多久就在市場上消失無蹤。連零雨、孫維民都長期經歷這樣的日子，也難怪鴻鴻要自己經營出版社。臺灣這樣惡質的文學環境，鳳凰與野雞同座比鄰是正常現象，劣幣逐良幣是正常結果，大家也習以為常。

（2）評價座標匱缺

根據上述具體存在的文化現象，公正客觀的評價座標會不會出現？當然不會。權力網絡制約是因，評價座標匱缺是果。舉目所見的文學評論，其實是推薦文、彩妝文、自吹自擂文、摸蜊仔兼洗褲文。沒有批評意識的文本可以稱作文學評論嗎？價值錯亂的文學評量，不但誤導讀者也會誤導作者，讓作者誤以為作品賣得好就是作品優秀，把量多等同質好。這種消費數據導向的時尚，迷信名牌標籤的時尚，是臺灣文學環境之癌，幾乎沒有藥醫。

就算國立臺灣文學館有心想要樹立較為客觀的評價座標，也沒什麼作用。主辦單位能告訴我，他用什麼標準去篩選評審？為什麼那些人有評量他者的資格？他們是優秀的作者與學者就等同他們是優秀的評論者？這是兩碼事吧。「評審委員是從資料庫裡的名單、由電腦篩選出來的」，在觀念上就打了一個死結；要研究小說者去評審新詩，在觀念上打第二個死結。諾貝爾文學獎的

評審最不多元最不隨機了，只要文學視野與鑑賞能力被認定為專業且道德高尚，這些評審委員就得幹一輩子。

（3）新詩教育錯亂審美知覺遮蔽

臺灣各級學校教育中，文學教育（尤其新詩）從未得到重視，選入國中、高中的新詩教材，作者不出那幾個，內容既幼稚又八股，變成反教育，不但老師教得茫然學生也心生厭惡。新詩教育錯亂，詩刊的內容策畫、詩選的編輯裁選、詩獎的篩選評判，都脫離不了關係；優質文本才能產生教育功能，劣質文本會形成反教育。國文教材有語言教育與文學教育雙重功能，選材不只考量語言修辭層面，還要考量文化內涵與審美品質，文本內容如何與當代心靈產生鏈結也至關重要。國文教材能否產生文化教養與心靈啟蒙作用，與文本是文言文或白話文無關，與文本蘊涵的審美價值、人文思想、精神傾向有關。

長期被餵食反教育詩文本的讀者，就像一群長期喝惡質茶葉的品茗者，他們永遠不知道好茶是什麼滋味？有機生態茶是什麼滋味？他們的審美知覺已經被錯誤資訊遮蔽了，壞詩讀得津津有味，一首好詩在他們的眼皮底下無法逗留。我曾受邀參觀一位資深收藏家的百來塊古玉，翻來找去竟然全數都是仿古玉；造成這種悲劇的唯一可能是，他的審美知覺一開始就被錯誤的教育框定在特定場域，再也無法經由自我教育而開拓眼界。這種審美知覺遮蔽狀況，就是臺灣新詩文化無法有效提升最根本的癥結。

2、詩歌書寫困境
（1）偽解構

「偽解構」是相對於解構而言。解構要去中心去框架，「去

中心」當然也包括解構自我。但偽解構的新詩書寫者並不了解這個關鍵，他們把文本砍碎隨意拼貼，或將意念扭曲語言變形，就感覺厲害無比。那個沾沾自喜的「我」像蒼蠅一樣黏在蒼蠅拍上，他卻一點感覺也沒有。

詩如果可以這樣寫比小學生還不如，小學生的造句至少還有稚拙真實之美，文本拼貼和語言變形則暴露了自以為聰明的造作。我並不反對拼貼或變構，並因此而形成蒙太奇般的心靈位移與感覺增生。但解構不是一種製造產品的工具，而是觀念翻轉的工程，缺乏自我改造能量的想像力，只是在揮霍才華滿足表演欲。

（2）拿來主義

「拿來主義」在臺灣新詩場域是常態景觀，不管你稱它為模仿、擬作、抄襲，甚至侵佔，都無妨。拿來的目標可以是：修辭模式、語調聲韻、意象原型、核心意念，可以是：佳句抄，整段抄、整首抄、改頭換面抄，意思彷彿。

「拿來主義」的參考文本可以是：早期新詩、前輩新詩、同儕新詩、外地新詩，也可以是：外文翻譯文本、外文原文文本。究竟會不會被抓包？這不是重點，重點是缺乏「詩的經驗」的文本，根本就不是詩，只是一件文字仿生產品。

「拿來主義」的詩歌書寫有兩種類型，一種暴露了創造力匱乏的心虛狀態，意圖抄捷徑的同時也汙衊了「詩」。另一種炫耀文化知識和語言能力，以自認聰明的方式將名家的語言策略、結構思維現學現賣。這種浮誇才華的寫作模式是自尋死路，風格對他而言只是穿戴的面具，而非一張真實的臉。

（3）文創化書寫

　　「文創化書寫」者把詩歌寫作等同於文創設計，首先要立定主題構思綱要，接著運用各種語言策略攻城掠地，巧妙修辭加以美妝，結局來個推理懸念或業力總爆破。文創化詩文本，內容塞滿多元素材與觀念，風格配合評審口味符合時尚，產品數量要多到足以到處發表不遺漏任何獎項。

　　既然寫作手癢又才華爆漿，幹嘛寫詩？寫小說投資報酬率不是更高？寫詩賺稿費，真正是：頭殼歹去！倒不如去寫文創企劃案，去寫流行歌詞。「文創化書寫」是無法扎根的寫作行為，對人對詩都如此；「文創化書寫」的消費性格，注定了作者自我消費的下場；「文創化書寫」形塑出一種看似充滿巧思實則泯滅靈魂的「制式美學」。

3、評論書寫困境

（1）文學資料彙編

　　「文學資料彙編」的新詩研究，在臺灣大學院校的碩論中很常見；一點都不奇怪，因為他的指導教授可能也是這麼幹的。如果文學資料彙編，專注整理論述對象的寫作歷程與生平作品，至少還有收集之功。更奇怪的現象是，那些文學資料是挪用別人的評論內容與既有的訪談資料，搭配對象文本互文一番，最後來個印象式的泛論總結，一本碩論就這樣出爐。

　　文學資料彙編相當重要，多方蒐集資料務實分析也值得嘉許，但更重要的是要有創造性與想像力。缺乏創造性與想像力的論述，就只能擺在書架上蒙塵，連作者都不想再去翻第二遍。

（2）模式理論套用

「模式理論套用」在學術界有其正當性，因為學術界有論文寫作的嚴格要求。現代漢詩，因為創生時間只有百年，期間又經歷無數外患與內亂，臺灣戒嚴又不是紙上談兵，經常槍口上見真章，不僅僅約束思想也戕害思想。結果呢？詩的思想體系還停留在挪用／誤用外來理論的初級階段。你問他對「詩」有何看法？說來說去大同小異。

就算新詩評論要「理論」一番，寫作者也要懂得活用；要不然你就相信自己的閱讀感受，仔細去分析感覺樣態之種種，你的感受深刻評論自然就會深刻。理論不理論是文本自身的需求，不能任意從虛空中抓來套用。我從來沒見過深刻的詩歌評論是依理論套用寫出來的，深刻的詩歌書寫當然更是如此。

（3）詩學認知浮淺

為什麼文學資料彙編與理論模式套用會盛行？因為新詩研究者缺乏更深層次的詩學認知，只好整理資料兼讀後心得一番。如果學者的詩學認知還停留在：明朗／晦澀、具象／抽象、形式／內容、傳統／現代，這些二元對立的觀念與想像，還在修辭與意象上兜圈子，新詩研究生只能有樣學樣。期待更新世代的學者，接受更扎實更寬廣的學術訓練的同時，也敢於承受更嚴厲更徹底的自我革命，才能翻轉上述弊端開創新格局。

「詩學」建構當然不是一朝一夕能草成，但數十年如一日原地踏步，還是讓人怵目驚心。有心於「臺灣詩學」建構者，必須從基礎詩學艱辛起步，棄絕人情世故的推薦請託，以具體文本為研究對象，嘗試建立回歸詩學的評價座標，專志探索詩歌奧義，

臺灣新詩文化才有可能脫離缺乏自我鑑照能力與勇氣的窘境。

（三）臺灣詩學建構的目標與方法

臺灣詩學建構需要設定文化目標，根據文化目標尋找達標的方法。臺灣詩學建構需要學術界群策群力，選定專業領域長期經營重點突破。臺灣百年新詩經過文化體檢，我認為有幾個亟待改正的缺點，根據這些缺失設定以下五大目標與五種達標方法。

1、目標
（1）詩歌視野的擴充

臺灣新詩的詩歌視野，主要集中於自我與世界的關係，這裡的「世界」，狹隘到極端就是臺灣文化場域，文化場域中的某個詩社、詩刊、詩獎、傳播媒體、出版集團；只要榮獲某詩獎被某集團提攜，就代表自我與世界都開了花，可以開始得意忘形。臺灣新詩的詩歌視野缺乏歷史意識，文化資源不容易累積與傳承；要改變這樣的心態需要回看詩歌歷史（包含古詩與新詩），了解前人的優點與缺失，以資自我鑑照。臺灣新詩的詩歌視野必須要跨越臺灣場域，理解各地區當代華文新詩的文化樣貌，學習世界詩歌的古老傳統，研究鮮銳變化。

（2）語言空間的深化

臺灣新詩的文本建構，由於作者急功近利的關係，語言空間經常淪落於淺層化、平面化。快速寫作匆促發表的詩人，很難創生深刻細緻的作品，更難醞釀出個人獨特的語言譜系。組詩、系列詩、長詩，太花時間與心血，經營者越來越少。語言空間的深化是成就優秀作品的前提條件，關鍵是長期經營個人的語言符

碼，注重文本組織的結構深度。語言策略的經營要避免同質化傾向，根據不同的題材開發不同的語言形式，又要維持語言美學的連續性，塑造個人獨特的語言風格。

（3）詩歌空間的開拓

　　臺灣新詩書寫有兩個明顯缺失，一個是太過自我中心，一個是容易受到時尚牽引。太過自我中心的結果是眼淚、鼻涕一大缽，搞得詩人比街友還可憐，一副痛苦不堪隨時準備跳樓的模樣；或者自負自戀自我膨脹，一副唯我獨尊的可笑模樣。受時尚牽引的結果是，同一主題或同一手法經常被重複演練，連意象意流、語調語情都類似。想要開拓詩歌空間，書寫向度要多元化發展，跳脫思維慣性與眼界侷限，更要注重人文思想的淬鍊與精神層次提昇。

（4）新詩文化的學術建構

　　臺灣新詩雖已創建百年，詩的思想從未受到重視，知識的系統性建構相當殘缺；觀念與想像不是保守僵化一成不變，就是浮華空泛得像似痴人說夢話。他者理論的套用要嚴格審視，留意語言文化差異。新詩文化的學術建構，兩大要素缺一不可，一個是原創性的觀念與想像，一個是知識的系統性建構；前者讓新詩文化不會淪喪創造的契機，後者讓新詩文化得以積累深化，兩者相輔相成。

（5）詩歌精神的顯揚

　　在臺灣談論「詩歌精神」有點可笑，因為不切實際且不識時務。從百年詩史觀察，賴和算得上具備詩歌精神的象徵人物，他

參與公共事務，關懷人民疾苦反抗殖民統治，提攜文學後進，做人處事謙讓無私，種種作為讓人佩服。「詩」要想在當代的文化與社會獲得一個重要位置，有益社會人心，參與推動時代巨輪，「詩歌精神」必須顯揚。詩人不是美文作家，不是斤斤計較名聲與利益的可憐蟲，詩人是革命者，不管是觀念革新還是社會改造，詩人應當是領銜者當仁不讓。

2、方法

（1）提高詩的位階，界定審美理想

　　建構臺灣詩學，首先要提昇「詩」的文化位階。如果把詩看作是文學文類中的小角色，「新詩」只能當文學小跟班，「新詩人」只能當永遠的文化邊緣人。「詩」是語言的最高形式，「詩的經驗」是一切審美經驗之核；要效法古典時代的詩歌精神，將「詩」提昇到無法被取代的精神位階與文化創生的軸心位置。

　　提昇詩的位階之後還要界定詩的審美理想，一貫堅持絕不妥協。什麼是詩？什麼不是詩？佳句辛勤鍛鍊，佳篇嚴肅評價。不可將浮華意識製造的文字垃圾與虔心醞釀的精神文本等價齊觀。一旦魚目混珠混淆視聽，詩的文學場域就如同一灘渾水，再也乏人問津。

（2）基礎詩學探索

　　臺灣詩學必須奠基在基礎詩學的堅實探索之上，「基礎詩學」是詩的基礎座標的核心構成。詩的基礎詩學，澄清「審美精神」、「語言層相」、「書寫形態」、「語言空間」、「詩歌空間」具有哪些內涵、層級、模式與類型？詩的「基本詩意單元」與最簡約的「基礎詩體」是什麼？缺乏這些元素和尺度，臺灣詩學要拿

什麼鋼筋與石材來建造詩歌文化大廈？

　　臺灣詩學不能僅僅拿明星詩人與經典詩篇來充當門面，缺乏詩與思想深刻交流的臺灣新詩文化，不過是一張張面目模糊的個人臉譜與一堆文字塗鴉。基礎詩學是新詩評論的根基，也是思想議論的共通平臺；如果對「詩」的認知沒有基本共識，文化論爭永遠是雞同鴨講，詩學對話淪為空談。

（3）詩歌資料的整合與數位建置

　　進行詩學研究，需要做大量的文本細讀、資料比對，研究者最好住在國家圖書館附近，否則他就要花大量的時間、精力、金錢，奔波在搜尋資料的半途。文學資料往往分散各地，又不容易書卷在手，最好的方式是資料整合與數位建置。詩歌資料必須整合到單一平臺並且數位化，容易分類檢索，研究效率才會提升。詩歌資料要想整合到單一平臺，最好的辦法是成立「臺灣新詩文化國際研究中心」，並在其中建置數位圖書館，方便學術研究與國際交流。

（4）新詩評論深化與再批評

　　「新詩評論」一直是臺灣新詩場域的一道奇觀，自己吹，糾眾吹，相互吹，是經常可見的文化現象，百年來也未見絲毫改進，也沒人覺得有何不妥。文學的文本細讀與批評闡釋需要花大量時間，新詩評論更是如此。新詩隨便寫是常態，新詩評隨便寫也成為常態，少有人肯花心思去經營新詩評論，因為投資報酬率是負數；太艱深沒人願意看，文章只能點到為止，而且內容沒有負評。一篇沒有批評的文學評論實在不像話，但這就是臺灣的文學現實。

臺灣新詩要想提昇審美水平,新詩評論必須再深化,敢於對優點缺點實話實說,敢於對評論文本進行再批評。

(5)突破框限與跨界對話

　　臺灣文化經常流露出封閉型的島國心態,缺乏開放性心胸,歷史前後脈絡經常斷線,社群橫向聯繫也到處阻隔。你跟我不是同一國基本上就沒人理你,寫得再好也沒用,小圈子現象隨處可見。一本著作沒有名家推薦難以出版,出版了也沒人鳥你。新詩本來就小眾,彼此排斥又變成小小眾。臺灣新詩與中國新詩的對話很有限,團體交流通常黨性色彩濃厚遊山玩水一番;2012年之後因為政治局勢嚴峻交流更趨稀少。臺灣新詩界也很少理會馬華新詩、香港新詩、海外華文新詩,臺灣新詩界只想自己吃自己,有料一鍋端。

　　這種閉門造車的心態像話嗎?關起門來說自己好棒棒,只會笑垮自家的大門。詩,本然具有先鋒性格,應該勇於突破意識框限與現實框限;詩,必須敢於跨界對話,才能證明書寫者是詩人,是一位掀波翻瀾的時代先知。

四、臺灣百年新詩的詩歌精神

　　臺灣新詩經歷百年歷史,百年之中苦難重重至今未曾稍歇。百年間,臺灣新詩留給後人什麼文化資產?內聚哪些足以振奮人心的詩歌精神?從歷史脈絡梳理與詩歌文本闡釋中,我歸納出兩個主要的詩歌精神:抵抗奮進、多元共生。

（一）抵抗奮進

1922-2022，臺灣新詩走完第一個百年。1922-1945 年，承受日本帝國殖民與太平洋戰爭波及。1945-1949 年，經歷戰後經濟蕭條與「二二八事件」。1949-1991 年，國民黨軍政集團實行戒嚴統治，白色恐怖瀰漫全島。2000 年政黨輪替，臺灣的民主體制依舊脆弱，中國的文攻武嚇晝夜迴響。在艱難的歷史過程中，臺灣人沒有其他選擇只能抵抗奮進，翻轉步步進逼的滅頂災難。熱愛自由民主的詩人們自然也不例外，抵抗奮進是生命本能與良知召喚，並在詩歌中留下深邃刻痕。百年以來充盈著抵抗奮進精神的詩人與詩篇，是塑造「臺灣主體意識」的重要元素。

（二）多元共生

臺灣是個多族群多語言的國度，南島民族、閩粵移民、外省族群、新住民，這些族群性格、習俗信仰、語言文化皆相異的社群，無可否認，經歷過激烈爭鬥弱肉強食的叢林過程；但兩千三百萬人在這塊土地上，總算建構出民主法治的框架，殊屬不易。「臺灣主體意識」雖然型塑緩慢但漸次集結成強大能量，土地倫理關懷（把臺灣當作唯一家園）終將成為島國居民的最大共識，凝聚出一個令人嚮往的「新臺灣」。臺灣新詩之誕生演化，與臺灣歷史相互呼應，逐漸走向多元共生的開闊格局——臺灣百年新詩艱苦召喚的文化願景。

> 「詩是什麼？詩是語言探索的先鋒，百代傳承的『太古的土壤』，使人文耕作成為可能；詩光耀生活擦亮心尖，啟發『靈性的自我覺照』；詩引導人性安然返鄉，傳

授最根本的『家庭教育』；詩乃世界生成的基礎，是『創造性自身』。

　　詩人在喧囂的世紀傾聽寂靜開花的聲音，守護生活原初的氣息；詩人在發出恐怖噪音的歷史車間摘下面具，掀開時間的裹屍布，驅除咒語的遮蔽重整記憶。詩人兼具隱士與革命者雙重身分，隱士在美學中生活，革命者變革自我與他人；詩人以詩歌隕石般的能量穿透現實的鐵牆，向曖昧虛無的當代語境挑戰。

　　詩是廣大的心識，愛是純淨微妙的呼吸，回到萬物始生之地，比初心壯闊；但願詩的文字是愛，令五濁惡世清醒，有情人間安息。詩人究竟洞見了什麼？我將開口說話，第一句話：『光明正大』。詩之終始──莊嚴生命，莊嚴大千世界。」

──黃粱《君子書‧詩是什麼？》

【參考文獻】

黃粱，《君子書》（臺北：釀出版，2022 年）

黃粱，《百年新詩 1917-2017》（花蓮：青銅社，2020 年）

張炎憲召集；新臺灣和平基金會統籌；李筱峰、薛化元等主編，《典藏臺灣史》八冊（臺北：玉山社，2019 年）

銀鈴會著；周華斌編，《銀鈴會同人誌》（臺南：國立臺灣文學館，2013 年）

張我軍著；張光正編，《張我軍全集》（臺北：人間出版社，2002 年）

王白淵著；莫渝編，《王白淵　荊棘之道》（臺中：晨星出版，2008 年）

楊雲萍著；林瑞明、許雪姬主編，《楊雲萍全集》（臺南：國立臺灣文學館，2011 年）

楊熾昌著；葉笛譯，《水蔭萍作品集》（臺南：台南市立文化中心，1995 年）

商禽，《商禽詩全集》（新北：印刻文學，2009 年）

瘂弦，《瘂弦詩集》（臺北：洪範書店，1994 年初版五印）

葉維廉，《葉維廉五十年詩選》（臺北：臺大出版中心，2012 年）

口述歷史編輯委員會編，《口述歷史第四期二二八事件專號》（臺北：中央研究院近代史研究所，1993 年）

瘂弦口述；辛上邪記錄，《瘂弦回憶錄》（南京：江蘇鳳凰文藝書店，2019 年）

瘂弦口述；辛上邪記錄，《瘂弦回憶錄》（臺北：洪範書店，2022 年）

陳明台編，《恒夫詩評論資料選集》（高雄：春暉出版社，1997 年）

陳大為、鍾怡雯主編，《20 世紀臺灣文學專題 I：文學思潮與論戰》（臺北：萬卷樓，2006 年）

和平部落、萬安部落吟唱；拉夫琅斯・卡拉雲漾製作，《大武山亙古的文學詩頌》（屏東：行政院原委會文化園區管理局，2010 年）

孫大川等，《我在圖書館找一本酒：2010 臺灣原住民文學作家筆會文選》（臺北：山海文化，2011 年）

瓦歷斯・諾幹，《張開眼睛將黑夜撕下來》（新北：讀冊文化，2021 年）

楊佳嫻主編，《2022 臺北詩歌節詩選》（臺北：臺北市政府文化局，2022 年）

張芳慈主編，《落泥：臺灣客語詩選》（臺北：釀出版，2016 年）

張芳慈著；劉維瑛編，《張芳慈集》（臺南：國立臺灣文學館，2010 年）

杜潘芳格著；劉維瑛編，《杜潘芳格集》（臺南：國立臺灣文學館，2009 年）

羅思容與孤毛頭樂團，《今本日係馬》（新北：女歌原色音聲文化，2021 年）

秀陶，《一杯熱茶的工夫》（臺北：黑眼睛文化，2006 年）

非馬著；莫渝編選，《非馬集》（臺南：國立臺灣文學館，2009 年）

康培德、陳俊男、李宜憲，《加禮宛事件 1978》（臺北：原住民族委員會，2015 年）

東南亞移民工，《蛻：第七屆移民工文學獎作品集》（新北：四方文創，2021 年）

張詩勤，《臺灣日文新詩的誕生——以《臺灣日日新報》、《臺灣教育》（1895-1926）為中心》（臺北：政治大學／臺灣文學所／碩士論文，2016 年）

柳書琴等著；柳書琴主編，《日治時期臺灣現代文學辭典》（新北：聯經出版公司，2019 年）

黃美娥主編，《臺灣原住民族關係文學作品選集（1895-1945）》（臺北：行政院原住民族委員會，2013 年）

高嘉勵，〈黑木謳子詩集中臺灣自然書寫的斷裂與現代重組〉《臺灣文學研究學報》第三十四期（臺南：國立臺灣文學館，2022 年 4 月）

楊小濱，《穿越陽光地帶》（臺北：現代詩季刊社，1994 年）

阿翁，〈給當當書〉《臺灣詩學季刊》7 期（臺北：臺灣詩學季刊雜誌社，1994 年）

翁鬧著；黃毓婷譯，《破曉集》（臺北：如果出版社，2013 年）

林芳年著；葉笛譯，《曠野裡看得見煙囪》（臺南：台南縣政府，2006年）

吳瀛濤，《吳瀛濤詩全編》（臺南：國立臺灣文學館，2010 年）

詹冰；莫渝編，《詹冰集》（臺南：國立臺灣文學館，2008 年）

周夢蝶，《周夢蝶詩文集》（新北：印刻文學，2009 年）

阿芒，《我緊緊抱你的時候這世界好多人死》（臺北：黑眼睛文化，2016 年）

廖人，《13》（臺北：黑眼睛文化，2014 年）

胡適，《文學改良芻議》（臺北：遠流出版公司，1986 年）

張春凰、江永進、沈冬清，《台語文學概論》（臺北：前衛出版社，2001 年）

林尹，《文字學概說》（臺北：正中書局，2007 年）

向陽，《向陽詩選》（臺北：洪範書店，1999 年）

林央敏著；莫渝編，《林央敏集》（臺南：國立臺灣文學館，2010 年）

鄭順聰，《我就欲來去》（臺北：前衛出版社，2021 年）

林亨泰，《林亨泰全集》（彰化：彰化縣立文化中心，1999 年）

黃荷生，《觸覺生活》（臺北：現代詩季刊社，1993 年）

陳明台著；李敏勇編，《陳明台集》（臺南：國立臺灣文學館，2009 年）

楊牧，《楊牧詩選 1956-2013》（臺北：洪範書店，2014年）

零雨，《木冬詠歌集》（臺北：零雨，1999 年）

卜袞‧伊斯瑪哈單‧伊斯立端，《山棕‧月影‧太陽‧迴旋──卜袞玉山的回音》
（新北：魚籃文化，2021 年）

鴻鴻，《暴民之歌》（臺北：黑眼睛文化，2015 年）

廖人，《浪花兇惡》（新北：斑馬線文庫，2021 年）

黃粱，〈泥濘中的清醒與抉擇〉《連朝霞也是陳腐的》（臺北：唐山出版社，1999 年）

黃粱，〈詩篇之前 六十六章〉《野鶴原》（臺北：唐山出版社，2013 年）

廖振富，《文協精神臺灣詩》（臺北：玉山社，2021 年）

黃粱簡介

1958 年 2 月出生於艋舺，本名黃漢銓，木匠的兒子，排行九。

1973 年抗拒體制教育，留級，出現躁鬱傾向，諮詢臺大精神科，醫師結論：「你將來如果不是精神科醫生，就是個文學家。」

1978 年師從美學家潘栢世、琴士莊洗，思想啟蒙。為求道離家出走，8 月父親過世返家三天，寫下生平第一首詩藉以平復身心。年底攜維摩詰經、六祖壇經、原始佛教思想論赴金門服役兩年。

1981-1982 年八里海濱閉門讀書，覺悟本性，以詩為一生志業。

1984-1999 年隱逸灣潭山村佛寺旁老厝，出入要靠人工划渡。

1985 年以本名首度投稿，《聯合文學》第八期刊登四首詩。

1990 年整理《詩篇之前》甲編，「黃粱詩學」初現雛型。

1992 年首用黃粱筆名，《現代詩》復刊十八期刊登四首詩，因文本特異受前後任主編零雨、鴻鴻邀約，會談於紫藤蘆花廳。

1993 年起嘗試以詩評會友，書寫〈想像的對話〉、〈尋水〉。

1996-1997 年主編《雙子星人文詩刊》，發表〈臺灣早期新詩的精神裂隙和語言跨越〉，策畫「跨越語言的一代」五人詩輯（《雙子星》第三期）。在《國文天地》撰寫「新詩點評」專欄二十四篇。

1997 年出版新詩評論集《想像的對話》（唐山），唐山出版社陳隆昊先生親赴山中寒舍熱忱邀請，出任唐山總編輯。

1998 年出版（1982-1997）詩選集《瀝青與蜂蜜》（青銅社）。

1999 年策畫主編《大陸先鋒詩叢》第一輯十卷（唐山）。赴中國拜訪詩人，會見王小妮、于堅、柏樺、周倫佑、余怒、韓東。

2001 年倡議發起《現在詩》，統籌集稿，任創刊號主編。

2002 年主編《文化快遞》。應《創世紀詩刊》之邀撰寫〈創世紀森林浴——品鑑臺灣特有的十六種詩飛羽〉（日本《藍 BLUE 文

學雜誌》)。詩兩首入選《空白練習曲──《今天》十年詩選》。

2003-2005 年受邀擔任市定古蹟紫藤廬執行長，3-10 月與翁文嫻合作策畫「顧城逝世十週年系列講座」八場，首度詩學開講。

2004 年主編《龍應台與台灣的文化迷思》（唐山）。

2005 年赴北京發表詩學論文〈從一首詩洞觀一世界之視域與方法論〉（新詩一百年國際學術研討會），認識陳超、臧棣、葉維廉、梁秉鈞、柯雷等人。策畫葉世強八十歲初畫展於紫藤廬。

2006 年擔任葉世強秘書半年，整理藝術檔案、畫語錄、年表。

2007 年在淡水「有河 book」展開系列詩學講座，評述葉維廉、馮青、零雨、于堅等人作品。主編有河詩畫集《河鳥貓 2007》。

2008 年擔任上默劇團藝術經理，7 月隨劇團赴法國參加亞維儂藝術節。8 月受邀擔任黎畫廊藝術總監，規劃展覽書寫藝評。

2009 年策畫主編《大陸先鋒詩叢》第二輯十卷（唐山）。

2010 年 5 月遷居花蓮偏鄉修行者精舍，在關房中讀書寫作。6 月底赴北京發表詩學論文〈人之樹〉（當代詩學論壇），拜訪民間詩人，會見唯色、蘇非舒、伊沙、楊鍵、龐培、車前子等人。

2013 年出版三十年詩選《野鶴原》、二二八史詩《小敘述》（唐山）。

2017 年出版雙聯詩集《猛虎行》（唐山），創設雙行 2 節新詩體。

2020 年限量出版新詩史論《百年新詩 1917-2017》（青銅社），贈送重點圖書館。全書一百六十六萬字評介三百四十位詩人闡釋兩千六百首詩。

2022 年出版詩文集《君子書》（秀威）。詩四首入選德國漢學家蔣永學主編德文版《天海之間：台灣の萬種 bûn-ha̍k 選集》。

讀詩人166　PG2984

 臺灣百年新詩（下卷）：
精神標竿與文化圖像

作　　者	黃　梁
責任編輯	陳彥儒、邱意珺
圖文排版	黃莉珊
封面設計	王嵩賀

出版策劃	釀出版
製作發行	秀威資訊科技股份有限公司
	114 台北市內湖區瑞光路76巷65號1樓
	電話：+886-2-2796-3638　傳真：+886-2-2796-1377
	服務信箱：service@showwe.com.tw
	http://www.showwe.com.tw
郵政劃撥	19563868　戶名：秀威資訊科技股份有限公司
展售門市	國家書店【松江門市】
	104 台北市中山區松江路209號1樓
	電話：+886-2-2518-0207　傳真：+886-2-2518-0778
網路訂購	秀威網路書店：https://store.showwe.tw
	國家網路書店：https://www.govbooks.com.tw
法律顧問	毛國樑　律師
總 經 銷	聯合發行股份有限公司
	231新北市新店區寶橋路235巷6弄6號4F
	電話：+886-2-2917-8022　傳真：+886-2-2915-6275

出版日期	2024年1月　BOD一版
定　　價	490元

國家圖書館出版品預行編目

臺灣百年新詩. 下卷, 精神標竿與文化圖像 / 黃梁
作. -- 一版. -- 臺北市：釀出版, 2024.01
　　面；　公分. -- (讀詩人；166)
BOD版
ISBN 978-986-445-887-5(平裝)

1.CST: 臺灣詩 2.CST: 新詩 3.CST: 詩評
4.CST: 臺灣文學史

863.091　　　　　　　　　　112019153